目錄

角色介紹

夏希——因紛亂而淪為孤兒後，被後宮收留的日本人。

艾莎——率領後宮年輕族群的領袖。

賈米拉——夏希的第一個朋友，喜歡獨來獨往，不加入任何派系。

＊

吉拉——後宮首屈一指的美聲女，擁有不為人知的嗜好。

卡莉爾——從中東逃來不久的亞茲迪教徒幼女。

高個兒（莎彌亞）——屬於艾莎派的一人，對於來到後宮不久的夏希態度冷漠。

眼鏡（雪兒薇）——同右。

＊

烏茲瑪——擔任樞密院的議長，同時是後宮的老大，對夏希等人抱有敵對意識。

艾哈馬多夫——賞識夏希的國軍上校。

伊斯梅爾——國軍上將。

納傑夫——反政府組織「阿拉爾斯坦．伊斯蘭運動」的幹部。

伊果——會出入後宮的神祕吟遊詩人。

慕達發——國民廣場的管理人。

組織

獨立國家國協（CIS）——蘇聯解體後結盟而成、體制寬鬆的國家聯盟。

維持和平部隊（PKF）——由CIS加盟國共同負責營運的維持和平部隊。

上海合作組織（SCO）——由中國、俄羅斯以及中亞各國組成的國家聯盟。

阿拉爾斯坦・伊斯蘭運動（AIM）——志在建立傳統伊斯蘭教國家的反政府組織。

阿拉爾斯坦周邊地圖

貝科奴
哈薩克斯坦
突厥斯坦
奇姆肯特
吉爾吉斯
塔什干
烏茲別克斯坦
撒馬爾罕
杜尚貝
塔吉克斯坦

阿拉爾
阿拉爾斯坦
馬格里斯拉德
木伊那克
卡拉卡爾帕克斯坦
（自治共和國）
努庫斯
土庫曼
阿什哈巴特

後宮格局圖

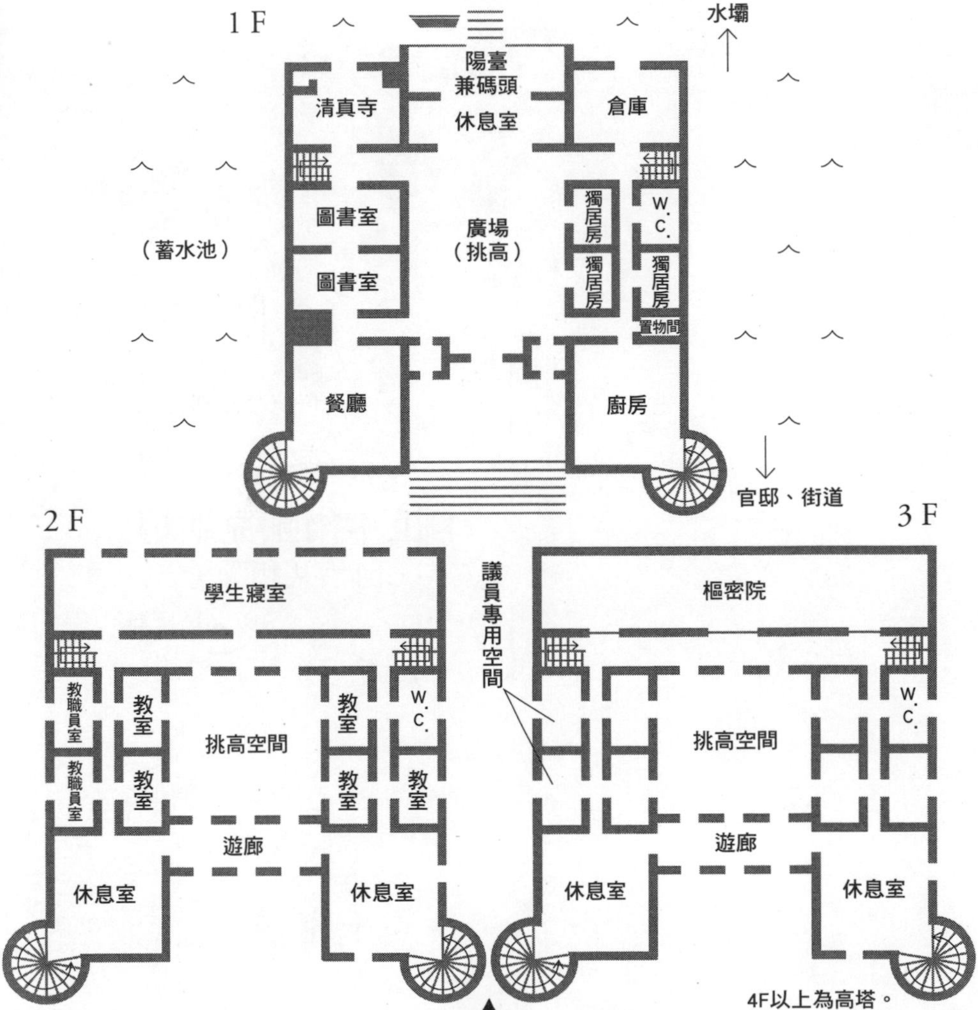
1F
水壩
陽臺
兼碼頭
休息室
清真寺
倉庫
圖書室
廣場
（挑高）
（蓄水池）
圖書室
獨居房
獨居房
W.C.
獨居房
置物間
餐廳
廚房
官邸、街道
2F
學生寢室
教職員室
教職員室
教室
教室
挑高空間
教室
教室
W.C.
教室
遊廊
休息室
休息室
3F
樞密院
議員專用空間
挑高空間
W.C.
遊廊
休息室
休息室
4F以上為高塔。

1

鹽城

1

沙漠的晨光越過窗戶流瀉進來，照射在桌面上。餐桌上擺放著白底點綴上藍色藤蔓圖案的茶壺，以及三只相同設計款式的茶杯。那茶壺是在附近市集就買得到的產品，這一帶地區的人家都使用著相同的款式。

茶壺裡裝的是紅茶。

夏希使勁伸長雙手，打算拿起茶杯。母親見狀，輕輕拿起茶杯遞給夏希後，隨即走回廚房。夏希默默喝了一口紅茶。

儘管還是個孩子，夏希內心卻有所掛念。這幾天來，母親的表情一直開朗不起來。

「老公。」母親站在廚房裡，一副戰戰兢兢的模樣詢問父親說：「你今天也要去工廠上班嗎？」

「那當然。」

父親答道，視線依舊停留在報紙上。

「我不在現場像什麼話。」

「可是，電視上說我們這首都也可能會有危險……」

父親猛地站起身子。我才在猜想不知道父親要做什麼，下一刻父親便粗魯地摸了摸我的頭說：

「我不會讓這丫頭遇到危險的。」

沒多久，餐桌排上了三人份的早餐。

早餐的菜色是加入大量向日葵油炊煮出來的油飯。香噴噴的飯香伴隨著熱氣縈繞著餐桌。聽說這道料理是住在公寓隔壁間、擁有俄羅斯血統的維許涅芙絲卡雅阿姨所傳授。

夏希把茶杯放回桌上，百無聊賴地環視室內一圈。

室內宛如遊牧民族的帳篷，五顏六色裝飾著當地的繡布。當中也有母親親手刺繡的織布。據說那是被稱為「Suzani」的烏茲別克斯坦繡布，色調顯得溫暖的紅色牡丹花圖案爬滿整塊布料。

這時期母親開始迷上繡布，也上起了刺繡課。

母親有些開心地說自己比起在日本的時候，現在變得比較有行動力。每次母親去上刺繡課時，都會把夏希託給維許涅芙絲卡雅阿姨照顧。

「說是說紛亂──」

父親低喃道，摺起報紙後繼續說：

「不過是南部油田的周遭地區在互相爭鬥罷了。日本外交部也沒有發出要我們撤離這裡的緊急通知。」

「真的嗎？」

「是啊。」父親站起身子，親吻了一下母親的臉頰。夏希斜眼看著父母親的互動後，抬頭仰望窗外的天空。她看見模樣顯得陌生、看似大鳥的不知名物體從高空飛過。

下一秒鐘──

隨著如雷貫耳的巨響響起，整棟建築物劇烈震動，紅茶飛濺出來，燙傷了夏希的上臂。母親的尖叫聲傳來。

當夏希察覺時，發現自己被關在一片黑暗的空間裡。她呼喊了父親和母親，但沒有得到回應。取而代之地，夏希感覺到肩膀碰觸到某物。夏希伸手一摸，發現是母親親手繡的那一條繡布。她緊緊抓住繡布，承受著黑暗的折磨。就這樣不知道過了多久，有可能是一、兩個小時，也有可能已經過了半天。

最後，當地的青年終於把夏希救了出來。

四周的景色驟變。

夏希和父母親居住的公寓化為一片水泥土塊。直到事後，夏希才得知原來是受到烏茲別克斯坦[註1]軍隊的空襲。隔壁棟的建築物雖然倖免逃過倒塌的命運，但有個陽臺垮了一半，就像一頭疲憊的牛吐出舌頭垂掛著。

夏希的父母親應該就被埋在那一帶地區的某處。

身材嬌小的夏希縮在瓦礫堆的縫隙裡而逃過一劫，結果唯獨她一個人活了下來。

很長一段時間，除了杵在原地不動，夏希什麼也做不了。

救出夏希的青年想必也有家人吧。青年一直保持著沉默，在猛烈陽光直射下，不停與瓦礫堆展開絕望的搏鬥。路上有人茫然地徘徊遊走，也有和夏希年齡相仿的孩子癱坐在路邊哭喊。一個西歐人攝影師為了拍出生動的照片，讓孩子們排排坐在水泥牆上拍照。

隨著海洋縮小，過去會在這塊土地的上空來來去去的候鳥鵜鶘消失了蹤影。取而代之地，可看見軍用直升機和無人機在上空穿梭，甚至分不清哪些是敵、哪些是友？或許應該說，對夏希而言，不論哪一方的陣營都有可能是敵人。

夏希的情感凍結。

以前，維許涅芙絲卡雅阿姨曾經這麼形容過夏希。這孩子雖然很體貼，但不知道欠缺了什麼——相較於不停與瓦礫堆搏鬥的青年，夏希採取了不同的行動。夏希沒有拘泥於一直以來的棲身處，她朝向南方走了出去。

不過，這也是一種動物與生俱來的本能。夏希在無意識之下，試圖找出可以讓自己生存下去的新場所。

事情已經發生了，還能怎樣？

以結論來說，這樣的選擇救了夏希一命。很快地，第二波空襲在夏希的背後展開。

2

殘夏的空氣輕飄飄地裹住艾莎的身體。

註1：烏茲別克斯坦克共和國，簡稱烏茲別克，是一個位於中亞的內陸國家，一九九一年從前蘇聯獨立。是世上兩個雙重內陸國之一。

明明還不到正午時刻，氣溫卻已經接近四十度。不過，因為空氣乾燥，所以不覺得熱，艾莎最愛的小鳥圖案披巾也幫忙遮擋住直射而來的陽光。

艾莎一手抓住披巾一角，另一隻手舉高望遠鏡。

在短短半世紀之前，這塊土地還是一片海洋。

搞不好再過了半世紀，又會變回一片海洋也說不定。艾莎不確定此處應有的樣貌究竟該是土地，還是海洋？

隔著望遠鏡，只看見延伸到地平線的海鹽沙漠，以及左右劃開海鹽沙漠的柏油路。不對，柏油路上，還可看見從遠方朝向這方行進的身影。

那是與駱駝為伍的遊牧民族。

在人們聚集的獨立紀念日這一天，遊牧民族將到訪首都馬格里斯拉德來兜售肉類、皮草或乳酪製品，然後採買首都的植物工廠所生產的根莖類或穀物回去。當然了，交易行為並非僅限於這一天，但就只有在一年一度的這場祭典時，遊牧民族才會從沙漠各地來到這裡齊聚一堂。

「也讓我看一下嘛！」

隨著聲音傳來，艾莎的視野反轉過來。

站在一旁的賈米拉從艾莎手中拿走望遠鏡。

從議會廳通往機場的繁華大街在眼前延伸。在這個國家引以為傲的這條大街上，看不見過往的紛亂殘影。不過，這裡沒有任何遮陽處，而且每一區塊的劃分範圍廣大，當地居民沒有一個不抱怨的。

在大街的另一端，可看見賭場酒店的俗氣燈飾閃閃發亮。

雖然賭場是政府的最大收入來源，但大約從二〇〇五年那時開始，觀光客因為擔心成為恐怖攻擊的對象，所以腳步越離越遠。或許是這樣的緣故吧，賭場酒店的光景顯得蕭條，但看在艾莎的眼中，卻覺得比過去來得有味道。

沙漠的陽光不只刺眼，而且相當猛烈。在陽光底下閃爍的燈飾，顯得格外閃耀。

「什麼嘛！根本還看不到半個影子。」

隨著帶有找碴意味的抱怨話語傳來，望遠鏡回到了艾莎的手中。

據說賈米拉的祖先是來自肯亞的駱駝遊牧民族，她只要看見行進中的遊牧團體，就會感到熱血沸騰，所以每年都非常期待這場祭典的到來。

此刻，艾莎和賈米拉兩人正站在位於國民廣場東南方的某管理辦公室的屋頂上。

辦公室是一棟矮房，所以可以直接爬上屋頂。鐵皮屋頂被陽光曬得發燙，坐在上頭稍嫌熱了些，但這裡是賈米拉推薦的私藏場地，她說不論是觀賞隊伍行進或聆聽演講，這裡都會是絕佳地點。

說到管理人慕達發，大家從以前就跟他十分熟識。雖然他的缺點是話匣子一開就停不下來，而且每次看到他都在偷懶，不是吸著水菸，就是和某人在下西洋棋。不過，對於艾莎幾人的偷懶表現，慕達發也會睜一隻眼閉一隻眼。

繁華大街延伸到廣場後，景象正好劃開形成兩樣情。

如果往西邊走，將會穿過行政機關聚集的一角，最後抵達莊嚴的議會廳。如果往反方向的東邊前

進，將會經過以觀光客為對象的賭場酒店街、分散各處的市集，以及小型國際機場，最後一路延伸到廣大遼闊的海鹽沙漠。這座國民廣場如同門板上的合頁連接起東西兩邊，可看見「創始七人」當中的一人——阿萊克西斯・馬格里斯的銅像聳立在廣場上。

佩爾韋茲・阿里總統將在廣場上公開演講。

「夏希好慢喔。」

賈米拉輕壓一下皮草縫製而成的塔基亞帽[註2]，低頭看向廣場上的時鐘。

「妳也知道夏希那孩子就是這樣。」

艾莎一邊做出回應，一邊揚起嘴角展露微笑。

「她八成又忘記拿什麼東西了吧。」

「有可能。」

賈米拉輕輕點頭後，再次向艾莎借來望遠鏡，舉高到眼前的位置。

艾莎的笑容似乎具有可以緩和周遭氣氛的效果，後宮的學妹們私底下都形容那是睡蓮的笑容。

艾莎往上伸直兩隻手臂，深深吸入一口氣，讓整個肺部吸飽上午時分的空氣。

或許是多心，艾莎感覺到空氣格外清新。

有可能是因為道路被封鎖住以便遊牧民族行進，所以不見汽車在馬路上穿梭，空氣才會格外清新。畢竟不論是對城市裡的居民而言，或是根據推算人數達三萬人的沙漠遊牧民族而言，今天可是一年一度的祭典。

「妳覺得那孩子最近怎樣？」

賈米拉保持握住望眼鏡的姿勢，開口詢問夏希的狀況。

「我是覺得她穩定很多了……」

「是啊。」

艾莎抬頭仰望起天空——好刺眼啊。

「再來只要做得到準時這一點，就無可挑剔了。」

艾莎和賈米拉兩人咯咯笑個不停時，下方的廣場忽然傳來搭腔聲：

「後宮的小姐們，妳們今天不用上班啊？」

原來是擅自在辦公室旁邊開起霜淇淋店的老闆在發問。

艾莎她們也經常在這裡買霜淇淋來吃，所以已經算是熟客。有別於慕達發，霜淇淋店的老闆非常勤勞，時而會變換口味，並詢問艾莎等人的意見。前陣子終於不再只有香草口味，也開始賣起巧克力口味，成了大家熱烈討論的話題。

「你別給她們壓力啊！那樣太可憐了。」一旁的菸草店阿姨插嘴說道。

廣場被前來參觀祭典的遊客以及臨時攤販擠得水洩不通。

註2：塔基亞帽（Taqiyah）是指一種短而圓的帽子。通常為穆斯林出於宗教目的而戴，因為穆斯林相信默罕默德用它來遮住頭是一種可嘉的行為，因而模仿他。

成熟水果的香氣，以及烤串（Kebab）[3]的烤肉香遠遠飄到了屋頂上方。

果皮就這麼被丟在路旁，在發出一陣熟透的氣味後，還來不及腐爛就被曬得乾巴巴的。

販賣以小麥發酵製成的克瓦斯[4]攤販老闆面對著黃色小茶桶，一副閒來無事的模樣點起香菸。克瓦斯含有微量的酒精成分，而且抽菸行為對伊斯蘭教而言是一種忌諱。不過，這個國家的人們根本不在意這種事情。有人來作客時，也大多會準備伏特加招待客人。說得難聽一點，就是不夠虔誠，而如果說得好聽一點，就是懂得變通。

艾莎是從一直遵守傳統生活的車臣[5]來到這裡的難民，看在艾莎的眼中，內心當然會有所感觸。她今天依舊壓抑住真心想法，在臉上綻放如蓮花般的笑容。

一名東方人觀光客在克瓦斯攤販的前方停下腳步。

東方人背上扛著顯得笨重的行李，右手牽著造型奇特的自行車。對方有可能是剛剛從南方的木伊那克市[6]，或是從北方的阿拉爾市[7]越過國境來到這裡。東方人一邊看著手邊的筆記本，一邊拚命地不知道在對攤販說著什麼。那本筆記本八成是速成的會話筆記。

東方人的語氣漸漸激動起來。隨著東方人的態度，克瓦斯攤販也拉高了嗓門。

「誰在坑你錢了！」

男子的吼叫聲傳來。

東方人也沒有要讓步的意思，四周瞬間陷入一片鴉雀無聲。就在這個時候——

「抱歉、抱歉！」

夏希一邊揮手，一邊小跑步地來到管理辦公室的前方。

「我做了三明治，結果出了門才發現忘了拿……發生什麼事了嗎？」

3

感受到出乎預料的一股危險氣氛，夏希猛地停下腳步。

夏希向賈米拉借來的銀項鍊慢了一拍發出清脆聲響。夏希心想該不會又是自己闖了什麼禍，但氣氛感覺起來似乎不是那麼回事。

接著，克瓦斯攤販和觀光客對峙著的畫面映入夏希的眼簾。

「唉～」

夏希嘆了口氣後，走近兩人的身邊。

註3：烤串（Kebab）是一種起源於中東，指將串起的肉類、蔬菜等食材燒烤而成的料理。
註4：克瓦斯是一種盛行於俄羅斯、烏克蘭等東歐國家的一種低度酒精飲料，其口感酸甜，有少量二氧化碳，以小麥、黑麥或麥芽發酵而成。由於酒精含量低，通常最多一．二%甚至無酒精，因此兒童也可以飲用而廣受歡迎。
註5：車臣共和國是俄羅斯聯邦北高加索聯邦管區下的一個自治共和國。
註6：木伊那克是位於卡拉卡爾帕克斯坦自治共和國北部、烏茲別克西部的城市。
註7：阿拉爾市是哈薩克的城鎮，由克孜勒奧爾達州負責管轄，位於該國西南部。

「這位小哥。」

夏希以日語向觀光客搭腔。

「請你記住一件事。在這裡，水比汽油更加昂貴。」

「不是啊，這太奇怪了吧！」

青年很自然地以日語回答後，才露出疑惑的表情，歪著頭直直盯著夏希看。

夏希頭上戴著帶有紅色刺繡的塔基亞帽，身上裹著使用絲絨和綢緞製成的傳統服裝。看見夏希這一身打扮，青年肯定會覺得夏希是可疑人物。

「總之！」

克瓦斯攤販以當地語言拉高嗓門說道。

「你如果嫌太貴，就去找其他店家買啊！我可是憑著良心在做生意的！像是蜂蜜，我也是使用從吉爾吉斯[註8]採買來的天然蜂蜜——我們店可是代代相傳都這樣做的！」

「喂！去年之前你不是還一直在賣手錶嗎？」

周遭立刻有人開玩笑地奚落說道，掀起一陣笑聲。可能是覺得日本人觀光客很稀奇，不知不覺中，四周圍起了人牆。不知哪個人還吹起了口哨。

這下子青年變得更加煩躁了。

「就跟你說過了！」

青年把會話筆記揉成一團丟出去，用著根本沒有人聽得懂的英語大聲喊道。

「在烏茲別克，只要花五分之一的價格就買得到！」

青年說的是事實。

在烏茲別克，也就是鄰國烏茲別克斯坦共和國，克瓦斯的價格便宜了好幾倍。名為克瓦斯的飲料，其原料是黑麥、果實類、蜂蜜以及水。雖然這裡的植物工廠也生產得出穀物和水果，但麥子類主要還是仰賴從相鄰的哈薩克斯坦共和國[註9]以及烏茲別克斯坦共和國進口。以這個國家的物價本身來說，絕不算便宜。

不過，最昂貴的莫過於水。

蘇聯時代末期，「創始七人」在海水逐漸乾涸的這塊土地落地生根，他們半抱著自虐的心態，形容自己的所為是一種地球化行為（Terraforming）[註10]。

創始七人採用了被稱為「雨水集蓄（Water Harvesting）」[註11]的手法貯集少量的雨水，以及利用網狀高分子化合物捕捉水蒸氣，讓不論是多麼乾燥的土地，皆可保有約兩成的濕度。接著，再利用這些水分來進行滴水灌溉以及飼養家畜。

雖然也會從哈薩克斯坦以及烏茲別克斯坦進口水，但這兩個國家遇到夏季時，也會面臨缺水的問

註8：吉爾吉斯共和國，簡稱吉爾吉斯，是一個位於中亞的內陸國家。
註9：哈薩克斯坦共和國，簡稱哈薩克，為跨洲國家，地跨歐亞兩洲，主要位於中亞北部，在烏拉爾河以西的一小部分領土位於歐洲。
註10：外星環境地球化（Terraforming），簡稱地球化，是設想人為改變天體表面環境，使其氣候、溫度、生態類似地球環境的行星工程。
註11：雨水集蓄（Water Harvesting），是指不讓雨水流失，收集雨水於現場再利用。

題。能夠分配到多少水，也要看國際關係的好壞，無法期待能夠確實得到水分供給。

相反地，這個國家擁有豐富的能源。

讓國民苦惱不已的猛烈陽光，可化為穩定的電力來源。放眼往南方看去，也可看見與烏茲別克斯坦合作開發中的油田。在取得日本政府開發協助（ＯＤＡ計畫）之下所建蓋的植物工廠裡，可透過空調取得水分，並且讓水分循環流動進而栽培植物。

「是在吵什麼東西呀？真是的……」

慕達發一邊搔著頭，一邊從管理辦公室最裡面慢吞吞地走出來。

慕達發穿著一件內衣背心就現身，頭髮也亂翹一通。

「害我想安穩地睡個午覺都不行。你們幾個！在我們家店門口吵什麼吵啊！」

明明根本不是一家店，慕達發卻好意思這麼說。

「呦！夏希妳來了啊？如何？要不要下一盤西洋棋……」

「對不起喔，我今天要跟朋友玩。」

夏希輕鬆帶過話題後，指向辦公室的屋頂上方。

慕達發轉過頭看，艾莎和賈米拉在屋頂上朝向他揮揮手。

「妳們怎麼在這裡？既然來了，好歹也跟我說一聲嘛！不是啊，我不是一直叫妳們不要爬到屋頂上面去嗎？上面有一塊鐵板就快破了妳們知不知道啊！」

「二十索姆。我發誓，沒辦法再更便宜了。」

克瓦斯攤販在一旁妥協說道。

索姆是這個國家的貨幣單位。

在檯面上，索姆是由中央銀行負責發行，但當中有個秘密，紙鈔其實是委外給哈薩克斯坦負責印製。

「五索姆！」青年張開右手，大膽殺價。

「十五。」

克瓦斯攤販一副心不甘情不願的模樣說出定價。青年在懷裡翻找會話筆記，試圖說些什麼。青年的臉色漸漸開始發青。

夏希撿起被青年丟在地上的紙張，攤開來看。

紙張上除了寫著「1」、「2」等量詞之外，還有一些「我從來沒見過像妳這麼漂亮的女生」這類毫無意義的句子，小小一張紙密密麻麻寫了一大堆字。

夏希把筆記又丟了出去後，拍了拍青年的肩膀說：

「真的，差不多就是這個價位了。這裡的水真的很貴。旅遊指南書上沒有寫嗎？借我看一下吧！」

青年一副戰戰兢兢的模樣從側背包裡拿出薄薄一本旅遊指南書。那是一本標題為《絲路與其周邊國家》的日語旅遊指南書。青年似乎是在尼泊爾的舊書店買來的，旅遊指南書上蓋有店名章，也貼著寫上六百盧比的價格貼標。

夏希拿著旅遊指南書快速翻閱一遍。

「什麼嘛，書上沒有介紹到我們這個國家。」

夏希把書還給青年時，臉上不自覺地露出失落的表情。青年一副慌張的模樣說：

「書上有專欄報導，但只有兩頁而已……話說回來，妳是何方神聖啊？」

「何方神聖？當然是當地居民囉。」

「請等一下。」

青年用手指抵著太陽穴，不知在記憶裡尋找著什麼。

「我從來沒見過像妳……」

夏希沒有理會青年，轉過身去。

艾莎和賈米拉在管理辦公室的屋頂上方招著手，示意夏希趕緊上去。看見賈米拉伸出手來，夏希先把三明治的袋子遞給賈米拉後，才抓住賈米拉的手。賈米拉看起來身材纖細，卻是個大力士。讓賈米拉拉了一把後，夏希最後靠自己的力量輕快地跳上屋頂。

「妳們看！」

說著，夏希把昨天才買來的披巾攤開來。

「我昨天在市集買的。是ＺＡＲＡ的耶！」

這個國家沒有規定一定要披上披巾，或穿上穆斯林服裝來遮蓋頭髮。如果去到外資企業聚集的市中心，也會經常看到緊身裙打扮的女性。不過，如果是在後宮工作的女性，就有義務穿著傳承遊牧民

族傳統的民族衣裳。

即便如此，還是可以像這樣增添小變化來享受打扮的樂趣。

艾莎裝扮時一定會在某處點綴上小鳥圖案的刺繡，賈米拉則是會全身掛滿銀飾，就像穿上了鎧甲一樣。ＺＡＲＡ是一家西班牙廠商推出的流行服飾品牌，在中亞各地廣受歡迎。

「哎呀……」

賈米拉叫了一聲後，艾莎輕輕頂了一下賈米拉的頭。

看見夏希納悶地歪起頭，艾莎和賈米拉兩人互相使了眼色。艾莎點點頭後，賈米拉一副難以啟口的模樣開口說：

「那是大陸製的假貨。這裡的市集裡賣的全是假貨。」

「真的嗎？」

「妳花了多少錢？」

夏希稍作思考後，故意少算一些，說出買價的七成價格。

「還不錯啊，而且那披巾確實很可愛。」艾莎打圓場說道。

「基本上——」賈米拉微微扭曲著嘴角繼續說：

「說到假貨，我們身上穿的這些服裝也像在騙人。」

關於這點，確實如賈米拉所說。

畢竟在半世紀以前，這裡還是海底。雖然夏希等人基於各種考量而被要求穿上遊牧民族風格的服

裝，但這裡原本不過是少數漁民靠捕魚維生的地方罷了，哪來什麼遊牧民族有的沒的。

「就跟你說過了！」

方才的克瓦斯攤販的聲音從下方傳來。看來克瓦斯攤販似乎還在跟觀光客為了價格爭執。不負責任的愛湊熱鬧群眾，蓋過克瓦斯攤販的聲音喊著：

「不要輸給他！」

煽動雙方情緒的起鬨聲傳來，夏希輕易想像出慕達發此刻肯定擺著臭臉。

「借我看一下。」

賈米拉拿起夏希的披巾，輕輕纏在頭上。

「沒那回事！」

「這條感覺比較適合我吧？」

「別說這些了。」艾莎介入說道，並指向馬路繼續說：

「差不多快到了吧？」

駱駝遊牧民族的隊伍已經行進到肉眼看得到的距離。

遊牧民族牽著駱駝，昂首闊步走在行政機關和賭場酒店等建築物櫛比鱗次的繁華大街上，那身影顯得突兀，卻也奇妙地和景象融為一體。

再來只剩下等待總統前來演講。不過，不知道是不是出了什麼狀況，負責活動流程的工作人員跑來跑去的，慌張失措地互相在聯絡。

「我去看一下狀況。」

賈米拉丟下這句話後，動作輕盈地跳下屋頂。

「要不要我順便買什麼回來？」

「紅茶！」

夏希大聲喊道，賈米拉輕輕點頭後，消失在廣場的雜沓人群之中。

4

隨著行進隊伍慢慢接近，廣場上的觀眾越來越多。

賈米拉在人牆之中快步鑽縫而去。因為濕度低，所以儘管人潮擁擠，卻不會感到悶熱。這點和賈米拉的故鄉有所不同。雜沓人群的腳邊，可看見把南餅排放在布塊上叫賣的青年，以及把石榴堆高得像一座山做起生意的老婆婆。

現在正是盛產石榴的季節。

石榴被視為子孫滿堂的象徵，在中亞地區深受人們的喜愛。後宮採用栗樹為建材的柱子上，也可看見多處點綴上石榴的雕刻圖樣。

知道自己看見夏希託買紅茶時的表情後，也隨之露出微笑的賈米拉拍打臉頰，讓自己恢復正經的表情面向前方。

賈米拉眼前的廣場中央可看見阿萊克西斯・馬格里斯的等身雕像。

馬格里斯是「創始七人」當中的一人，據說他原本是從西德被綁架到蘇聯的火箭工程師。這塊曾經是死亡土地的地區之所以得以化為可居住的地方，馬格里斯的功勞可說相當大。

或許是這樣的緣故，這個國家的技術部從以前就擁有強大的權力。

「地球化」的大功臣馬格里斯也成為受人崇拜的對象，也因為這樣國民廣場上才會立起他的雕像。此刻，大功臣馬格里斯的雕像前方搭起了臨時鷹架，戴著耳麥的工作人員面帶嚴肅的表情來來去去。

「啊～賈米拉小姐。」

當中一名工作人員發現賈米拉的身影後，輕輕點頭致意。

賈米拉一問後，才得知原來是演講時要使用的音響設備出了狀況。不過，音響設備剛剛已經修理好了，所以趕得及正午的演講時間。

「為什麼會故障？」

「因為線路斷了。好像是被老鼠還是什麼咬斷的……不過，我們跟攤販要了鋁箔紙，所以剛才已經確實接回去了！」

「太好了。」

儘管腦海裡閃過一抹不安的思緒，賈米拉還是這麼回答。

對於演講本身，賈米拉並不擔心。她知道行政機關的優秀工作人員想必早在一個月前便已開始集

思廣益，寫出不會讓「中亞地區的自由主義島嶼」失面子的文章內容。

就在這時，大家引頸期盼的駱駝遊牧民族隊伍總算抵達廣場。

所有人的目光一齊集中到遊牧民族的身上。

儘管遊牧民族必須帶著移動式帳篷行動，也必須接受嚴酷海鹽沙漠生活的考驗，他們依舊是國民嚮往的對象。

走在最前頭的團體穿過廣場走進來。

這些團體是以家族為單位。每一組團體照著各自的設計，不論是人或駱駝都打扮得光鮮亮麗。

女子們的身上披著驅邪的服裝，服裝上依各部落的圖騰刺上色澤艷麗的刺繡。羊毛編織而成的繩索和皮帶兩端纏上了寶螺，寶螺隨著駱駝的腳步緩緩前後擺動。

舉辦祭典的這天，也是遊牧民族向城市人們炫耀其美學的機會。

行進隊伍裡一律都是雙峰駱駝。

駱駝的營養狀況看起來不差，堆滿脂肪的駝峰直挺挺地向上豎起。隨著隊伍的行進，垂掛在駱駝脖子上的鈴鐺發出「噹啷、噹啷」的清脆聲響。據說每一匹駱駝的鈴鐺聲都不一樣，而牧人可以靠聽力辨別出每一匹駱駝的鈴鐺聲。也聽說過在不見月亮的夜晚，牧人可以靠著鈴鐺聲帶領駱駝回家。

遊牧民族只會飼養駱駝為家畜。因為除了駱駝之外，別無選擇。

第一點，飼養駱駝只要每兩星期餵一次水就好。

再加上工程師馬格里斯為了預防沙漠帶來鹽害和風害，把當地人稱為「白梭梭」的藜亞科鹽生植

物加以基因改良後，種植並覆蓋住這片海鹽沙漠。而只有駱駝，才啃得下這種硬邦邦的植物。

話雖如此，但如果因為過度放牧，導致責任重大的白梭梭被吃個精光，就失去意義了。當牧草不足時，就會從南方的烏茲別克斯坦向棉線加工廠進口棉磚。所謂的棉磚，是指將棉花去除棉纖維而得的牧草替代品。

——男子的歌聲隨著鈴鐺聲傳來。

男子身穿會讓人聯想到西歐小丑的服裝，在行進隊伍一旁手拿小型的都塔爾[註12]正在吟唱詩歌。賈米拉閉上眼睛，入迷地聆聽歌聲好一會兒。

我們目睹了古地中海被截斷水脈，
目睹了鐮刀和椰頭朝向搖籃揮下的那一刻。

我們目睹了鮮血和海鹽沾染井水，
目睹了哪怕如此，人群依然為了井水而你爭我奪，
目睹了生鏽的船隻殘骸及船錨，橫躺在純白大地上。

不過，感謝上天！
此刻，新的一群人出現，打造出全新的船隻！

船首換成了銜勒，銀製桅杆換成了椰棗樹製成的鞍墊，
我們目睹了至今仍然勇敢橫渡虛幻大海的駱駝民族——

吟唱詩歌的男子名為伊果．費爾茲曼。

這陣子，伊果以吟遊詩人的身分也會出入後宮。他出入後宮時，也是一身小丑服裝的打扮。

雖然艾莎說過伊果那男人不可靠，但賈米拉並不討厭他唱的歌。

「妳來觀賞祭典啊？」

唱完詩歌的伊果向聽眾行了一個禮後，向賈米拉搭腔說道。

「等一下要不要一起……」

「很遺憾地——」

賈米拉把視線移向站在屋頂上的夏希。

「我有任務在身。」

夏希的臉上綻放出天真無邪的笑容，朝向這邊揮著手。

賈米拉感到安心的同時，胸口也不由得揪了一下。她想起夏希最初是個完全不愛笑的孩子。這樣

註12：都塔爾是新疆維吾爾族鍾情的民間彈弦樂器。其名稱源於波斯語的「dutar」，「du」意為「二」、「tar」意為「琴弦」，即指兩條弦的樂器。

的一個孩子現在進步到願意和大家一起出門觀賞祭典。

——不過，生活在這個國家，是不能永遠那麼天真無邪的。

為了閃躲夏希的目光，賈米拉鑽進擁擠人群裡。

唱完詩歌的伊果隨著賈米拉，也回到擁擠人群之中。

走著走著，傳來啟動麥克風電源的聲音。講臺上，出現這個國家的第二任總統佩爾韋茲・阿里的身影。因為比預期多耽誤了一些時間，害得賈米拉趕不及回去和大家一起聽演講。不過，賈米拉心想無所謂，反正接下來還會陸續有祭典活動。

風兒吹拂而來。

明明是沙漠，卻有一股海潮氣味輕飄飄地裹住賈米拉的身體，再慢慢散去。那感覺簡直就像過去存在此地的海中鬼魂隨著明月湧現，跟著漸漸再次散去。

這個國家名為「阿拉爾斯坦」，也是過去人們稱之為鹹海的地方。

5

說到夏希被後宮收留的時間，必須回溯到十五年前，也正好是二〇〇〇年的那一年。

當時的夏希年僅五歲。

夏希混在同樣失去住家的人們之中，在化為一片焦土的首都馬格里斯拉德徘徊遊走。馬路上到處

坑坑巴巴，露出底下的泥土。

一陣煙霧掀起，夏希在一片白茫茫之中不知被什麼給嗆到了。

夏希的腦袋一片空白。每次只要她試圖思考什麼，就會覺得胸口被壓得快要喘不過氣來。

「不見了——」

夏希這麼脫口而出。

她在瓦礫堆底下拚命牢牢抓住的繡布不見了。察覺到這個事實的那一刻，滿溢的淚水潰堤而出。

與家人共度的回憶以及公寓房間裡的情景一一閃現腦海，最後消失不見。

夏希的父親是技術人員，在日本政府開發協助（ＯＤＡ計畫）下所設立的植物工廠裡服務。

父親連日參與針對當地負責人員的教育訓練等工作，以促使能夠在更少量的用水之下，有效率地收割作物，來取代一路來的滴水灌溉。

對於前往政情動盪的國家工作一事，母親原本抱持反對的態度，但頑固到底的父親以一句「我不在現場像什麼話」為由，堅持不肯讓步。最後是母親讓步，決定跟著父親來到這裡。

父親赴任當時，這裡的國名是阿拉爾斯坦自治共和國。

在國際上，仍被視為屬於烏茲別克斯坦的領土。

母親每次只要一逮到機會，就會抱怨食物不合口味，但自從夏希出生後，母親的態度有了一百八十度的大改變。母親開始學習烹調當地的料理，也會以當地的民間工藝品和繡布來裝飾房間。

夏希邊走邊哭，但沒有人理會她。因為在夏希的四周，淨是與她有著相同處境的人們。夏希看見

有位老婆婆像在強調自己不是乞丐似的，在布塊上排放著根本不可能賣得出去的舊碗和時鐘席地而坐。也看見男子毫不在乎人們的目光，抱著小嬰兒的屍體放聲痛哭。直升機從上空飛過，掩蓋過男子的痛哭聲。

引起紛亂的導火線在於這個國家，也就是阿拉爾斯坦所發表的主權宣言。

在哈薩克斯坦、伊朗和俄羅斯的慫恿下，阿拉爾斯坦宣言獨立。起因是在領土內發現了油田。好巧不巧地，烏茲別克斯坦早已採取親歐美的政策，發表宣言將脫離由前蘇聯國家結盟而成的獨立國家國協（ＣＩＳ）之集體安全制度。

於是，烏茲別克斯坦以鎮壓阿拉爾斯坦為由，光明正大地派出國軍。

歐美固然沒有公開表態，但當然是站在烏茲別克斯坦那一邊。也有聲音表示一個統治能力還是未知數的新國家，很可能成為恐怖份子的溫床。相對地，ＣＩＳ為了平息紛亂，派出以哈薩克斯坦軍為中心的維持和平部隊。就這樣，中亞地區陷入戰爭一觸即發的局勢，阿拉爾斯坦在獨立的同時，也化為紛亂之地。戰爭禍害的魔掌也觸及到首都馬格里斯拉德。

不知不覺中，夏希來到了蓄水池邊。

蓄水池是利用泵浦抽起西鹹海的海水，再利用水壩擋住水流以作為緊急用水。蓄水池位於馬格里斯拉德的西側，議會廳、總統官邸以及後宮都是面向這座蓄水池而建蓋。

蓄水池的周邊綠樹密集林立，每到假日，當地居民都會來到這裡約會或野餐，氣氛熱鬧不已。

如今被火燒傷的男女紛紛跳進蓄水池裡，還看見屍體浮在水面上，鮮血和油汙沾染了池水。不

過，水壩這個市民賴以維生的設施沒有成為被攻擊的目標，算是不幸中的大幸。這或許是烏茲別克斯坦為了避免事後遭人批判的策略，也可能是同樣為缺水而苦的烏茲別克斯坦僅存的道德心。

夏希把臉埋進池水中，喝了一口水。

池水的鹽分濃度高，這下子夏希反而更加口渴了。

夏希抬起頭的那一刻，一名中年女子向她搭腔說：

「妳是不是沒有地方可去？」

中年女子的語調沉穩，聲音略嫌沙啞。她的右腳似乎行動不太方便，拄著拐杖站在池邊，露出豁達的眼神目送著浮在水面上的屍體。

夏希保持著沉默不知道該如何回答，女子不在意地繼續說：

「後宮的工作相當辛苦，但妳要不要試試看？」

夏希點了點頭。她甚至不知道後宮代表什麼意思。

後宮的設計採面向蓄水池向前突出，並搭建在水上，可藉由釣橋通往官邸。遠遠看過去，會覺得後宮的建築物長得像堡壘，也像是清真寺。以工法來說，是從水面打入樁腳後，在樁腳堆疊上曬乾的泥磚，壁面則是以阿拉伯式花紋的鑲嵌藝術做點綴，最上方可看見藍色的半圓頂狀屋頂。

後宮的外觀設計是以突厥斯坦[註13]的霍賈．艾哈邁德．亞薩維陵墓[註14]為參考。

當初是提倡「歐亞遊牧主義」的前任總統拉夫羅夫．列昂季耶夫，模仿成吉思汗的後宮所建造。根據傳言，列昂季耶夫在蘇聯擔任內閣要員的時期，因為妻子與布里茲涅夫總書記有染而心生怨念才建造了後宮，但不確定事實是真是假。

對於後宮的建築物本身，夏希和家人野餐時曾看過。

比起建築物的外觀，其內部延展開來的光景才教夏希感到訝異。

在後宮裡，不分人種或年齡，甚至連信仰也不同的孩子們皆排排坐在書桌前認真學習。

直到年紀稍長一些後，夏希才明白後宮代表著什麼。在過去，這棟建築物曾經是如其字面含意的後宮，同時也是列昂季耶夫的諮詢機關「樞密院」。對於國政和憲法的相關事宜，列昂季耶夫徵求了女性們的智慧意見。

相較之下，第二任總統佩爾韋茲．阿里對於左擁右抱佳麗並不感興趣。

取而代之地，阿里認為可以更有益地活用設施，決定讓後宮變成供女性們接受高等教育的場所。

阿里立刻將後宮改造成學校，並依學力分班，如果成績不盡理想就會遭到退學，但只要夠努力，就可以朝向政治、技術或文化等各自期望的課程繼續學習。阿里打算就這樣培育通過競爭的人才，讓這些人才擔任行政機關的內閣要員或是樞密院的議員來發揮長才。不過，這樣的改革似乎沒有公開到連市井小民也知情，夏希等人只要去到街上，也會被認為是阿里的愛妾，經常因此而感到困惑。

佩爾韋茲．阿里時而也會親自站上教壇授課。

阿里信奉撒馬爾罕[註15]的宏儒碩學以及烏魯伯格[註16]，所以他的授課內容多元，包含考古學、哲學，

甚至廣泛到宇宙物理學。

阿里親自授課的次數雖少，但深受學生的喜愛，有時甚至會有學生站著上課。偶爾阿里也會在課堂上抱怨。舉例來說：像是抱怨議會上老是在爭論或鬥爭，但面對重要課題時，大家卻又缺乏膽量，顯得畏畏縮縮。不過，對學生們而言，阿里這樣的表現讓他們覺得像是與總統共享秘密，感覺格外特別。

很幸運地，夏希沒有慘遭退學，得以順利接受教育。

或許是繼承了父親的天份，夏希在理科上的表現優異，最終也選擇了技術課程。

然而，夏希不會主動交朋友，也不會笑臉迎人，這樣的態度加上優異的成績使得夏希惹人厭，很快地便成了被霸凌的對象。在團體裡夏希理所當然會遭到忽視，時而還會被燒毀筆記本，或是被藏起衣物。

面對如此了無新意的霸凌做法，夏希忍不住想要搖頭嘆氣，但並不覺得痛苦。

註13：突厥斯坦的範圍大致為東起戈壁沙漠，西濱裏海，南接西藏、克什米爾、阿富汗中部、伊朗東部，北連西伯利亞在內的廣大中亞地區。
註14：霍賈・艾哈邁德・亞薩維陵墓位於突厥斯坦，建造於帖木兒時期，也是帖木兒時期的傑出建築物代表，對伊斯蘭教建築的發展做出巨大的貢獻。
註15：撒馬爾罕是中亞地區的歷史名城，也是伊斯蘭學術中心，現為烏茲別克的舊都兼第二大城市。
註16：烏魯伯格是一位伊斯蘭學者，亦是帖木兒之孫、沙哈魯之長子。一四〇九年起成為帖木兒帝國撒馬爾罕的統治者，一四四七年成為帖木兒帝國君主。

因為就算沒有遭到霸凌，國家本身的狀況也已經夠嚴酷了。不過，國家的嚴酷狀況還算不了什麼，從公寓坍塌的那一刻開始，夏希的心便一直凍結不動。

「妳為什麼一直被欺負還默不吭聲？」

比夏希年長兩歲的賈米拉．坤迪．沙德薩總是為夏希的默不吭聲感到納悶。

學生當中，有的每天從家裡來上課，有的住在一排排雙層床的二樓大房間裡。夏希和賈米拉屬於住校組，兩人同睡一張雙層床，夏希睡在上鋪、賈米拉睡在下鋪。

「事情都已經發生也沒輒，而且——」

夏希稍作思考後，繼續回答：

「反正也只能靠自己手上擁有的王牌來決勝負。」

夏希已經不記得和賈米拉有過多少次這樣的互動。

「是嗎？」

賈米拉一副無法接受的模樣，但沒有繼續追問。等過了一段時間，當夏希已經忘記有過這樣的互動時，賈米拉又會投來相同的質疑。賈米拉總會把在市集裡買來的零食偷偷分給夏希，或許是被餵食習慣了，夏希漸漸地喜歡親近賈米拉，最後也把賈米拉當成親姊姊看待。這個像親姊姊一樣的賈米拉是選修文化課程。有一次，賈米拉向夏希坦承她最終想成為可以守護中亞傳統文化的存在。

紛亂終於落了幕。

原因是夏希進到後宮的隔一年，發生了９１１恐怖攻擊事件。

烏茲別克斯坦積極地向美國提供軍事協助，阿拉爾斯坦的優先度也就自然而然地降低。在這樣的局勢之下，對於對抗恐怖份子採取消極態度的哈薩克斯坦等國所組成的維持和平部隊取得優勢，烏茲別克斯坦也被迫必須思考撤兵。

同樣位在烏茲別克斯坦領土內的卡拉卡爾帕克斯坦自治共和國也出現了反彈。因為阿拉爾斯坦是以身為自治共和國的憲法為根據而發表主權宣言，故在法律上並無缺失，對持有相同憲法的卡拉卡爾帕克斯坦而言，烏茲別克斯坦針對阿拉爾斯坦的蠻橫行為，也等於是把刀鋒指向他們。

針對構成問題的油田，阿拉爾斯坦和烏茲別克斯坦兩國達成協議，決定仿效裏海的海底油田例子，進行合作開發。

還有一個鄰近的國家，也就是哈薩克斯坦，該國對於阿拉爾斯坦本來就抱持支持的態度。一方面因為第二任總統佩爾韋茲．阿里積極推展民主化政策，因此國際社會也承認阿拉爾斯坦的主權，走到這一步，阿拉爾斯坦終於成為名副其實的獨立國家。不過，阿里的政策在未來將成為導致分裂成世俗派與保守派的結果，但不管怎樣，紛亂總算是畫下了句點。

不過，對夏希而言，這些國際政治問題仍是遙不可及的事情。

對夏希而言的問題，是更貼近生活的事情。

害得夏希遭受霸凌的背後人物，正是以睡蓮般的笑容受人愛戴，在學生當中屬於實質領袖的艾莎．發夏爾。

艾莎比夏希年長八歲。

不過，艾莎進後宮的時間較晚。在後宮，艾莎是大夏希兩屆的學姊。艾莎不會親自動手，嚴格說起來，應該是周遭的跟班為了討好艾莎，才會欺負夏希。艾莎會站在遠處觀看夏希被欺負的場面，但總是露出感到無趣的表情。

夏希並不在意被人欺負。不過，夏希不願意見到賈米拉因為她而處於複雜的立場。

有一次，夏希下定決心試著直接找艾莎面對面交談。夏希詢問艾莎為何要讓她受苦？

艾莎似乎沒料到夏希會直接前來搭腔，她頓時瞪大了眼睛，但很快便恢復鎮靜地輕咳一聲。

「因為我不喜歡妳。」

艾莎只給了這樣的答案。

艾莎是從位於阿拉爾斯坦的遙遠西方，也就是從俄羅斯領土內的車臣共和國來到這裡的難民。當初艾莎的父母是賭上性命危險讓她順利逃出車臣，所以艾莎毫不猶豫地選修政治課程，並且幹勁十足地想要讓自己的新故鄉不要成為第二個車臣。對於懷抱這般想法的艾莎來說，夏希凡事皆表現出被動的態度似乎讓艾莎看不順眼。

在成績方面，夏希與艾莎互相較勁的機會也不少。

因為很多學生除了後宮之外，別無去處，所以在後宮裡的成績競爭劇烈。在這樣的狀況下，只要艾莎在國際關係的筆試考到第一名，夏希就會在資訊工程也考到第一名。每次只要有像這樣的競爭，艾莎就會越發不耐煩，霸凌的狀況也跟著加劇。如果反過來思考，或許艾莎是把夏希視為真正的競爭

對手也說不定。

對於艾莎，即便是好勝的賈米拉，也不敢表現得過於強勢。

這般關係的三人在不久後變成了摯友，而說到契機，那還真是微不足道的小事。

那次也是夏希第一次考試拿到了鴨蛋。就某個角度來說，其實那次的考題本身極其簡單，只有短短三行字而已。

「你現在是阿拉爾斯坦的總統。激進派的阿拉爾斯坦・伊斯蘭運動（ＡＩＭ）和遊牧團體聯合起來提出希望東部沙漠得以分割獨立的要求。你打算採取什麼樣的對策，並會在預測到什麼樣的結果下採取行動？」

望著考題，夏希一邊轉動鉛筆，一邊陷入沉思。

雖然夏希早已決定選修技術課程，但所有學生時而還是必須接受這類的考試。

夏希在無意識之下，看向在同一間教室裡接受相同考試的艾莎。

一開始，艾莎振筆疾書。這是艾莎擅長的領域，理所當然會有這樣的表現。不過，艾莎忽然停下寫字的動作。

接下來，夏希不小心目擊到那一刻。

艾莎原本顯得優雅的表情突然變得嚴肅。很明顯地，艾莎內心有所動搖，而且感到不耐煩。她動

作粗魯地揮筆寫完答案後，隨即把考卷交給監考官，比任何人都更早一步離開教室。

說來奇妙，夏希覺得自己簡直像擁有了透視能力，清楚看出艾莎寫了什麼答案。在那之後，夏希寫下自己僅有短短一行字的答案，追著艾莎離開了教室。

艾莎站在蓄水池前方的陽臺上，偷偷抽著她喜愛的香菸。艾莎瞥了夏希一眼後，立刻別開視線看向眼前的水面。

在那之後，成績名列前茅的學生姓名以及分數被公告出來。名單上出現艾莎和賈米拉的姓名，卻不見夏希的姓名。

比起自己，艾莎似乎更在意夏希的成績，她毫不客氣地大步走近夏希。

「妳到底寫了什麼答案？」

艾莎一開口就逼問道。

「很簡單啊。」

「就算是不擅長的領域，憑妳的機靈程度……」

夏希用著毫無抑揚頓挫的語調回答：

「我寫了『認同分割獨立』，就這樣而已。」

「為什麼？」

「我們自己也是分割獨立的國家，我覺得這樣比較合情合理。勉為其難地融合在一起，只會留下禍根。關於這點，我們應該有刻骨銘心的體會才對。」

夏希這番話有一半是出自真心，另一半不是。

夏希當然知道寫出這種答案，勢必會惹得教師們不開心，也可能會害自己落得失去住處的下場。儘管如此，看見艾莎在考試時的動搖態度後，夏希像是受到了某種刺激，忍不住寫下那樣的答案。

艾莎咬著嘴唇。

「照妳這樣的說法，國家根本——」

——不可能成立。

艾莎話說到一半吞了回去。她的嘴角早已不見睡蓮般的微笑。取而代之地，艾莎露出鮮少讓人看見的掙扎表情。

「走吧！」

有人從身後拍了拍夏希的肩膀說道。夏希回頭一看，發現是賈米拉。

「我發現一家很好吃的手揉麵店。」

艾莎沒有多說什麼，便轉身離去。在那之後，夏希便不再遭受霸凌了。

隔週，艾莎邀請夏希和賈米拉一起上街欣賞戲劇。

戲劇表演聽說是這陣子街上正流行的歌劇。

歌劇的門票十分搶手，劇場前方大排長龍，但艾莎一露臉，隨即被帶往貴賓席。夏希和賈米拉互看一眼後，跟在艾莎的後頭走去。

歌劇演員是七人組的帥哥團體，團名相當俗氣，叫作「馬格里斯拉德壞男孩」。或許取這樣的團

名和建國神話的「創始七人」有著呼應之處，但帥哥團體的七人搞笑成分較重。七人動不動就會高舉雙手，比出愛心的手勢大喊：

「可以嗎？」

這似乎是他們的招牌搞笑動作。

只要他們一做出這個招牌搞笑動作，就會引起全場沸騰，但夏希完全不明白哪裡有趣。比起搞笑表演，夏希的一顆心忐忑不安。因為她看見賈米拉毫不客氣地伸長手拿起艾莎買來的高級爆米花，以幾乎打算吃光爆米花的猛烈速度吃著爆米花。

看見賈米拉這樣的表現，艾莎也驚訝得說不出話來，最後終於忍不住把容器移到賈米拉伸手碰觸不到的位置。賈米拉專注地觀賞著歌劇，沒發現容器被換了位置，繼續伸手在原本放著容器的地方摸索卻撲了空，結果身體失去平衡險些從椅子上摔下來。夏希忍不住發出竊笑聲。

艾莎當然沒有漏看夏希的反應，輕輕眨了一下眼睛。

觀賞完歌劇後，三人前往漢堡連鎖店吃便餐。

在一些尚未徹底擺脫社會主義經濟的周邊國家，還沒有「百分之百外資」的漢堡店。據說還有一些擁有獨特癖好的人會為了品嚐到這漢堡，特地千里迢迢來到阿拉爾斯坦。夏希三人有聊不完的話題，一路來的不愉快就像不曾發生過。話題包括無聊幼稚的玩笑話，或是說教官的壞話。還有，也聊到艾莎的故鄉話題等等。很快地，夜色加深了。

在通往後宮的釣橋上走著時，艾莎忽然停下了腳步。

看來艾莎是捨不得回到後宮去。三人都有著相同的心情。然而，學生受到門禁的規定，如果違背規定，就會遭到嚴重懲罰，最慘還可能被關進獨居房裡。

門禁的時間到來。

在化為陰影的後宮為背景下，艾莎簡直要唱起歌來似的拉高嗓門說：

「我第一次玩得這麼開心！」

在那之後，三人總會找理由一起玩耍。

到最後，艾莎還是沒有親口說出自己在那場考試時寫了什麼答案，不過，夏希明明不是善解人心的個性，卻能夠想像出艾莎寫了什麼答案。

艾莎太優秀了。

因為太優秀，所以艾莎肯定在不知不覺中寫了答案。艾莎肯定照實寫出俄羅斯的鮑利斯・葉爾欽總統如何不仁不義地對待並鎮壓她的祖國車臣。

所以，寫到一半時艾莎發現自己的舉動而茫然自失，表現出不符合其作風的態度。

如果要艾莎說出真心話，她肯定也很想寫出和夏希一模一樣的答案。

6

在國民廣場的管理辦公室屋頂上，夏希忽然發覺自己自然流露出笑容。

因為和走下廣場的賈米拉眼神交會，夏希不禁感到開心。賈米拉和吟遊詩人伊果不知道交談了什麼之後，消失在擁擠的人群之中。

至於艾莎，不知不覺中她已經抱著來野外郊遊的心情在鐵皮屋頂鋪上羊毛墊，打開袋子偷看夏希親手做的三明治。

「夏希。」

艾莎像一隻小貓咪抬頭望著夏希。

「我可以吃嗎？」

「不行。要等賈米拉回來才能吃。」

艾莎露出鬧彆扭的表情把袋子恢復原狀。

雖然艾莎的一連串動作簡直像個小孩，但她可是已經完成政治課程，明年起將在外交部工作的內定人員。

這麼一想，夏希不禁覺得這可能是最後一次三人能夠這樣聚在一起玩耍。

夏希還有一段日子要走，才能夠完成技術課程。對於未來，夏希也不像艾莎那樣心意堅定。可以的話，夏希希望能夠進入技術部從事植物工廠的相關工作，以延續父親留下的工作。

不過，夏希的內心深處還悄悄藏著另一種想法。

夏希對於遊牧民族有著莫名的嚮往。

在沙漠架起帳篷，牽著駱駝行動，還有一年一度盛裝打扮到街上遊行。夏希明白在沙漠生活並不

輕鬆。不過，對於只能夠在後宮得到棲身之處的夏希而言，在沙漠的生活有著她沒有的東西。

艾莎躺在羊毛墊上，不死心地又開口問：

「只吃一個就好。」

「好吧。」

夏希笑著答應後，低頭看向廣場上的擁擠人群。

不知不覺中，方才起爭執的男子們已經和解。

大家和慕達發以及觀光客青年搭起肩膀，輪流喝著產自卡拉卡爾帕克斯坦的伏特加，並把酒比喻成少女吟唱起詩歌。

啊～少女呀！
來自天山山脈的帕米爾高原，
清澈融雪恩典下的水晶少女呀！
鳥兒們齊聲歌唱，小馬垂下頭享受片刻的休憩，
啊～痛飲吧！啊～歡唱吧！
少女呀！身上裹著絲綢、宛如仙女從天而降的少女呀！

夏希俯視著互搭肩膀的男人們，內心有種難以理解的情緒。

雖然男人們笨得可以，又動不動就愛吵架，但還是有他們可愛的地方。為什麼這樣的男人們會掀起那麼多的紛亂呢？

當然了，夏希在課堂上學習過歷史和國際關係。

她知道曾經排名世界第四大的鹹海是在一九六〇年代開始縮小面積。

原因是在史達林時代提倡了以「改造自然計畫」為基準的灌溉農業。蘇聯為了讓沙漠化為農地，把流入鹹海的豐富水源利用為灌溉用水，而挖掘運河，打造出面積將近八百萬公頃的農地。

然而，鹹海的面積自然而然地開始縮小。

嚴重時，據說鹹海的海岸線一天就會後縮長達一百公尺。

在過去，鹹海中有許多的島嶼，可捕捉到豐富的魚類，但就這樣變成了連沙漠植物也無法扎根的一大片鹽地。漁村失去了產業，殘留的船隻化為細沙上的鐵塊。面積縮小後的鹹海也因為鹽分濃度急遽上升，導致魚類無法繼續生存。

全新沙漠的出現也使得氣候產生了變化。

夏天變得更加酷熱，冬天則變得更加寒冷。降雨量減少，沙風夾帶著鹽分和大量有害物質高高揚起，最後落在周邊地區的農作物上。罹患貧血、呼吸器官疾病、肺結核，或癌症等疾病的病患人數驟增。影響範圍廣大，就連蘇聯時期在海島上秘密建蓋的生物武器工廠也受到污染。

有將近八成的動物群滅亡了。

這也是為何被形容是「二十世紀最大規模環境破壞」的原因。

然而，有一群人把這片海鹽沙漠視為新天地，而非死亡土地。這群人就是「創始七人」，當中包含過去被迫成為滯留者，爾後趁著戈巴契夫推行開放政策而逃亡來到這裡的人。

時刻來到了中午十二點。

佩爾韋茲·阿里本人帶著安全特警，踩著緩慢的腳步站上講臺後，在講臺正下方吵吵鬧鬧的男子們陷入一片鴉雀無聲。阿里沒有立刻開口說話，他站在麥克風的前方，以視線由右至左掃過廣場上的聽眾一遍。

阿拉爾斯坦的平均年齡是四十九歲。

新生兒的死亡率將近兩成，識字率也很低。

國民的滿意度絕對稱不上高。即便如此，阿里還是有著足以媲美工程師馬格里斯的高人氣。原因是阿里也是「創始七人」當中的一人。

在獨立紀念日的這一天，總統接下來打算說什麼呢？

夏希幾人已經大概猜出總統的演講內容。夏希和艾莎、賈米拉抱著玩遊戲的心態做了預測後，三人得到幾乎一致的見解。根據三人的預測內容——首先，總統會針對四分之一世紀前的墾荒歷史，親口說出過往的回憶。這部分是每年必定會用來抓住聽眾的心的話題，所以肯定錯不了。

「二十五年前——」

經過足夠時間的醞釀後，阿里緩緩開口說話。

「我來到這塊土地時，這裡只有過去曾經是島嶼的山丘以及無人漁村。這裡既沒有水，也因為遭

受鹽害，連駱駝草也長不出來。在如此嚴酷的環境之中，我們和阿萊克西斯·馬格里斯一起腳踏實地地持續改善環境——」

夏希輕輕轉動視線，和艾莎交換了眼神。

當初「創始七人」選了一座荒廢的漁村作為據點，著手改造這塊土地的環境。

那座廢村即是現今的首都馬格里斯拉德的前身。在首都的南端，至今仍保留著當時的棧橋以及船隻殘骸。

創始七人打從一開始就抱著明確的建國意念，來到這塊土地上。

計畫之所以得以成功，是因為成員當中包含具有改造環境知識的阿萊克西斯·馬格里斯，以及與蘇聯中樞保有關係的前高官閣員拉夫羅夫·列昂季耶夫等人。

率先移居到這裡來的，即是在史達林政權下強制被迫移居到中亞地區、被稱為麥斯赫特土耳其人[註17]——簡稱麥斯赫特人的一群人。

起因是在烏茲別克斯坦東部的費爾干納盆地[註18]，發生了麥斯赫特人慘遭虐殺的事件。因為這起事件，無數的麥斯赫特人失去住所。蘇聯的中央政府向俄羅斯提出接納麥斯赫特人的要求，但多數麥斯赫特人選擇追求新天地，決定移居到鹹海地區。

在這裡也可以看見潛藏在麥斯赫特人與烏茲別克斯坦之間的爭執火苗。

以中央政府的立場來說，麥斯赫特人的舉動總比要他們接受大量移民來得好。基於中央政府這樣的想法，加上列昂季耶夫的積極促成下，阿拉爾斯坦——當時的名稱為「麥斯赫特土耳其自治共和

國」才得以成立，列昂季耶夫也坐上第一任總統的寶座。

那是發生在一九九〇年，蘇聯慢慢步上解體之路、陷入混亂時期之中的事情。

講臺上的阿里繼續說：

「所以，今年又來到值得紀念的這一天，也讓我有機會跟大家說說話。」

當時為了增加國家的人口，前任總統列昂季耶夫使出可說是絕招的招數。

在有把握可以成功改良覆蓋沙漠的白色恩惠，也就是「白梭梭」的基因時，列昂季耶夫發起名為「歐亞遊牧主義」的運動。

根據當時的紀錄，中亞地區的遊牧文化因為蘇聯推行的定居化以及集體農業化政策，被迫走向衰退之路。不僅如此，政府在定義民族之際，極度重視該民族是否自古即定居於該地。

事實上，烏茲別克斯坦獨立後，在定義「烏茲別克族」之際，也是承續蘇聯的定義規則。那舉動簡直就像試圖把過去曾經席捲中亞地區的遊牧文化，當作從未有過一樣。

在中亞地區，受到壓抑的遊牧民族內心藏著無意識——

列昂季耶夫不斷反覆強調這個事實。他相信只要點燃遊牧民族的無意識，催促遊牧民族移居，不久後人們就會聚集過來。

註17：麥斯赫特土耳其人是生活在喬治亞梅斯赫季地區的突厥語民族。
註18：費爾干納盆地位於烏茲別克斯坦、塔吉克斯坦和吉爾吉斯斯坦三國交界處。盆地內的河道縱橫，農業發達。

而且，即便是再嚴酷的土地，也不可能比現狀的土地更加嚴酷。

維吾爾、車臣、塔吉克斯坦、伊拉克和阿富汗等周邊紛亂地帶的人們，果然也為了追求新天地，開始聚集到這塊土地來。當中有人居住在城市，也有人選擇實際以遊牧民族的身分過活。為了不讓人聯想到特定民族，因此將國名更改為阿拉爾斯坦。

就這樣，列昂季耶夫讓十九世紀的光景在海鹽大地復活過來。

這麼一來，不用想也知道阿里接下會說什麼。

阿里將傳遞訊息給擁有無數民族，並且承擔分離主義風險的國內人民。阿里將透過訊息讓此刻在嚴酷環境下生活的人們和「創始七人」重疊在一起，激勵人們必須更加團結。

「這當然不是我們這些所謂『創始七人』的功勞。這是選擇這塊土地作為新的祖國，和我們一樣承受嚴酷環境的考驗，為如今擁有的繁榮定下基礎的無數人們的功勞。沒錯，我深信這是集結我們全國國民的力量而有的成果。」

阿里也不忘強調阿拉爾斯坦以技術立國的一面。

在未來，技術將成為串連起整體的關鍵所在。

「換個說法，也可以形容成技術串連起人們。」

艾莎抬頭看向夏希，輕輕拋了個媚眼。

下一個話題比較難預測，但夏希猜想阿里應該會提及可能刺激到整體中亞地區名譽的話題。

舉例來說，像是說出全世界最先發展出騎馬技術的人是我們這些人等等的話題。然後，藉此向哈

薩克斯坦的納扎爾巴耶夫總統[註19]所提倡的歐陸主義暗示附和之意。

「不過，很肯定地，打從遠古時代我們就與家畜共生共存過來。千萬不能忘記最先想出騎馬技術的不是別人，正是我們這些歐陸人民。」

還要順便針對共同開發油田一事表達謝意，給足烏茲別克斯坦面子。

「另一方面，針對油田的技術開發，南方的善良鄰居向我們伸出了援手。」

蘇聯解體後，鄰近的哈薩克斯坦和烏茲別克斯坦之所以願意承認阿拉爾斯坦是自治國家，背後原因就在於經濟。隨著獨立，他們這些前蘇聯各國被迫接受資本主義。

然而，接受資本主義意味著必須徹底改變社會架構。

只要有一次革命行動即可實現共產主義，但經濟一旦共產化，便難以資本主義化。

在課題堆高如山之中，他們將阿拉爾斯坦定位成中亞地區的香港，實驗性地讓阿拉爾斯坦成為自由經濟特區，並且讓阿拉爾斯坦發揮身為避稅港的功能。

在政治與經濟兩方面，阿拉爾斯坦成為中亞地區的中立地帶，歐美國家也因此稱呼阿拉爾斯坦為「自由主義之島」。阿拉爾斯坦的首都處處可見賭場、舶來品店的存在，一度成為繁華的國家。

直到不久後在南部發現了油田，二〇〇〇年的那場悲劇到來之前。

註19：納扎爾巴耶夫的全名為努爾蘇丹．阿比舍維奇．納扎爾巴耶夫，為哈薩克斯坦的政治人物，於蘇聯時期擔任哈薩克共產黨第一書記，在一九九一年十二月獨立後就任哈薩克斯坦總統至今。

這時，隨著雜音傳來，麥克風的聲音也中斷了。

現場頓時陷入緊張的氣氛，但不到十秒鐘，麥克風又恢復了正常。

「真是的，難得人家提到技術方面的話題……」

阿里嘀咕道，營造搞笑的氣氛。

接下來的內容才是勝負關鍵。阿里不僅想要向大國暗示附和之意，還想要實現一個理想，促使各民族或各部落再次團結起來。

「在過去，這裡是一大片連動植物都幾乎瀕臨滅亡的海鹽沙漠。如今，搖身化為鹽城，並成為新的一條絲路連接起哈薩克斯坦和烏茲別克斯坦。我相信在未來的某一天，鹽城肯定會蛻變成為綠色城市。為了達成這個目標，除了必須有嶄新的技術──」

總統說到這裡時，刻意稍作停頓。

他緩緩再次環視聽眾一遍後，繼續說：

「也必須借助在場各位的力量。因為過去人們的罪行，使得這裡原本有的一片海洋成為幻影。正因為如此，住在這塊土地上的我們才更應該展現新居民的力量，不是嗎？所以，在場的麥斯赫特人民、庫德人民[註20]、車臣人民──」

阿里依序喊出在阿拉爾斯坦國內的各民族名稱。

然而，隨著民族名稱一個接著一個被喊出，大家的不安情緒也逐漸加深。原因在於該如何看待國內的阿拉爾斯坦・伊斯蘭運動（AIM）將會是個問題。

周遭的中亞各國為了抑制民族之間的紛爭和分離主義，試圖把伊斯蘭激進派視為共同的敵人來統合國民國家。然而，這樣的動作帶來新的禍根，促使人們自願以援兵的身分流出至敘利亞和伊拉克。

這麼一來，不用說也知道阿拉爾斯坦會被賦予什麼樣的任務。

身為歐亞的中立地帶，阿拉爾斯坦的任務就是接納保守派，並提供住處給這些人。反言之，即是把保守派的人們封鎖在這塊新天地裡。

不過，ＡＩＭ拒絕在制度內參與政治，也不派出代表參加議會。因此，可以針對這點柔性提出批評，並要求ＡＩＭ參與國政，向國際社會強調我們是局勢穩定的伊斯蘭教國家。

夏希等人意見一致地認為阿里會提出這樣的發言。

現實卻不然。

總統深深吸入一大口氣，準備做出接下來的發言。就在那一刻，一道槍聲響遍全場。夏希確實目睹了那一瞬間。她看見腦漿飛濺，在一剎那的寂靜過後，佩爾韋茲·阿里在講臺上緩緩倒下。

廣場陷入了一片混亂。

註20：庫德人是生活於中東的遊牧民族，為西南亞庫德斯坦地區的基本居民，主要分布在土耳其、敘利亞、伊拉克、伊朗四國境內。

淑女腳踏車環遊世界一周～阿拉爾斯坦篇 1

今天真是累壞我了！
在維吾爾的喀什市註21和旅行者聊天時，我才發現阿拉爾斯坦似乎是個很有趣的國家。最有趣的地方就是據說它原本是一片受到環境破壞而乾涸的鹹海海底，後來在各國受到差別待遇的人們聚集到這裡來，最後形成了一個國家。聽到這種故事，還真是讓人有種熱血沸騰的感覺！
但是，針對這個國家，竟然沒什麼相關資訊！
我的旅遊指南書上，也只有短短兩頁的專欄。那也就算了，因為它是一個移民聚集的國家，所以大家都使用不同的語言。

不過，身為一個旅行者，都會有只要看見國境，就會想要越過國境的習性。
我整個人熱血沸騰、蠢蠢欲動，我要來去阿拉爾斯坦瞧瞧！
於是，我真的去了阿拉爾斯坦！！

首先，我隨著日出來到了國境。從烏茲別克斯坦的木伊那克出發，車程大約花了十五分鐘。不知道是不是多心，總覺得國境警備森嚴，散發出讓人不太敢靠近的氛圍。我沒有被檢查行李，說了一句「tourist（觀光客）」後，就直接讓我越過國境。
越過國境後，走過長長一段緩衝地帶進到阿拉爾斯坦一看……
我發現海關居然是有著鐵皮屋頂的棚子！我最喜歡這種國家了！
因為日本人可以免簽證居留三十天，所以只蓋了入境章就完成通關動作。
我告訴海關人員打算騎淑女腳踏車到哈薩克斯坦後，海關人員一臉有些難以置信的表情。
不過，聽說今天將舉辦獨立紀念祭典，所以我決定搭車到首都。
我在廣場上想要買克瓦斯（麥汁？）時，因為價格太貴，還差點和店家吵起來（後來是和解收場，還被一個親切的日本女生解圍。）。

……至於在那之後發生了什麼事，我想已經是眾所皆知了。
<u>阿拉爾斯坦總統在演講中遭人暗殺（數位新聞快報！）</u>
廣場上一片大混亂。我先確保有旅館可以住之後，去了美國大使館試圖收集資訊……沒有啦，因為在我的旅行經驗中，在日本大使館沒有留下過什麼美好的回憶（當然了，當中也遇過親切的大使館就是了。）。
我很快地收集到資訊，並且得知令人頭痛的事實。那就是因為發生緊急事態，所以南北兩側的國境都被封鎖住了！不過，日本外交部似乎也沒有發出緊急撤離的通知。
總之，店家都還在營業，我晚餐吃了別什巴爾馬克（燉肉麵）註22後，就回到了旅館。好啦，就等著看我會迎接什麼樣的明天吧！

（待續）

註21：喀什市是中國最西端的城市，為歷史文化名城之一。位於新疆維吾爾自治區西南部喀什地區，帕米爾高原和塔里木盆地的交界處。
註22：別什巴爾馬克是突厥人喜愛的一種菜餚，也是哈薩克的國菜。「別什巴爾馬克」為音譯，意譯為「五個手指（手抓肉）」。

2

水上後宮

1

比起在新聞畫面上看到的，真實的議會會場感覺狹窄許多。

紅色呢絨布料的座椅原本圍繞著議長席呈扇形排列，但此刻東倒西歪，有幾張座椅還橫倒在地上。文件散落了一地，卻沒有人收拾。

夏希蹲下身子，撿起幾張紙。

紙上列出原本今天臨時要討論的議題清單。議程似乎進行到了一半，紙上可看見議員的親筆字跡。另一張紙是委任書。委任書上寫著「本人因罹患疝氣，特委任國民進步黨黨主席代為執行本日之決議」。

眼前呈現出彷彿萬物皆在，唯獨人類從地面上消失的光景。

有好一會兒的時間，艾莎在無人的議會會場正中央呆立不動。

「這什麼狀況……」

艾莎脫口說道。

至於賈米拉，她則是半抱著死心的心態說：

「其實我一直很想找機會坐坐看。」

說著，賈米拉挑了張座椅坐了下來。

夏希也學起賈米拉坐上座椅，但不知道是誰在議會進行時啃了葵瓜子，弄得椅墊上到處都是葵瓜子。

「天啊——」

夏希不由得抬起身子，急忙拍打沾在衣服上的瓜子殼。

夏希三人剛剛抵達議會會場不久。

佩爾韋茲．阿里總統在國民廣場進行演講時中彈倒地後，謝爾蓋副總統立刻召開了緊急議會。夏希等人被命令在後宮待命，但左等右等，理應現場轉播議會畫面的國營廣播電臺不是播放阿拉斯加的白熊或亞馬遜的稀有青蛙畫面，就是播放莫名其妙的小船畫面。

各種流言蜚語四起。

傳得最為沸沸揚揚的流言莫過於根本沒有召開議會，而且有人目擊到多輛賓士車像逃離似的駛離議會會場。如果這真是事實，會讓人想不通議員們為何要爭先恐後地逃離？

夏希等人只能在後宮的大房間裡圍著螢幕，陷入焦慮不安的情緒。

大家也都掛念著總統的安危。

把過去曾是名符其實的後宮改造成讓女性接受高等教育的場所，時而也會親自站上教壇授課的佩爾韋茲．阿里既是總統，也是大家憧憬的對象。受人憧憬的阿里在演講時受到槍擊的事實，使得大家內心動搖不已。對於除了後宮之外，別無去處的一群人來說，甚至不知道自己接下來將面對什麼樣的命運。

最後，艾莎終於下定決心地站起身子。

——去看看狀況吧！

——等一下，樹懶剛剛生了小baby……

賈米拉使力敲了一下夏希的頭。在那之後，三人決定偷偷溜出後宮，前去議會廳一探究竟。

後宮和議會廳皆面向蓄水池，沿著池邊的小徑往南走會是捷徑。一群小雞正在橫越小徑，三人橫跨過小雞群，刻意繞到採用哥德式建築風格、散發莊嚴感的議會廳正面。

警官們在議會廳的外牆邊來來去去，已是一片警備森嚴的氛圍。不過，沒有人喊住夏希三人。可能是三人身穿遊牧民族的傳統衣裳，所以警官們一眼就看出是來自後宮的女性。

不過，來到議會門口時，果然還是被阻擋了。艾莎表現出一副理所當然的模樣。

「拜託啦～」

艾莎拋一下媚眼這麼說之後，對方瞬間僵住不動，三人趕緊趁機從正門闖入議會。

三人就這樣闖進議會一路到了此刻。或許是總算回過神來，方才的警衛衝進議會，準備把夏希三人攆出去。

「這到底是怎麼回事？」

艾莎立刻發問，但對方沒有回答。

「後宮的小姐們，這狀況請妳們務必保密……」

明明知道不可能隱瞞到底，警衛還是氣喘吁吁地這麼說。

「真是傷腦筋。」

賈米拉一臉感到難以置信的表情，緩緩站起身子。

「這椅子如果不是坐起來舒服成這樣，或許就不會有那麼多議員打瞌睡了。」

「對一群老爺爺們來說，想必硬撐得很辛苦吧。」

艾莎一邊面無表情地應道，一邊趁警衛沒注意時抓起一張散落在地上的文件，偷偷藏在身後。夏希發現艾莎的舉動後，刻意引起警衛的注意說：

「警衛先生，你不逃跑不要緊嗎？」

「這是我的職責所在。不……我這不是在批評議員大人們的意思……」

警衛這麼回答後，或許是察覺到自己太多嘴，紅著臉一副慌張失措的模樣。艾莎輕笑一聲說：

「謝謝你這麼盡責。」

聽到艾莎的慰勞話語後，警衛的臉更紅了。

不知為何，夏希三人明明應該是要被攆出去，卻在警衛的鞠躬致意下被送出議會。

2

西斜的午後陽光照耀下，蓄水池的池面閃閃發光。

短短向前突出的棧橋上，繫著幾艘船隻。只有後宮女性有特權，可以坐在船上在蓄水池面野餐。

夏希等人身穿古老遊牧民族的傳統衣裳，在船上優雅用餐的模樣，總是迷倒為了感受異國情懷而到訪

此地的觀光客。

此刻，只有艾莎一人獨自佇立在棧橋上，噤聲不語。

三隻褐色的鴿子聚集到艾莎的腳邊。

「茶泡好了喔！」

夏希向艾莎搭腔道，但艾莎沒有反應，依舊陷在沉思之中。

此刻，夏希等人來到位於水上後宮的後方，這是既是碼頭，也是陽臺。

陽臺上排放著四張庭院桌，在昨天之前，這裡還充斥著學生們的熱鬧說笑聲。不過，現在所有人的表情黯淡，也聽不到什麼交談聲。

除了夏希和賈米拉聚集在這裡之外，還有兩個與艾莎關係親近的學生占著較遠處的桌子。夏希擅自在心裡稱那兩個學生一個叫高個兒、一個叫眼鏡。那兩人同時也是以前經常霸凌夏希的學生。

除此之外，還有一個年幼組的學生漫無目的地到處走來走去。

後來，聽說總統被送往國立醫院。不過，想必沒能搶救成功吧。

隨著槍聲響起，阿里的腦漿四濺，夏希好死不死地目睹了那個瞬間。國民廣場立刻陷入混亂狀態，遊牧民族的駱駝失控，人們爭先恐後地試圖逃跑，結果變成了骨牌一個一個倒下。據說有部分地區已經出現死傷。

至於夏希——她因為太慢逃跑，反而免於被捲入混亂場面。

當時，過去的記憶在夏希的腦海裡閃現。因為過往的紛亂而失去雙親，自己孤零零地在一片焦土

上徘徊的那段想忘記卻怎麼也忘不了的記憶。夏希不知所措，在屋頂上抱著頭縮成一團時，艾莎把夏希擁入懷裡，撫摸夏希的頭。

夏希也很擔心獨自一人在廣場上的賈米拉。在後宮與賈米拉重逢時，夏希也沒料到自己會突然淚流不止。聽說在那之後，學生被命令暫時在後宮待命，大部分學生都聚集在宿舍房間，也就是二樓的大房間。

賈米拉在大家的棉花圖案茶杯裡只倒入半滿的茶。

只倒入半滿的茶是這地區的禮儀。相反地，如果主人倒了滿滿一杯茶，就會變成在暗示客人：「請回吧！」

「真不知道以後會變怎樣……」

「船頭橋頭自然就會直了啦！」

「眼鏡」和「高個兒」兩人的自暴自棄對話傳來。賈米拉暗暗瞥了兩人一眼後，在夏希的耳邊低語說：

「妳可以保持鎮靜地聽我說話嗎？」

夏希輕輕點頭後，賈米拉也點了點頭，並做出唐突的發言：

「阿拉爾斯坦・伊斯蘭運動（AIM）正朝向我們這方進軍。艾莎告訴我的……」

「不會吧？」

夏希忍不住大喊道，所有人一齊看向夏希。

夏希輕咳一聲說：

「馬格里斯拉德壞男孩要解散？」

「是喔。」

在對面桌的「高個兒」露出苦笑說：

「那是網路上經常會散播的假消息。千萬不要當真。」

高個兒她們身穿遊牧民族的傳統服裝，也同樣擁有智慧手機等資訊裝置。

「眼鏡」原本一副完全聽不到周遭聲音的模樣不停按著更新鍵，一心想要知道有沒有新消息出現。不過，對於這個話題，她似乎難以充耳不聞。

「都什麼時候了，還在聊這些……」

說著，眼鏡皺著眉抬起頭。

「就是在這種時候才更要聊這些。」

賈米拉眨一下眼說道，跟著頂出下巴指向站在遠處偷偷觀察這方狀況的年幼組學生。

年幼組學生今年六歲，名叫卡莉爾。卡莉爾是從中東逃來的亞茲迪教徒[註23]。她想必連目前發生什麼事情也搞不清楚，就如同夏希過去剛來到後宮時一樣。正因為如此，夏希幾人的不安情緒會直接傳染給她。

「說的也是。」

眼鏡嘆了口氣後，又回到她們自己的話題。

「真不知道以後會變怎樣……」

「船到橋頭自然就會直了啦！」

原本在說什麼來著？

夏希眨著眼睛這麼回想時，賈米拉輕輕拿出裝置，讓裝置背面朝上地躺在桌面滑向夏希。夏希以為賈米拉在跟她玩遊戲，打桌球似的把裝置推了回去。賈米拉一副彷彿在說「誰在跟妳玩了！」的表情皺起眉頭，這回讓裝置正面朝上地滑向夏希。

夏希看見顯示出電子郵件的畫面。

夏希知道自己一邊確認郵件內容時，表情變得越來越黯淡。

那是行政機關的官僚透過艾莎轉寄過來的電子郵件。後宮裡被認定是前途有望的菁英女性當中，很多人還沒畢業就已經和行政機關和議會建立關係。艾莎當然是其中一人。雖然夏希沒有直接問過賈米拉，但她相信賈米拉肯定也是一樣。

——總統目前人在加護病房，但仍陷入昏迷之中，幾乎沒有好轉的可能性。

可能是為了謹慎起見，艾莎遮蓋住了轉寄者的所屬單位和姓名。

郵件的後續內容寫著方才賈米拉提到的游擊隊話題。

——目前正從南方的祕密基地出發，朝向首都進軍。其目的應是占領議會廳。

註23：亞茲迪教是中東地區古老而獨特的宗教。亞茲迪教徒可說是一種族教群體，但亞茲迪人也屬於庫德人。

「啊……」

夏希的腦海裡閃過公寓崩塌後化為一堆瓦礫的畫面。她想起那個拚命挖除瓦礫的青年。不知道青年是不是還活著？如果青年還活著，會不會也和夏希一樣到現在仍擺脫不了當時的光景。

夏希甩了甩頭。

既然游擊隊正朝向這方進軍，就表示這方必須採取一定的行動。

首先，政府必須發出戒嚴命令，並且向阿拉爾斯坦的國軍發出指令。不過，阿拉爾斯坦的國軍因為完全依賴獨立國家國協（ＣＩＳ）的集團安全保障，所以規模很小，軍事訓練也做得不盡完善。

所以，郵件的後續內容也這麼寫著。

——不管怎樣，都必須向ＣＩＳ請求出動維持和平部隊（ＰＫＦ），但是——

意思就是，難得行政機關還存在，卻沒有人來發出指示。過往的偉人想出了權力分立的模式，但肯定沒有設想到會發生這種群龍無首的事態。

這時，沒人理會的卡莉爾突然往棧橋跑去。發現卡莉爾跑來後，艾莎蹲下身子，露出微笑摸了摸她的頭。

「別擔心，會沒事的。妳上二樓去床上睡覺吧！」

卡莉爾乖巧地點點頭後，穿過點綴上藍色鑲嵌藝術的尖頭拱門，回到屋裡去。

艾莎的微笑果然具有能夠讓周遭人們放鬆心情的效果。

雖然大家都在背地裡形容那是睡蓮的微笑，但夏希的認知與大家不同，她認為在那微笑的背後，

藏有艾莎付出的努力。那是艾莎身為率領年輕族群的領袖，自然而然培養出來的能力。

先確認卡莉爾已經離開後，艾莎一改語調說：

「我想瞞住大家也沒用。」

艾莎輕輕觸摸脖子上的披巾。

光是這樣的舉動，現場立刻安靜下來，大家正襟危坐等待著艾莎接下來的話語。艾莎從棧橋上走回來，站著拿起自己的茶杯。

「這茶都冷掉了嘛！」

艾莎先這麼抱怨一聲。

在那之後，艾莎開始向大家說明方才的那封郵件內容。漸漸地，大夥之間的緊張情緒明顯地高漲起來。

「可是……」

眼鏡插嘴說道。

「不是有ＰＫＦ嗎？而且我們也有國軍啊……雖然有點弱就是了。」

「對了！像上次啊！」

高個兒探出身子說道。

「有小朋友在放風箏，國軍誤以為是敵軍來襲，竟然射出火箭推進榴彈（ＲＰＧ）把風箏打下來。那簡直就是殺雞焉用牛刀的最佳例子，還把小孩子惹得哇哇大哭——」

「這就是問題所在。」

艾莎把手伸進懷裡，夏希猜想她應該是無意識中在尋找香菸。在那之後，艾莎停下動作，謹慎地挑選話語說：

「不管是要動用國軍，還是要請求ＣＩＳ出動部隊，都必須通過議會決議。」

阿拉爾斯坦的政治制度是採取議會制。

不過，還稱不上是百分之百的民主國家。畢竟阿拉爾斯坦的議會架構是由民族和部落團體各自選出代表，再按照人口比例來分配議員席次。當中有的部落是以投票方式選出代表，也有依世襲制度來決定代表。這也是議會為何被形容是長老會的原因。

「可是，」

艾莎壓低聲音繼續說：

「議會現在宛如空城，我們國家的政治處於空白狀態。」

「什麼——」

眼鏡開口說話的那一刻，手中的茶杯隨之滑落。

就在茶杯快要著地摔破的前一秒鐘，高個兒伸出手接住了茶杯。

「意思是說……」

高個兒瞇起眼睛繼續說：

「謠言是真的？」

「意思就是一群男人夾著尾巴逃跑了。」

這麼回答後，艾莎面無表情地讓身體往陽臺的欄杆上靠。

那是鐵製的欄杆，鐵欄杆的另一端沿著建築物種植了一大片蓮花。雖然那是艾莎之所以擁有「睡蓮的微笑」之名的由來，但此刻早已過了花季，只見綠葉在水面上搖蕩。

好一會兒的時間，沒有人說得出話來。

不用猜也知道議員們為何要逃跑。

首先，自己國家的國軍一點也不可靠。還有，規模龐大的CIS不可能那麼快就做出決定。議員們認為在維持和平部隊派兵到來之前，大家早就會被殺個精光。

——面臨重大問題時，大家都缺乏膽量，而且畏畏縮縮的。

夏希想起以前佩爾韋茲・阿里總統在教壇上嘀咕的身影。

「……官邸那些人呢？」

眼鏡用著有些帶刺的口吻問道，同時在自己的茶杯裡加了茶。

第一任總統拉夫羅夫・列昂季耶夫讓後宮群芳環繞的同時，也決定把這棟建築物視為樞密院，針對國政徵求女性們的智慧意見。另一方，第二任總統阿里把後宮的定位改為讓年輕女性們接受高等教育的場所。然而，這個改革動作在不久後帶來一個扭曲的現象。

後宮內部出現不同世代之間的對立。

夏希等人不僅逃過淪為側室的命運，還得到接受教育的機會，這樣的事實教原本的那些側室們情

何以堪？當中還有人露骨地惡意相向。

這麼一來，年輕世代當然也會忍不住反抗。

甚至還出現說話傲慢的學生，說一些「那些女人說穿了就是一群沒知識的側室」之類的話語。到最後，雙方互相忽視對方，一直處於冷戰的狀態。

這就是眼鏡的說話口吻會帶刺的原因。

「誰知道……」

艾莎保持靠在欄杆上的姿勢，看向設有樞密院的三樓。

以往的側室們，也就是眼鏡所稱的「官邸那些人」現在正在三樓的樞密院不知討論著什麼。

隨著艾莎的視線，夏希也轉頭仰望後宮。

面向陽臺和蓄水池這方的外牆上，點綴著以藍色為基本色調的鑲嵌藝術。二樓是供夏希等人睡覺休息的大房間。造型細長的窗戶邊，出現神色不安地俯視著這方的年幼組學生面容。

三樓的樞密院沒有設置窗戶。

夏希年紀還小時，曾因為想要知道大家在樞密院裡討論什麼事情，偷偷溜進樞密院裡躲起來，或是利用在市集買來的竊聽器和空拍機，也曾經爬到屋頂上從天窗偷看過，但每次都被發現，落得被關進懲罰室的下場。

「說是說樞密院，說穿了也不過是諮詢機關罷了。」

賈米拉換邊翹起二郎腿，喝一口冷掉的茶繼續說：

「她們的權限有限，更何況應該向她們諮詢的總統本人遭到槍殺。」

眼鏡擺出攤手的姿勢。

「說來說去，意思就是要靜觀其變？是嗎？」

「所以啊。」

艾莎簡短應了一聲後，眼神銳利地環視所有人一遍。

「我需要借助大家的智慧。妳們猜接下來會發生什麼事情？」

高個兒迅速舉高手。

「政變。因為一直等不到指示，國軍最後會一氣之下先占據議會。」

「這麼一來，會怎樣？」

「如果國軍成功掃蕩阿拉爾斯坦・伊斯蘭運動（ＡＩＭ），將會展開軍政統治。至於在那之後會怎麼演變……」

高個兒說到一半停頓一下，跟著摸起下巴繼續說：

「總之，感覺上不會往好的方向展開。」

「有可能。」

賈米拉這麼回應後，也舉高手。

「第二個可能性。ＡＩＭ占據議會……不過，他們不懂怎麼統治國家。政治將會呈現空白狀態，阿拉爾斯坦將化為恐怖份子的溫床。」

「那會是最慘的狀況。」

「而且，變成那樣的可能性很高。阿拉爾斯坦將從『自由主義島嶼』淪落為國際社會上的問題兒童。在那之後……」

「哈薩克斯坦和烏茲別克斯坦會為了掃蕩ＡＩＭ，開始進攻阿拉爾斯坦。」

賈米拉說到一半時變得吞吐，眼鏡接下話題說道。

「這兩個國家在互爭中亞的領導權，所以他們不會聯手作戰，而會想要爭取戰後的權益。到時候將展開ＰＫＦ、烏茲別克斯坦軍和ＡＩＭ的三方混戰。是這個意思嗎？」

「另一方面，在那同時——」

賈米拉把茶杯放回桌上，在胸前交叉起雙手繼續說：

「我們會變成要慰勞ＡＩＭ的存在。如果變成那樣的狀況，我可是恕不奉陪。」

「好討厭喔！」高個兒身體往後仰，打了一個哈欠。

一陣風吹來。

風兒帶著海潮的氣味，說出過去這塊土地曾經是一片大海。雖然每次吹到風，臉頰都會變得黏答答的讓人受不了，但夏希並不討厭這海潮的氣味。

夏希嘆了口氣後，戰戰兢兢地舉高手。

「應該也要預想一下三方戰爭會怎麼發展。」

「這話怎說？」艾莎問道。

「首先，AIM不可能贏得了。」

「應該吧。」艾莎冷冷地應了一句。

「這麼一來，哈薩克斯坦和烏茲別克斯坦就會當我們不存在似的，雙方自己溝通起來。在這之間，還是繼續出現傷亡。沒多久，也會開始引發反抗行動……」

夏希繼續說：

「所以，不管事態如何演變，這塊土地都將留下禍根和火種。」

艾莎沒有做出任何回應，只是緩緩點了點頭。

夏希悄悄環視四周一遍，看見大家的表情都變得僵硬。

賈米拉一副難以鎮靜的模樣把弄著頭髮，眼鏡的目光停留在裝置上，確認著有沒有新消息被報導出來。後宮的學生來自各地，有的是麥斯赫特土耳其人，也有來自塔吉克斯坦和阿富汗的難民。至於艾莎，她則是來自紛亂不斷的車臣。

大家都是在故鄉的淒慘災難之中死裡逃生，逃到這裡來。

後來因為阿里改革了後宮，大家才總算能夠在新天地重新扎根。好不容易才展開新生活，現在卻又要遭遇同樣的事態。

「要是阿里可以重新振作起來就好了……」

今天不曉得第幾次聽到這句話了。討論來討論去，最後總會像在繞迴路繞回這個原點。

艾莎把雙手交叉在胸前，背對著大家靠在欄杆上。她脫口說了一句：「Marusho。」夏希聽不懂

意思，心想那或許是艾莎的家鄉語言。

夏希的腦海裡突然閃過泡在蓄水池裡玩水的回憶。

在蓄水池裡玩水也是住在後宮者才有的特權之一。由於阿拉爾斯坦經常缺水，因此大家都是利用大眾蒸汽浴。不過，從街上看過來，陽臺這一塊區域正好是看不見的死角。所以，大家都會在這裡泡水泡到及腰的高度，時而還會像小小孩一樣互相潑水玩耍。不過，不知道為什麼，夏希現在回想起來卻覺得那段回憶宛如遙遠的往事。

這時，身後忽然傳來沙啞的聲音，打斷了夏希的淺淺回想。

「小鬼頭們好像在討論著什麼呢！」

一名身型嬌小的老婦拄著拐杖，出現在連接陽臺和後宮的尖頭拱門底下。烏茲瑪・哈里法——她是樞密院的議長，也是後宮的老大。

夏希往後縮起身子，微微拉開與烏茲瑪的距離。

「俗話說，『越沒有內涵的人，講話越大聲』。而且，凡事只能順其自然。」

原本背對著大家的艾莎轉過身子，發出犀利的目光看向烏茲瑪說：

「……感謝您的忠告。」

烏茲瑪的表情看起來像是覺得對方可憐，也像嘲笑著艾莎等人在虛張聲勢。尷尬的沉默氣氛籠罩著陽臺好一會兒時間。在那之後，烏茲瑪對著所有人宣告：

「就在剛剛，總統返回大地的懷抱了。」

生於大地者最終將返回大地的懷抱——意思就是，離開人世了。水滴滴落在夏希的頸部上，鴿子隨之飛起。這塊土地難得下起雨來。

3

為了躲雨，所有人穿過通往後宮的拱門。

穿過拱門後，會先來到小小一間休息室。休息室裡鋪著薔薇花紋的紅色地毯，並設有四塊架高地板的空間可供人休息。如果穿過休息室繼續往前走，會看見以挑高天花板的廣場為中心，兩旁設有圖書室、餐廳、倉庫和獨居房等設施，以及廚房等茶水設備，也設有清真寺。

牆壁是採用土磚為建材，再塗抹上純白色的灰泥鞏固。在靠近石板地的壁面上，會看見冒冒失失的年幼組拿硬幣刮牆，四處刻下塗鴉畫。

烏茲瑪脫下涼鞋後，或許是膝蓋發疼，她一臉痛苦的表情坐上架高的地板。

「怎麼啦？」

說著，烏茲瑪朝向夏希等人招了招手。

架高地板的空間裡擺設著矮桌，矮桌上早已備妥茶壺。

平常烏茲瑪等人都是關在樞密院裡，即便在廣場等地方有機會照到面，她們也甚至不會和夏希等人打招呼，更別說是一起喝茶了。這可是空前絕無的事情。「妳先請！妳先請！」夏希等人互看來互

看去，最後互讓了起來。

烏茲瑪瞥了一眼夏希等人的舉動後，輕笑一聲在茶杯裡倒茶，再倒回茶壺裡。烏茲瑪反覆了兩、三次同樣的動作。這樣的舉動也是喝茶時的禮儀。

艾莎彎下腰，動作俐落地脫去皮革長靴後，迅速在烏茲瑪的正對面坐了下來。接著，艾莎朝向不知所措的其他人說：

「今天會是漫長的一天。妳們趁現在去二樓休息一下比較好。」

這麼催促大家後，艾莎移動視線看向烏茲瑪。

「……反正我看也不是要說什麼值得開心的話題。」

屬於艾莎派的兩人聽從艾莎的指示，急忙離開了休息室。夏希和賈米拉互相使了眼色後，一副要保護艾莎的模樣，在艾莎左右兩旁的座位坐了下來。

烏茲瑪感到意外地輕輕揚起眉角，在那之後倒了四人份的茶。

茶杯裡盛著濃厚的綠茶。

夏希啜飲了一口，清爽的茶香隨著苦味在嘴裡蔓延開來。夏希忽然想起父親跟母親都不喜歡喝這個國家的綠茶。夏希的父母認為這個國家的綠茶不同於日本的綠茶味道，喝了反而會讓人覺得少了什麼東西。

烏茲瑪遲遲不肯切入主題。

取而代之地，她把視線移向被刻在灰泥牆壁上的塗鴉說：

「這匹馬是艾莎妳小時候塗鴉畫的。妳剛來到這裡的時候還比較可愛一點。」

面對突如其來的話語，艾莎瞬間露出有所動搖的表情。

「這邊是賈米拉畫的。這應該是在畫……俄羅斯煎餅吧。我想起來了，因為妳喜歡吃甜食。」

烏茲瑪一副想通事情的表情用力點點頭後，把茶杯湊近嘴邊。

烏茲瑪不僅記得學生們的名字、興趣和嗜好，還記得哪個學生畫了什麼塗鴉。轉眼間，烏茲瑪握住了現場的主導權。

夏希察覺到賈米拉不耐煩地扭動一下身子。

烏茲瑪用視線緩緩掃過其他塗鴉畫。最後，她的視線掃過夏希之前畫的圖畫，再次回到艾莎的身上。

「好了，該切入主題——」

「等一下！」

烏茲瑪無視於夏希的抗議，繼續說：

「我在此告知樞密院做出的結論。首先，妳們還是繼續在後宮待命。依阿拉爾斯坦的憲法規定，阿里的權限將委讓給謝爾蓋副總統。」

艾莎皺起眉頭說：

「包含副總統在內，議會現在不是空蕩無人嗎？」

烏茲瑪的表情一動也不動。

「那是謠言。」

烏茲瑪簡短一句駁回這方的疑問。

「阿拉爾斯坦·伊斯蘭運動（ＡＩＭ）正朝向我們這方進軍的事情呢？」

「我們並未掌握到有這樣的事實。」

騙人。

夏希這麼心想而不由得抬高身子，但艾莎輕輕伸出手制止夏希。

「……妳的意思是要我們就這麼默默看著國家被占領嗎？」

烏茲瑪停頓了一秒鐘。

跟著，她用白濁卻目光銳利的眼珠看向艾莎。

「少自以為是了！」

烏茲瑪忽然加強了語氣。

「妳重新捫心自問自己是什麼身分？自己的本分是什麼？」顫抖的指尖頂著艾莎的胸口。「不管符不符合妳的期望，這都是依憲法做出的結論。」

「也不能因為這樣——」

艾莎的語調也頓時激動起來。在那之後，艾莎自制地做了一次深呼吸。

「……我希望至少可以讓年幼組逃亡。」

夏希的腦海裡浮現了卡莉爾在陽臺上漫無目的走來走去的身影。

在中東的部分地區，基督教徒的孩子會被斬首，亞茲迪教徒會被賣作奴隸。若是陷入受到ＡＩＭ

統治的局面，誰也不敢保證阿拉爾斯坦不會落入相同的命運。

然而，艾莎的這般請求也被烏茲瑪駁回了。

「目前我們能夠確實說出的事實只有總統死亡的事實。這無法構成逃亡的理由。」

「等一下……」

賈米拉用指尖不停地敲打地毯。

「這樣會不會過分了點？」

烏茲瑪沒有回答。

夏希斜眼看著眼前的事態，手指輕輕按住眉間。這是夏希陷入思考時會有的習慣動作——身為樞密院的代表，烏茲瑪的發言確實合乎道理。儘管可以感受到其背後帶著對夏希等人的敵意。

「阿里總統的遺體在醫院的太平間嗎？」

對於夏希的發問，烏茲瑪一邊把棉花圖案的茶杯往後傾，一邊點點頭。

「怎麼了嗎？」

「我們得到阿里總統的恩情庇護，還得到接受教育的機會，我們怎麼忍心看著阿里總統的遺體在事態一直懸在半空中的狀況下，逐漸腐爛。」

「嗯……」

烏茲瑪看向夏希。

夏希恨不得能夠拔腿逃跑。

「所以，我希望可以幫阿里舉辦國葬。我記得這部分應該在樞密院的權限範圍內。」

「國葬必須依敕令來執行。除非有敕令，否則——」

「謝爾蓋副總統在逃跑之前已經發出敕令了，妳不這麼覺得嗎？」

烏茲瑪伸手拿起茶壺。

眼前的茶杯被倒滿了茶。這是告知對方「退下」的暗號。

「走吧！」

艾莎站起身子，碰一下夏希的肩膀說：

「畢竟事情似乎已經談完了。夏希，去幫婆婆拿拐杖。」

雖然感到不痛快，但在此刻夏希還是決定聽從艾莎的話。

在夏希三人當中，艾莎和阿里的關係最親密。

阿里特別疼愛艾莎這個資優生，也對艾莎寄予重望。艾莎得知自己明年夠資格進入外交部的消息時，最先報告的對象也是阿里，而不是賈米拉或夏希。

在此刻，最不甘心的那個人應該是艾莎才對。

烏茲瑪拄著拐杖從休息室，往挑高天花板的廣場緩緩走去。

「黑暗日將看出友情的真偽——」

烏茲瑪保持背對著這方，傳來沙啞的聲音。

「黑暗日肯定不是指今天這一天。更加黑暗、連一絲光線也看不見的日子正在未來等著妳們。聽

好啊，這不是威脅話語，而是預言。我就看妳們的好友情能夠持續到什麼時候……」

烏茲瑪留下詛咒般的話語，消失在通往階梯的走廊上。

夏希三人帶著難以接受的心情，被留在休息室裡。沒多久時間，賈米拉發出咋舌聲，踹了架高地板一腳。

「不過，真沒想到她們會袖手旁觀……」

即使拿架高地板出了氣，賈米拉還是一副難以壓抑焦躁情緒的模樣。這時，賈米拉忽然看向牆上某個塗鴉畫。那是夏希之前畫的圖畫。夏希挑了被架高地板擋住的牆壁位置，偷偷用硬幣刮出圖畫。

那圖畫勾勒出夏希三人以艾莎為中心牽著手的畫面。

賈米拉向艾莎招招手，指向塗鴉畫。

「不行！」

夏希不由得擋在塗鴉畫的前方說道，但於事無補。

艾莎顫抖著肩膀呵呵笑了起來。那是艾莎發自內心的真心笑聲。艾莎漸漸收起臉上的表情。夏希和賈米拉自然而然地等待起艾莎接下來的話語。

艾莎的雙眸充滿著決心。

「賈米拉、夏希，妳們可不可以默默看著我接下來的舉動？」

4

夏希躺在大房間裡的雙層床上鋪，發呆地望著天花板。天花板是一片白色灰泥，只要稍稍伸長手就可以觸摸到天花板。夏希伸手一摸，白色粉末隨著粗糙不平的觸感剝落下來。

賈米拉躺在下鋪休息。一開始，賈米拉表現出憤懣難平的態度，一下子埋怨烏茲瑪這個、一下子埋怨烏茲瑪那個，而且每次不忘尋求夏希的認同。夏希隨便附和一段時間後，可能是氣到累了，賈米拉不知不覺中就這麼板著臉睡著了。

賈米拉之所以可以睡在下鋪，是因為她比夏希年長兩歲。

雙層床的下鋪只要由上往下垂掛織布，就可以擁有個人的空間。不過，曾經有一次因為夏希的睡癖不好，吵得賈米拉拜託夏希跟她交換。夏希開心地鑽進下鋪準備睡覺，沒料到……

——搞什麼嘛！怎麼床墊上到處都是沙子啊！

上鋪傳來這般抱怨聲，夏希只好又乖乖爬回上鋪。夏希有種自己被嫌髒的感覺，心裡有些受傷，到現在其實都還有些記恨。

從細長窗戶流瀉進來的陽光，逐漸化為夕陽餘暉。

夏希豎耳聆聽後，四處傳來學生們的低聲交談。一開始，都是在為國家和自己的未來擔憂的聲音，但沒多久後，漸漸地被「想也沒用」的倦怠感取代。

也有不少人抱著「趁著還有時間休息」的心態在睡覺。

說是說大房間，但面向蓄水池的這間細長房間排滿雙層床，有將近八十人在這裡起居，所以看起來顯得狹窄。大房間裡沒有置物櫃這種貼心的設備，大家的行李或換穿衣物四處分散擺放著。至於現金或身分證等貴重物品，大家都是壓在枕頭下睡覺。

如果觀光客看到這房間，肯定會很失望吧。

在那之後，艾莎無視於待命的命令，離開後宮到現在都還沒有回來。畢竟是艾莎，她肯定是有所想法才會採取行動。夏希心裡明白這點，但不知道為什麼，總有一種不好的預感。

「太誇張了——」

「真的假的？」

同時間裡，房間四處傳來聲音。「嗯～」下鋪傳來賈米拉伸懶腰的聲音。

「到底是怎樣？」

「妳快看ＢＢＣ新聞。」

隨著周遭的聲音，夏希拿出行動裝置點開新聞畫面。

『阿拉爾斯坦外交部於十四日十六時公開發表遵照已故佩爾韋茲·阿里總統的遺志，由艾莎·發夏爾擔任代理總統，同時成立臨時內閣的消息。』

「嗯。」

夏希這麼發出一聲後，關閉新聞畫面。

她保持仰臥的姿勢歪著頭，再次點開畫面後，不由得整個人跳起來，一頭猛力撞上天花板。隔了一會兒後，下鋪也同樣傳來「叩咚！」的聲響。

隨著話題中的主角本人出現，騷動聲安靜下來。

艾莎右手捧著一堆紙，站在門口。

「……我等一下再說明。」

艾莎站到共用的桌子前方，挪開酸黃瓜罐、駱駝奶製的乾酸奶球、俄羅斯的超級難打開豆子罐頭等物騰出一個空間後，放下紙堆。

「這上面寫著每一個人的名字，大家來拿自己的那一份，別拿錯了。」

學生們戰戰兢兢地聚集到桌子四周。

夏希也兩階當一階地衝下雙層床的梯子。「這妳的。」一名學生親手把夏希的那一份遞給她。夏希一看，發現是一份把外交部信函和難民申請書訂在一起的文件。

「我透過外交部，向哈薩克斯坦交涉。想要逃離這裡的人，就立刻拿著這份文件衝去大使館。不過，動作要快一點。萬一ＡＩＭ進到首都來，大使館就會在那個時間點關上大門，沒時間在這邊互相惜別。」

雖然艾莎這麼說，但每一個人都站在原地不動。

一方面是因為感到困惑，二方面是大家也想知道是怎麼回事。艾莎究竟施展了什麼樣的魔法？

「嗯……」

艾莎低聲呻吟後，輕輕搔了搔頭。

「我似乎是被指名的。而且，其他人也都沒有想要舉手的意願……畢竟現在這狀況，誰也不想成為箭靶。所以，我不得已只好決定自己來治理國家看看。」

艾莎那口氣聽起來，簡直就像決定要組成樂團一樣。

「反正照這樣下去，也不可能創造出什麼美好的未來。於是，我試著採取了一些行動。我心想由我們自己來治理，搞不好還好一些。」

賈米拉像一頭從冬眠中醒來的熊，從雙層床的下鋪探出頭來。

「……那些官僚願意接受妳？究竟是怎麼做到的？」

「誰知道。」

艾莎先裝傻一下後，繼續說：

「他們應該是覺得小丫頭比較好控制吧。這樣至少比被ＡＩＭ或軍政統治要來得好。不過，依行政機關不同，反應有些落差。目前是外交部和技術部願意提供協助，其他則是保持觀察態度。發布那新聞消息是為了營造事實已定的氛圍，才好牽制ＡＩＭ和國防部。」

「可是，治理國家這——」

艾莎派的高個兒表現出困惑的態度插嘴說道。

「不論是要組成臨時內閣，還是執行行政動作，議員們不是都跑光光了嗎？」

「那當然是……」

艾莎把手伸進懷裡說道。夏希心中再次湧現不好的預感。

夏希的預感果然準確。

艾莎攤開的紙張上寫著「外交部長」、「國防部長」、「技術部長」等職稱，各職稱旁邊有著空白欄。

「我打算今天晚上就完成組閣動作。有意願的人好好考慮一下。」

事情似乎越來越不妙。

夏希低頭看向手上的難民申請書。她沒料到這麼快就要面臨友情受考驗的事態。

「我在此宣布在這間房間成立臨時政府。」

艾莎一邊若無其事地發出宣言，一邊脫去被雨淋濕的帽子。

捲曲的淡色髮絲隨之散開，披上艾莎的肩膀。

「這也是我為什麼要急著處理難民申請的原因。萬一我把事情搞砸了，有可能連妳們也會被追究責任。妳們不必認為一定要對我有情有義。雖然時間不多，但好好考慮一下。所以——」

艾莎拿出髮圈叼在嘴上，往後抓起頭髮綁成馬尾。

「……我接下來要說的話，有心理準備的人認真聽就好。」

讓人透不過氣來的沉默氣氛籠罩整間房間。夏希觀察著大家的反應。每個人都露出不知所措的害

怕眼神互看著。

這也是理所當然會有的反應。

就算逃到鄰國也不見得會比較好，搞不好是等著遭遇運氣更差的狀況。就算不需要擔心這點，現場也沒有一個學生敢說：「那我失陪了。」

夏希從眼角餘光看見艾莎在咬指甲。

夏希知道艾莎在想什麼。她希望盡量讓多一點人逃跑，把要被捲入事件的人數壓到最少。然而，她本人卻營造出相反的氛圍。

似乎不只有夏希一人察覺到艾莎的想法。

「好啦。」

高個兒伸手拿起桌上屬於自己的那一份文件。

「憑我的力量幫不上什麼忙。我決定逃跑。大家不要枉費了艾莎的苦心。」

高個兒的舉動起了頭後，脫逃者開始陸續出現。

在這之間，高個兒一直和艾莎互看著，最後終於按捺不住地衝向艾莎，緊緊抱住艾莎。

「到那邊後我再寫信給妳。」

艾莎也把手繞到高個兒的背上，靜靜地表達謝意。

「就看阿拉怎麼安排吧！」

「依阿拉的旨意！」

離開之際，高個兒轉身看了夏希一眼。她似乎想說些什麼，但最後就這麼把包包掛在肩上，迅速走出了房門。高個兒的表情太過複雜，夏希猜不出她的內心想法，只清楚知道高個兒其實也很想協助艾莎。

眼鏡也隨著高個兒採取行動。

「很抱歉一路來用那樣的態度對待妳。」

出乎預料地，眼鏡在最後向夏希表達了謝意。

「或許我不夠資格說這種話……但請妳多多協助艾莎。」

夏希稍作思考後，伸出了右手，眼鏡使力握緊夏希的手。

某種情緒隔著皮膚傳達過來，夏希猜想那應該是感到懊悔的情緒。

包含夏希以及賈米拉在內，只剩下二十名左右的學生留下來。相信以艾莎的心情來說，肯定會希望讓年幼組逃跑，但六歲的卡莉爾不聽勸說，堅持要留下來。

原本狹窄的大房間頓時變得空蕩。

「問妳喔。」

說著，賈米拉聳聳肩繼續說：

「『已故的佩爾韋茲．阿里總統的遺志』是什麼？」

艾莎沒有回答，取而代之地拿出另一份文件。

那是一張以阿里總統名義所寫的委任書。上面寫著——當本人或其他閣員因故無法執行職務之

際，即委任本人之愛妾艾莎代理職務。

委任書最後確實也簽上了阿里的簽名。

「等一下喔。」

夏希無意識地脫口說道。她清楚知道自己皺著眉頭。

「呃……總統本來是病情嚴重，陷入昏迷的狀態，對吧？」

「想也知道這當然是偽造的。」

艾莎迅速收起委任書。

「總統簽名這種東西在網路上的百科全書也找得到。」

「那個……」

夏希開口說話後，才察覺到自己的聲音顯得少根筋。

「……意思是有哪個次長或什麼人相信委任書是真的，才會正式公布剛剛的消息？」

「怎麼可能。」

艾莎抓起桌上的乾酸奶球。

那是已加入脫逃組的學生在離開之際留下來的乳酪。

「以行政機關的立場來說，當然希望可以的話，就成立一個容易控制的內閣，這樣也總比受到AIM或軍政統治來得好。話雖這麼說，但誰也不想被AIM殺死。想要組成臨時內閣，最少也要有一個理由。」

艾莎發出清脆的聲響咬了一口乾酸奶球。

夏希感覺到駱駝奶的香氣彷彿也在自己的嘴裡蔓延開來，不禁流起口水。雖然駱駝奶的腥味很重，但只要確實經過加工，就可以製作出美味的乳酪或奶油。

「問題是國防部。因為國防部是在外交部的獨斷專行下受到牽制，所以反抗聲浪很強。」

「這麼一來，最糟的狀況會是……」

「國軍和ＡＩＭ聯盟。」

賈米拉代替夏希說出心中的想法。

「當然了，就算他們雙方聯盟，在國際間也只會被視為烏合之眾。到時候將會被哈薩克斯坦等國的維持和平部隊擊垮，所以我是認為不可能聯盟……」

艾莎點了點頭。

「這種事完全要看人心變化，不能樂觀看待。」

而且，雖說現在的狀況就像杯子裡掀起漩渦，但重點是，夏希等人正置身於這只杯子之中。

「所以，必須做一些調整。有沒有人想擔任國防部長？」

沒有任何人舉手。

應該說，聽到一路下來的話題內容，還有誰會願意舉手？

「我雖然是修政治課程，但對軍事方面很不擅長……」

艾莎這麼低喃一句後，繼續說：

「總歸一句話，如果無法得到國防部的協助，就什麼也做不了。所以，我請人幫忙安排了一個在國防部演講的機會。到時候軍方的高層人士應該也會出席。演講部分我會負責，但人數要多一點比較好……」

艾莎看向夏希。

夏希往後退一步，並別開視線，但最後還是白白掙扎一場。

「夏希，妳可以跟我一起去嗎？只要站在我旁邊就好了。」

「我呢？」賈米拉問道。

「妳留在這裡顧著大家。」

賈米拉點了點頭，就在那一刻——

熟悉的二胡聲以及男子歌聲傳來。男子不知何時來到這裡，他倚在門框上朗朗唱著歌。

男子的名字是伊果．費爾茲曼，正是那個也會出入後宮的吟遊詩人。

一陣毒風吹過，撲擊了我們的黑狼，
人們將為此感嘆！為此哀悼！
不過，人們也將親眼目睹，
目睹在中亞之原的一朵花kurcinka，
手上拿著一把劍，
左右伴隨年輕國家的年輕少女，

如同瞿麥花及向日葵左右相隨——

「別唱了。」

賈米拉的眼角微微顫抖，並打斷了伊果的歌聲。

驚訝到說不出話來的其他人也總算回過神來。

「你聽到了多少？你要是敢把事情洩漏出去——」

「是！是！」

伊果以搞笑的態度點點頭應道。

「小姐們！不需要勞煩妳們提醒，我知道分寸的。我在此發誓，絕對不會把在這裡聽到的隻字片語洩漏出去！妳們聽到了嗎？我是說發誓喔！不對——」

伊果說到一半停頓一下，動作誇張地搖搖頭繼續說：

「我有自知之明的。我是個微不足道的男人……是的，我的價值連妳們的一片指甲都不如！不過，小姐們，妳們可千萬不要把我說的話當成跟『俄羅斯人說的話』一樣啊！如果妳們懷疑我的清高品格，小姐們，啊~有氣質的小姐們——」

「夠了！」

艾莎一副感到厭煩的模樣插嘴說道。

「你有事要找我們，對吧？」

「是！是！」

伊果畢恭畢敬地行了一個禮後，向艾莎遞出一張名片。夏希也拉長脖子看著名片。

販售各式武器，從短槍到核子潛艇，應有盡有

伊果·費爾茲曼

「我想小姐們未來應該會需要添購一些東西。我聽到謠言說AIM企圖占據議會……沒有，這畢竟只是一些自以為是的人說的話。沒錯，就是一些自以為是的人……謠言歸謠言，還是感覺得到濃濃的火藥味，真討厭呢！不過，正因為事態如此，才請務必讓我這個忠心耿耿的人來為小姐們效命！看要打手機給我也可以，或是寫E-mail也可以，我的E-mail是igor@……」

艾莎彈了一下手指頭。

於是，大家一起把伊果推出房間，硬是關上房門。總算安靜了下來。

「那傢伙在搞什麼東西啊！」

賈米拉的眼皮不停顫抖，一副感到煩躁的模樣說道。

「反正他一定也用了同樣的說法去向AIM推銷過。」

「別看他那樣，搞不好是個輕忽不得的人。」

艾莎這麼做出回應。

「夏希，妳還記得剛剛那首歌嗎？那傢伙不是唱了kurcinka嗎？」

夏希心想：「有嗎？」

不過，她硬是忽略過內心的聲音，一本正經地在胸前交叉起雙手說：

「不過，那是什麼意思？」

夏希察覺到艾莎猶豫了一下。

在那之後，艾莎扭曲著嘴角露出一點也不符合其作風的笑容，氣泡般的笑容「啵！」的一聲消失了。

「妳不知道kurcinka的意思很正常。那是車臣語的『睡蓮』的意思。」

「這就表示……」

「他知道我的出身，也知道大家在背地裡稱呼我什麼，然後他為了只讓我知道這件事，選擇用安全的唱歌方式來推銷。那傢伙很精明能幹。」

「我討厭那傢伙。」賈米拉頂了一句後，繼續說：

「不過，他搞不好值得利用。當然了，別忘記一定要謹慎喔！」

伊果也留了名片給夏希和賈米拉。

夏希再看了一次名片上的誇張內容。

夏希心想伊果再怎麼厲害也不可能調度得到核子潛艇，但忍不住感到納悶。阿拉爾斯坦和烏茲別克斯坦都是所謂的雙重內陸國，一個四周被內陸國包圍的國家，必須越過兩個國境才出得了海。推銷核子潛艇給這樣的國家是要做什麼？

夏希不禁佩服起伊果的膽量。

「好了。」

艾莎往上伸直雙手，做了一次深呼吸。

「夏希，妳做好心理準備了沒？」

「什麼心理準備？」

「國防部。裝扮方面穿平常遊牧民族的傳統衣裳就可以了吧。謹慎一點喔，妳老是忘東忘西的。」

夏希心想：「對喔，我都忘了要去國防部。」

雖然提不起勁，但夏希回到雙層床的上鋪，補好妝再梳理一下頭髮後，戴上塔基亞帽。她伸手拿起剛買不久的披巾，但立刻想起之前被說過是仿冒的假品牌貨。

「賈米拉，妳的披巾可以借我嗎？」

賈米拉爽快點頭後，把最高檔的披巾丟給夏希。在那之後，賈米拉把手環遞給夏希，要夏希也戴上飾品。賈米拉的披巾採用縫工細緻的材質，上面刺有牡丹的刺繡。夏希忽然想起搞丟的那條母親縫的繡布。印象中那條繡布也有牡丹的刺繡。

夏希無意識地把臉貼在披巾上，嗅著香味。

「喂！別這樣好不好！」賈米拉立刻發出抗議聲。

賈米拉伸出手試圖搶回披巾。

這時，又來了一位不速之客。至於不速之客是誰，一聽到拐杖聲就猜出來了。身型嬌小、簡直和

小朋友差不多身高的那位後宮主人——烏茲瑪・哈里法。

「我心想不過是一群小鬼頭而輕敵了……」

說罷，烏茲瑪用著低沉的聲音發出咯咯笑聲。

「沒想到妳們怎麼會……表現得相當有野心呢！」

「我也不是自願要這麼做。」

艾莎別開視線繼續說：

「可是，我也沒辦法，似乎被託付了重任——」

「聽好啊。」

烏茲瑪朝向艾莎頂出拐杖，硬是打斷了艾莎。

「我雖然才疏學淺，但見識過無數人。這是我身為人生前輩的忠告。」

「……我洗耳恭聽。」

「第一點，人勢必會有希望自己屬於某團體的想法。第二點，人們會受到自我道義感的束縛。第三點——人們會情不自禁地想要參與歷史。聽好啊，事情一定會變成像我說的一樣……不論是往好的一面，還是壞的一面發展。」

說罷，烏茲瑪從懷裡取出一張被摺起的紙張。

烏茲瑪緩緩攤開紙張後，把紙張轉向艾莎這方。

「艾莎・發夏爾——」

烏茲瑪大聲一喝，連夏希也不禁縮起身子。

那聲音沒有顯得沙啞。夏希這才知道原來烏茲瑪能夠發出如此洪亮的聲音。

「我在此傳喚妳出席樞密院的調查委員會。妳有插手國家大事、企圖奪取政權之嫌疑。」

「為什麼妳們非得要……」

艾莎只說到一半，便緊閉起雙唇。

烏茲瑪的白濁眼珠垂下視線，把紙張摺回原狀。

「我們會在委員會上好好聽妳怎麼申辯。」

「艾莎，保持冷靜。」

賈米拉輕輕拍打艾莎的肩膀說道。

「說是說調查，也只是會被占用時間罷了。妳就以堂堂正正的態度去主張政權的正當性。」

夏希差點忍不住想要吐嘈一句：「其實毫無正當性可言。」

賈米拉沒有理會夏希的不安心情，發出銳利的目光看向烏茲瑪。

「妳就去參加委員會讓這個老太婆閉上嘴巴吧！」

艾莎輕輕點點頭後，扶了一下賈米拉的背表達謝意。在那之後，艾莎把一整疊紙張遞給夏希。

不知道為什麼，夏希嗅到危險的氣味。她猜想那應該是不得收下的不知名文件。

「這什麼？」

「預定要在國防部演講的原稿。」

夏希緩緩看向文件，再看向艾莎。

「不行吧！怎麼可以把這麼重要的東西交給我？」夏希在臉上掛起假笑說道。

「肯定沒問題的。憑妳的能力，我相信妳做得到的。」艾莎也在臉上掛起假笑說道。

艾莎再怎麼擁有神奇的力量，也沒能夠讓這次的笑容發揮效用。反而應該說，明顯看得出來艾莎的嘴角顯得僵硬。

「我不要！」

夏希的聲音響遍整座後宮。

5

那是一座空間足以容納好幾百人的禮堂。

不過，因為有很多人一開始就打定主意忽視這次的演講而沒有出席，所以即使加上媒體記者，也只坐滿三分之一的座位。夏希環視禮堂一遍後，看見有人露出不懷好意的笑容抬頭看著她，也有人翹著二郎腿和坐在旁邊的人互說著玩笑話，現場完全沒有要認真傾聽演講的氛圍。

包括刻意安排大禮堂這件事在內，夏希不禁覺得這是一個打從一開始就抱著準備看這方鬧笑話的意圖而安排的場合。

不知道哪個人發出奚落聲：

「小姐，後宮的工作好不好啊？」

夏希向艾莎確認過，並得知國防部全體尚未達到一致的意見。有的人認同臨時內閣，也有支持政變的一派。不過，對於要服從於女性，而且是在立場上身為側室的艾莎等人這件事，多數人抱著負面的情緒。安排這場演講的目的就是要設法得到全體一致的意見，讓國防部在面臨困難的局勢之中願意提供協助。

目的相當簡單明瞭，難易度卻很高。

夏希看見次長的身影出現在底下的第一排座位上。

畢竟身為次長，對方抬頭挺胸地看著夏希，但眼神之中帶著冷笑的意味。夏希隻身來到國防部後向次長打招呼，並準備為了艾莎無法前來一事致歉時，次長打斷夏希，並且派屬下為夏希帶路。夏希暗自罵了一句：「討人厭的傢伙！」

澤利姆漢．艾哈馬多夫上校坐在次長旁邊的第三張座椅上。

艾莎警告過夏希要特別留意這個男人。

據說在將官們因凡事皆依賴維持和平部隊（ＰＫＦ），處於厭倦狀態之中時，艾哈馬多夫是擁有實力和聲望的軍中關鍵人物。夏希還聽說他隨時都有機會升為將官，卻自己要求繼續待在上校的職位。光是這個傳聞，就可以感受到他應該是相當有個性的人。

不知何處傳來了帶有譏笑意味的口哨聲。

「喔！她在看我這邊耶！」

「她可能喜歡你吧？」

夏希舉高向賈米拉借來的手環抵著喉嚨。

在那之後，夏希發現講桌上連一杯水也沒有準備。她告訴自己不管怎樣，做得到的事情就一定要去做。夏希把手伸進懷裡，準備拿出講稿。

夏希清楚知道自己的臉色開始發白。

找不到講稿。夏希急忙脫下外套確認，但還是找不到，她心想八成是把講稿忘在後宮的大房間裡了。夏希還來不及慌張，又傳來另一個人的奚落聲：

「妳在忙什麼啊？」

「我是為了見艾莎小姐一面才來的耶——」

另一名在不同座位上、看似官僚的男子，一副感到厭煩的模樣說道。

「隨便講什麼都好，拜託快點結束吧！有什麼好掙扎的？反正這個國家一定會滅亡……」

這還有什麼紀律可言？歸根結底，還不是因為男人們都逃跑了，才會導致這般局面。

這樣已經夠糟糕了，現在後宮也來參一腳，只知道上演不同世代的抗爭戲碼。這個現場也是，大家只知道為了小小的權力關係互相較勁。還有上次也是，激進派的ＡＩＭ為了改革而展開行軍。

夏希越想越激動，全身血液衝上腦門。

「喂！」

夏希終於忍不住大吼一聲。

「在這種情況下，我可以不跟你們計較這種瞧不起我的態度。不過，我不准你們瞧不起艾莎或其他人！還有，那邊那個！」

夏希直直指向方才的官僚說：

「你說『反正這個國家一定會滅亡』是什麼意思！我們所有人的職責不就是不讓那樣的事情發生嗎？」

夏希出乎預料的怒氣沖天態度，把所有人都嚇傻了。

因為所有人都以為艾莎是打算來向國防部低頭，說一些「各位都是國防方面的專家，在遇到國難的這個時刻，敬請助我們一臂之力！」之類的話。夏希記得講稿上也是類似這樣的內容。

艾哈馬多夫上校原本一直表現出興致缺缺的模樣，此刻身體稍微往前傾。

「抱歉——」

既然已經弄僵場面，乾脆豁出去算了。

夏希這麼心想，從偷偷帶在身上的皮革袋子裡拿出馬奶酒喝了一口。

「我叫夏希·納西姆·遠峯。我是第二代日裔，在先前的紛亂時失去雙親後，佩爾韋茲·阿里總統大發慈悲收留我，讓我在後宮接受教育，以利日後可以為各位貢獻一己之力。艾莎·發夏爾代理總統今天因故無法來到現場，請容我先為這點向各位表達歉意。」

「就是啊！」

「叫艾莎出來！」

夏希只是表現得謙卑一點而已，立刻傳來起鬨聲。

夏希輕輕搔抓一下脖子。

「……總而言之，如方才所說，除了這個國家之外，我無處可去。我也想要回報阿里的恩情。我相信在場的人當中，應該也有很多人抱著和我一樣的想法。也有人因為先前的紛亂時而失去家人或朋友……所以——」

馬奶酒開始發揮效用，夏希感覺到胃部灼熱起來。

「我們和那些捲起尾巴逃跑的議員們不同。只有這片沙漠可以讓我們生存！正因為如此，我們才會出現在這裡。我有說錯嗎？」

夏希從眼角餘光看見方才那個出聲攻擊的官僚男滿臉通紅。

「我說那邊那位——」

說著，夏希張開掌心比向官僚繼續說：

「剛才很抱歉對你發了脾氣。說實話，我心裡也會這麼預想——」

夏希反省著自己根本沒有資格責怪官僚男。

來到這裡的不久前，是誰還在那裡畏畏縮縮的？那不是別人，正是夏希本人。

「等時候到來，以哈薩克斯坦軍為主的ＰＫＦ就會來幫我們掃蕩敵人。然後，我們會被抓住一些弱點、失去一些些主權。感覺就像準備走上一條平緩的滅亡之路。這麼一想，或許會覺得現在這個場合毫無意義。不過——」

沒錯，其實心裡很明白的。

包括夏希，還有在場的所有人心裡都是明白的。

「……我們心裡都明白。雖然我們裝出什麼都不知道的態度，告訴自己這是沒辦法的事情，但其實心裡是明白的！我們心裡都明白要花費多少時間，才能等到規模龐大的獨立國家國協（ＣＩＳ）或ＰＫＦ採取行動。也明白在那之前會有多少人犧牲，還有到了那個時候，誰會成為犧牲者——」

夏希從眼角餘光看見方才的官僚男抿著雙唇。

那是一種抗拒反應。不過，那不是針對夏希的抗拒反應。那是一種「必須接受卻無法完全接受」、對世間無常的抗拒反應。

夏希感覺到獲得一股力量，並繼續說：

「沒錯，我們心裡都明白的。到時候將犧牲死去的不是別人，正是我們的同胞！那些各自無處安身而被迫來到這片連水都無法盡情飲用的沙漠上，卻依舊努力想要活下去的同胞們，到時候終究難逃失去性命的命運！」

當夏希察覺時，發現自己已經滔滔不絕地說個不停。

夏希的思緒一片混亂，甚至搞不清楚自己在對誰說話。

「另外，我們心裡也明白一件事。那就是我們的國家需要ＰＫＦ。也正因為如此，我們才會告訴自己我們的國軍力量薄弱！可是，我們更清楚明白一件事！這樣的想法就像毒素流竄全身一樣，一口一口地吞噬著我們的自尊！或許應該說，抱有這樣的想法其實可能比國家滅亡更糟糕！」

夏希暗自說一句：「糟了！」

媒體記者也在現場。在這樣的情況下，夏希做出簡直像在否定集團安全保障的發言。

艾哈馬多夫上校原本一直保持沉默觀察著狀況，這時從旁插嘴說：

「我本來心想不知道會來一個什麼樣的黃毛丫頭，所以抱著來看一眼長相也好的心態參加，沒想到竟然來了一個極右派的丫頭。沒錯吧？」

四周的人一副附和上校的態度，在臉上浮現假笑。

「所以，這位小姐想要向我們提出什麼要求？妳希望我們拜託PKF退出，走上自主獨立之路？不過，我先講明一件事，即便是要對抗游擊隊，我們的軍隊也是真的力量薄弱喔。」

艾哈馬多夫上校扭曲著嘴角繼續說：

「拿車輛來說好了，我們會被迫購買貴得嚇死人的戰車和自走砲，另一方面，AIM則是會騎著川崎製的摩托車大肆行動。還是說，妳要我們仿效烏茲別克斯坦請求美軍支援？」

面對突如其來的問題，夏希眨了一下眼睛。

眨了眼後，夏希立刻察覺到艾哈馬多夫上校是在替她解圍。艾哈馬多夫上校不是在捉弄夏希，而是在替夏希找一個可以先鎮靜下來的機會。

「不是的——」

夏希感覺到汗珠從背上滑落。

「對於冷戰後的安全保障組織，以及依目前的國境線而制定的國際秩序，我們依舊保持尊重的態

度。對於各國至今的執政，也抱著最高的敬意。」

夏希不知道這算不算是正確的發言。

不過，不管怎樣，現在也只能繼續行動下去。

「話雖這麼說，但對於像ＡＩＭ那樣的內患——」

或許是酒精發揮了作用，也可能是羞恥心在作祟。

夏希知道自己的臉頰逐漸泛紅。

「在能力可及的範圍內，我們必須靠自己的力量去做。當然了，我們也知道狀況。不過，上校，您剛剛說的話有部分是錯誤認知。」

「喔？怎麼說？」艾哈馬多夫一副感到有趣的模樣歪著頭問道。

「如果要說游擊隊，反而應該說我們才是游擊隊。」

「什麼意思？」

「ＡＩＭ的部隊只能正面直直穿越視野一片清晰的沙漠進軍前來。不過，我們不一樣。我們可以發出夜間禁止外出的命令，讓這座城市變成像越共的叢林，想怎樣迎擊就怎樣迎擊。」

「喂——」

次長準備抬高身子時，艾哈馬多夫伸手制止了他。

「小姐，妳說得頗有道理。然後呢？」

「當然囉，我們不可能像俄羅斯或哈薩克斯坦一樣。不過，打從『創始七人』著手開拓到現在，

我們在原本被認定住不了人的沙漠裡一路住了下來。我們擁有屬於我們的力量！我們的力量絕不薄弱！」

沒錯！

「所以，我其實根本不需要來拜託各位的。因為我們這些在場的所有人，從一開始就明白的！我們心裡明白自己此刻應該做什麼、應該守護什麼樣的尊嚴！要我說多少遍都無所謂，我們的力量絕不薄弱！」

一片鴉雀無聲。

夏希心想：「完蛋了！」

夏希清楚知道自己變得滿臉通紅。她終於體會到想找個洞鑽進去是什麼樣的感受。好一會兒時間，夏希完全聽不見周遭的聲音，她只想著回去後不知道該怎麼向艾莎道歉。

「夏希！」

突然聽到有人喊了自己的名字，夏希抬起頭看。

原來不是一片鴉雀無聲，而是夏希自己難為情過了頭而聽不見聲音。所有人都在鼓掌，有人甚至站了起來。夏希以為有人喊了她的名字，這才發現其實是歡呼聲。沒多久，大家開始不停喊著夏希的名字。艾哈馬多夫上校豪邁地笑著，那個可惡的次長也一臉彷彿在說「在這狀況下也沒轍」的表情，有氣無力地拍著手。鎂光燈閃爍個不停。

「夏希國防部長！」

不知哪個人得意忘形地大喊道。國防部長！國防部長！呼聲此起彼落，停不下來。媒體記者們不約而同地抄起筆記，或站起來打電話給公司。

「那個……」

夏希出聲說道，但被大家的齊呼聲淹沒了。

「你們好像誤會了耶……」

淑女腳踏車環遊世界一周～阿拉爾斯坦篇 2

我這個日本人嘗試越過被封鎖的國境，最後摸著鼻子回到旅館。
不知道為什麼，我掏出錢試圖賄賂，結果慘遭拒絕。
真不愧是自由主義的島嶼——阿拉爾斯坦。
看來阿拉爾斯坦真的是一個法治國家。這點真的相當難能可貴，但可不可以不要這麼難能可貴啊！

對了，遇到這種局面時，不能只等著看新聞報導，而是要到當地收集第一手資訊比較好。不過，這麼做也有缺點，因為會包含太多的謠言，傷腦筋啊～
……想著想著，忽然看到一則有趣的新聞報導。
<u>阿拉爾斯坦的新總統是個大美女！究竟是何方神聖？（數位新聞快報！）</u>

不過，身為一個旅行者，我當下必須解決的問題不在於收集資訊。
而是水！
不管怎麼說，這個國家很缺水。不難預料只要一有狀況，就會有人把水買個精光或大家搶著買水……我本來這麼以為，結果發現市集像什麼事情也沒發生過似的照常經營，大家也像平常一樣在過活。太厲害了，不愧是前蘇聯！
大家不會因為一點小事就表現得慌張失措！

後來，我去了馬格里斯街的賭場酒店。如果是在平常，賭場不是我這種貧窮旅客有機會去的地方。不過，在這種時刻，賭場酒店會變成可依賴的存在。賭場裡聚集來自國外的有錢人，所以只要去到賭場附設的咖啡廳，也可以看到英文的新聞報導。於是，我一邊喝著昂貴的咖啡，一邊看著新聞報導……
這時，又得知一件令人頭痛的事情！
這裡的政府發出了夜間禁止外出的命令！我一看手錶，發現早已經到了禁止外出的時刻。據說如果無視於命令，有可能會遭到射擊。
這下慘了，回不了旅館了！不用問，我當然住不起賭場酒店！
進退兩難的我就這樣在酒店裡走來走去時，兔女郎裝扮的小姐給了我免費的香檳。兩杯、三杯香檳下肚後，我的心態漸漸改變。管它的！一不做、二不休！

於是，我把身上的所有盤纏都換成籌碼，來到輪盤的賭桌……
結果我爆贏了！（耶！）
因為賺到錢，我總算可以大方住進酒店。我洗了一個久違的熱水澡，讓自己好好鬆口氣。好啦，等著看我會迎接什麼樣的明天吧！

（待續）

3

馬格里斯拉德攻防戰

1

為什麼我會出現在這裡呢？

夏希一邊看著眼前的光景，一邊思考這個毫無建設性的問題。正前方擺設一張栗樹製成的大木桌，圖爾遜・伊斯梅爾上將以及把夏希帶到這裡來的澤利姆漢・艾哈馬多夫上校坐鎮在木桌前

兩人的身後可看見三大塊透明壓克力板。

投影機投射在中間那塊壓克力板上，映出街道地圖。

在議會廳的前方，直接以麥克筆勾勒出一條代表戰線的藍色弧線。除此之外，在通往議會的馬路上，也畫出四條紅色箭頭。夏希猜想那應該是代表進軍即將到來的阿拉爾斯坦・伊斯蘭運動（ＡＩＭ）的摩托車部隊。

「聽好啊！」

伊斯梅爾上將拿著藍色麥克筆，在地圖上敲個不停。

「今晚是關鍵時刻。在獨立國家國協（ＣＩＳ）採取行動，派出維持和平部隊之前，我們必須團結一致，憑靠自己的力量死守議會廳。」

伊斯梅爾上將明明自己沒有要上前線，卻做出這般發言。

夏希在國防部不小心做了那場如惡夢般的演講到現在，還不到三十分鐘。鼓掌聲一停下來後，艾

哈馬多夫立刻擋下記者們的發問，衝上講臺說：

「跟我一起來，這樣大家才會士氣高漲。」

就這樣，艾哈馬多夫半強制性地把夏希帶到這裡來。來這裡的路上，夏希趁著艾哈馬多夫開車的時間，在車裡確認行動裝置後，發現艾莎寄了電子郵件來。艾莎在郵件裡告知已透過媒體報導看到夏希的演講，並表示將正式委任夏希擔任國防部長。夏希關起行動裝置，硬是當自己沒看過那封郵件。她想都不願意去想媒體會如何報導她的演講。

夏希來到位於馬格里斯拉德北部的國軍基地作戰總部。

夏希輕輕轉頭，觀察四周的狀況。在現場的氣氛下，夏希不得已坐上第一排的椅子，她的後方坐著將近二十名將官和校官。所有人都身穿軍服，讓夏希感受到一股無聲的壓力。不過，他們各個面無表情，更不用說能有什麼士氣。

這要怪就得怪伊斯梅爾上將的作戰策略。

畢竟伊斯梅爾上將把部隊配置在議會廳的前方，而通往議會廳的繁華大街是一條直直通到底的道路。AIM的榴彈炮射程約為十五公里，在這樣的狀況下，部隊將成為最佳射擊目標。當然了，這方想必也會反擊，但敵方勢必會遵照游擊戰的「打了就跑」鐵律，射出大炮過來後就立刻逃開。

雖然還有其他很多問題，但夏希更在意正前方的兩個人。

伊斯梅爾上將發出嘆息聲，身為現場指揮官的艾哈馬多夫上校卻是不改苦澀的表情。夏希漸漸掌握到眼前兩人的微妙關係，以及自己被帶到這裡來的原因。

夏希兩隻腳勾住鐵椅，輕輕舉手說：

「我認為大致上來說，伊斯梅爾上將的作戰策略是沒問題的。」

伊斯梅爾上將威嚴十足地點點頭。

艾哈馬多夫的眼角抖了一下，但他沒有插嘴說話，交給夏希處理。

「在這樣的作戰策略下——」

夏希輕咳一聲後，繼續說：

「我希望內容可以更詳細一點。可以讓我發言一下嗎？」

伊斯梅爾朝向夏希伸出右手，催促夏希繼續說下去。

其實就算伊斯梅爾擬出作戰策略，最後還是需要夏希來簽名核准。光這個事實本身就如同一場惡夢，夏希感覺到局勢一點一點在改變。畢竟就上將的立場來說，也不能不顧及夏希的面子。

這點也是艾哈馬多夫強勢把夏希帶到這裡來的原因。

「……首先，如果照這樣下去，部隊會受到劇烈攻擊。所以，我認為應該分成小隊，在建築物後方找適當的位置躲起來會比較好。如何呢？」

夏希思考著伊斯梅爾為何要擬出甚至顯得不合理的作戰策略？

一個可能性是其實伊斯梅爾一開始就打算依賴ＰＫＦ，所以沒有深思熟慮。不過，不見得只是這個原因而已。聽說艾哈馬多夫上校在部隊裡擁有很高的聲望，相對地，在將官們之間卻是得到很差的評價。對將官們來說，上校的存在就如眼中釘。搞不好伊斯梅爾是企圖性，也可能是下意識性地想要

馬格里斯拉德市中心地圖

利用這次作戰的好機會，讓艾哈馬多夫戰死。

伊斯梅爾保持站著的姿勢，在胸前交叉起雙手。

「議會廳是我國的要塞，妳的意思是不需要強化其正面的防衛也無所謂？」

「嗯。關於這點——」

夏希一邊說話，一邊尋找著盡可能不會刺激到對方自尊心的字眼。

她忍不住埋怨一句：「好麻煩喔～」

「首先，AIM不見得只會從正面發出攻擊。肯定會有其他部隊從西邊越過山丘過來。以他們的立場來說，不管怎樣一定會想要在山丘上設置據點。這樣不但可以有據點朝向街道『打了就跑』，而且這裡是『死者之城』，就是一個天然的戰壕。」

死者之城是指中亞地區常見的墳場。

死者之城的概念是建蓋一座模型城市，蓋出外觀如建築物般的小型墳墓，將死者埋葬在墳墓底下。以馬格里斯拉德的例子來說，就是蓋在西邊的小高丘上。

「……我們這一方也必須守護山丘。不過，正因為如此，才會導致劇烈的戰鬥發生。所以，我認為只有艾哈馬多夫上校才有能力接下守護死者之城的重責大任。」

「嗯。」

伊斯梅爾先做出思考狀，才一臉嚴肅地點點頭。

伊斯梅爾本人或許自覺保持住了威嚴，但夏希看出他的嘴角微微上揚。

「好吧！」

「還有，針對鬧區方面——」

夏希間不容髮，立即開口說道。

「鬧區的大街一片視野遼闊，真是讓人傷腦筋呢。從距離二十公里遠的機場到議會廳，直直一條路通到底。」

夏希身後傳來低聲交談的聲音。

「怪就要怪當初為了夠稱頭，蓋了那麼大的一條街……」

「可是啊，在冷戰時期有誰預料得到會形成淨是以步兵為主，來對抗恐怖份子的局勢？」

「問題在於——」

夏希打斷交談聲後，繼續說：

「ＡＩＭ會先從哪裡展開攻擊？」

在夏希正前方的艾哈馬多夫揚起眉角，似乎察覺到什麼。

跟著，艾哈馬多夫歪起頭。

「還有可能是其他地方嗎？當然是議會廳吧？」

艾哈馬多夫刻意裝傻說道。

夏希配合艾哈馬多夫的話語，搖搖頭說：

「議會廳現在是一座空城，既沒有可以抓來當人質的議員，臨時政府也設置在議會廳之外。」

沒錯。

ＡＩＭ早已失去攻擊議會廳的動機。夏希像百合花綻放一樣張開雙手的手指後，讓雙手的指尖併在一起。

「就算議會廳被占據，國政也不會停止運作，對我們來說不會造成什麼影響。」

「敵方知道議會廳變成空城的消息嗎？」

「在網路上早就謠言滿天飛。應該說，議員們都爭先恐後坐上醒目的賓士車逃跑，還有誰會不知道呢？雖然也要看敵方相信這個謠言到什麼程度，但變更攻擊目標的可能性十足。」

大家紛紛討論起可能性。

有人說可能是身為人們和物質之基礎設施的機場，也有人說可能是官邸或後宮。其他還有中央銀行、行政機關，以及既是觀光資源，同時可以把觀光客抓來當人質的賭場酒店。

「……話說回來，為什麼會猜不出敵方的目標呢？原因是身為代理總統的艾莎還沒有公布會在什麼地方設置臨時政府。不過，這點對我們來說，也是一個優勢。畢竟說穿了，我們就是一個在城市裡的逃亡政府。」

夏希重新整理一下借來的披巾後，繞到艾哈馬多夫的身後借了紅色麥克筆。

「以ＡＩＭ的規模和目的來看，他們會決定一次攻擊多處的可能性很低。他們應該會只針對一個地方，針對可以掐住我們脖子的設施展開攻擊……這麼一來，目標有可能會是哪裡呢？我認為應該是行政機關。如果要說得更明確一點，目標會是技術部。」

阿拉爾斯坦是仰賴環境改善技術而得以成立的國家，技術部從以前就一直擁有強大的權力。對於利用網狀高分子化合物捕捉水蒸氣的「綠洲塔」，也是技術部居高臨下來決定如何分配水量。技術創造了這個國家，也等於是國家的象徵。

「ＡＩＭ眼裡看的是可以統治阿拉爾斯坦的未來願景。游擊隊的基本戰術是和居民保持良好的關係，他們不會像以前打世界大戰那樣使出總體戰，一棟接著一棟占據建築物。假設要抓人質，與其抓銀行或飯店的市民，也會選擇抓官僚吧。」

「有辦法保證敵方不會攻擊銀行或機場嗎？」後方傳來了聲音。

「為了避免這樣的事情發生，也應該分成小隊才能夠有彈性地採取因應措施。如果對方死腦筋地衝來占據議會廳，直接把議會廳讓給他們就好了。畢竟這麼一來，我們只要把他們團團圍住就好。」

艾哈馬多夫把指尖指向夏希說：

「敵方是靠手機在聯絡。有辦法阻斷基地台嗎？」

「有辦法。」

夏希毫不遲疑地回答後，沉思一會兒才繼續說：

「除了基地台，也要阻斷行動分享器才行。不過，這樣會導致市民的不安情緒上漲。畢竟現在大家都得不到資訊，焦慮得不得了……要不要考慮讓戰地記者一起前往前線，透過國營廣播的無線電波來進行轉播呢？」

「意思是要轉播戰場的狀況？」

「轉播步兵們的戰鬥模樣，而不是看高科技武器大展威力，誤以為是在看戰鬥遊戲的畫面。一切順利的話，國民也會變得團結，而且萬一ＡＩＭ計謀展開隨機恐怖攻擊，一旦看見有攝影機在拍攝，也會變得綁手綁腳。」

「嗯。」

伊斯梅爾點點頭，做起總結說：

「還有什麼其他意見嗎？」

「還有一點。對ＡＩＭ而言，不論占據何處，補給線都會太長。」

「他們會不會是打算在當地調度？」——在當地調度的意思就是掠奪。

「他們必須讓市民願意站為同一陣線。所以，應該是打算很正常地在市集採買。視狀況而定，封鎖市集會不會是個好方法呢？」

「嗯……」

看見大家都陷入了沉默，夏希試著思考如果是艾莎，在這時會怎麼做？

夏希站起身子，發出魄力十足的目光。她先看向伊斯梅爾上將使眼色，接著再向艾哈馬多夫使眼色，最後環視四周一遍。

「不管怎樣，撐到ＰＫＦ抵達後就不用這麼辛苦了。請大家好好加油！」

儘管不是要親自上戰場，夏希卻有種胸口被刺上細針的感覺。

如果剛剛說的是真話那還好，問題是那是騙人的。

事實上，誰也不敢保證ＣＩＳ一定會採取行動。

如果國際社會認定夏希等人不具統治能力，就會公然干涉阿拉爾斯坦的內政。就算ＰＫＦ派出部隊，也只會等著遭受空襲。「阿拉爾斯坦」這個國家的歷史正面臨緊要關頭，一切就看接下來要如何應付這次的事態。

夏希不知道該用什麼方法才能讓像伊斯梅爾這樣的男人們看清事實。

2

因為目前發出夜間禁止外出的命令，所以夏希是搭乘軍用車回到後宮。

駕駛座上是一名年輕士兵。年輕士兵似乎很在意夏希的存在，不時透過後照鏡偷看後座。夏希忍不住心想：「拜託你認真看前面開車好嗎？」

軍用車越過了臨檢。

汽車的頭燈照出讓人聯想起蘇聯時代的筆直道路。道路兩旁皆是荒地，只看見地面上長出稀稀疏疏的駱駝草和白梭梭。天空不見一絲雲彩，只見星星開始閃爍。這一帶是沙漠地區，所以本來就鮮少出現雲朵。

在呈現這般景色的天球底部，士兵沉默地駕駛著車子。

夏希想起不久後手機也將無法使用，於是拿出放在懷裡的一張名片。

販售各式武器，從短槍到核子潛艇，應有盡有

伊果．費爾茲曼

雖然夏希總覺得不太願意求助於對方，但在這種時刻，也沒得挑剔了。

既然對方都敢裝腔作勢說什麼連核子潛艇也調度得到，就表示多少有討論的空間。夏希這麼心想並準備撥打電話時，忽然想起士兵就在前方。她急忙改成寫電子郵件傳送出去。

郵件傳送出去沒多久，伊果主動打電話來。

夏希遲疑一會兒後，在鈴聲響到第三聲時接起電話。熟悉的刺耳聲音響遍車廂。

『沒想到國防部長大人會親自跟我聯絡！哎呀！小人伊果真是感到無比榮幸……』

「喂！你說話太大聲了！」

『是、是！親愛的朋友啊！只要是妳的要求，上天下海都會幫妳完成！不過，唉～不能直接與妳見面一親芳澤，實在教人遺憾透頂！我恨不得立刻衝到妳身邊，跪倒在妳的——』

「那個……」

伊果大吼大叫道。

『不，夏希大人，請當我在胡言亂語。這該說是我的壞習慣嗎……實在是太失禮了……沒錯，就是開個玩笑的感覺……不過，請妳千萬不要對我有所誤解喔！我對國防部長的忠心不變——』

「你要不要聽我說話！」

夏希不由得大喊出來後，瞥了後照鏡一眼，士兵立刻別開視線。

「我剛剛E-mail給你的那件事，做得到還是做不到？」

『請別小看我伊果的本事。哎呀？妳很訝異嗎？不用說，當然做得到！不過，確實是很棘手就是了……私交歸私交、生意歸生意，關於手續費方面，應該可以有某程度相當優渥的回報吧？是、是！我非常樂意接受委託！請放心，絕無後顧之憂，收集客戶的感謝聲音正是小人伊果我的……』

車子正好就快進入隧道，夏希趁機找了藉口掛斷電話。

夏希不禁有種比演講時更加疲憊的感覺。她心想如果可以的話，但願這次會是最後一次有求於伊果。不知道為什麼，連後照鏡裡的士兵也顯得有些憔悴。

「我不會多嘴的。」

士兵透過後照鏡向夏希使了眼色。

「不過，部長似乎在想很有趣的點子呢！沒事，我是在自言自語……」

穿出隧道後，夜晚的蓄水池隨即在右手邊延伸開來。

道路兩旁立刻化為茂密的樹林。每棵樹的底部都被抹上約一公尺高的白色石灰，據說是為了預防凍傷和蟲害。不過是穿過一條隧道而已，景色卻有了一百八十度的大轉變，從荒野變成了沃野。夏希再次感受到阿拉爾斯坦這個國家有多麼異常。

車子在後宮前方停了下來。

夏希打開車門，正準備下車的那一刻，忽然心生躊躇。

「……你也會到前線去嗎？」

對方瞬間瞇起眼睛，跟著緩緩點了點頭。

夏希詢問對方的名字後，得到「諾根達」的答覆。「諾根達」帶有射出光芒之意。

「親愛的阿拉爾之光，就看阿拉怎麼安排吧！」

「依阿拉的旨意！」

士兵回應後，夏希下了車，踏上後宮的釣橋。

夏希感覺到一陣寒意。隨著車燈遠去，湛藍天空上的星星多了起來，後宮也漸漸融入黑暗之中。

夏希做了一次深呼吸，讓夾帶著鹹味的夜晚空氣充滿肺部。她打直腰桿走過釣橋，來到正門旁邊的側門後，用手背在門上敲了兩次。

夏希靜靜推開大房間的房門後，看見大家圍繞桌子而坐，也都還沒入睡。

看見夏希的身影後，大家同時放鬆了表情。

「我們有看到演講影片喔！」

有人這麼搭腔說道，但夏希裝作沒聽見。

「真是太厲害了！」

夏希在心中催眠自己說：「沒聽到、沒聽到。」

艾莎走近夏希後，把右手繞到夏希的背上。夏希也伸出右手抱住艾莎，讓彼此互相貼近。這一帶地區的男子們經常會以這樣的擁抱動作來取代打招呼。

「謝謝妳。」

艾莎在夏希的耳邊低聲道謝。

「國防部長光榮歸來！」

接著，艾莎說出提振精神的話語，同時面向大家拍打一下夏希的背部。

一陣輕輕的歡呼聲響起。夏希知道目前的處境是自己種下的果，但還是忍不住嘟起嘴巴。

乾淨的茶杯裡倒進了紅茶。熱茶裡加了炒過的雜糧，夏希含入嘴中的那一刻，香氣竄上鼻間。喉嚨得到滋潤之後，夏希讓視線掃過桌上的散亂文件。當中有一張列表列出「不得因社群網站而暴露行蹤」等注意事項。

夏希忍不住心想：「這方的作風果然也很像游擊隊。」

原本一片空白欄的臨時組閣表，已經填滿將近一半的欄位。

夏希看見艾莎似乎打算兼任元首和外交部長。接著，她直接跳過國防相關欄位看向文化部和財政部的欄位，結果看見賈米拉的名字。賈米拉原本一臉嚴肅的表情坐在對面托著腮，她瞥了夏希一眼後，左臉頰浮現酒窩說：

「這下子是真的傷腦筋了。」

賈米拉伸了一個大懶腰，椅子隨之往後傾。

在阿拉爾斯坦，姑且不論財政部，但文化部的責任相當重大。原因在於第一任總統提倡了「歐亞遊牧主義」，讓混著各式各樣人種的地區統一成一個國家。

「如果至少還有雪兒薇在的話，就會好多了。」

夏希愣了一下後，才想起雪兒薇是離開後宮不久的「眼鏡」的本名。

「妳也知道的，雪兒薇對數字很強……」

「不可以聘請民間人士嗎？像是學者之類的——」

「我已經詢問過他們的意願，但大家都很怕會這樣。」

賈米拉一邊回答，一邊比出割喉的手勢。

「妳那邊的狀況呢？」

「至少算是撐過了一個晚上。」

這裡的桌上也有街道地圖。雖然和作戰總部的地圖比起來，感覺低階許多，但這也是沒辦法的事情。夏希一邊指著地圖，一邊向大家大致說明軍方的作戰策略。

「……除非發生預料外的事態，不然應該可以一路進展到順利擊退敵方。」

「太好了。」

艾莎原本用指尖抵住下巴，一直凝視著地圖。這時，忽然開口說道。

「畢竟是那位上將，我本來還在擔心不知道能不能搞定……是因為妳的功勞？」

「是艾哈馬多夫上校。不過，我其實不想讓他站上前線——」

但如果不這麼做，上將就不可能點頭。

夏希刻意避免做出明確發言，但光是這樣的互動，艾莎似乎就明白了狀況。

「原來如此。」

艾莎像是看見了什麼討人厭的東西一樣，微微瞇起眼睛。

「讓我們為上校的平安禱告！還有，夏希，不管事態如何演變，不要把責任攬在自己身上。」

「我知道的。」

夏希保持雙手握住茶杯的姿勢，立刻答道。

其實夏希什麼也不知道。她不知道戰況會如何演變，也不知道結果會怎樣，就連自己會有什麼感受也不知道。夏希不知道如果因為她的介入而害得上校和那名年輕士兵失去性命時，自己會有什麼感受。雖然艾莎說不要把責任往身上攬，但怎麼可能做得到？夏希陷入了思考，表情也不禁變得黯淡。

然而，夏希的嘴巴卻不受控制地回答：

「該做的都做了，再來只能向前衝了！」

「就是要有這股幹勁。」

艾莎把右手放在地圖上，其他幾個人也立刻伸出右手蓋在艾莎的右手上。在對面的賈米拉也做了同樣的動作。大家一個接著一個蓋上右手。

現場有一種很像運動團隊會有的氛圍。

夏希一副戰戰兢兢的模樣，在最後輕輕蓋上右手。這時，老舊的桌子忽然傾向一邊，大家急忙把

手滑動到桌子的中央。

夏希忍不住輕笑一聲。艾莎沒有漏看夏希的反應，輕輕眨了一下眼睛。

「祝福我們的新祖國！」

「萬歲！」

「烏拉！」註24

大家的氣勢高漲，高漲到足以撼動三樓的樞密院。賈米拉最怕這種場面，夏希看見她面帶略顯僵硬的笑容，小聲地附和著。

夏希躡手躡腳地走下階梯，走出面向蓄水池的陽台。

她想要吹一下夜風。

雖然艾莎命令夏希休息，但這麼說的艾莎卻自己拿出平板電腦和電腦，忙著和外部召開網路會議。雖然已經阻斷基地台，手機無法通訊，但後宮設有有線網路，只要待在後宮裡，就可以上網。

夏希本人根本無心休息。

已經有人搶先一步來到陽台上。夏希看見六歲的亞茲迪教徒卡莉爾雙手抓住陽台的欄杆，直直仰望著星辰。夏希沉默不語地站到卡莉爾的身邊。

「會怕嗎？」

夏希問道，但卡莉爾沒有回答。

取而代之地，卡莉爾的小手輕輕抓住夏希的上衣衣角。

夏希脫下向賈米拉借來的披巾，涼爽的清風隨即拂過她的頸部。

天空萬里無雲，星辰閃爍。

夏希忽然想起小時候，父親曾經告訴過她星座是由古代的中東牧羊人所發現。因為這樣，黃道十二宮當中才會包含了牛、羊及山羊等家畜。不過，夏希在教室裡提及這個話題時，大家都說沒聽過這種事而駁回夏希的說法。

有一位感興趣的老師事後查看了文獻，但最後還是沒有找到相關紀錄。

這麼一來，父親到底是從哪裡聽到中東牧羊人的說法？還是父親只是即興編造了故事，而且說得像真的一樣？夏希很想知道答案，但能夠詢問的對象已經不在這個世上。

卡莉爾拉了一下夏希的衣角。她抬頭望著夏希，一副想說些什麼的模樣。

「怎麼了嗎？」

卡莉爾還是沒有回答。才從中東來到這裡不久，卡莉爾還不擅長使用這裡的語言。取而代之地，卡莉爾露出不安的表情指向空中某點。

夏希看見了仙后座。

與一般所熟悉的仙后座相比，此刻缺了右上角的一點，頭頂上方呈現出小小的и字型。夏希再次

註24：烏拉是俄語中用於表達情感的感嘆詞，寫作「ypa」。

低頭看向卡莉爾後，發現卡莉爾皺著眉頭，流露出哀求的眼神看著夏希。

夏希知道卡莉爾試圖表達什麼。

隔了一會兒後，夏希也察覺到是哪裡不對勁。

在不見一絲雲彩的晴朗夜空上，怎麼可能少了一顆星呢？夏希拿出行動裝置後，才想起無法連線的事實，於是跑向廣場拿起有線電話。國軍基地設了一個夏希專用的聯絡窗口。電話鈴聲只響了一次，對方立刻接起電話。

「咦？夏希部長，剛剛辛苦了……」

『我有件事情想拜託你，方便嗎？』

「請儘管吩咐。」

『我想拜託你用雷達幫我偵測飛行物體。』

「請等一下，AIM應該未持有航空武器——」

『我知道。可是，拜託你偵測一下。』

話筒另一端傳來發出指示的聲音。

隔了一會兒後，開始傳來男子們的喧嘩聲。

『怎麼了嗎？』

夏希焦急地問道，但對方可能是不敢決定該不該告訴夏希。夏希聽見話筒另一端不停傳來在交談的聲音，最後終於取得允許。

「我們在大約四十公里高的高度，偵測到幾架黑色飛行物體。飛行物體可能是塗抹了電波吸收材料，導致偵測有所延誤。我們懷疑那是敵方的航空武器。」

『具體來說會是什麼？』

「熱氣球。」

『咦？』

夏希不由得反問道。

不過，在軍事上使用熱氣球為武器的行為或許顯得落伍，但並非罕見之事。在冷戰時期，美國也會利用高高度的熱氣球來監視蘇聯。

「那應該是AIM的熱氣球。畢竟PKF和周邊各國原本就持有高高度的軍機。不過，還真是沒料到他們會利用熱氣球……」

意思就是發現得太遲了。

『會不會有威脅？』

「他們應該只是先用來觀測戰況。所以，不至於到需要擔憂的程度——」

夏希心裡不這麼認為。

如果是想要觀測戰況，只要購買在網路購物也買得到的小型空拍機就可以解決問題。

夏希適度表達謝意後，掛斷電話並陷入思考。有什麼目的必須特地設置高高度的熱氣球呢？就算這方想要打下熱氣球，地對空武器的射程根本不夠遠，國軍也未持有高高度的航空武器。

想著想著，夏希漸漸看出敵方的目的。

她心想：「這事情不太妙。」

應該把這件事情告訴誰才好？伊斯梅爾上將？不，不行！

艾哈馬多夫上校。除了他，沒別人了。

可是，上校已經前往「死者之城」備戰，現在也用不了手機。既然如此，乾脆跑去死者之城告訴上校這件事情呢？行得通！在那之間有沒有可能被誤認是游擊隊而遭到射擊？

這點不敢說毫無可能。

夏希陷入沉思之中時，想起已故父親說過的話。

她回到二樓的大房間，試圖找出吉拉・歐菲莉的身影。

找到了！吉拉在雙層床的下鋪抱著軟墊，保持距離觀察著圍繞桌旁的一群人動靜。吉拉比夏希大一屆，同時也是被譽為後宮首屈一指的美聲女。不過，很少人知道這位美聲女藏在背後的嗜好。

夏希跑向吉拉，在吉拉的耳邊悄悄低語：

「問妳喔，妳有沒有護士服？」

面對突如其來的請求，吉拉先是嘟一下嘴，跟著以訓話的口吻說：

「夏希，妳聽我說，角色扮演的東西沒有妳想像中的那麼正式——」

「抱歉，我晚點再聽妳說。隨便什麼都好，拜託給我一件像護士會穿的衣服！」

3

此刻一片寧靜，彷彿直到方才的那場騷亂場面不曾發生過。

高個兒在哈薩克斯坦的大使館裡一邊喝著綠茶，一邊這麼想。高個兒眼前有一張供訪客使用的桌子，以及一台中國製的三十二吋螢幕。

螢幕上播放著阿拉爾斯坦的國營廣播電臺頻道。

『戰況？這裡是前線，我怎麼可能知道戰況怎樣！』

艾哈馬多夫上校對著朝他頂來的麥克風，做出冷漠的發言。

其所在場地是位於鬧區西邊的山丘——死者之城。

黑暗中可看見四處冒出火苗，每次一有火苗冒出，五顏六色的圓頂或清真寺風格的墳墓就會隨之浮現。那些墳墓看起來就像一般建築物，但其實全是迷你屋。從後宮抬頭望去時會抓不到遠近感，覺得彷彿看見浮現在遠方的樓閣。

上校身後的寺廟裡，供奉著鬱金香。

隨著槍聲響起，鬱金香飛散開來。

慘叫聲傳來的同時，朝向上校頂出、加了防風罩的麥克風晃動起來。手榴彈滾了過來。擔任新聞記者的青年慌忙地撿起手榴彈，往敵陣的方向丟回去。

遠處傳來爆炸聲以及慘叫聲。

『難得我努力用功讀書，進了嚮往的國營廣播電臺……』

『凡事都是一種社會學習。』

艾哈馬多夫蹲下身子，撿起散落的鬱金香重新供奉。

『馬格里斯拉德的人民，放心吧！我們會守護這裡！千萬不要到戶外活動！AIM很強。不過，我們也搶先一步佈好陣局。一切才正要開始而已。』

『以上是記者在「死者之城」為您採訪到澤利姆漢．艾哈馬多夫上校的發言。』

高個兒忍不住嘆了口氣。

敵方的摩托車隊似乎還要一段時間才可能進攻過來，狀況看起來也不像當初預想的那樣會任憑敵方摧殘。阻斷手機的基地台，改以利用無線電波即時播放戰況的做法似乎還不賴。如果要問這是誰的功勞，應該會是——

「夏希很努力呢！」

在一旁觀看相同新聞報導的眼鏡低喃道。

在那之後，眼鏡拿起餅乾茶點品嚐，跟著皺起眉頭說：「真難吃。」高個兒也學眼鏡拿起餅乾來吃。餅乾的小麥顆粒粗糙，而且乾巴巴的，讓人吃得發渴。

高個兒轉動脖子發出喀喀聲響。

「是啊。」

高個兒點點頭應道。不過，她也搞不太懂自己是在點頭認同什麼。

*

敵兵暫時撤退了。

播放畫面切換到鬧區的小隊後，艾哈馬多夫點燃香菸，站在山丘上眺望馬格里斯拉德的街道。左手邊可看見利用泵浦從西鹹海抽水過來的蓄水池一邊發出嘩啦嘩啦的聲響，一邊反射星光，池面波光粼粼。右手邊是市中心。國民廣場上平常總是點綴上基本色的紅色或藍色霓虹燈，如今也都熄了燈。賭場酒店、行政機關，以及舶來品店的招牌緊密排列的縫隙就宛如黑洞一般。

根據報告，敵方的川崎摩托車隊似乎正朝向這方前進，但目前尚未出現。因為發出夜間禁止外出的命令，如果摩托車隊出現，肯定一眼就能看見。就算沒能一眼就看見，一旦摩托車隊抵達東南方的機場附近，鬧區也會進入榴彈砲的射程內。

一股焦急感湧上艾哈馬多夫的心頭。

突擊部隊已經把我們引到山丘上，如果要從中央突破，現在不是最佳時機嗎？那些傢伙究竟有什麼企圖？

這時，一名通訊兵前來報告。

「報告，本部要我來通知在馬格里斯拉德上空發現飛行物體……」

「是敵方的空拍機還是什麼的嗎？那種東西早就有一大堆——」

艾哈馬多夫下意識地脫口這麼說之後，才察覺到如果是空拍機，本部不可能特地派人來報告。

「到底是發現什麼東西在上空飛？」

「據說是高高度的熱氣球。總共有七顆，聽說還塗了黑色的電波吸收材料。」

通訊兵以緊繃的聲音說道，同時指向天空。

艾哈馬多夫隨之定睛細看天空，但什麼也沒看到。

「……你說塗了電波吸收材料？」

游擊隊怎麼有能力買得起那麼昂貴的東西？

不對，只要掠奪某國的無人隱形戰機，設法讓戰機著陸後，把機身上的電波吸收材料剝下來就好了。「敵軍是主要的武器供應來源」是游擊戰的黃金律則之一。

對方現在是利用熱氣球，就算拿出我方的地對空武器，射程也不夠長。

即便想要從空中擊落，國軍根本也沒有高高度的航空武器。看來敵方是趁著ＰＫＦ採取行動之前的時間差距，使出招數。

「不過——」

通訊兵露出訝異的表情繼續說：

「他們是為了什麼目的要利用熱氣球那種東西？」

「……假設從高度四十公里的熱氣球上，讓一百公斤的物體自由落下好了。如果忽略掉空氣的阻抗，著地時的初速大約會是每秒九百公尺。好啦，你說會產生多大的破壞力？」

通訊兵屈指計算著。

艾哈馬多夫沒有等待通訊兵回答，即開口說：

「四十兆焦耳。這是概算數值。落下的物體可以是桶裝炸彈，不然要丟沙袋也行。順道一提，發生之前那場紛亂時，ＰＫＦ那些人留下多到數不清的鎢彈。」

「這麼一來……」

「ＡＩＭ那些傢伙打算直接讓馬格里斯拉德整座城市變成人質。」

艾哈馬多夫忍不住發出咋舌聲。就在這時——

一道白色身影從鬧區方向衝上山丘來。艾哈馬多夫看見是一名身穿護士服的女子。

通訊兵似乎也同時察覺到有動靜。

「請小心，有可能是那些人的自爆攻擊。」

通訊兵低喃道，艾哈馬多夫輕輕頂了一下通訊兵的頭說：

「那麼合身的衣服有什麼空間可以捆上炸彈？願意執行自爆恐攻的傢伙不是都會有堅定的信仰嗎？有什麼事情可以讓他們誇張到連頭髮也不遮，穿著迷你裙就跑到前線來？」

可能是打算用來取代白旗，女子高舉白色手帕在頭頂上方揮動著。

「基本上——」

艾哈馬多夫說到一半時，嘴角很自然地往上揚。

「除了某個人，我聯想不到會有哪個女人一身那麼少根筋的打扮跑到前線來。」

「啊！」通訊兵有所察覺地叫了一聲後，繼續說：

「她不是護士。」

「我早就發現了。」

「她是小憩。」

聽到不是預想中的名字，艾哈馬多夫瞇起了眼睛。

「……誰啊？她是什麼傢伙？」

「您沒聽過嗎？她是日本的動漫人物！雖然小憩出現的鏡頭不多，但我們隊裡也有人覺得她是最可愛的一個……動畫分享網站上可以找到翻譯成俄語的影片——」

艾哈馬多夫沒有理會通訊兵的說明，朝向夏希拉高嗓子大喊：

「喂！妳怎麼來了？」

夏希停下腳步，氣喘吁吁地不停上下擺動肩膀。

「請命令鬧區的部隊散開！現在就立刻命令！」

夏希大喊道。

下一秒鐘，鬧區有三處同時引發爆炸。路邊的車子因為爆炸的力道高高彈起，爆炸衝擊波震破了周遭的舶來品店和賭場酒店的玻璃窗。

充滿絕望感的報告接二連三地傳來。

首先，這波攻擊使得兩組小隊受到嚴重災害。另外，鬧區中央就快被敵軍總隊突破。敵方的士兵

們不是騎摩托車，而是騎著駱駝摸黑展開攻擊。

「這狀況看來——」

——可能要吃一場敗戰。艾哈馬多夫把本來打算接著說下去的話語吞了回去。

夏希總算爬上坡，來到艾哈馬多夫的位置。

*

夏希雙手扶著膝蓋，做了一次深呼吸。她發現雙腳在不知不覺中被山丘上的駱駝草割傷了。夏希明明是全力衝刺跑上山丘，身體卻凍得像冰塊。

這片在蘇聯時代因為環境破壞而形成的新沙漠白天很熱，晚上卻很冷。

「慢了一步……」

「妳來做什麼？」

聲音從夏希的頭頂上方傳來，那語調略帶著質問的意味。

「我想來告訴你這件事……」

夏希好不容易恢復正常的呼吸。

「而且，我死去的父親經常說一句話。他總會說：『我不在現場像什麼話。』」

時間停頓了幾秒鐘。

「哼。」上校用鼻子哼了一聲。

忽然有個暖和的東西裹住夏希的身體。夏希一看，發現肩膀被披上一條軍用毛毯。

「妳這樣我不知道眼睛該往哪裡看。」

艾哈馬多夫一邊別過臉，一邊點燃香菸。

事到如今夏希才感到難為情，趕緊把毛毯的兩端拉到胸前。

「山丘的狀況如何？」

「暫時擊退了敵軍。不過，現在必須把戰力轉移到街上去……」

艾哈馬多夫一臉沉悶的表情揉著太陽穴。

下一秒鐘，透過擴音器的聲音從敵陣那方傳來。

『剛剛那是我方為了這一天而製造的「礫石」。』

擴音器裡的聲音以流暢的古典阿拉伯語發音，說出聖經裡的字眼。

『我方擁有針對某點發出相同攻擊的能力，也已經做好要攻擊議會和行政機關的準備。不過，我們的目的不在於屠殺，願貴部隊能夠做出具有勇氣的決定。』

敵方的意思就是在勸告這方投降。

艾哈馬多夫聳起一邊的肩膀說：

「對方這麼說耶。好啦，要怎麼辦啊？」

「不用擔心。」

夏希抬起頭，在臉上浮現微笑。夏希知道自己沒辦法做到像艾莎那樣的睡蓮笑容，但她不在乎。痛苦時就是要笑著面對。

而且，敵方或許是自認處於優勢而有所鬆懈。方才那段勸告透露了太多的資訊。現在確實是痛苦時刻，但還不是已經沒戲可唱。

「這裡也有派記者過來吧？可不可以把現場轉播轉到我這裡來？」

4

市中心傳來巨響和一陣地動之後，大使館內氣氛一變，化為一片靜寂。現場只聽得見國營廣播的播報員低喃聲音，畫面不再像一路來那樣即時播放戰場狀況，話題轉移到國際新聞和股價。

肯定發生什麼事了。

而且是過往打游擊戰時不曾有過、超出預想範圍的不知何事。

高個兒輕輕咬著右手的食指。在那之後，高個兒抱著一絲哀愁，低頭看向粗糙的右手手指。從祖國流亡到阿拉爾斯坦、剛進入後宮的那段時間，高個兒動不動就愛咬指甲。不過，她為了像艾莎一樣表現得舉止優雅，硬是戒掉了咬指甲的習慣。事實上，她只是把咬的對象從指甲變成手指而已。

「妳猜是怎麼回事？」

高個兒低聲對著在旁邊操作行動裝置的眼鏡問道。

眼鏡沒有回答。高個兒瞥了行動裝置的畫面一眼。畫面一片黑，根本無法做任何操作。眼鏡的肩膀微微顫抖著。

「真是傷腦筋～」

高個兒嘆了口氣後，抬高手臂摟住眼鏡的肩膀。眼鏡的肩膀冷得不得了。不過，顫抖的現象慢慢緩和下來。高個兒心想：「我這雙手雖然粗糙，但至少還做得到這些事。」

高個兒往後仰讓身體靠在沙發上。

品質不良的彈簧發出嘎吱一聲。椅墊深深往下陷，坐在隔壁的眼鏡就像廉價的俄羅斯套娃，倒在高個兒的身上。

「別這樣好不好？妳塊頭這麼大。」

眼鏡雙手推著高個兒的側腰，挪開身體。

高個兒露出苦笑帶過眼鏡的抱怨話語，仰望起哈薩克斯坦大使館天花板上的灰泥。她心想這棟建築物應該是把蘇聯時代偷工減料建蓋的房子，直接利用作為大使館。一片白的灰泥天花板沒有多餘的裝飾，讓人持有好感。不過，如果拿後宮來做比較，確實是顯得乏味單調。

這時，現場轉播突然切換了畫面。

『現在記者在「死者之城」為您報導新聞。』

緊張氣氛蔓延，聚集在房間裡的脫逃組一齊探出身子。

高個兒看向畫面後，看見新聞記者手拿麥克風一副心慌不安的模樣，站在以藍白磁磚做搭配、採

用阿拉伯式花紋設計的牆壁前方。高個兒猜想那肯定是室內，而且應該是地下墳場。她心想：「刻意把場地從地上移到地下，是為了不讓敵人發現位置嗎？」

攝影機的鏡頭水平移向左方。

「夏希？」

高個兒下意識地抬高上半身說道。

沒辦法，因為高個兒看見熟悉面孔的學妹就站在新聞記者的身旁。不過，這學妹究竟是為了什麼做出那一身瘋狂的打扮？

『因為方才首都受到了攻擊……呃……』

新聞記者一副像看見可疑人物的模樣，把視線移向夏希。

夏希穿著像護士服的服裝，把軍用毛毯當成披巾披在身上，不知道該不該說是盡了本分，夏希沒有忘記遮蓋住頭髮。不過，這樣感覺很像遮頭沒遮尾。

大家開始交談起來。

「為什麼夏希要到前線去？」

「討論這個問題之前，我想先知道那打扮是怎麼回事？」

畫面裡的夏希一副彷彿在說「吵死了！」的模樣搶下麥克風，大家也瞬間安靜下來。

『我是夏希．納西姆．遠峯。因為種種因素，目前擔任臨時的國防部長。首先，針對方才首都受到什麼攻擊，我在這邊做個簡單的說明。』

比起受到什麼攻擊，我們更想知道妳為什麼打扮成那樣？

在大家都抱著這般想法之中，夏希面無表情地繼續說：

『首都是受到阿拉爾斯坦・伊斯蘭運動（ＡＩＭ）所開發的武器攻擊，他們不怕失敬地借用主的話語，把這個武器稱為「礫石」。』

夏希引用了大家不熟悉的古典阿拉伯語聖經裡的一小章節內容。

所謂的礫石，是指主在索多瑪城市降下的雨。在古蘭經是指加熱過的泥石，而在聖經則是指硫磺之火。夏希會刻意提到這件事，想必是為了破壞ＡＩＭ的形象。

「加油！」

高個兒很自然地脫口而出。不過，高個兒其實是想直接在夏希的面前為她打氣。

『他們強調著可以靠「礫石」對首都展開單點攻擊。實際狀況是從高高度的熱氣球發射炸彈。看得出來他們配合目標在改變模式，想要攻擊戰車或建築物時就使用鎢彈，想要擴大攻擊範圍時就使用一般火藥。』

「這樣不行啦！」

眼鏡在一旁低喃道。

「這種時候要說明得更簡單易懂一些才行……」

「她很著急。」

高個兒輕拍一下眼鏡的肩膀。

「大家都很著急。就這點什麼辦法也沒有。」

『問題在於他們是如何實現單點攻擊？熱氣球隨風而飛，而且距離地面有四十公里遠。所以，我們猜測他們應該是把智慧型手機綁在炸彈上，透過從上空拍攝的影像和ＧＰＳ，再確認地面上的Wi-Fi分享器位置來改變軌道。』

「嗯？什麼意思？」

高個兒其實沒有要詢問任何人的意思，但眼鏡回答說：

「地面上有無數個無線區域網路的分享器。意思就是，只要預先在地圖上標出這些分享器的位置，就能夠提升認知位置的精度。」

「原來如此。」高個兒自言自語說道。

夏希做了一次呼吸後，繼續說：

『我這邊有件事需要大家的協助。首先，我希望大家把家裡的電燈關掉。現在是晚上，光是關掉電燈的動作，就可以讓「礫石」的相機變得無效。現在被禁止外出，還受到游擊隊的攻擊，我相信大家都很擔憂。可是，還是務必請大家提供協助。』

可能是天氣太冷了，夏希顫抖著身體。

一名身穿迷彩服的男子從畫面左側伸出手臂，將冒著熱煙的塑膠杯遞給夏希。夏希遮住麥克風向對方道謝後，喝了一口熱飲。

『針對ＧＰＳ訊號，負責電子戰的人員正在利用假訊號加以干擾。再來只剩下城市方面的Wi-Fi分

享器……我知道在資訊已經很少的狀況下，要提出這個請求會讓大家很困擾。我們一定會透過無線電波傳播必要的資訊，還請大家務必把分享器的電源——』

『重點就是！』

有人從夏希手中搶走麥克風，低沉厚實的聲音隨之傳來。

攝影機的鏡頭再次往左方水平移動。畫面中出現上一次現場轉播時說話的艾哈馬多夫上校。

『抱歉，打斷妳說話。這傢伙雖然一身奇特裝扮，不過……』

說罷，艾哈馬多夫先指向夏希，再指向自己的太陽穴。

『她是真的有腦袋的。這點我敢做保證。聽好啊！有兩個重點。首先，把房間的電燈關掉。再來就是關掉網路分享器的電源。只要這麼做，戰況就可以再次取得優勢。我也在這裡拜託各位，大家可不可以配合一下這傢伙的請求？』

『……以上是記者在「死者之城」為您做的採訪。』

畫面上，烏茲別克斯坦的外交部長正在提出聲明。

現場轉播再次切換到其他畫面。

『對於這次因為馬格里斯拉德發生恐怖攻擊事件而出現的犧牲者，我在此由衷地表達哀悼之意。以我們的立場來說，我們也支持阿拉爾斯坦政府對抗激進派勢力的舉動……』

房間各處傳來夾帶著失望感的嘆息聲。

「說是說得那麼好聽，但其實就是在威脅……」

這方如果沒有成功制伏ＡＩＭ，並展現統治能力的話，烏茲別克斯坦就會公然介入。烏茲別克斯坦想必也預想到在那之後，他們將可以和周邊國家一起共同管理阿拉爾斯坦。

「欸！」眼鏡戳了一下高個兒的手臂後，指向頭頂上方。

「嗯？」

高個兒回應後才察覺到房間裡的電燈還亮著。

她拿出行動裝置，確認大使館裡開放使用的無線Wi-Fi狀況。行動裝置順利地連結上網頁。

很多人似乎也察覺到同一件事。

還有同伴跑去找正好路過的大使館人員，詢問為何不關燈、為何不關掉分享器的電源？然而，大使館人員面不改色，表現出徹底忽視這方的態度離開了現場。真不知道應該說對方不愧是前蘇聯官員，那態度甚至讓人覺得比蘇聯時代表現得更加出色。

「……說得也是啦。」

眼鏡表現出死心的態度，坐在沙發上抱住雙腳膝蓋。

「在大使館的建地內享有治外法權，他們也沒有義務一定要遵從夏希的決定。」

「也不能因為這樣就……」

「而且，對一直仰賴這裡的在外哈薩克斯坦人來說，Wi-Fi也是珍貴的資訊基礎建設。如果關掉Wi-Fi，也可以被視為是涉及人道的問題。」

眼鏡說話的語調相當冷靜，高個兒越聽越是焦躁。

「妳到底是站在哪一邊啊？」

高個兒終於忍不住揪住眼鏡的胸口問道。不過，她立刻鬆開了手。眼鏡的身軀出乎預料地纖瘦，而且眼神透露出滿滿的不甘心情緒。

眼鏡的語調之所以顯得冷靜，是因為她刻意壓抑著情緒。

稍作思考後，高個兒從沙發上站起來，叫住大使館人員說：

「請問一下。」

大使館人員沒有回答。

「關於這裡的電燈和無線環境……」

大使館人員還是沒有回答。

「夏希在拜託大家提供協助，可以幫她一下嗎？」

「夏希？」

大使館人員保持面向側邊的姿勢，只轉動視線看向高個兒。

「喔～妳是說在玩扮演國防部長遊戲的那個女生啊……」

高個兒感覺到全身血液衝上腦門的那一刻，不知何時也跟了上來的眼鏡輕輕撫摸高個兒的背部。

高個兒做了一次深呼吸後，也同樣摸著眼鏡的背部說：

「我知道的。放心，我沒事。」

高個兒知道她們現在的處境必須仰賴哈薩克斯坦大使館，來設法提出難民申請。還有一點，當初

是艾莎幫忙牽線才能夠來到大使館。高個兒不能讓艾莎丟了面子。

至於大使館人員，他們正忙著應付湧入大使館的哈薩克斯坦僑民。高個兒她們只是被安排到房間裡，目前連申請書都還未能交出去。

申請書的文件還收在懷裡，但不知為何，感覺特別沉重。

＊

此刻，夏希正在「死者之城」的山丘上俯視街道。

明明已經那麼強烈地提出訴求，視野下方的點點燈光依舊明亮。不，正確來說，應該說有部分住宅和行政機關已經熄燈。不過，企業、商業設施和飯店依舊燈光燦爛。在這樣的狀況下，還不足以讓「礫石」的相機變得無效。

夏希脫口說出：

「為什麼會這樣……」

「這就是現實。」

艾哈馬多夫站在夏希的身旁說道，並拿出國軍配給的打火機點燃香菸。

「任誰都會比較愛自己。」

「什麼意思？」

「意思就是對街上的那些人來說，他們會覺得那叫什麼『礫石』的精準度高一些比較好。畢竟如果不小心關掉電燈和分享器，隨機丟下的炸彈有可能就這麼從自己的頭頂上方掉下來。希望妳諒解一下大家的心情。大家好不容易才剛剛走出之前的紛亂所造成的陰影。」

「也就是說，沒有人會願意協助？」

艾哈馬多夫沒有回答。

夏希咬著嘴唇，再次眺望街道。與其說失望，夏希感到焦躁的情緒更加強烈。她心想：「我明明就是為了守護這些燈光才提出要求啊。為什麼沒有人能夠理解呢？」

「不過，不知道這戰況是怎麼回事……」

艾哈馬多夫吐出一口白煙後，靜靜這麼低喃一句。

夏希不想繼續再看著街道。她抬頭仰望看不見的熱氣球，做了一次深呼吸。

「其實還有讓我掛心的事情……」

「什麼事？」

「根據當初的報告，我方是得到敵方的摩托車隊正朝向首都進軍的消息。可是，他們不知道在什麼地方換成騎駱駝，展開夜襲街道的戰術。」

或許是察覺到了什麼，艾哈馬多夫輕輕皺起眉頭說：

「說下去。」

「這表示摩托車是閒著的。還有，敵方一路來都是照著預先擬定好的計劃在行動。如果要思考如

何讓閒著的摩托車發揮最大效用在作戰上……」

夏希說到這裡時，多數燈光在山丘底下一齊點亮。

可能有五十輛、不，應該有六十輛吧。隨著氣勢十足的馬達聲傳來，對方像在示威似的一邊蛇行，一邊爬上山丘。那是敵方的川崎摩托車隊。

艾哈馬多夫立刻拿出無線電對講機。

「第二小隊迅速移動到山丘東側。後方正受到摩托車隊的攻擊。」

艾哈馬多夫發出指令後，用空著的另一隻手拿出一顆手榴彈，再用嘴巴咬掉拉環。夏希暗自說：「來不及了！」夏希方才費了那麼大的工夫才爬上斜坡，摩托車隊卻輕而易舉地衝上來，轉眼間便將這方團團圍住。

因為站在逆著頭燈光線的位置，夏希頓時什麼也看不見。

沒多久，夏希的眼睛慢慢適應光線。可能是為了展開夜襲，摩托車一律被塗成黑色。摩托車隊遲遲沒有發出任何攻勢，而是像在嘲笑這方似的，不停繞圓圈或刻意放大引擎聲。不過，摩托車圍起的圈子越來越小，慢慢逼近這方。

敵方當中的一人朝向天空射出一發子彈。

艾哈馬多夫的手上還握著手榴彈。

「夏希。」

艾哈馬多夫沒有看向夏希，低聲喊道。

不知不覺中，艾哈馬多夫已不再稱呼夏希為「小姐」，而是直呼她的名字。

「我會殺出一條路，妳快逃到那群記者避難的地下墓穴去！妳知道地方吧？」

在那之後，艾哈馬多夫再次拿起無線電對講機。

「後方已被敵軍包圍，棄守『死者之城』，全部隊——」

——立刻撤退，移陣到鬧區防守。

艾哈馬多夫這麼發出命令之前，一發子彈擊破他手上的無線電對講機。飛散開來的塑膠碎片刺中夏希的鎖骨部位。開槍的男子在摩托車隊的另一端。男子站在墳場旁，拿著ＡＫ突擊步槍瞄準這方。

夏希看見男子的肩上掛著擴音器。

男子會是那個以一口流利的阿拉伯語，勸告這方投降的男人嗎？還有一名ＡＩＭ的士兵跟在男子的身旁站著，同時反扣著人質的手。

「艾哈馬多夫先生……」

青年新聞記者顯得怯弱的聲音傳來。

摩托車隊讓出了一條路，拿著擴音器的男子朝向這方走近。男子身穿法蘭絨襯衫，外面套上繡布和迷彩外套，並以白色頭巾遮住臉孔。男子實際來到面前後，夏希才發現與艾哈馬多夫他們這些國軍的裝備比起來，男子們的裝備有多麼不可靠。

夏希不禁忘了恐懼感到佩服。雖說是游擊隊，但沒料到竟然會以如此簡便的裝備在戰鬥。

「……我是拉希德之子，名叫納傑夫·本·拉希德。我是ＡＩＭ的幹部，受命帶領這座山丘的作

戰部隊。你們應該已經十分理解狀況，請您立刻投降。」

「我是澤利姆漢·艾哈馬多夫，職位是上校。可不可以釋放一般民眾？」

男子沒有回答。

艾哈馬多夫一副感到焦躁的模樣搔了搔脖子後，把來福槍往地上丟，跟著把手榴彈連同防護罩拋擲出去。在那之後，艾哈馬多夫低頭看向一直握在手中的那顆已拉下拉環的手榴彈。摩托車隊察覺事態後，急忙讓出一條路。艾哈馬多夫一邊數著「一、二」，一邊將手榴彈從摩托車隊讓開的縫隙往山丘下方拋擲出去。

現場所有人一齊摀住耳朵。

「碰！」的一聲，小規模的焰火在空無一人的斜坡上擴散開來。轉眼間，夏希一行人都成了俘虜。

5

來福槍的槍頭頂在夏希的背上。

夏希在通往地下墓穴的階梯上，慢慢地一階一階往下走。面對會讓人毛骨悚然的場景，夏希忍不住放慢腳步。

夏希的背後又被頂了一下。

「我們不能觸碰女人的身體。拜託妳合作一點，要不然——」

夏希知道對方是在表達「要不然別怪我一槍斃了妳」的意思，但以她的立場來說，當然想要多爭取時間。而且，至少也要刁難一下對方。夏希決定使出牛步戰術[註25]，慢吞吞地走下階梯。

地下墓穴很冷，還傳來泥土的氣味。

不過，出乎預料地明亮。

夏希抬頭一看，發現上方蓋了朝向地面突出的圓頂，並看見月光從圓頂的窗戶照射進來。阿拉伯式花紋的磁磚映射著月光，發出朦朧的光芒。

階梯的盡頭呈現出T字型，三方各有一間小房間。小房間裡一片昏暗，看不太清楚裡頭的狀況，但看得到一口蓋上布塊的棺材。夏希猜想那應該是某個望族的墳墓。

墓穴中央有一小角簡直就像一座花圃，鋪滿色彩繽紛的磁磚。

「乖乖待在這裡！」

夏希走下階梯後，眼泛淚光的攝影師和新聞記者同樣在被頂著槍的狀態下，捧著笨重的攝影器材跟在後頭走下來。最後是納傑夫帶著雙手空空的艾哈馬多夫走下來。艾哈馬多夫深深嘆了口氣後，在花圃正中央盤腿而坐。

游擊隊的成員站在四周，手上架著槍。

最後，納傑夫在階梯的最後一階踏板坐下來，對著男子們當中的一人詢問：

「街上什麼狀況？」

「電燈和Wi-Fi都處於有效狀態。『礫石』可正常發揮功能。所以，在維持和平部隊ＰＫＦ到來之前……」

「真是遺憾喔。」

納傑夫打斷男子的話語，朝向夏希這方繼續說：

「如果妳有累積一些功績，街上的人或許就會聽妳的話……」

夏希只有輕輕點頭做出回應，並反芻起戰況。

鬧區就快被駱駝隊突破。山丘上的「死者之城」受到夾擊，上空還有特異的「礫石」。目前幾乎是束手無策的狀態。夏希腦中閃過後悔的念頭，她心想當初或許不該提議防守山丘比較好。不，事實上，游擊隊也真的攻擊了山丘。

「不殺了她嗎？」一名男子突然做出驚悚發言。

「我正在思考這個問題。」

納傑夫簡短回應一句後，拿出行動裝置滑動起畫面。那似乎是可接收到無線電波型的行動裝置，沒多久就播放出國營廣播電臺的聲音。

『我們不得不說ＡＩＭ和伊斯蘭在本質上是完全不同的存在。所以，可以忽視他們到底。如果把事情鬧得太大，很難保證不會導致對於正常的伊斯蘭教徒偏見加重。而且──』

註25：牛步戰術的說法源自日本，日本國會在拖延表決時會採用所謂的「牛步戰術」，也就是在投票時以極端緩慢的步伐走向投票箱。

國營廣播播放出不知是學者還是什麼人說話速度像機關槍一樣快的發言。夏希能夠理解發言者想強調的重點，但不知道為什麼，那些話聽起來給人一種膚淺的感覺。

納傑夫關掉了播放。夏希無法從他的表情看出情緒，但想必是感到憤怒吧。

頭頂上方傳來爆炸聲。

爆炸聲響起後，機關槍的掃射聲音接續傳來，聲音傳進地下室再反射回去，令人毛骨悚然的回音飄蕩著。艾哈馬多夫沒能夠順利發出撤退指令，夾擊戰就這麼展開了。夏希聽見摩托車發出氣勢凌人的馬達聲，在山丘上四處奔馳。

隨著巨響響起，地面震動起來。

夏希下意識地蹲下身子，雙手抵在地面上。粗糙且冰冷的觸感透過指尖傳了上來。

艾哈馬多夫看向夏希，瞇起眼睛說：

「抱歉，我們這些都是一群沒出息的男人。」

「沒那回事的。」

夏希搖搖頭說道。

在過去，夏希也曾經怨恨過導致紛亂發生的男人們。因為這樣，她甚至失去了重要的家人。不過，現在夏希的想法不一樣了。

「引發戰爭的禍首不是男人，也不是女人，而是大人們。」

夏希沒多想什麼地說出這麼一句。不過，這句話改變了現場的氣氛。

納傑夫挑高了眉毛。

他坐在階梯上讓身體向前傾，不知道在思考著什麼？納傑夫每次改變姿勢，背上的突擊步槍就會發出鏗鏘聲響，夏希忍不住暗自說：「可不可以拜託你不要隨便亂動！」

「欸！」

夏希試著搭腔，但納傑夫沒有回應。

可能是某處設有通風口，一陣冷風吹拂而過。夏希把毛毯往胸前拉緊，讓毛毯確實蓋住雙肩。

「喂！那邊那個！」

納傑夫突然站起身子，指向攝影師說道。

「你把照明設備打開，我要在這裡做現場轉播。」

「咦？」

不過是短短一聲，卻聽得出攝影師的聲音顫抖得可憐。

納傑夫按住眉間說：

「我們雖然是激進派，但跟那些隨處可見的聖戰主義者（Jihadist）[註26]不同。那個學者的主張是一派胡言。我們也用應該對待俘虜的方式對待俘虜，我的意思是要把這裡的狀況如實播放出去。」

註26：聖戰主義者（Jihadist）指追求聖戰之人。伊斯蘭主義者對暴力著迷，不論是軍事、半軍事或恐怖暴力都一樣。他們相信只要是保護和擴張伊斯蘭國家都屬於聖戰。

攝影師整個人僵住不動，他先看向艾哈馬多夫，接著看向夏希。攝影師在等待著指示。夏希對著他輕輕點了點頭。

燈光亮起。

光是如此，就讓夏希比較感受得到自己還活著的真實感。

沒多久，攝影師的表情化為專業人士的表情，並在室內到處走動，尋找著最佳攝影角度。為了避免棺材入鏡，攝影師最後決定以階梯為背景。夏希和艾哈馬多夫取代納傑夫並肩坐在階梯上，新聞記者則是站在階梯的前方。

「記者此刻在『死者之城』為您進行現場轉播。不過……」

納傑夫在攝影師身後拿出行動裝置，並且讓畫面朝向這方。雖然時間有所遲延，但確實進行著現場轉播。艾哈馬多夫清了清喉嚨後，搶下麥克風說：

「我是艾哈馬多夫。有幾件事情必須向大家致歉。首先，很抱歉讓大家必須多次看到我這個大老粗的臉。第二件事情是非常遺憾地，我們成了ＡＩＭ的俘虜。」

艾哈馬多夫朝向夏希使了眼色後，把麥克風轉給夏希。

「呃……」

夏希忍不住暗自說：「到底要我說什麼啊？」

「我們現在是基於ＡＩＭ方面的提議，才進行這場現場轉播。對於這樣有可能變成在幫助他們進行政治宣傳一事，我對大家深感抱歉。不過，就某種角度來說，讓大家看到真實的戰場模樣，也算是

符合這方的意願。」

夏希做了一次深呼吸。

她稍微加重力道抓緊毛毯。

「不管怎樣，我們已經做好了心理準備。不過，希望大家記起一件事。因為『礫石』，我們的整座城市變成人質的事實依然不變。所以，現在著手也還不嫌晚……」

夏希不由得這麼順口而出後，被一名男子搶走了麥克風。

攝影師隨之把鏡頭移向男子。不過，男子雖然搶下麥克風，但沒有特別想發言什麼。就像在接力傳水一樣，麥克風從這隻手傳到下一隻手，最後傳到納傑夫的手上。

傳麥克風的動作帶來了一段空檔時間。

夏希朝向一臉思考狀的納傑夫伸出右手，催促他發言。讓納傑夫的發言透過無線電波轉播出去會有風險。不過，不論有沒有風險，此刻的主導權都握在納傑夫他們的手上。更主要的一點是，比起風險，夏希忍不住想要聽聽看。她想聽聽納傑夫他們實際上是抱著什麼樣的想法？此刻又是什麼感受？

「嗯……」

不知道是基於什麼想法，納傑夫脫去頭巾，暴露出真面目。

納傑夫留著淡淡的鬍渣，比想像中的來得年輕，看起來差不多二十五歲多。說感到意外或許顯得失禮，夏希甚至覺得納傑夫像個暖男。

「……我是AIM的幹部納傑夫·本·拉希德。事情的經過就如方才夏希大人所說。首先，我希

望明確表明一件事。以我們的立場來說，我們沒有企圖要求不合理的贖金，也沒有為了示威而打算殺害俘虜的想法。我們只是希望正常進行交換俘虜的動作。」

納傑夫以流利的俄語說到這裡時停頓下來。

使用俄語的目的想必是希望透過通用語言，向國際社會發出訊息。

「另外，也想要藉由這個機會，向大家說明我們的想法。請容我再次強調，我們的目的不在於殘酷虐行。不因為世俗而隨波逐流，以虔誠的心信奉阿拉、向阿拉禱告，與貧困者分享、大家相互幫助……我們衷心期盼可以建設出像這樣安穩且保守的伊斯蘭國家。」

納傑夫撫摸一下脖子，顯得有些難為情。

在那之後，他以柔和的語調繼續說：

「我們衷心期盼著。期盼擁有一個任何人都能夠接受教育，家族之間理所當然會相互幫助的國家。一個不會吵來吵去地大打口水戰，而是像安靜的禱告蔓延開來後的結果。這樣的共同體才是我們迫切期盼擁有的東西，我們也深信能夠加以實現。」

納傑夫稍作停頓，並像在冥想似的，微微抬高視線看向上方。

他開口說出「我們」兩字之後，甩了甩頭才繼續說：

「對於我們不願意在組織內參與政治一事，我們自知深受世人的批判。不過，我們同時也是能夠代替無法參與政治的人民出聲的存在。所謂無法參與政治的人民是指哪些人——」

納傑夫動作緩慢地指向身後的棺材。

「正是他們這些死者。我們要代替被蘇聯主張的唯物論擊垮而再也無法發言的死者，以及至今仍遭受世俗化的大浪吞噬，被趕出制度外的多數人民出聲。如果有人理解我想表達的意思……可以請你們支持我們的行動嗎？」

納傑夫放下麥克風，再次戴上頭巾遮住面孔。

「……再來隨便看你們要說什麼。」

麥克風經由攝影師再次回到夏希的手中。

夏希催促艾哈馬多夫發言，但艾哈馬多夫搖頭拒絕。

夏希不禁感到失策。

倘若納傑夫做出更激進、更好戰、難以引起人們共鳴的宣言，事情就好辦了。對於納傑夫方才說出的理念，ＡＩＭ打算執行到什麼程度還完全未知。不過，肯定得到了一定層面的支持。

這麼一來，夏希這方當然不能保持沉默。

「對於他剛才提到的夢想——」

停頓一會兒後，夏希也以俄語做出回應。

夏希在心中告訴自己：「快回想起來！快回想起十五年前的紛亂。回想起失去家人、在馬格里斯拉德的街上徘徊而不知何去何從時的感受！」

就算是再高尚的理念，也根本不能構成任何允許引發紛亂的理由。

「大致上和我們臨時政府所描繪的未來願景是一致的。正因為如此，對於他們為何不願意在制度

內參加政治一事，我深感遺憾。」

話說出口後，夏希才發覺說錯話了。

她發現自己的發言顯得膚淺。這樣豈不是跟那位學者的論調沒什麼兩樣嗎？不過，周邊國家的重要人物也會看見這個現場播送畫面，夏希不能做出任何輕率發言。

事到如此，也已經無法回頭了。

「不過，我希望大家可以回想一下。代替死者發言這件事，不見得就能夠構成拒絕參加現狀制度的理由。更不可能構成允許引發紛亂的理由。」

夏希把麥克風轉向對方。

然而，納傑夫轉身背向夏希，沒有要接受辯論的意思。夏希的話語沒能夠打動納傑夫的心。對於這點，身為發言者的夏希自身最心裡有數。

「呃……」

糟糕，這下子會無法繼續轉播下去。

照理說，現在的場面應該是要把現場轉播交還給新聞記者。然而，新聞記者本人因為成為俘虜的打擊，整個人呈現放空狀態。

夏希試著發揮念力想讓新聞記者回神過來，但沒能成功。

事態演變到這地步，夏希只能盡量設法拖延下去。沉默一會兒後，夏希詢問艾哈馬多夫說：

「上校，您有家人嗎？」

面對突來的發問，艾哈馬多夫皺起眉頭說：

「我算是鰥夫。我太太已經棄我而去……我還有一個女兒，但能力沒有妳這麼好就是了。我說夏希啊，妳跟我聊這些，有什麼樂趣嗎？」

*

『——但能力沒有妳這麼好就是了。我說夏希啊，妳跟我聊這些，有什麼樂趣嗎？』

這是哪門子的發問啊？

在甚至顯得刺眼的明亮大使館內，大家都一臉格外苦澀的表情。說到畫面上的上校，回答完之後，又閉上嘴巴不說話了。

『那這樣，呃……請問上校的女兒幾歲呢？』

『跟妳差不多年紀。』

沉默氣氛再次降臨。「沙」的一聲噪音響起。

「拜託！」

高個兒按捺不住地大喊出來。

「不是這樣子的吧！」

夏希完全不曉得高個兒的心情，仍繼續以平淡的口氣發問。

『上校當初為什麼會想當阿拉爾斯坦的軍人？』

『沒有啊，因為我原本是蘇聯的軍人。我原本隸屬於突厥斯坦軍管區的第一軍隊。怎麼說呢，很抱歉沒能給妳一個很愛國的答案。不過，一路來我都是盡忠職守。』

『夫人就是因為上校太認真投入工作，才心灰意冷地決定離開嗎？』

『是啊……喂！妳在套我什麼話！』

一旁的眼鏡噗哧笑了出來後，環視四周一遍，趕緊露出嚴肅的表情抿住雙唇。

『正確來說，應該是我接受對方的要求，主動結束婚姻關係。別看我這樣，我們好歹也是伊斯蘭教徒。太太那一方要主動結束婚姻關係比較困難。』

『上校願意接受這樣的結果？』

『我還能怎樣？對方的心都已經不在我身上了……』

「夏希，妳幫幫忙好不好！」

「誰想知道那個老頭子的事情啊！」

責怪的聲音接二連三地響起。一股近似焦躁感的莫名情緒湧上高個兒的心頭。

「欸！」

高個兒向身旁的眼鏡搭腔道。

「到目前為止的談話內容，妳有沒有發現什麼資訊？」

眼鏡微微歪著頭，低喃說：

「沒有。我沒有發現什麼資訊。不過，畢竟是夏希，我覺得她心中不可能沒有任何盤算。」

「我想也是……」

沒錯，夏希不可能沒有任何盤算。

到目前為止的互動內容看來，實在找不出有什麼資訊。感覺上，也不像藏有暗號之類的訊息。

「啊！該不會是……」

「什麼？」

高個兒這麼詢問眼鏡的那一刻——

『可以嗎？』

開朗的聲音響遍室內。

鏡頭切換到電臺的舞臺，七人組的帥哥團體站在舞臺上。其中一人舉高雙手在頭頂上方擺出愛心的手勢。帥哥團體的招牌搞笑動作就是擺出這個手勢詢問「可以嗎？」

大使館組的所有人僵住不動，接著幾乎同時眨起眼睛。

帥哥團體的團名是「馬格里斯拉德壞男孩」。

他們是以阿拉爾斯坦從以前到現在都深受歡迎的歌劇為主的搞笑團體。不知道是不是在對這次的犧牲者和阿里總統表達哀悼之意，帥哥七人統一穿著白色服裝。

可是，為什麼他們要在這個時間點上鏡頭呢？

高個兒還來不及思考答案，壞男孩的團員們已經開始交談起來。

『還說什麼可以嗎？根本就是不可以！這就是問題所在！』

『大家對不起喔，突然說這些有的沒有。這幾個小子真的很不會看現場氣氛。』

『可是，真的是事態嚴重耶！我都還來不及消化暗殺事件，現在又來了個「礫石」什麼的……』

『我們先做一下說明吧！正在收看的觀眾朋友們都一頭霧水呢！』

高個兒暗自回一句：「一點也沒錯！」

『對喔，我都忘了！那麼，我們先請來賓進場好了』

『有請我們的臨時文化部長賈米拉．坤迪．沙德薩！』

「什麼！」

房間裡傳來驚訝的聲音。這事態讓高個兒也訝異到嘴巴張得開開的。

隨著呼喚聲，畫面裡的帥哥七人鼓起掌表示歡迎。在稀稀疏疏的掌聲之中，賈米拉面帶僵硬的表情，同手同腳地踏上舞臺。

『哇……這麼說或許顯得失禮，但看見文化部長這麼年輕，真是讓人嚇一大跳呢！』

『結束後方便請部長幫我簽名嗎？』

『對不起喔，這幾個小子的個性都很輕浮……那麼，可以麻煩部長做說明嗎？』

賈米拉把麥克風暫時挪開嘴邊，輕咳一聲。都還沒開口說話，賈米拉已經臉頰泛紅。

『……感謝介紹，我是賈米拉．坤迪．沙德薩。一路來我們為了毫無隱瞞地把資訊傳遞給大家，就連戰場上的狀況也進行報導並播放畫面。不過，我們同時有另一個想法。我們在想，這麼做會不會

害得收看報導的朋友們也感到疲憊不堪？』

賈米拉一身正式的民族服裝打扮。

握住麥克風的手腕套上了好幾個銀手環。賈米拉用另一隻手重新調整一下手環的位置。

『於是，我們決定請他們幾位上節目表演。現在的我們需要笑聲。在面臨緊急事態的這時刻，做出這般提議實在讓人有所顧忌。不過，就身為文化部的角度，甚至以更廣泛的意義來說，就整體文化的角度來思考能夠做到什麼事情後，我們得到了這樣的結論。』

『沒錯！』

『如果透過表演就可以為國家幫上忙，我們也會覺得很開心。』

賈米拉點頭回應後，做了一次深呼吸。

『那麼，請欣賞馬格里斯拉德壞男孩為大家表演的「上沙漠出征」！』

高個兒連搖頭嘆氣或生氣的時間都沒有。

俗氣的四四拍節奏立刻響起，壞男孩的團員展開熱舞。和以前比起來，團員當中有人變得福態一些。不過，每個人的舞蹈動作依舊俐落有勁。

「上沙漠出征」這首歌在五年前發行，至今仍是深受國民喜愛的歌曲。

這首歌意識到第一任總統所提倡的歐亞遊牧主義，歌詞中除了唱出男女之情，也暗示著創始七人在阿拉爾斯坦的開拓行動，以及騎馬民族在過去席捲中亞的盛況。如果有人批評歌詞的內容支離破碎，就算被譴責不愛國，那個人也難以反駁。

『喔，對了！』

整首歌曲表演結束後，舞臺後方投射出看似地圖的影像。

那是從上空俯拍街道的影像。

『關於剛才國防部長提出的請求，很遺憾地，目前還有這麼多地方亮著燈。』

『那也是沒辦法的事情啊！亮著燈大家都覺得害怕了。』

『話是這麼說沒錯啦，可是……』

「高招。」一旁的眼鏡低吟道。

「怎麼說？」

「妳想想看，這樣拍出影像來，不是一眼就能看出誰家是沒有關燈的叛徒嗎？」

「嗯……」

高個兒一邊回應，一邊把雙手交叉在後腦勺上。

「是這樣嗎？」

高個兒猜想著會是誰使出這個招數？應該是賈米拉吧？雖然艾莎和夏希很會動頭腦，但她們給人的印象是不會採取這類抓住人類弱點的手段。

『所以，我們也想在這裡拜託大家！』

『可以拜託大家把家裡的電燈和分享器關掉嗎？只要關掉這兩樣東西就行了！』

『啊！當然了，請繼續開著電視喔！』

『可以嗎？』

『而且，在五年後、十年後，我們也希望可以繼續為大家表演！』

打在舞臺上的燈光熄了，壞男孩的七人化為黑影。取而代之地，俯拍影像如星空般浮現上來。不過，俯拍影像和真正的星空有一個極大的不同點，那就是四處可看見戰火升起。

高個兒的動作來得很突然。

她垂下眼簾不想繼續看著畫面。

一開始，高個兒也不知道自己為何會有這樣的反應，後來才明白那是一種近似慚愧的情緒讓她低下頭。大使館到現在依舊燈火通明，高個兒明白對大使館而言，這也是不得已的事情，但對於自己還待在大使館裡的事實，她打從心底感到厭煩。

『好！趁這個機會，大家一起做那個動作吧！』

『對了，賈米拉部長也請務必一起做喔！』

『可以嗎？』

壞男孩們的聲音裡混著一道微弱的女性聲音。

儘管垂著眼簾，高個兒還是能夠輕易想像。她在腦海裡看見不擅長與人為伍的賈米拉露出略帶殺氣的眼神，在頭頂上方擺出愛心手勢的身影。

高個兒和眼鏡兩人幾乎同時站起了身子。

「我或許幫不上什麼忙。即便如此——」

「沒那回事的！」眼鏡立刻做出回應，並繼續說一句：「絕對沒那回事！」

高個兒——莎彌亞．米維斯卡雅點點頭後，撕破手上的難民申請書。

眼鏡——雪兒薇．伽娜亞斯卡雅也仿效著把文件撕成兩半。

6

在一旁監視夏希等人的游擊隊員也和納傑夫一樣，讓視線落在行動裝置的播放畫面上。夏希受不了一直乖乖待著，硬是從旁擠進去和游擊隊員並肩而坐。

對方儘管皺起眉頭一臉感到困擾的表情，還是把畫面稍微傾向夏希，讓夏希可以看清楚一些。

壞男孩的表演已經進入第二首歌曲。

有好一段時間，背景映出的街道燈光依舊沒有減少。不過，沒多久，燈光開始一盞接著一盞熄滅。位於南方的舊鬧區已經化為一片黑暗，北方的新鬧區以企業大樓為中心，開始有人熄燈。企業有可能是顧及到品牌形象，才會願意熄燈。

就這樣，黑暗降臨了。

街道只剩下忽暗忽明的戰火分散幾處，人們的身影也都融入黑暗之中。

『太棒了！』

表演完歌曲後，壞男孩的一名團員歡呼道。

『真的、真的非常謝謝大家！』

游擊隊員嘆了口氣後，關閉播放畫面。

尷尬的沉默氣氛瀰漫全場。

逆著照明的光線之下，夏希看見納傑夫一直低頭看著行動裝置。她猜想納傑夫的臉上應該是掛著苦澀的表情。沒多久，納傑夫發出一聲咋舌聲，把行動裝置收進懷裡。

「被擺了一道。妳叫夏希對吧？這是妳安排的嗎？」

突然被這麼詢問，夏希嚇一跳地身體往後仰。

「不是……」

口渴不已的夏希好不容易擠出聲音答道。

「不過，我有想過賈米拉應該會幫忙安排。因為我順利把必要的資訊傳遞給了她。」

夏希看得出來納傑夫緩緩點了點頭。

夏希看不見納傑夫臉上的表情。不過，從納傑夫身上，感受得到一股有別於憤怒或不甘心的複雜情感。趁著氣氛稍微緩和下來，艾哈馬多夫轉動脖子發出喀喀聲響，輕輕站了起來。

「不過，就算那個不可思議的熱氣球現在變得無效，我們也依舊處於劣勢。基本上，『礫石』的威脅並非完全散去，對吧？如果就這樣等到天亮……」

「不用擔心。」

夏希打斷艾哈馬多夫的話語，閉上一隻眼睛繼續說：

「等到那時候看是要向PKF借高高度的戰鬥機，不然最慘也應該已經準備好用來迎擊的新熱氣球才對。比起這些，更大的問題是……」

夏希吞吐起來。

她知道自己皺著眉頭。

「是怎樣？夏希。」

「『礫石』會落在哈薩克斯坦、烏茲別克斯坦，甚至是俄羅斯的射程內。這就是『礫石』這個武器的最大問題。」

「等一下，再怎麼誇張，俄羅斯也太遠了吧？」

「俄羅斯擁有拜科努爾太空發射場[註27]。如果從這裡算起，直線距離僅有二百五十公里左右。那座太空發射場屬於俄羅斯的管轄，使用貨幣也是盧布。至於其重要性，就更不需要強調了。」

「啊……」

艾哈馬多夫按住眉間，發出低吟聲。

新聞記者一副搞不懂是怎麼回事的模樣微微歪著頭。儘管不是自己的屬下，艾哈馬多夫還是輕輕頂了一下新聞記者的頭說：

「你自己也要動腦想一下啊！對周邊國家那些傢伙來說，光是阿拉爾斯坦國內有游擊隊的存在，就表示他們隨時有可能受到恐怖攻擊。這麼一來，你猜會怎樣？」

「……和我們一起對抗游擊隊？」

「那個熱氣球武器會被哈薩克和烏茲別克拿來當成最好的藉口。他們會高舉掃蕩游擊隊的旗子，政治性地侵略我國。夏希，對吧？」

沒錯，這就是問題所在。

雖然不想點頭，但夏希還是點了頭。

「納傑夫。」

夏希朝向眼前的黑影詢問：

「你們是一開始就知道這個可能性，才會使用熱氣球武器？」

阿拉爾斯坦是中亞地區的政治經濟中立地帶。

其任務之一就是為激進派提供住處，反言之，即是把激進派封鎖在國內。因此，阿拉爾斯坦也會變成激進派的據點。不過，如果事態真的照著艾哈馬多夫方才所說的那樣進展，游擊隊們將會流出到周邊國家。到最後，誰也得不到幸福。

沉默氣氛持續了好一會兒。

「我反對過的。」

納傑夫簡短回了一句。

跟著，他轉身面向架著槍的男子們。

註27：拜科努爾太空發射場是位於哈薩克西南部的克孜勒奧爾達州的航太發射中心，為世界第一座、也是規模最大的太空發射中心。

「你們幾個，我剛剛說的不准說出去。」

納傑夫這麼補充一句，似乎沒有要隱瞞的意思。

「原來如此。」夏希把話含在嘴裡低喃道。原來ＡＩＭ內部也有自己的勢力關係。夏希輕輕搔了搔耳根。

她心想：「畢竟是人類世界嘛。」

「……到底是誰製造出『礫石』的？」

夏希是朝向納傑夫發問。

不過，出乎預料地，卻是夏希身旁的艾哈馬多夫開口回答：

「這是機密……『創始七人』當中有一人站在ＡＩＭ那邊。」

「咦？」

夏希不由得眨了兩、三次眼睛。

她心想怎麼從來沒聽過有這種事。不過，既然是機密，沒聽過也是理所當然。

「大家都通稱那個人叫『巴克貝亞德』。沒有人知道他的本名。他的技術確實沒得挑剔，但個性狂妄。聽說最初他確實幫了很大的忙，但隨著國家慢慢建立起來，後來被趕出政治中樞。」

「是真的嗎？」

「妳說得出來『創始七人』的所有人姓名嗎？這就是『創始七人』明明應該是英雄的存在，卻沒有把七人的姓名全部公開出來的原因之一。」

這確實是夏希小時候心生疑問的一點。

大家會有機會聽到列昂季耶夫、阿里，以及馬格里斯等開拓者的名字，卻不知道剩下的四人是誰。不過，後來夏希以為政府的想法是為了創造出建國神話，所以認為只要像電影《豪勇七蛟龍》註28一樣，加上「七」這個數字就好，心中也就不再存有疑問。

夏希忽然抬頭看向上方。

一片靜謐。

原本在頭頂上方不停響起的戰鬥聲音不再傳來。戰鬥已經結束了。納傑夫和其他男子互相點點頭後，重新朝向這方架起槍。

「出去！」

方才是國軍受到夾擊，看得出來納傑夫他們篤信是自己這一方戰勝。夏希不確定國軍能夠頂住攻擊到什麼程度，但很可能已經戰敗。

艾哈馬多夫舉高雙手爬上階梯，後頭跟著新聞記者和攝影師，最後只剩下納傑夫和夏希。

「你們真的不可能參加議會嗎？」

夏希不死心地問道，納傑夫只輕輕聳高一邊的肩膀沒有回答。納傑夫套在襯衫和外套之間的繡布露了出來。

註28：『豪勇七蛟龍』是集合眾多好萊塢大卡司動作片演員年輕時所拍攝的一九六〇年西部電影。

夏希想看一眼繡布的圖案才一伸手，納傑夫立刻把槍頭指向夏希。

夏希緩緩舉高雙手，也跟著爬上階梯。

爬上階梯後，意外的光景迎接了夏希。明亮的燈光從正面照射過來。夏希本以為那是摩托車的頭燈，但後來發現不是。

那是國營廣播電臺的打光燈。

夏希的視野前方出現排排站著的國軍士兵。不對，ＡＩＭ的士兵們也在裡頭。不過，所有士兵都卸下武裝，集中站在一處。

夏希從身後感受到納傑夫的動搖情緒。

不過，最先掌握到現狀的人也是納傑夫。夏希立刻感受到鐵材貼在太陽穴上的冰冷觸感。納傑夫迅速把左手繞到夏希的脖子上，拿槍頂著夏希。

納傑夫的左手並沒有實際碰觸到夏希。

原因想必是未婚男女不得互相碰觸。雖然對納傑夫有一大堆怨言，但夏希不討厭他這種儘管狀況非同小可，仍堅持貫徹自我基本原則的人。至於先走出地面的三人，則是受到更粗魯一些的對待。三人成了人質，被反扣著雙手壓倒在地上。

夏希拚命動腦思考著。

阿拉爾斯坦是中亞地區的自由主義島嶼。不可能像俄羅斯那樣殺光所有人質就讓事情畫下句點。更何況現場還有電視攝影機。這麼一來，事態會如何演變呢？會被一直抓住當成人質，帶到ＡＩＭ的

總部去嗎？如果是這樣，國家有什麼受害狀況？

不對。

夏希轉換了思緒。她心想自己雖然是臨時國防部長，但以民間人士的立場違反了夜間禁止外出的命令。這麼一來，國軍就有權利連同納傑夫一起射殺夏希。夏希猶豫著該不該大聲說出這個事實，但最後告訴自己不能這麼做。

夏希告訴自己還是應該先思考如何存活下來。

就在夏希一路思考到這裡時——

一名男子從國軍隊伍當中，往前踏出一步。出乎預料地，那名男子竟是伊斯梅爾上將。

夏希的心頭瞬間湧上一股不好的預感，但結果是杞人憂天一場。

「我在這裡傳達戰鬥結果。」

伊斯梅爾態度嚴肅地開口說道。

「鬧區戰因後方出現強力援軍，所以是我軍戰勝收場。這座山丘方面我軍也靠著剩餘的兵力贏得勝利，戰鬥因此已宣告結束。所以——」

一絲緊張的情緒在夏希一行人之間劃過。

不知是否感受到緊張的情緒，伊斯梅爾面無表情地繼續說：

「納傑夫・本・拉希德，我方願意和您交換俘虜。」

艾哈馬多夫和納傑夫在這時總算鬆了口氣。

我方希望進行一般的交換俘虜動作——這是納傑夫自己主動提出的請求。沒多久，成為俘虜的四名ＡＩＭ士兵被推向夏希這方來。

「怎麼處理？是不是再帶著人質一起自爆比較好……」游擊隊當中的一名隊員低聲詢問納傑夫。

夏希在心中暗自說：「喂！別鬧了！」

納傑夫瞥了現場轉播的攝影機一眼後，回答該隊員說：

「ＡＩＭ不是會做那種事情的組織。而且，你忘了嗎？切・格瓦拉的七大黃金律則『不打沒把握勝利之戰』。不過，有可能被罵得狗血淋頭就是了……」

在那之後，納傑夫朝向伊斯梅爾大吼一聲：「喂！」

「我們想要祭弔我方的戰死者。可以把屍體交給我方嗎？」

「我可以答應你。不過，我方會保留指紋等紀錄。完成紀錄後，我方會用卡車連同遺物載回去給你們。另外，也會提供數量足夠讓你們回去的摩托車。這樣可以了吧？」

納傑夫等人互相點點頭。納傑夫頂出下巴，催促夏希往前走。

夏希點點頭，跟著納傑夫等人朝向前方的緩衝地帶走去。對方的俘虜也隨著幾名國軍以及電臺工作人員走近這方。

來到相差幾步路的距離時，納傑夫詢問對方的俘虜說：

「戰況應該不會對我方不利才對，到底發生什麼事了？」

納傑夫詢問的對象似乎是也參與了鬧區戰鬥的ＡＩＭ士兵。

「駱駝……」

士兵一臉憔悴的表情這麼低喃後，陷入了沉默。

「駱駝？我們的駱駝怎麼了？」

「不是……」

士兵沒有繼續說下去。

夏希瞥了眼前的攝影師一眼後，看向遠方的鬧區。原本鬧區裡四處升起的戰火已經熄滅，只看見一大片黑暗。那一大片黑暗以及住在黑暗之中的人們彷彿一隻緩緩呼吸的大怪獸。

一陣風吹拂而過。

「夏希，妳到底做了什麼？」

艾哈馬多夫沒有看向夏希，低聲問道。

「這個嘛……」

夏希感到難以啟口。

「你們應該已經忘了今天是什麼日子了吧？今天是全國的遊牧民族都會齊聚一堂的獨立紀念日，不是嗎？所以，我派使者去向各遊牧民族的酋長提出請求——」

所謂的使者，就是那位夏希盡可能不希望欠他人情的小丑。

「我要使者向酋長們請求以只限一夜的民兵身分，協助我們。也就是萬一鬧區被突破時，可以成為我們的後援戰力。」

艾哈馬多夫一副難以置信的模樣張著嘴巴，沉默了一會兒。

「……真是太教人驚訝了。」

「對於駕馭駱駝，他們當然是技巧最好的一群人。還有，他們經常要對抗狼群和夜賊，所以也很擅長操縱槍械。不過，很抱歉我沒有事先告知上校這件事。雖然我通知過作戰總部，但畢竟只是派出使者而已，所以沒把握他們一定會願意提供協助……」

夏希把話含在嘴裡說到這裡後，視線移向攝影機繼續說：

「我在這裡向勇敢的遊牧人民深表謝意。多虧了你們，我們才能順利度過難關。」

夏希從眼角餘光看見伊斯梅爾和艾哈馬多夫互相交換了眼神。

那絕不是互相信任、充滿情感的眼神。然而，也不是夏希想像中的那種眼神。看得出來伊斯梅爾還是不喜歡艾哈馬多夫。伊斯梅爾甚至抱著「幸運一點的話，想要讓艾哈馬多夫戰死沙場」的想法。不過，夏希感受到伊斯梅爾希望艾哈馬多夫存活下來的想法也同樣地強烈。

摩托車準備好了。

納傑夫在跨上摩托車之前，忽然把嘴巴湊近夏希耳邊低喃一句。

「再會了！」

這麼大喊後，納傑夫猛力催動油門。納傑夫的同伴們也跟著他駕車而去。霎那間，後車燈在山丘上留下一道道紅色軌跡，最後消失在斜坡的另一端。

「他跟妳說了什麼？」

艾哈馬多夫一副深感興趣的模樣問道，雖然納傑夫說的那句話也不是什麼怕人聽見的內容，但不知道為什麼，夏希就是回答不出來。

——希望還有機會再和妳對戰。

納傑夫離開之際，丟下這麼一句話。那是在下戰帖的發言。明明如此，納傑夫的口氣卻簡直像在求婚一樣。對於伊斯梅爾和艾哈馬多夫也是，夏希不禁感到苦惱。

她心想：「這世界還有太多我還無法理解的事情。」

7

軍用吉普車讓夏希在後宮的釣橋下車後，便駛回北方的基地去。隨著車子的引擎聲拉遠，遠處傳來二胡聲的同時，也傳來沙啞的歌聲。

那會是踏上黃泉之門，亦或通往榮耀之門？
沙漠中的樓閣劇烈晃動，
上千的紅血及腦漿玷汙貫穿街道之河，
也玷汙了沉默往生者的項上。

那會是踏上黃泉之門，亦或通往榮耀之門？
沒有號角聲的迎接，
乘著沙漠之船歸來的英雄獨自黯然傷神，不願回到只存在片刻的閨房。

身穿小丑服的伊果一邊彈奏二胡，一邊在深鎖的正門前方吟唱。那模樣簡直就像聖經裡在索多瑪之門出現的預言家。

夏希在釣橋的半路上，停下了腳步。

「可以的話，我比較希望是其他人現身來迎接我。」

「太教人驚訝了！這不是我們的國防部長大人嗎？真是一場氣勢勇猛的戰鬥啊！小的我雖然身處暗處，但確確實實地目睹了部長大人的英勇奮鬥！不過，啊～感謝有『朋友』這樣的字眼存在！我對國防部長大人的愛慕之情不知道有多麼深……為了和那些頑固的酋長們交涉，我不知道多麼勞神費心，應該夠資格得到些許的慰勞——」

「謝謝你。」

夏希態度冷漠地回應一聲後，繼續說：

「不過，你也賣了武器給AIM，不是嗎？」

「天啊，真沒料到國防部長大人會懷疑我的忠心！而且，儘管我是個無足輕重的武器商人，還是有自我的意志和尊嚴……假設——純粹是假設喔，假設我賣了武器給AIM好了，我也不能把這樣的

事實讓國防部長大人知道。就如同不會把駱駝民兵一事洩漏給ＡＩＭ知道一樣。即便是我的摯友，也就是國防部長大人來問我，也一樣不會洩漏。」

朋友的說詞變成了摯友。

夏希嘆了口氣後，走近正門旁邊敲了敲側門。門後立刻有人前來開門。夏希原本打算就這麼鑽進側門，但忽然想到一個問題而停下腳步。

「你的目的是什麼？」

在那瞬間，真的只有短短一瞬間，伊果抿起嘴巴發出犀利的目光。

在那之後，伊果又在臉上掛起讓人無法識破內心想法的笑臉小丑面具。

「硬要說的話，我想想啊……可能是為了超越卡拉什尼科夫[註29]吧……」

夏希感到後悔，心想不應該提這個問題。

米哈伊爾．季莫費耶維奇．卡拉什尼科夫是歷史上量產數量最多、也被複製過，據說數量擴散到多達一億把的突擊步槍——ＡＫ-47的設計者。甚至還聽說不論哪一種大量殺戮武器，都不及ＡＫ-47所殺害的人數之多。

換個說法來說，伊果的發言代表著他想要成為殺死最多人類的人。

「我說你啊……」

註29：米哈伊爾．季莫費耶維奇．卡拉什尼科夫是二十世紀的蘇聯軍人、工程師、槍械設計師。

「沒有，國防部長大人千萬別當真啊！我說的這些幾乎算是玩笑話！不，視狀況而定，或許這些玩笑話才包含著事實也說不定……不過，今後也請務必多多關照我這個國防部長大人的忠實僕人！為客戶提供最佳解決方案正是小人伊果我的……」

夏希聽到一半時決定放棄傾聽下去，於是背著身子關上側門。

出乎預料地，而且是讓人感到無比開心的狀況發生了。出來迎接夏希的人竟是高個兒和眼鏡。夏希情不自禁地衝向兩人，並張開雙手準備抱住兩人。

「我不要！」

眼鏡迅速閃開身子，夏希的一隻手撲了空。

高個兒和眼鏡的背後，還有一個人保持不遠也不近的距離站著。那個人是賈米拉。

「我鬆了一大口氣。這樣就有人可以幫我分擔財務的工作了。」

賈米拉讓身體靠在柱子上保持視線看向旁邊，面帶羞澀的表情說道。

夏希偷笑一下後，在頭頂上方擺出愛心的手勢。

「可以嗎？」

賈米拉做出助跑動作，準備衝向夏希揮出拳頭。不過，可能是跑到一半時忽然改變念頭，賈米拉用力抱緊夏希，但夏希很肯定賈米拉感到不爽。賈米拉用拳頭突出處，力道偏強地頂著夏希。

好幾道腳步聲從二樓走下來。

艾莎率先走下樓，身後跟著好幾人，雖然還不至於到所有脫逃組的人都跑回來，但夏希看到一些原本已經脫逃的其他學生。

夏希心想憑艾莎的個性，艾莎一定會一副態度堅定的模樣向她表示慰勞。然而，艾莎來到夏希的面前，兩人四眼交會後，艾莎放軟全身的力量當場蹲了下來。

「太好了。」

沒多久，艾莎的聲音從下方傳來。

「如果連妳也死了，我實在……」

夏希也當場蹲下身子，把右手繞到艾莎的背上。艾莎也伸出右手抱住夏希。兩人的姿勢變得很不自然，夏希不禁心想：「或許伊斯梅爾和艾哈馬多夫的關係也是像這樣顯得不自然，但有著只有他們兩個當事人才知道的什麼情愫也說不定。」

夏希和艾莎兩人一起站了起來。

「有種讓人吃醋的感覺呢～」

高個兒以悠哉的語調炒熱氣氛說道。

「不過，現在人數這麼多，應該有辦法舉辦祭典吧？」

「祭典？」

「妳不是每年都那麼期待嗎？」

眼鏡調整一下眼鏡的位置說道。

「預言家誕生祭的表演啊！只剩下兩個月的時間，差不多該開始做準備了。」

「喔……」

因為是國家本身遭遇危機，夏希的腦袋裡根本沒有想過祭典這回事。

夏希此刻還是只覺得那是遙遠國度的事情。或許是有了這樣的自覺，夏希不禁呈現虛脫的狀態，站在原地不動。

「先不說這個。」

賈米拉頂出下巴指向高個兒和眼鏡，繼續說：

「她們兩人有禮物要送妳喔！」

賈米拉說的禮物在廚房旁邊的小房間裡。

原本漸漸麻痺的情感先是化為驚訝的情緒，跟著從驚訝轉為欣喜雀躍的情緒。

原本被當成置物間的空間做了改造，多出一個利用油桶和磚塊的廢材組起的臨時泡澡桶。由於阿拉爾斯坦缺乏木材，所以臨時泡澡桶被設計成不是採用燒柴方式，而是以瓦斯加熱。

聽說泡澡桶是眼鏡所設計，油桶則是高個兒在回來的路上發現油桶並扛著回來。

「妳動作快點喔。因為我們已經決定好要讓妳第一個泡澡。」

「喔耶！」

夏希發出歡呼聲的同時，朝向賈米拉撲去。該說是預料中的事嗎？賈米拉一邊瞇起眼睛，一邊往後退一步，夏希的手再次撲了空。

從置物間的窗戶鑽進來的風很冷，但沒有辦法，眼鏡命令過夏希不准關上窗戶以免一氧化炭中毒。不管怎樣，熱水的溫度已經夠溫暖了。不知道是誰準備的，夏希看見油桶底部鋪著裁得歪七扭八的橢圓形胡桃木。

從白天總統遇到槍擊開始，這一天實在發生太多事情了。

夏希在泡澡桶裡泡著泡著，今天一整天發生的事情隨著睡意在腦中浮現後，一一消失。先是艾莎突然做出組成內閣的宣言，跟著是烏茲瑪跑來從旁干涉……對了，雖然那老太婆讓人滿肚子氣，但還是想讓她也享受一下這個泡澡桶。再來是……對了，那場如惡夢般的演講。在那之後，一路跑到死者之城去……

夏希再次醒來時，發覺自己已經躺在二樓大房間的床鋪上。

「Azan～」每天會有五次催促大家參加禮拜的宣禮呼聲傳來。夏希下意識地挺起身子，結果一頭猛力撞上天花板。

「妳很吵耶！」

賈米拉的聲音從下方傳來。

房間四處傳來布料摩擦的聲音。認真乖巧的學生們已經離開房間，準備盡早前往一樓的清真寺。

夏希揉著發疼的頭，沾在髮絲上的天花板灰泥隨之飄落下來。

呆呆坐在雙層床的上鋪，身上還穿著別人幫她換上的睡衣。

淑女腳踏車環遊世界一周～阿拉爾斯坦篇 3

我心想這次真的死定了。應該說，我已經死了至少五、六次了吧！

為什麼會這麼說呢？我順利在輪盤的賭桌上贏了錢，也住進賭場酒店的房間，接下來只要一邊喝香檳，一邊看電視收集資訊就好，哪知道……我既聽不懂國營廣播節目說的話，BBC也只顧著報導關於EU的話題！
可惡！你們這些偏見報導狂！一氣之下，我換成看「Aruzyanzira通訊」，結果竟然在談論日本憲法的話題。對，憲法很重要！不過，現在不是該了解憲法的時候吧！

於是，我做了最愚蠢的選擇，也就是「去人多的地方就安心了」。因為要再去玩輪盤會有點尷尬，所以我改去玩水果盤，結果……真是的，我也不知道我今天是怎麼搞的？我中了！竟然中了九個７！我根本可以靠賭博維生嘛！然而，這樣的想法只維持了幾秒鐘。
水果盤機台在我的眼前被消滅了。正確來說，應該是屋外的衝擊力道把玻璃窗和我的九個７水果盤機台轟得遠遠的，也讓只距離我幾十公分遠的前方化為一片廢墟。
我當場全身僵硬。那是很正常的反應吧？你想想啊，如果我選在更往前一列的位置，現在早就粉身碎骨了。

我向會說英文的人打聽後，聽說是因為伊斯蘭禁止賭博，所以賭場很容易成為恐攻對象。既然這樣，幹嘛要蓋賭場啊！
總而言之，待在賭場太危險了。回想起來，當下我也是整個人陷入恐慌狀態了吧。我心想要設法逃跑，於是往地下停車場跑去。我看見一輛淑女腳踏車孤零零地停在成排的高檔汽車當中。到最後，也只有這傢伙值得信任。只有這傢伙沒有背叛我。

我下定決心衝到夜晚的街道上一看，太扯了吧！我竟然看到駱駝部隊和駱駝部隊在互相打鬥。我實在很想讓大家也看到那樣的光景。可是，我也不能呆呆站在那裡等著被流彈射中，於是善用淑女腳踏車的機動能力，再靠著GPS逃進小巷子裡。結果呢，我迷路了。

小巷子裡有一名士兵顧著。可能是認定我不是敵人，士兵對著我招手，並試圖告訴我什麼。我大概明白了士兵的意思。士兵要我幫忙顧著他的背後。
我老實招了。我什麼都不知道。我不知道新政府和游擊部隊哪一方才是正義的一方，甚至連該士兵是屬於哪一方也不知道。
可是，如果我選擇離開這裡，士兵有可能會從背後開我一槍也說不定。
所以……我和士兵背貼著背，當起了守備兵，還一邊用無法溝通的語言和士兵交談。我不禁心想：「或許人們很容易就像這樣當起戰鬥的幫兇。」

（待續）

4

三個米迦勒[註30]

1

兩道身影隔著桌子面對著面。

站在門口的男子顫抖著手架起轉輪手槍。然而，被槍口指著的對象表現出完全不在意的模樣。對方只是斜眼瞪著門口的男子，依舊保持手倚在桌面上抽著菸斗的姿勢。

「歡迎回來，沃爾科戈諾夫……我是很想這麼對你說，但現在似乎不是說這些的時候。」

對方一副慵懶的態度開口說道。

「你可不可以說明一下是怎麼回事啊？」

「切爾尼亞耶夫將軍。可、可以的話，我也不想做出這樣的舉動。」

架槍男子把手指壓在擊錘上。

「將軍是否願意改變心意呢？我想表達的意思是……也、也就是對於還要更往西方的撒馬爾罕，甚至更進一步進攻到布哈拉[註31]去這件事……」

菸斗的白煙升起，切爾尼亞耶夫在白煙的另一端皺起眉頭。

「你是在成為俘虜的那段時間，被那群未開化的原住民感化了嗎？」

「我——」

沃爾科戈諾夫試著開口說話，但話語像是被一道牆擋住似的說不出來。沃爾科戈諾夫保持架著槍

的姿勢，輕輕搖了搖頭。

「我奉沙皇之命令，在……在波蘭一路殺害無辜人民。不只有游擊隊而已，連神職人員、貧民、婦孺幼小也沒放過！一月的起義，還有看不見終點的游擊戰……在我經歷過這些後，這回又要我去殺害撒馬爾罕和布哈拉的人民？」

「一點也沒錯，米哈伊爾・沃爾科戈諾夫。就是因為這樣，才會把你這種人帶到塔什干[註32]來，不是嗎？而且你正是以一個專門殺害婦孺幼小的行家身分。」

說罷，將軍轉身背對沃爾科戈諾夫。

「沙皇的命令並沒有改變。還是說，你這種人想要轉為投身於現在流行的什麼革命份子嗎？」

切爾尼亞耶夫回頭瞥了沃爾科戈諾夫一眼，但一副「想你也不敢開槍而不當一回事」的態度。切爾尼亞耶夫保持背對著沃爾科戈諾夫的姿勢，在等待沃爾科戈諾夫自動離開。

「如果是這樣，你的槍口瞄錯對象了。還不快把那種危險物品收起來，你這個自以為是的士官！」

「我既不是『你這種人』，也不是『自以為是的士兵』！」

註30：米迦勒是《聖經》裡提到的一個天使之名，為天主所指定的伊甸園守護者，也是唯一提到具有大天使頭銜的靈體。
註31：布哈拉是位於烏茲別克斯坦西南部的一座城市，也是該國第五大城市和布哈拉州的首府。
註32：塔什干是烏茲別克斯坦首都，是全國的政治、經濟、文化和科研中心，也是塔什干州的首府。

槍聲響起。雙方都慘叫一聲，一屁股跌坐在地上。

「拜託！幹嘛放真的子彈在裡面！」

扮演將軍角色的高個兒大喊道，並大步走近扮演士官的吉拉。

兩人身上穿的既不是軍服，也不是民族衣裳，而是中國製的襯衫和運動褲。

「我膽子再大，也會被嚇到啊！妳是想殺了我啊！」

坐在第一排觀眾席的夏希、艾莎和賈米拉三人同時蒙住眼睛發出嘆息聲。

此刻，夏希等人在白天借了國立劇場的場地來進行排演。每年必定舉辦的預言家誕生祭上，都會有配合誕生祭主旨的歌劇表演，夏希她們正是為了那場歌劇在排練。

然而，實際著手後，才發現不論做什麼都無法順利進行。

首先，歌曲和伴奏搭不上時間，佈景會倒下來壓在演員的身上。道具刀也會飛出去到觀眾席上。還會發生在打鬥場面上理應已經陣亡的人突然站起來的事情，最慘的是，劇場本身還會停電。後宮首屈一指的美聲女吉拉．歐菲莉因此緊張過度，甚至被喚起據說讓她幼小時苦惱不堪的口吃現象。

最大的原因是大家都忙於應付官僚和外交等事宜，或是為了讓財務達到健全化而被工作追著跑，所以來不及寫劇本和排練。

就算是這樣也未免太誇張了，大家簡直就像被邪眼[註33]還是什麼盯上了一樣。

夏希也好不到哪裡去。她被夾在死腦筋的軍人以及比軍人更死腦筋的游擊隊之間，這陣子老是為了睡眠不足而苦。那也就算了，吉拉那群人還窮追不捨地質問夏希，問一些「妳見到了納傑夫先生，對吧？他是個什麼樣的人？」之類的問題。

夏希低下頭，悄悄按了按眼睛四周。

當夏希再次抬起頭時，看見吉拉手拿著槍，倒坐在地上。

「我……奉沙皇之命令……」

「不是啊，醒醒啊！妳現在是吉拉。吉拉・歐菲莉！」

高個兒一臉難以置信的表情。

「我知道妳受到很大的衝擊，但我受到的衝擊更大！」

子彈沒有打中高個兒固然是件好事，但這麼一來，就變成必須擔心不小心把國立劇場的牆壁打出一個大洞的問題。要想什麼辦法掩飾破洞才好？

想到這裡時，夏希告訴自己：「算了，這不是很嚴重的問題。」

賈米拉在隔著艾莎的另一端，把雙手交叉在後腦勺上。

「現在第一個問題是，劇本還差那麼一點點……」

「那也是沒辦法的事情。」

註33：邪眼（Evil eye）也稱「邪視」，是一些民間文化中存在的一種迷信力量，由他人的妒忌或厭惡而生，會帶來噩運或者傷病。

艾莎擺出一張撲克牌臉應道。

「到去年還一直負責寫劇本的編劇已經逃亡到俄羅斯去。其他編劇也都怕得不想寫劇本。」

「可是啊。」

「別這麼說嘛。」

夏希也輕聲插嘴說道。

「雪兒薇她們是熬夜幫忙趕出劇本的。」

這次之所以會編寫全新的劇本，是因為包含民眾在內，各國的高官們也會前來觀賞戲劇表演。

所以，以夏希等人的立場來說，藉由戲劇來發揚國威的同時，也必須以鄰近各國，還有國內的游擊隊為對象，配合各狀況傳遞符合時代、可以安穩人心的訊息。

雖然夏希覺得不如乾脆不要安排戲劇表演比較好，但她身旁的艾莎是抱著希望藉由戲劇，來向鄰近各國強調阿拉爾斯坦確實受到統治的意圖。

「不過，不知道是為什麼喔……」

夏希輕輕闔上一氣呵成編寫出來的劇本。

劇本封面上印出「三個米迦勒」的標題。時間必須回溯到十九世紀的後半時期。在沙皇亞歷山大二世的統治下，俄羅斯軍隊展開南進行動，試圖征服中亞。

當時與沙皇亞歷山大二世對峙的國家，即是過去曾統治過阿拉爾斯坦一帶地區的布哈拉汗國[註34]。

主角是吉拉所扮演的俄羅斯下士——米哈伊爾．沃爾科戈諾夫。

這位下士在另一位同樣名為米哈伊爾的切爾尼亞耶夫將軍底下，與布哈拉汗國展開戰鬥，但下士在某場戰鬥中打了敗仗，成了汗國的俘虜。

下士成為俘虜後，迎接他的是一場與某人之邂逅而產生的命運轉機。

下士邂逅了汗國的勇猛戰士——米迦勒・本・慕扎法。

一開始，下士瞧不起布哈拉的異國文化，遲遲難以融入其中。不過，沒多久，下士和這位汗國的戰士建立起友情，並慢慢學習追求清高及庇護的伊斯蘭流武士精神。後來因為交換俘虜，下士回到了將軍的身邊——接著就延伸到方才排演的場面。

這樣的故事內容確實不錯。

不過，為什麼一定要在各國的高官面前表演這場戲？

「整個架構本身確實還不錯。因為不想被俄羅斯盯上，所以把主角設定為俄羅斯人。這個俄羅斯人為了過去在波蘭殺害游擊隊而感到後悔。這部分和阿拉爾斯坦・伊斯蘭運動（AIM）有重疊之處，對吧？」

賈米拉說道。

「是這樣沒錯，只是……」

夏希調整一下額飾帶的位置後，繼續說：

註34：布哈拉汗國是一五〇〇年至一九二〇年間位於中亞河中地區的伊斯蘭教封建國家，國名因十六世紀中葉遷都至布哈拉而得名。

「總覺得這故事內容好像在哪裡聽過……」

「因為雪兒薇她們很喜歡看美國電影。」

艾莎一副事不關己的模樣回應道，都忘了自己也是主角之一。身為代表中亞的立場，艾莎將扮演米迦勒戰士。

另外，因為是要以歌劇的形態呈現，所以會在各重點處加入歌曲。

照預定，最後會以艾莎為中心，演唱祈求歐亞和平的歌曲作為尾聲。

艾莎的臉上依舊掛著讓人無法識破真心想法的微笑。夏希猜不出艾莎是抱著船到橋頭自然直的心態，還是快要被一大堆等著她簽名的文件淹沒，所以根本沒時間為歌劇做準備。

「至少有個專業的編劇來幫忙修潤細節就好了。我是說也不需要掛名。」

賈米拉硬是忍住呵欠說道，就在這時——

「咳！」

夏希三人背後的一樓觀眾席出入口處，傳來一聲響亮的咳嗽聲。

2

「真的，這樣不行！完完全全無法讓人接受！」

絕對猜得出是誰的響亮聲音，以及每次必見的小丑服。

那位不速之客又出現了。

武器商人伊果單手拿著不知從何處得手的劇本，一直眺望著排練的光景。

「喂！」

賈米拉一回過頭，立刻瞇起眼睛喊道

「還不快還給我們！那劇本好歹也是機密文書！」

「如果要問什麼地方不妥，首先，劇本不行！」

夏希三人剛剛才討論過這件事，現在伊果又提起，惹得三人同時露出帶有殺氣的目光一齊看向伊果。

伊果一副毫不在意的模樣，在通道上大步走下來後，動作輕盈地跳上舞臺。伊果從呆住不動的高個兒和吉拉身旁走過，站到舞臺道具的桌子前。

伊果的表情瞬間化為米哈伊爾．切爾尼亞耶夫將軍的表情。

「還不快把危險物品收起來，你這個自以為是的士官！」

伊果就說了這麼一句而已。

所有人陷入一片鴉雀無聲。不如讓伊果再演一下看看好了。大家開始起了這般念頭的那一刻，伊果已經恢復原本的詼諧表情，晃啊晃地走到原本吉拉所站的位置。

「小姐們，仔細聽啊！接下來的說話態度一定要像這樣才行。」

伊果用三根手指擺出手槍的手勢。大拇指代表擊鎚，食指和中指則是代表槍身。手指手槍指向已不見主人的桌子。

伊果臉上迅速化為下士的表情。

「我既不是『你這種人』，也不是『自以為是的士兵』！我是德米特里．沃爾科戈諾夫之子——米哈伊爾．沃爾科戈諾夫！我是個有名有姓的男人！現在我就要用你的鮮血，來補償波蘭的無辜人民以及布哈拉汗國戰士們的遺憾！」

伊果撂下狠話後，用力彈一下張開的手指頭來取代槍聲。

「……好啦，差不多就是這樣囉。」

伊果又恢復原本的表情。

「不過，我根本不知道米哈伊爾先生的父親大人是什麼大名。」

伊果原本那麼強烈地提出建議，這時忽然露出看向遠方的眼神。

「……在過去，這塊大地充滿著敘事詩。人民口口相傳英雄們的英勇事蹟——沒錯，就連列寧和史達林的敘事詩也在世上流傳。」

「史達林的敘事詩？」

一旁的高個兒皺起眉頭問道。

「如果各位有興趣，下回我很樂意為各位高歌一曲。小的伊果雖然是武器商人，但是……但是呢！我更是一個吟遊詩人。還請大家千萬不要忘記這個事實……真是的，我說我的盟友夏希小姐啊！妳這樣太見外了喔！」

聽到伊果這麼說，大家的視線集中到夏希的身上。

夏希忍不住心想：「不要把話題轉移到我身上好不好！」

「既然人手不足，妳為何沒有想起小的我的存在呢？哎呀～實在是太見外了！不，我明白的，我怎麼可能不明白呢？」

夏希暗自說一句：「你明白什麼？」

「就讓小的伊果為大家助一臂之力吧！」

艾莎輕輕拍打一下夏希的肩膀。

夏希心想：「我什麼時候變成伊果的保姆了？可不可以不要這樣啊？」

稍作思考後，夏希讓掌心朝向伊果，擺出阻止的手勢說：

「喔……好啦、好啦，我等一下再好好聽你的想法。我們現在連排練的時間都快不夠了。這方面可不可以也幫我們著想一下？」

「我明白的，我怎麼可能不明白呢？」

夏希才不相信伊果真的明白她的意思。

「首先，關於整體的架構。剛剛小姐們排練的對決場面應該要安排在最前頭！然後，故事進展到中場時再演一遍！不過，我是覺得人們早就把切爾尼亞耶夫將軍的存在忘得一乾二淨就是了……」

「嗯。」

艾莎摀住嘴巴說道。

夏希忽然有種不好的預感。不出所料地，艾莎果然開口這麼提議：

「俗話說做事要靠內行，就聽一下你的意見也無妨。不過，在這裡會打擾到排練，可以跟我一起到後臺去嗎？但你可別再拿出德米特里的話題啊。這齣戲是以一八六五年前後的時代為背景。你說的德米特里八成是暗殺俄羅斯沙皇失敗的殺人未遂犯什麼的吧？」

「竟然被識破了！不愧是受過高等教育的小姐！」

伊果發出「啪！」的一聲拍打額頭說道。就在這時——

「欸！」

尖銳的聲音從舞臺後方傳來。原來是眼鏡從佈景後方衝了出來。

佈景「啪！」的一聲倒向這方來。

「真的要給這個來路不明的人改劇本啊？我都覺得快沒勁了……」

「別擔心。」

說罷，艾莎揚起嘴角露出睡蓮般的笑容。

「我只是要先聽看看他怎麼說而已。我不會讓妳的努力付諸流水的。」

「可是……」

艾莎走上舞臺，指向位於舞臺側邊的後臺。先是賈米拉，接著是夏希也跟在艾莎的後頭走去。不過，夏希難以拭去內心的不好預感。難得大家已經漸漸團結起來，夏希擔心大家會因為這齣戲又鬧分裂。

說到吉拉，她看了伊果的演技後，已經完全喪失自信。

可惡的傢伙！

夏希把視線移向小丑的背影這麼暗罵一句，但小丑依舊是一副嘻皮笑臉的模樣，就是不讓人掌握到他的真意。

後臺雖然打掃得很乾淨，但還是散發出淡淡的霉味。

一長排鏡子被框上細緻的金色邊框，其前方擺設著化妝台，以及用紅色呢絨布料包覆住的圓椅。

夏希找了一張圓椅坐下來，雙手抵在圓椅的左右兩側。

至於伊果，他則是像回到自己家裡似的在化妝台前坐了下來，跟著從懷裡拿出一套全新的撲克牌。伊果拆開撲克牌的包裝，動作靈活地從梅花到黑桃花色，各抽出2到10的撲克牌。

伊果把抽出的撲克牌一字排開，拿出油性筆一張一張地寫上劇本場景。出乎預料地，伊果寫得一手好字。

「喂！你已經記住劇本的內容啊？」

伊果沒有回答賈米拉的詢問，繼續運筆流暢地寫字。過沒多久，幾乎所有撲克牌都被寫上了內容。

「嗯……」

伊果這麼低吟一聲。

「整體來說，算是整理得條理分明。不愧是後宮的小姐們，工作能力果然很強。不過，這本來就是抄襲來的內容，要說理所當然會條理分明也是應該的。」

「有什麼問題點嗎？」艾莎問道。

「首先，俄羅斯的下士和布哈拉的戰士突然就變成好朋友這點不太好。或許應該再多花一些時間，雙方多次起衝突後才漸漸互相了解會比較好。」

雖然被伊果指出問題讓人心生一股怒氣，但對於這點，夏希也不得不點頭認同。

「再來是……我想一下……關於最後的合唱那一幕。」

賈米拉皺起眉間說：

「那一幕怎樣了？」

「的確，選擇合唱比較能夠炒熱氣氛，不過……這地方要不要索性改成艾莎小姐的獨唱呢？意思就是說，艾莎小姐獨自一人站在大家面前的畫面會更加突出，或許可以讓大家對新政權的決心留下深刻的印象。」

「原來如此。」艾莎把話含在嘴裡低喃道。

「比較大的地方應該差不多就這樣吧。再來就是依每一場景做細微的調換，或是像方才我演給大家看的那樣針對台詞加以修改。各位意下如何呢？」

夏希三人互看著彼此。雖然對眼鏡感到過意不去，但伊果指出的問題點確實有其道理。

艾莎輕輕點了點頭。

得到艾莎的許可後，賈米拉便著手進行事務方面的程序。

「老實說，這劇本也不算是真正的機密文件，所以我們會借一本給你。不過，請勿洩漏予第三人。」

「是、是！」伊果深深點頭應道。

「不過，我方也要考量到必須讓大家有所動力。所以，不見得一定會採用你的提案，也有可能反過來針對你的提案內容加以修改。不論採用與否，文化部一定會支付酬勞給你。這樣可以接受吧？」

「小的遵命！」

伊果搓揉雙手答道，並拿起劇本輕快地站起身子，把右手貼在胸口上。

契約成立。

伊果準備就這麼往門口走去時，忽然改變念頭似的從懷裡拿出一張多出來的撲克牌，跟著把撲克牌蓋在化妝台上，不讓這方看見牌面。

大家的視線很自然地集中到撲克牌上。

趁著大家移開視線的時間，伊果已經不見蹤影。伊果留下這張撲克牌到底是什麼用意？夏希伸出手時，艾莎不由得脫口說：

「難得伊果留下這張撲克牌，我們要不要來猜猜看是哪張牌賭一下呢？」

「賭什麼？」賈米拉探出身子問道。

「賭『火箭亭』的抓飯[註35]如何？」

「跟了！」

夏希和賈米拉兩人異口同聲地答道。

註35：抓飯（Palov）是烏茲別克的一種傳統料理，其主要原料是米、肉、香料以及蔬菜，煮法類似煲飯、油飯類。

在那之後，三人開始喃喃有聲地思考起來。2到10的撲克牌已經為了確認劇本被用掉了，所以只剩下A，以及J到K的人像牌。

賈米拉最先猜牌。

「我猜是黑桃J。黑桃原本指的是劍，而伊果是武器商人，所以算是一致吧。」

「我猜是鬼牌。」夏希憑直覺說道。

夏希和賈米拉兩人看向艾莎。

艾莎用指尖抵著下巴思考一會兒後，說出令人意外的答案：

「我猜是把紅心A倒過來蓋著。」

「咦？」夏希不由得發出少根筋的聲音。

「……我猜他把撲克牌直接當成塔羅牌的小阿爾克那[註36]來用。」

「什麼是小阿爾克那？」

「就是和撲克牌一模一樣的東西。有從1依序排列下去的數字，也和撲克牌一樣有權杖、聖杯、金幣和劍的花色種類。這四種花色可直接代表梅花、紅心、方磚以及黑桃。然後，因為是塔羅牌，所以每張牌當然都有它的含意。」

夏希和賈米拉兩人互看著彼此。

艾莎沒有理會兩人的反應，以優雅的手勢翻開撲克牌。如艾莎所說，那張牌確實是倒過來蓋住的紅心A。

「聖杯的象徵意義是愛心。聖杯A有著從有所交流到談戀愛，乃至於展開共同事業的象徵意義。所以，伊果那男人是配合狀況挑選了愛心A。不過……」

艾莎豎起食指繼續說：

「如果把塔羅牌倒過來放，就會變成相反的意義。以聖杯A來說，就會變成是在指有才能卻深藏不露、單方面的愛情，或是受挫的人際關係或愛情的意思。」

伊果這個舉動是在挖苦眼鏡一事嗎？還是把那張牌當成名片一樣在強調自身的人格？

不管真正的用意為何，都改變不了這樣的舉動十分符合伊果作風的事實。

「我想到憑伊果的作風，應該會把撲克牌倒過來用。還有，撲克牌當中只有A牌可以明確分出上下，然後再從象徵意義來推想，腦海裡自然就會浮現紅心A。」

「好啦！好啦！知道妳很聰明了啦！」

賈米拉拍一下手後，一副不悅的表情搔了搔脖子。

「『火箭亭』的抓飯是嗎？吃就吃啊，誰怕誰！反正我也一直很想去吃。」

3

註36：小阿爾克那（Minor Arcana）在塔羅牌中一般俗稱為「小奧秘」或「小牌」，共有五十六張牌，編號由Ace至10，以及四張宮廷牌。

夾在雜貨店和公寓之間的幾公尺寬的空間裡，豎起兩根生了褐鏽的鐵柱，鐵柱之間架起一塊單調的鐵板。鐵板上以藍色、白色以及紅色畫出小小的火箭圖案，並且以俄語寫上「火箭亭」的店名。火箭是蘇聯為了宇宙開發賭上國家威嚴，並引以為傲的存在，才會有如此餘韻猶存的店名。

如果只是路過，恐怕難以發現這裡是一家小吃店。

不過，如果踏進門口一步探出頭看，就會看見店內排列著簡陋的塑膠椅和桌子，最裡面還有一塊架高地板的空間。店內右側沿著公寓的牆壁，設有用來燒烤串燒的長型炭火烤爐。

別看這家店如此簡陋，它的料理可是相當美味，早上總是擠滿了客人。

到了接近黃昏的這時刻，就不會有客人上門，但對夏希等人來說，這樣反而覺得開心。不過，相對地，事先料理好的抓飯就會因為米飯一直浸泡在葵花油裡，美味程度略為減分，但即便如此，還是一樣好吃。

三人選了架高地板的空間坐下來，並點了三人份的抓飯和紅茶。

店老闆看見夏希等人的身影後，頓時瞪大了眼睛，但立刻露出溫和的笑容點點頭，回到廚房裡去。

店老闆先端來了生菜沙拉和麵包。

生菜沙拉的食材很簡單，只是把洋蔥、番茄以及小黃瓜切片而已。取代沙拉醬的醋一方面是為了消毒，所以沙拉整體被淋上大量的醋。麵包是當地的麵包，也就是在體積有草帽那麼大的酵母淋上熱水後，加以烘烤而成的麵包，近似西歐的貝果。雖然賈米拉猜測應該是猶太人把這樣的麵包製法帶到

這裡來，但真正的由來並不明確。

「真希望有機會吃一次在撒馬爾罕賣的麵包。」

夏希抓起麵包邊送進嘴裡。

裝了紅茶的茶壺，連同疊在一起的茶杯送上桌來。艾莎把茶杯擺在三人的面前，一杯一杯地倒進半滿的紅茶。

一陣風夾帶著泥土的氣味吹拂而過。

店老闆一副突然想到的模樣，打開了音響。四四拍節奏的俗氣舞曲響起。如果是騎馬民族，一般應該會比較喜歡三拍節奏的音樂，但四四拍節奏之所以流行，有可能是因為汽車的普及。一片沙漠或平原之中，在無止盡延伸的道路上開車時，聽這類會讓人想要點頭的音樂再適合不過了。

賈米拉緩緩把茶杯湊近嘴邊，以確認溫度。

「我去過撒馬爾罕喔。」

「不公平！好好喔～」

「不過，說到烏茲別克斯坦……」

三人很自然地談起各自的工作。

從以前三人就因為愛吃這裡的料理而光顧的這家店，如今變成了午餐會議的場地，夏希不禁感到一股落寞。不過，面對這種事情，哀愁也無濟於事。

在擊退ＡＩＭ之後，國境僅針對進出口作業予以開放，至於民間人士，則處於「不利用機場就無

法出入境」的狀態。這麼做的目的是為了封鎖住游擊隊，因為執行了這樣的政策，周邊各國最初也對艾莎政權釋出善意。

即使到了現在，各國也願意配合進行各種包含如何分配用水等交涉。

然而，艾莎表示她感受到以烏茲別克斯坦為中心，外交的管道漸漸變得狹窄。

「感覺上各國似乎跳過我們，互相在討論要如何處理我國……」

「我國沒有情報機構是個痛處。」

夏希這麼低喃時，三盤抓飯送到三人的面前。夏希吃了一口後，察覺到了一件事。剛剛還在想怎麼上菜速度這麼慢，現在才知道原來店老闆重新煮了抓飯。裹著葵花油的米飯粒粒分明，香氣四溢。抓飯搭配了羊肉，旁邊還加了羊肉最好吃的部位，也就是尾巴的肥肉。

「要幫小姐們補充精力才行。」

店老闆一邊收拾生菜沙拉盤，一邊輕聲低喃道。

「看到妳們又來光顧，我真的很開心。」

這位店老闆其實是前蘇聯的技術官僚。根據傳言所說，店老闆過去曾經在拜科努爾太空發射場工作過。然而，店老闆所設計的火箭提案未被採用，因而喪失升官的機會。於是，店老闆就這樣輾轉到了阿拉爾斯坦。

即便如此，店老闆還是以火箭取了店名，是否就表示對宇宙仍然戀戀不捨呢？

等到店老闆離去後，夏希低聲詢問：

「周邊國家會冷淡對待我們，是因為上次游擊隊那熱氣球嗎？」

「那也是原因之一。不過，這不是妳的責任。」

艾莎答道，然後先看了看夏希，再看了看賈米拉。

「先趁熱吃吧！不要辜負了老爹的心意。」

夏希點點頭後看向店外，馬路上的車子來來往往。

馬路的另一端就是國民廣場。廣場西側可看見櫛比鱗次的行政機關和銀行，只有夏希此刻所在的東南方一角，還保有傳統市場以及像火箭亭這樣的餐飲店。

夏希三人準備離開之際，店老闆送了三塊像磚頭那麼大的哈爾瓦酥糖給夏希三人當伴手禮。

哈爾瓦酥糖是從南印度到西非，受到廣泛地區人們食用的塊狀甜點。

聽說過去曾經光顧火箭亭的阿富汗人旅行者把哈爾瓦酥糖的做法傳授給了店老闆，其做法就是先把麵粉和奶油加熱炒過後，再放入辛香料混合而成。只要咬一口，哈爾瓦酥糖就會碎裂開來，跟著在嘴裡如幻影般融化消失，最後只留下滿口的香氣。這樣的美味會讓人吃上癮，但如果吃下整大塊哈爾瓦酥糖，兩三下就會超過二千卡路里，所以也是相當危險的物品。

艾莎提出相當誘人的提議：

「難得有人送哈爾瓦酥糖，要不要去那屋頂上面品嚐？」

夏希心想時節已即將進入冬季，現在跑到屋頂上肯定會很冷，但也沒理由反對。

三人橫越過寬得不像話的馬路，往管理辦公室的那棟小房子走去，如今管理辦公室負責管理的廣場上，人們變少了。路上可看見一對又一對的情侶。樹上垂掛著燈泡，看得出來陸續為了舉辦預言家誕生祭在做準備。

「喲！好久不見了呢！」

管理人慕達發一看見三人的身影，立刻放大嗓門說道。

「如何？要不要下一盤西洋棋？」

「對不起喔，等過一陣子比較穩定後，我再陪你下棋喔！」

「什麼嘛！」面對夏希的冷漠回應，慕達發似乎有所不滿。

四周的克瓦斯攤販各給了一杯克瓦斯，霜淇淋攤販也給了新開發的甜菜口味霜淇淋。緊接著，雜貨攤販又送上了一整袋的威化餅。

轉眼間，夏希兩隻手上拿著滿滿的甜點。

夏希有好一段時間沒喝到克瓦斯，不禁覺得那味道令人懷念。新口味的霜淇淋味道也不差。甜菜是一種耐鹽害、在中亞地區經常被種植的植物，以觀光客為對象來銷售甜菜口味的霜淇淋或許會是個不錯的點子。夏希說出這般感想後，霜淇淋店的老闆顯得有些開心。

三人無視於慕達發的制止，爬上了屋頂。

晚秋的寒風吹來，但點綴上銀飾的衣裳和披風可以幫忙擋風。比起寒風，反倒是預期外的霜淇淋讓人打起寒顫。

慕達發說過屋頂上有一塊鐵板就快破了，夏希發現那塊鐵板不知何時已經破了一個小洞。

小洞裡忽然伸出一隻手毛濃密的手臂。原來是慕達發把裝了熱綠茶的茶壺和茶杯送上屋頂來。夏希道謝後，把吃不完的甜點分給了慕達發。

夏希和賈米拉在屋頂上坐了下來，但艾莎不知想到了什麼，一直站著眺望廣場。艾莎的披風隨著風飄動，披風底下的額飾帶忽隱忽現。

夏希再咬了一口哈爾瓦酥糖。酥糖碎裂開來，粉末隨著風飛落下去。其實呢，哈爾瓦酥糖應該是要使用湯匙來品嚐的甜點。

夏希這麼心想時——

艾莎以堅定有力的口吻，像在宣言似的……不對，是真的宣言說：

「我有一件說什麼也想去做的事情。」

賈米拉原本喝著綠茶，聽到後抬起頭詢問：

「妳是說以政治家的身分？」

艾莎隔了一會兒後，才點了點頭。

「我在車臣出生長大，爸媽拚了性命才把我送到阿拉爾斯坦來。爸媽還會定期寄錢給我，讓我能夠在比大家優渥一些的環境下接受教育。不過，如此愛護我的爸媽早已離開人世。剛好就在我跟妳們慢慢變得要好的那時——」

從艾莎當時的態度，夏希也隱約感受到可能是那麼回事。不過，這是第一次聽艾莎親口說出事

實。

一路來，車臣的獨立派針對俄羅斯多次進行恐怖攻擊。或者也可能是被拷問至死。夏希不知道艾莎的父母為何而死，也不敢多問。

或多或少，後宮的學生們都背負著相同的過去。

高個兒和眼鏡也是，她們是在內戰不斷的塔吉克斯坦失去住所，而逃亡到阿拉爾斯坦來的俄羅斯移民。

這次的歌劇主角吉拉也是。在二〇〇五年烏茲別克斯坦發生了安集延屠殺事件[註37]，吉拉在事件當時親眼目睹父親死去。當時一群伊斯蘭保守派居民因反對美國的反恐戰爭而參加非暴力抗議行動，卻被烏茲別克斯坦政府誘導至封鎖的廣場，最後幾乎所有人都被殺害。吉拉因為還是個子小的小孩，所以沒有被子彈射中。

小孩個子小是理所當然的事情，但這件事情卻讓吉拉心中產生了罪惡感。

這心中的罪惡感想必也是導致吉拉心靈脆弱的原因。

「很遺憾地——」

艾莎保持站著的姿勢，以只有夏希和賈米拉兩人聽得到的音量繼續說：

「確實會發生比起人權，更應該優先國家體制的狀況。就如同會發生比起國家體制，更應該優先信仰的狀況。又如同也會發生比起信仰，更應該優先人權的狀況……」

夏希心想：「不過，我們一路來就是這樣遭到殺害。可能是心靈遭到殺害，也可能是真的失去性

命。」

賈米拉垂下眼簾。

「所以啊。」

艾莎保持視線看向遠方，像在自言自語似的繼續說：

「我希望能夠確立國家體制、信仰以及人權的三權分立。」

夏希下意識地抬高視線。

「什麼意思？」

「簡單來說，就是利用人權來限制國家體制失控。同時利用信仰來限制人權失控。還有，利用國家體制來限制信仰失控。我想要讓這三難困境達到制度化。」

「呃……舉例來說，就是現在有國會、宗教局以及人權局，然後要讓三方互相握有人事權？」

「類似這樣沒錯。不過，如果光是這樣，應該也無法順利運作吧。」

「沒那回事的……」

夏希不由得閉上了嘴巴。

艾莎失去祖國的家人，她的庇護者阿里也遭到槍殺身亡，在這般狀況之中，艾莎一步一步地樹立了政權。夏希思考著艾莎這位好友究竟在整個過程的哪個時間點，心生如此甚至可以用激進來形容的

註37：安集延屠殺事件發生於二〇〇五年五月十三日，烏茲別克斯坦內政部和國家安全局軍隊對烏茲別克斯坦的安集延抗議民眾開火掃射。

念頭？

沒錯，這確實是激進的念頭。不過，這個念頭想要實現的目標是——

建立一個不會無意義地殘殺生命、懷抱精神的國家。

那會是一個具有吸引力的國家。

夏希讓思緒轉移到下一個階段。首先，有可能實現嗎？畢竟那肯定會是一個保守派、左派、世俗派、宗教右派、任何人都會反對的制度。針對制度設計本身，也必須經過無數次反覆思考來設計，否則將成為有名無實的制度。

在憲法方面，也必須進行修改。

即便如此，還是有可能做得到也說不定。反正中亞各國當中除了部分國家之外，都是半獨裁國家或獨裁國家。每個國家都有其必須這麼做才得以運作下去的困境。

說穿了，能不能實現就要看艾莎接下來能夠凝聚多大的向心力。

「還有，對於下手槍殺阿里的兇手，我也一定會親手抓到……」

夏希心頭一驚。

艾莎並沒有說出要親手殺死兇手。不過，她肯定有過不止一次這樣的想法。對於前任總統阿里的仰慕之情，艾莎比任何人都來得強烈。這是理所當然會有的情感。不過，夏希也同時有了這樣的想法。她心想就連艾莎如此頭腦明晰的人，也難以跳出憎恨的連鎖。

賈米拉手上還拿著甜點，再次微微低下頭。

風兒吹來，哈爾瓦酥糖的包裝發出摩擦聲，些許粉末隨之散落。

「誰都別想阻礙我。」

艾莎以平靜卻堅定的口吻說道。

她的目光早已看向不知何處的遠方。

「哪怕烏茲別克斯坦和哈薩克斯坦不知道在背地裡算計著什麼也一樣。為了這點，也必須向周邊國家展現我國政權的統治力。那齣歌劇或許可成為分水嶺也說不定。」

沉默持續了好一會兒。

夏希輕輕搔抓耳根後，抬頭瞥了艾莎一眼。夏希看見艾莎已經恢復平常的她。那不是一個獨裁者的面孔，也不是高喊理念的政治家面孔，而是一個好朋友的面孔。

艾莎的臉上重新浮現微笑。

「我說小姐們啊！」

粗獷的聲音從下方傳來。

「妳們不需要配一些保護高官政要的特勤人員嗎？妳們這樣讓我看了很擔心耶！」

慕達發說道。

慕達發在小房子前方的長椅上攤開西洋棋盤，和克瓦斯攤販的老闆下起了西洋棋。

「這點不需要擔心。」

艾莎拋出媚眼說道。

「我這個總統本來就是沒有任何人想當的職務，所以沒有一個我可能被視為攻擊目標的合理理由。」

「話是這麼說沒錯，但不是每個人都會做合理的思考吧？總而言之，妳自己要小心一點啊！」

「謝啦！」

艾莎回應道，而她的臉上當然漾起那蓮花般的笑容。

4

兩道身影面對著面。

站在左手邊的沃爾科戈諾夫顫抖著手架起轉輪手槍。然而，被槍口指著的對象沒有表現出一絲在意的模樣。

對方只是斜眼瞪著沃爾科戈諾夫，依舊保持手倚在桌面上的姿勢抽著菸斗。

「歡迎回來，沃爾科戈諾夫……我是很想這麼對你說——啊！艾莎，妳回來了啊！賈米拉、夏希，妳們也回來了啊！」

過了租借劇場的時間後，大家仍繼續在後宮的廣場上進行排練。哪怕劇本的內容接下來有可能會修改……

高個兒似乎看出夏希在想什麼。

「管它劇本會怎麼修改，只要再配合修改過的劇本排練不就得了。對吧？」

高個兒拍著胸脯，向眼鏡尋求同意說道。

「是啊……」

眼鏡微微垂下眼簾，像在嘆氣似的回應道。

排練動作重新展開。

回到後宮換上民族衣裳後，吉拉的口吃現象似乎改善了一些。夏希往地面一看，發現地面上配合正式舞臺的大小貼著白色膠帶。

地上到處散落著舞臺道具和換穿衣物，微微傳來大家的汗臭味。

眼鏡坐在舞臺道具的大砲上，一臉憂鬱的表情看著大家排練。

「欸。」

艾莎輕喊一聲眼鏡的名字。

「不好意思喔，我剛才那樣。不過，國外的高官們也會來觀看這齣歌劇。如果有值得參考一下的點子出現，還是要考慮採用那個點子比較好。」

「這方面……」

夏希知道眼鏡原本想說「這方面我當然知道」，但她把後面的話語吞了回去。

「別擔心，我不會瞞著妳就修改劇本。我一定會跟妳商量。」

聽到艾莎這句話後，眼鏡似乎暫時接受了。她輕輕點頭後，離開了現場。

高個兒開始了獨唱。

我們神聖的聖彼得堡啊～
經過時光洗滌而閃閃發光的波羅的海啊～
在這個邊境的沙漠中央、在遙遠的草原上，不知多少次對汝心生思慕之情？

災難降臨了。
我們將對敵人帶來更大的災難，
然而，您是如此地慈悲為懷、如此慈悲為懷的存在——

這裡是高個兒大展演技的場景之一。

將軍打從心底對沙皇有所質疑。從克里米亞、高加索一路到了波蘭，最後被派到了南方的「邊境」。將軍詛咒著自己必須在西歐化以及富國強兵的名義下，與無辜汗國戰鬥的命運。

然而，說是貴為將軍，但說穿了也不過是個中階主管。對於下士沃爾科戈諾夫的訴求，將軍基於自身的立場不得不予以駁回。受到沙皇之命令捉弄的切爾尼亞耶夫是與聖經中的艾優卜，也就是舊約中的約伯[註38]有重疊之處的角色。

根據史實，切爾尼亞耶夫的南進行動因遭遇人民抵抗而失敗收場。

這也是為何選擇一八六五年這個時代為背景的原因。切爾尼亞耶夫被卸除任務，但取而代之地，

因此得以回到聖彼得堡。殘暴的北方沙皇也有著慈悲之心。

夏希看向已扮演完下士角色的吉拉。吉拉讓汗水淋漓的身體靠在胡桃木柱上，臉上掛著不安的表情。

夏希脫下披風，輕輕搔了搔頭之後，向吉拉搭腔說：

「上次謝謝妳幫忙。」

「咦？」

「我是說借衣服給我那件事。應該是因為有那套服裝，我才有辦法整個人豁出去。」

雖然覺得豁出去的程度有點過了頭，但夏希決定不深入思考這個問題。

或許是稍微放鬆了心情，吉拉輕輕發出呵呵笑聲。

「所以啊。」

夏希摸著脖子繼續說：

「我想到了一個點子。」

「什麼點子？」

「妳要不要穿上服裝排練看看？」

吉拉眨了兩下眼睛。不過，對於夏希提出的點子，吉拉似乎有了什麼想法。

註38：艾優卜是『古蘭經』中記載的古代先知之一，於舊約中稱「約伯」。

「原來如此。」

吉拉丟下這句話後，匆匆忙忙衝上二樓去拿服裝。

隔了一會兒後，

吉拉頭戴藍色假髮再戴上黑色帽子，一身水手服配上及膝黑色長襪的裝扮從二樓走下來。

雖然整體的感覺看起來，不太像俄羅斯下士，但夏希告訴自己就別刻意吐嘈了。

等到高個兒的獨唱結束、排練暫停時，吉拉踏進白線內。大家的目光很自然地集中到吉拉的身上。吉拉氣勢十足地站在大家的面前，念起台詞：

「我奉沙皇之命令，在波蘭一路殺害無辜人民。」

就像伊果表演給大家看的時候一樣，吉拉的表情化為下士的表情。

「不只有游擊隊而已。」

呼吸稍作停頓後，吉拉以堅定有力的口吻繼續說：

「連神職人員、貧民、婦孺幼小也沒放過！沒錯！一月的起義，還有看不見終點的游擊戰……在經歷過這些後，這回又要我去殺害撒馬爾罕和布哈拉的人民嗎！」

夏希心想：「這就對了！」

雖然和劇本有些許出入，但吉拉的模樣散發出一個遭到挫折的下士會有的濃濃氛圍。口吃現象也已經消失了。問題是正式表演時該穿什麼才好？不過，這個問題可以晚一點再來煩惱。

夏希終於也忍不住踏進白線內，加入了排練。

「……還不快把那種危險物品收起來，你這個自以為是的士官！」

「我既不是『你這種人』，也不是『自以為是的士兵』！我是德米特里．沃爾科戈諾夫之子——米哈伊爾．沃爾科戈諾夫！我是個有名有姓的男人！現在我就要用你的鮮血，來補償波蘭的無辜人民以及布哈拉汗國戰士們的遺憾！」

夏希心想：「酷斃了！」

面對主角的蛻變，現場的緊張感一鼓作氣地高漲起來。原本在一旁盤腿而坐的高個兒站起身子，舉高手掌。吉拉也舉高手臂，和高個兒擊掌。然而，吉拉也在這時察覺到自己不小心採用了伊果的提議。

吉拉垂著眉尾，一副戰戰兢兢的模樣看向眼鏡。

「還不錯啊。」

眼鏡面帶苦笑做出回應說道。

「又不是什麼大問題。」

夏希告訴自己這樣應該行得通。

看見吉拉的蛻變，夏希也感覺到身體深處開始發熱起來。

「我也可以唱唱看嗎？」

「當然可以。」

高個兒回應道，並拿起舞臺道具的吉他。

「妳想唱哪首歌？」

「我想唱『梭梭』。」

這首歌是大家為了這次的歌劇，一起作曲的歌曲。

高個兒點點頭後，豎起指甲彈起前奏的琶音。

對阿拉爾斯坦而言，梭梭是不可或缺的植物。其原本的植物群落分布廣泛，從中國西部、阿拉伯半島到西亞地區。「創始七人」將梭梭做了基因改良，使其成為覆蓋沙漠的白色恩惠。白色恩惠不但化為駱駝的飼料，也化為串燒的木炭，更幫忙阻擋住乘風而來的鹽分和有害物質。另外，歷經多年的歲月後，梭梭的長根系也讓土壤變得堅固。

夏希吸了一大口氣。

我們還牢牢地記得，
記得早晨在天地之間的海鹽沙漠上，
為我們道出祝福話語的白花，以及讓人懷念起幻想之海的那片霞光。
但願我們的梭梭能夠永遠覆蓋土地。

我們還牢牢地記得，
記得昨晚在約旦的死海邊緣、

在西奈半島的摩天大樓旁，被駱駝啃食的白花。
但願他們的梭梭能夠永遠覆蓋土地。

先是艾莎跟著一起唱，接著賈米拉也以呢喃般的聲音跟著一起唱。
沒多久，大家一起合唱起來。

亦或是在昏暗的伊拉克油田四周、在維吾爾、在波斯、
在阿富汗、在阿拉伯半島南端的遙遠阿拉伯祖國，
獨自在沙漠生根，長出彎曲粗壯體幹的強悍存在啊！
但願他們的梭梭能夠永遠覆蓋土地。

我們還牢牢地記得，
記得早晨在天地之間的海鹽沙漠上，
為我們道出祝福話語的白花，以及讓人懷念起幻想之海的那片霞光。
但願我們的梭梭能夠永遠覆蓋土地。

音樂總能夠撼動人們的情感。夏希從眼角餘光看見吉拉的左眼溢出了淚水。

阿拉爾斯坦的冷熱溫差劇烈，每年只會有短暫的春天，而梭梭會在春天綻放花朵。從遠方眺望時，綻放花朵的梭梭簡直就像乘著風的白霧在大地上飄動。

一年的時光一眨眼即過。明明如此，卻不知道能不能所有人再次一起迎接下一個春天。

在作詞方面，為了謹慎起見，避開了以色列這個國名。即便如此，夏希等人仍然把心中的願望寄託予這首歌。但願她們能夠再次迎接春天的到來，再與梭梭的小白花邂逅。也但願維吾爾、巴勒斯坦、阿富汗的人民可以跟她們一樣。

＊

「哼！」

烏茲瑪．哈里法不悅地用鼻子哼了一聲後，啜飲起綠茶。

跟班的其中一人垂著眉尾，開口說：

「不錯啊，會讓人想起年輕的時候呢！」

預言家誕生祭的歌劇是從烏茲瑪她們那一代便開始執行的表演節目。她們沉浸在過去自己擔任主角時的回憶裡。

此刻，烏茲瑪在三樓的樞密院角落一邊喝著綠茶，一邊豎耳傾聽雛鳥們在歌唱。她的身邊跟著幾名跟班。這些跟班都是從這裡被改造成教育機關之前，就在這裡工作，算是真正的後宮女子。

年輕世代瞧不起烏茲瑪這一代，認為她們是不具學識的女官們。

甚至有些小鬼頭高舉西歐的自由主義牌子，反過來形容烏茲瑪她們是受到性榨取的被害者。對於不過是出生在不同的時代，便高聲讚揚自由的雛鳥們，烏茲瑪她們這方也一樣感到厭煩。說得更直白一些，烏茲瑪她們不是感到厭煩，而是憎恨。理應如此的。

如今，烏茲瑪感受到這樣的氛圍漸漸在改變。

「嗯……」

另一名跟班喝口綠茶潤潤喉嚨後，低喃說：

「是不差，但感覺有那麼一點點資優生氣息就是了……」

以艾莎為中心的雛鳥們站起來，試圖統治就快瓦解的這個國家。

然而，一路來，烏茲瑪目睹過多次因為稚嫩年輕人的正義而導致事態惡化的例子。艾莎等人的經驗嚴重不足。她們即便具有學識，卻不懂得人性。

最初，烏茲瑪猜想她們想必什麼也做不到。

應該是因為夏希的存在，才改變了局勢。

如果烏茲瑪記得沒錯，夏希這個日本人最初對凡事都是採被動的態度，也一直受到四周同儕的霸凌。烏茲瑪原本認定等夏希修完課程後，將會變成不中用的存在。沒料到夏希不知在何時有了什麼改變，居然成功做到大家都認為不可能做得到的文人領軍[註39]。

當初收留夏希的不是別人，正是烏茲瑪本人，好一個諷刺的事實啊！

烏茲瑪再次用鼻子哼了一聲。

這時，連同銀製胸飾、護身符一起掛在烏茲瑪胸前的行動裝置震動起來。很自然地看了行動裝置的螢幕一眼後，烏茲瑪自知嘴角上揚，臉上浮現鬱悶的笑容。

「怎麼了？」

烏茲瑪沒有立刻回答，而是把電子郵件的畫面轉向對方。

烏茲瑪明顯看見所有人的臉上當場浮現緊張的神情。

「烏茲別克斯坦軍隊已經突破南方的國境，佔領了我國的油田。這是來源可靠的情報。」

「怎麼會這樣？那應該是我國和烏茲別克共同開發的油田啊！」

跟班的一人脫口說道。

另一人接著開口說：

「而且，我們這裡是政治經濟的中立地帶，烏茲別克斯坦卻跑來突破我們的國境？」

「烏茲別克本來就屈從於獨立國家國協（CIS），也屈從於美軍，他們只是蝙蝠一般的存在。」

烏茲瑪關閉電子郵件的畫面，把行動裝置重新掛回脖子上。

「打從一開始，他們就不值得信任。我猜八成是和俄羅斯或哈薩克斯坦談妥了吧。」

「這麼一來，維持和平部隊（ＰＫＦ）不會採取行動嗎？」

「誰知道。」

烏茲瑪一邊回答，一邊放下茶杯。

「不管怎樣，如果在這時向美軍或聯合國求救，就會導致事態暴露。我們就去瞧瞧雛鳥們的手段有多高明吧。」

「不給她們助言嗎？」

跟班的一人不小心做出這般發言，但烏茲瑪一個眼神便讓對方閉上了嘴巴。

「俗話說『在勇氣面前，連命運也不得不低頭』。簡單來說，就是要看那些小鬼頭如何表現。要看會不會有真正擁有勇氣者站起來對抗，還是會屈服於命運……我個人絕對是猜想後者就是了。」

註39：文人領軍（Civilian Control）又稱為軍隊國家化，指民主社會裡由國家控制軍隊。

淑女腳踏車環遊世界一周～阿拉爾斯坦篇4

好吧，到底該從哪裡說明起才好呢……

首先，此刻我眼前看到的是移動式帳篷的天花板。我睡的床鋪只是在地面鋪上織布而已，總覺得腰酸背痛的。移動式帳篷內幾乎沒有任何家具。用來收納寢具的小箱子上面放著一台薄型電視機，那景象看起來挺有趣的。牆壁（那算是牆壁嗎？）上掛著各種刺繡圖案的織布。

目前的所在地點是從首都馬格里斯拉德往東邊移動的放牧場。

為什麼會這樣呢？我懷疑是因為我和遊牧民族的士兵共處一夜後，士兵說「你是我的救命恩人」，所以邀請我來到他們的住家（？）我自己也覺得用「懷疑」的說法很莫名其妙，但沒辦法啊，語言不通嘛！

男人們隨著日出而起後，便前去放牧場放牧駱駝。走出移動式帳篷後，看見了一大片海鹽沙漠。正確來說，還可看見幾處長出白色矮樹。我伸手一摸，發現矮樹又硬又尖，不小心稍微割傷了手指。不過，聽說駱駝會吃矮樹的葉子。

女人們負責的工作是擠奶。還有，去到隨處建蓋在沙漠上、用來收集水蒸氣的奇特水塔挑水回來，以及收集薪柴。我試著想幫忙，結果挨了罵，所以閒閒沒事做。這季節擠不出奶，所以女人們一邊喝茶，一邊聊得起勁。

等到男人們回來後，太陽都還沒下山，便開始喝起酒來。他們的喝法是把伏特加倒得滿滿的，然後一口氣喝光，這喝法還真是苦了我！不過，在沙漠正中央大口喝下的伏特加彷彿會直接從頭頂昇華上去，很奇妙地，不會讓人醉得很不舒服。

然後，對了，我硬是一口氣喝光伏特加後，他們說什麼「聽好啊！在阿拉爾斯坦有個晚來的人要連罰三杯的規定」，結果又被倒了滿滿一杯酒。原來真的有晚來的人要連罰三杯的規定啊！是說，為什麼我老是只聽得懂這種不重要的事情啊！其實我也想喝喝看駱駝奶酒是什麼味道，但比手畫腳比不通，也只好死了心。

我個人是想差不多該告辭了，但他們遲遲不肯放我走。他們不但把我的好夥伴淑女腳踏車藏起來，一知道我還是單身，立刻介紹放牧場的第一美女給我。怎麼辦？有點心動耶。好吧，敬請期待我明天的遭遇吧！

（待續）

5

二個德米特里

1

一片白色大地隔著擋風玻璃在眼前延伸開來。

白鹽以及梭梭的矮樹覆蓋著地面。沿路上，可看見遊牧民族的移動式帳篷分散坐落在白色大地上。其戶外擱著小檯子，檯面上排列著駱駝奶酒或乾酸奶球等商品。

隨處可見像是利用藤製家具搭蓋而成的水塔豎立著。

那些是為了收集大氣中的水分而存在的「綠洲塔」。大大小小的水塔呈現不規則形狀延伸到地面，看起來和墓碑也有幾分相似。不過，在這塊海洋消失的大地上，對人們而言也好，對駱駝而言也好，這些水塔都是不可或缺的維生管線之一。

眼鏡把手上的麥克風湊近嘴邊。

「後宮姊妹今年也會回來和大家見面喔！」

安裝在吉普車車頂上的大型擴音器放大了呼籲聲的音量，在路況原本就崎嶇不平的狀況下，低音化為震動力讓吉普車更加劇烈晃動。

「場地就在馬格里斯拉德國民廣場！一張戲票七索姆！只需要花七索姆就夠了！請大家務必前來欣賞我們的歌劇，共度預言家誕生祭的美好夜晚！」

遊牧民族的一對母子從帳篷裡探出頭來，露出彷彿看見什麼奇妙東西似的眼神看向這方的吉普

車。

別往這邊看啊！

眼鏡這麼心想後，立刻改變想法暗自說：「不對，要讓大家聽到才行。」

「後宮姊妹！請大家務必支持艾莎以及後宮姊妹！」

眼鏡豁出去地擠出聲音呼籲時，緩慢前進中的吉普車忽然傾斜一邊。

昨晚似乎落下少量的雪，積雪在陽光照射下融化成水，導致路面變得滑溜。

阿拉爾斯坦的道路少有柏油路面。針對作為進出口樞紐的主幹道，中國人建蓋了平整的道路，但對於其他地方，好比說像這些遊牧民族的放牧場，都是崎嶇不平的道路。

駕駛座上的高個兒發出咋舌聲的同時，用力踩下油門。

輪胎不停空轉。

這麼一來，只能乖乖等待另一輛吉普車恰巧路過，再拜託對方幫忙拉起整輛車。眼鏡關上麥克風的電源，嘆了口氣。

「為什麼我們非得做這種事情不可……」

「沒辦法啊！」

高個兒抱著半死心的想法讓汽車座椅往後躺，跟著雙手交叉在後腦勺上。

「大家都怕被恐怖份子攻擊，票根本賣不出去。難道要在觀眾席只見三三兩兩的觀眾之下，在各國的高官面前表演嗎？」

「可是啊。」

「話說回來，今天不是妳自己說想要負責拿麥克風的嗎？」

高個兒狠狠戳中眼鏡的痛處。

「不然妳跟我說要怎麼辦嘛！我討厭每天都要被那些眼神充滿殺氣的財務官僚包圍著。反正到最後我也只是需要確認內容，然後簽名而已。」

「妳這樣跑出來沒關係嗎？」

「只有今天一天還好吧。資產負債表都已經快要被我翻到爛掉了，依我看來，財務算是健全。可能是那些官僚太優秀了，反而讓人覺得悶得快喘不過氣來。」

「還真是苦了妳啊！」

高個兒向眼鏡點點頭後，再次踩下油門。輪胎依舊空轉。

「好吧，能做的就先試著做做看吧。」

高個兒這麼低喃一句後，走下車去。她繞到後方，試圖從後方推動車子。眼鏡急忙按下副駕駛座的車窗，探出頭看。

果然不出所料。

高個兒就在眼鏡的面前因為腳步打滑而失去平衡，險些摔跤。

「不要再推了啦！妳也是要上場演戲的人耶！」

「有什麼辦法？歌劇本身能不能順利上演都還是未知數呢！」

就在這時，引擎聲從後方的沙漠傳來。眼鏡期待著可以得到救援，但期待心情立刻化為危機感。

「快趴下。」

高個兒犀利地發出指示。

「妳假裝在睡覺，盡量表現得自然一點。」

眼鏡知道自己該怎麼做。

她放下麥克風，趴在儀表板上。

引擎聲發自於阿拉爾斯坦·伊斯蘭運動（AIM）的摩托車隊。

姑且不論身分並未曝光的高個兒，眼鏡畢竟是處於管理財務的立場。萬一在這種地方被抓去當人質，那可是大事一樁。

不過，這究竟是怎麼回事？

照理說，這一帶地區不在AIM的勢力範圍內。

「唉呦！這不是後宮的小姐們嗎？」

摩托車隊追上吉普車後，在前頭帶領的男子停下摩托車，朝向高個兒搭腔說道。對方想必是因為看見高個兒身穿民族衣裳，才會猜出高個兒是後宮的人。

眼鏡從手臂縫隙裡偷看狀況。

眼鏡看見對方以白色頭巾遮住臉孔、身穿短外套，也就是所謂的AIM標準造型。

「輪胎陷下去了啊……我們是很想幫忙，但可惜是騎摩托車。」

這時，男子忽然凝視起車頂上方可疑到了極點的擴音器。

「那什麼東西啊？」

「歌劇的票賣得不如想像中的好——」

高個兒走回駕駛座拿了數量符合人數的傳單，再走了回去。

「不嫌棄的話，你們也來欣賞一下歌劇吧！」

那是由眼鏡她們製作，再利用後宮的噴墨印表機大量印製的傳單。雖然這場歌劇也算是國家的活動，只要委託文化部負責製作傳單就好，但那麼做也不會輕鬆到哪裡去，據說在程序上滿複雜的。眼鏡現在回想起來，不禁有種被對方巧妙推拖的感覺。說到艾莎看見製作完成的傳單時的反應，她先是沉默了一秒鐘，才開口說：「嗯，有手工設計的感覺不錯啊。」

男子收下整疊的傳單後，轉過身把傳單也分給其他成員。

「嗯，歌劇啊……」

「說實話，我們真的很頭痛。你們可以變裝來，沒關係的。」

邀請游擊隊來看戲像話嗎？眼鏡忍不住這麼心想，但也猜想到高個兒的用意應該是不想在這裡讓對方起疑心。

「再說，預言家誕生祭又沒有什麼敵我之分。只不過，如果你們這一身裝扮來看戲，會讓人比較傷腦筋就是了。」

男子們聽了，面面相覷。

別再笑了，趕快離開吧！眼鏡這麼心想時，對方當中的一人探出頭試圖觀察眼鏡的狀況。

眼鏡悄悄地閉上眼睛。

「妳同伴怎麼了？身體不舒服嗎？」

眼鏡暗自說：「我沒事！我好得很！別再問了！」

「我拜託她來一起幫忙，但好像是睡眠不足吧！你們可不可以就別吵她，讓她睡吧！」

在這種時候，高個兒的堅定聲音可靠極了。

「要不要幫妳們叫吉普車來支援？」

「不了……畢竟我們也有自己的立場，總不能求助於你們。」

「那倒是真的。」

對方臉上掛著苦笑，並催動摩托車的油門發出引擎聲。

「我們會期待妳們的表演的，依阿拉的旨意！」

「感謝你們的好意。依阿拉的旨意！」

沒多久，傳來摩托車隊從吉普車左右兩方奔馳而過的聲音。

不過，眼鏡不確定是不是真的所有摩托車都駛離，所以任憑汗水滑落，動也不敢動地保持著姿勢。等了老半天，高個兒終於越過副駕駛座的車窗摸了一下眼鏡的背部。

眼鏡抬起了頭，但依舊驚魂未定。

高個兒眨一下一邊的眼睛後，指向自己的額頭說：

「妳的額頭上面有壓痕。」

「那些人有可能會來嗎……」

「我猜……不會來吧。」

高個兒語帶保留地答道。她的臉蒙上了一層淡淡的哀愁。

這時眼鏡終於也想起一件事。理應和烏茲別克斯坦合作開發的南方油田突然遭到烏茲別克斯坦的侵略，而被占領了油田。對於此事，AIM搶先政府一步發出了聲明。

其聲明內容是——阿拉爾斯坦的土地乃是鹹海人民所擁有。

AIM表示不論艾莎等人的臨時政府決定如何應對，他們都會靠自己的力量奪回油田。

「你覺得那些人打得贏嗎？」

聽到眼鏡的發問後，高個兒讓身體倚在副駕駛座的車門上。

「那就像一場竹槍對磁軌砲之戰。」

高個兒沒有直言不諱，而是一邊以比喻的方式回答，一邊抬頭仰望天空。

「所以啊，那些人是真心期望可以來欣賞我們的歌劇。」

意思就是，那些人準備前去赴死。

眼鏡知道自己內心的真心話和場面話在互鬥著。最後，真心話贏得勝利。

「但願他們可以來欣賞。」

「是啊，很希望他們可以來。」

高個兒毫不猶豫地答道。

眼鏡把視線移向前方。

摩托車隊早已看不見蹤影。在那同時，後方傳來像木頭嘎吱作響，也像牛隻鳴叫的聲音。

原來是一群駱駝。

一名遊牧民族男子帶著將近十頭駱駝從後方逼近。不對，男子不是只帶著駱駝。不知道是不是受託當嚮導，男子身旁跟著一名東方人觀光客。

眼鏡自動開啟麥克風的電源。

「後宮姊妹今年也會回來和大家見面喔！」

遊牧民族男子立刻臉色大變地跑了過來。

看出聲音的主人是坐在副駕駛座上的眼鏡後，遊牧民族男子握住拳頭，用手背猛烈拍打擋風玻璃說：

「很吵耶！這樣會把駱駝嚇跑的！」

2

從不曾如此凝重過的氣氛充斥著後宮一樓的休息室。

夏希忽然想起自己小時候碰到這種氣氛時，曾經無意義地叫出聲音，或是亂跳起來。事實上，夏

希現在也有點想要那麼做。她深刻體會到自己不適合當一個必須身負責任的人。

在架高地板的空間裡，艾哈馬多夫上校橫躺在夏希的對面。

這陣子艾哈馬多夫經常從基地偷溜出來，在這裡喝茶聊天後才又回去。不僅如此，艾哈馬多夫還會抽起加工精緻的玻璃水煙壺，真不知道他是什麼時候把水煙壺帶進後宮來的。

夏希覺得有點煩，但眼前這副德行的艾哈馬多夫是軍方的關鍵人物，所以也不能冷漠對待。

「另外一位小姐不在啊？」

艾哈馬多夫做出這般發言，態度中隱約流露出不滿的情緒。

夏希暗自罵一句：「你煩不煩啊！」

目前這方除了夏希之外，還有艾莎。不過，這次可不像平常，只是喝茶聊天就沒事了。這次必須針對烏茲別克斯坦突如其來地侵略這方，進而占領南方油田一事進行討論。

首先，國軍不具有足以奪回油田的軍力。

在防衛方面，國軍總是依賴獨立國家國協（ＣＩＳ）的維持和平部隊（ＰＫＦ）。正因為如此，一路來周邊國家才會容忍阿拉爾斯坦以「自由主義島嶼」的定位存在。

「這次這樣才正是應該請ＰＫＦ採取行動的狀況，只是……」

艾哈馬多夫一副慵懶的模樣吐出白煙來。

柑橘類的香氣隔著胡桃木桌飄了過來。

「ＰＫＦ給的答覆是『請你們和烏茲別克斯坦兩國之間自己去解決』。期待再多也是白搭。」

艾莎在桌面上交叉起雙手，木桌隨之嘎吱作響。

擊斃前任總統阿里的那發子彈飛過來又飛過去，如今導致中亞各國之間就快失去平衡。

「各國已經說好不出面調解，打算對這次的侵略行為視而不見。你是這個意思嗎？」

「八九不離十。若非如此，烏茲別克那些傢伙想必也不會如此大動作。」

艾哈馬多夫再次吐出白煙。

「是說，這麼點程度的事情妳們應該早就猜測到了吧？」

沒錯，夏希等人確實早就猜測到了。然而，她們猜測不出未來會如何演變。

夏希朝向艾哈馬多夫伸出手。艾哈馬多夫遞了水煙壺的其中一根吸管給夏希。就像章魚腳一樣，水煙壺的本體底下接著多根吸管。為了避免直接含住吸管，夏希用雙手摀住吸管吸入白煙。

隨著「啵」的一聲水聲響起，柑橘香氣在夏希的鼻腔蔓延開來。

「烏茲別克斯坦的對外說法會是——」

夏希一邊說話，一邊試著整理思緒。

「第一點，我們的統治做得不夠完善，放任ＡＩＭ那些游擊部隊的跋扈舉動。因此，他們必須守護合作開發的油田，以免ＡＩＭ伸出毒手。這理由算是合理。」

正確來說，其實不合理。烏茲別克斯坦只是在周邊各國可勉強默認的邊緣上遊走。

艾哈馬多夫皺起眉頭。

「哈薩克斯坦他們協助烏茲別克的好處是什麼？北鹹海的水資源？」

日漸乾枯的鹹海北端還保有一汪小湖，艾哈馬多夫口中的北鹹海就是指那汪小湖。當初，「創始七人」的第一項任務就是設法讓小湖存活下去。創始七人著手建設水庫使鹹海隔開為南北兩端，此舉讓北端的鹹海好不容易保持住水位，如今也可再度看見魚兒在水中游泳。

雖然阿拉爾斯坦是沙漠國家，但也有極少部分的漁業。

「嗯……」

艾哈馬多夫變換著姿勢，眉頭也隨之皺起。

夏希聽人家說艾哈馬多夫被檢查出有膽結石。可是，艾哈馬多夫拒絕接受手術，堅持表示在地區的動亂局勢平息下來之前不可能住院。聽說暫時不去理會膽結石也不會有大礙，但伊斯梅爾上將也拜託過夏希想辦法說服艾哈馬多夫。夏希忍不住暗自抱怨：「真是的，怎麼老是多出這種不必要的工作！」

夏希恨不得可以有一個人出現，來幫忙搞定眼前的頑固老爹。

「烏茲別克那群人拿下南方的油田。然後，哈薩克取走北部的水資源。」

頑固老爹舉高雙手讓左右掌心在半空中互對著，然後一鼓作氣縮短掌心之間的距離。

「也就是說，他們打算來個前後夾攻，來分割我國的領土和資源？」

「這——」

「不可能。」夏希還來不及回答完，艾莎已搶先一步斬釘截鐵地說道。

「為什麼？」

「河川流入北鹹海的水量一年最多也只有區區二立方公里。」

北鹹海的水源來自哈薩克斯坦，而這樣的水量是根據與哈薩克斯坦的協議而定。二立方公里的水量聽起來或許顯得少，但即便增加水量，基於地形和水壩的限制，水位也不會上升。不過，這區區二立方公里的水量足以為北鹹海地區帶來恩惠以及魚兒。對夏希等人而言，也是如身上流動的鮮血般少了一滴都心疼。

然而，對對方而言，就不見得如此珍貴了。

艾莎聳起一邊的肩膀說：

「哈薩克的本業在於出口原油。這個產業占了七成左右，金額概算起來差不多會是幾百億美金吧。相較之下，北鹹海的魚值多少錢？對哈薩克而言，風險大過侵略的好處。」

「說是這麼說……」

艾哈馬多夫開口說到一半時，按住右腹喊了幾聲痛之後，繼續說：

「但畢竟是人類決定要怎麼做。想必也有想要占領領土的野心吧。」

「現在這時代，頂多只有俄羅斯才會毫不掩飾地表現出想要占領領土的野心。大部分國家即使各自懷抱野心，還是會遵守冷戰後的秩序，以目前的國境線為準。我是說原則上都有遵守。」

說到這裡時，艾莎看向夏希。

夏希點點頭，接下話題說：

「烏茲別克能夠提供給哈薩克的好處多得數不清。如果要舉出極端一點的例子，好比說實施雙重

匯率或降低關稅都行。或者是也可以讓石油的輸油管道橫越過土庫曼。所以，應該可以認定他們兩國之間已經在我們不知情之下談好了某種交易。」

「那現在我們是要怎樣？難道要袖手旁觀不成？」

「這個嘛……」

艾莎先這麼回應後，讓交叉在桌面上的雙手弓起大拇指繼續說：

「首先，我們要向國際發出譴責的聲音。很明顯地，烏茲別克斯坦沒有遵守冷戰後的秩序，就算他們再怎麼找藉口也說不過去。」

「然後呢？」

「國境線的存在不是在劃分土地，而是在劃分資源。如果從這樣的觀點來看，在決定展開油田合作開發的那個時間點，我國和烏茲別克斯坦的國境線就已經變得模糊不清。這麼一來，就表示這次的侵略行動本質在於為了針對合作開發上，未來將如何分配利益一事進行談判。」

艾莎朝向夏希伸出手。

夏希正感到納悶時，便看見艾沙指向吸管。夏希點點頭，遞出了吸管。

「什麼嘛！這沒有含尼古丁啊！」

吸入一口後，艾莎抱怨說道。這位才色兼備的大小姐，偶爾會在讓人感到意外之處做出少根筋的表現。

大小姐繼續說：

「先發出譴責的聲明，在國際間得到注目之後，我們也開始攻擊對方的痛處。像是指出烏茲別克斯坦至今仍在實施雙重匯率的事實，或是指出他們是個半獨裁國家。還有，也可以指出他們無視於伊斯蘭保守派的人權，甚至可以譴責因為他們這樣的所為而導致激進派流出的事實。」

「意思是要挑釁？」

「沒辦法啊，他們的舉動太教人生氣了。」

聽到艾莎的發言後，夏希和艾哈馬多夫都頓時沉默了下來。

艾莎輕咳一聲說：

「重點就是，必須營造出烏茲別克不得不設法讓我們閉上嘴巴的狀況。營造出這樣的狀況之後，我們也要派軍前往南方。派軍的目的不在於奪回油田，而是要實施軍事性的合作管理。如果是這樣，以烏茲別克的立場也難以找藉口拒絕。在協議方面，不要透過CIS，而是要透過上海合作組織（SCO）來訂定。」

如果阿拉爾斯坦意氣用事地試圖奪回油田而打敗仗，或是AIM趁機加入支援，對烏茲別克斯坦而言，將會是最理想的狀況。這麼一來，事後的談判就會變得困難。

艾莎的提案為的就是設法把事態打回原點。

透過由中國握有主導權的SCO也是個好點子。與徒見規模龐大的CIS相較之下，由中國人新提倡的組織對於這類個別案件的問題，具有卓越的解決能力。

「可是啊……」

艾哈馬多夫開口試圖說話，但又沉默下來。那一霎那，艾莎也垂下頭。夏希猜想此刻三人都在思考著同一件事。

也就是ＡＩＭ。

國境線的存在不是在劃分土地，而是在劃分資源——ＡＩＭ並沒有抱持這樣的觀點。他們雖然是游擊隊，但思想保守。他們重視傳統，也重視人們居住的土地。

油田被占領的消息報導出來後，一段影片被上傳到網路上。

影片中出現ＡＩＭ的幹部納傑夫。

納傑夫以流暢的俄語發表其組織的聲明。

首先，阿拉爾斯坦的土地乃是鹹海人民所擁有。不論臨時政府決定如何應對，ＡＩＭ都已經做好準備要靠自己的力量奪回油田。既然已選擇加入ＡＩＭ，就有義務這麼做。

看見這樣的聲明內容後，或許人們的眼裡會覺得夏希等人的應對顯得畏縮，ＡＩＭ才是正義的一方。

不過，簡單說一句要奪回油田，也不是說得到就做得到的事情。

「要見死不救嗎？」

艾哈馬多夫單刀直入地問道。

隔了好一會兒的時間後，艾沙輕輕閉上雙眸說：

「……所以，我希望利用外交多爭取一些時間，盡可能地拖延派軍行動。」

這跟見死不救有何差別？

夏希原本這麼心想，但仔細一想後，發現並不盡然。這麼做至少就不需要和ＡＩＭ拿槍互鬥。艾莎的計劃是在軍事方面，也一起合作管理油田。然而，如果國軍和烏茲別克斯坦一起迎擊宣言要守護阿拉爾斯坦的人們，那才真的會讓大家的心變成一盤散沙。如果當真發生那樣的事態，ＡＩＭ的支持率想必也會攀升。

「嗯……」

艾哈馬多夫發出低吟聲。

這時，廣場的方向傳來匆忙奔來的腳步聲。腳步聲的主人是吉拉．歐菲莉。

吉拉一看見艾哈馬多夫的身影，瞬間像一隻膽怯的小貓停下腳步，跟著朝向夏希投來求救的眼神。

夏希從架高地板的空間探出身子後，吉拉在夏希的耳邊迅速傳達訊息。

「我知道了。」

夏希點了點頭後，把水煙壺的吸管還給了艾哈馬多夫。

「跟對方說我馬上過去。」

3

那家店在城市的南方，正好落在舊鬧區和新鬧區的交界處。

劃出鬧區分界線的大馬路旁有賽馬場。相較於外國觀光客總會光顧賭場酒店，聚集在賽馬場裡的，主要都是空閒的當地居民。艾莎等人曾經偷偷跑來買過馬券，但自從賭輸之後，很自然地就一直迴避來到這一區。

在賽馬場的同一側，可看見家電行接二連三地並排著，再繼續往前走一會兒後，就會看見一條聚集多家小吃店的小巷子。在小巷子裡走到一半時，看見以樸素的西里爾字母小小寫出「尤金別什巴爾馬克」的白底紅字招牌。

「你在這裡等一下喔。」

夏希這麼告訴駕駛座上的士兵後，用披巾蓋住臉以免被人認出來。

小吃店的店門不寬，差不多是夏希張開雙手的寬度。穿過店門後，立刻看見通往半地下室的階梯。肥油的香味瀰漫整個空間。聞了那香味後，夏希篤信這裡是一家真的小吃店。水泥階梯相當老舊，處處可見缺角，下方還看見塑膠袋和果皮堆積著。

夏希先做了一次深呼吸。

走下階梯穿過拱門後，夏希立刻被帶領到最深處的包廂。

「沒想到妳來得這麼快。」

略顯沙啞的朦朧聲音傳來的同時，對方也替夏希倒了一杯紅茶。

在這裡等待夏希到來的人物是AIM的幹部納傑夫・本・拉希德。

「我就在想如果是妳，應該會願意獨自前來。」

夏希輕輕點頭後，在椅子上坐了下來。夏希讓士兵在外面等著她，所以正確來說，並不算是獨自前來。不過，夏希相信納傑夫也是如此。

夏希不影響頭髮之下解開披巾，喝起紅茶潤喉。

「之前，你以應該對待俘虜的正當態度對待過我們。照理說，我們也應該視你為正當的使者，並接受你來訪。不過，我們沒能夠做到這點，我想先針對這點向你致歉。」

夏希說出在前來的路上想好的台詞後，納傑夫輕輕笑了笑。

「妳就別那麼拘謹了吧。妳第一次來這家店嗎？」

「是的。」

「那可不行。高喊著歐亞主義的人怎麼可以不知道這家店。」

納傑夫放大嗓門呼喚店員。

納傑夫以熟練的語氣點了優格羊肉湯以及別什巴爾馬克。別什巴爾馬克是一道放上燉肉的手工麵料理。如果要說對農耕民族而言，抓飯是最好的招待，那麼對遊牧民族而言，最好的招待想必就是別什巴爾馬克。

納傑夫今天沒有遮住面孔。

夏希看見納傑夫的黝黑肌膚，以及身上還殘留著吹過沙漠風的海潮味，不禁覺得也有些像是漁夫。不過，納傑夫頭部以下的裝扮和上次一樣，依舊在繡布外面套上迷彩外套。至於突擊步槍，則是立在包廂的角落。看見突擊步槍後，夏希不禁覺得胸口微微揪緊。

沉默氣氛持續了好一會兒。

「妳走下來的時候，就聞出味道了吧？這裡不是用羊肉，而是用真正的馬肉。」

納傑夫以柔和的口吻繼續說：

「不過，從以前大家就在懷疑可能跟附近的賽馬場有關。妳哪天如果知道真相，記得要跟我說啊。」

夏希遲疑著不知道該不該笑時，店員端來了湯品。

清爽的香氣傳來。

湯品的湯頭有著濃濃的酸奶和羊肉香氣。其調味雖然單純，但味道高雅。

緊接著，主餐的麵也送上桌來。切得短短的麵條上頭鋪著大量的洋蔥，還緊密排上燉馬肉和切成圓塊的熱狗，並且冒出陣陣熱氣。

納傑夫直直盯著夏希看。

夏希一邊留意納傑夫的目光，一邊用叉子刺起肉塊送入嘴裡。

雖然使用羊肉比較便宜，但比起羊肉，馬肉更加別有一番滋味。夏希聽說過在東邊的吉爾吉斯一帶，馬肉是家常菜，在婚宴等場合上也都會被烹調成招待佳餚。

夏希忽然想起賈米拉也愛吃馬肉。

不過，從以前就會在假日去馬術俱樂部騎馬奔馳，還低調當起馬主的艾莎就不愛馬肉料理。原來如此，有可能是因為這樣，夏希三人才會不曾來到這家店。

納傑夫擦了擦右手後，直接用手抓起麵條和肉塊大口送進嘴裡。麵條是因為納傑夫特別提出要求，才會切得短短的。這麼一來，就可以真的照著別什巴爾馬克的名稱含意，用五指進食了。

沉默氣氛再次降臨。

不需要特地開口，夏希和納傑夫雙方都知道彼此想說什麼。然而，兩人卻不想進入主題。隔沒多久後，燉肉麵也吃完了。夏希忍不住暗自說：「明明才剛開始吃而已，怎麼這麼快就吃完了！」納傑夫把手擦乾淨後，再次喚來店員，追加點了紅茶。

到最後，夏希先開了口。

「烏茲別克軍已經在油田四周布陣，配置了大隊規模的軍隊。首先，有三座反戰車砲。然後，有無數重機槍、火箭推進榴彈以及迫擊砲瞄準著四周。憑你們的摩托車實在不是對手……」

「我想也是。」

納傑夫迅速瞇起透徹如水的眼眸。

「不過，已經做好決定了。」

「你也會加入戰鬥？」

「我負責前線。上面的人似乎嫌我太煩了。」

夏希搔了搔脖子。

她心想：「納傑夫該不會是因為都抓到了國防部長當人質，卻不在乎地放走人質而遭到責怪？」

前陣子向賈米拉借來的手環發出清脆的聲響，滑落到夏希的手肘位置。

「……我方除了既有的兵力之外，也有一些願意提供協助的遊牧集團加入。」

納傑夫終於進入主題說道。

「這時如果有妳們的大炮加入，想要奪回油田並非不可能。我知道妳們不能公開加入我方。不過，國軍為了奪回油田而採取行動是很自然的舉動。」

納傑夫在桌面上交叉起雙手。

「妳們願意和我方並肩作戰嗎？」

夏希看見納傑夫的大拇指上方有細皮翹起。納傑夫的手因為沙漠生活而曬傷且皮膚乾燥。

如果納傑夫早了一天，甚至只要早半天提出這個請求，就有並肩作戰的可能性。或許應該說，AIM若願意在制度內參加政治，就有並肩作戰的可能性。

這般從發燙地面升起，宛如熱浪般的空想從夏希的腦海裡閃過。然而，夏希立刻改變想法心想：

「還是不能接受這提議。」

「有困難。」

雖然不想回答，但夏希還是這麼答道。

「……即便暫時性地奪回油田，烏茲別克為了維持住威信，還是會派出第二批、第三批軍隊過來。這時如果戰敗，有可能會導致失去未來的一切油田權利。」

「了解。」

納傑夫像是老早就知道答案，一臉無所謂的表情拿起茶杯喝茶。

夏希也在茶杯裡倒了茶，但紅茶剛端上桌不久，還呈現淡淡的茶色。

「你既然都明白，為什麼還要這麼提議？」

沒錯，今天的這場會面不也像是從發燙地面升起的熱浪嗎？夏希這麼心想而抬起頭看，但納傑夫依舊面無表情，也沒有回答。夏希有種碰了壁的感覺。

稍作思考後，夏希改變話題說：

「我們同伴當中，有個人很羨慕我今天能來。她說是你的粉絲。」

「為什麼？」

看見納傑夫眨著眼睛的反應，夏希明白了一件事。眼前這個男人並不知道自己因為地下墳場的那場演講，拉高了多少支持率。他只是純粹說出自己的理念而已。

或許納傑夫這樣的態度，也是讓上面的人起反感的原因。

看見納傑夫似乎判斷話題已經結束，夏希下意識地就快脫口說出：「等一下。」不過，要等什麼呢？話題確實已經結束。

納傑夫重新套上外套時，夏希看見了繡布的圖案。上次成為俘虜時，夏希心中也一直很在意那塊繡布。

夏希沒有百分之百的把握。

不過，真的很像。很像夏希在不知不覺中搞丟了的那塊母親親手刺繡的繡布。雖然夏希的記憶也已模糊，但她記得母親是照著在中古書店買來的維吾爾族圖案集刺上圖案。夏希母親刺上的圖案設計

和這一帶地區的創作意念有所不同。

夏希很希望可以更近距離地確認圖案。

「方便的話，可以讓我看一下那塊繡布嗎？」

納傑夫驚訝地停下動作，猶豫了一陣子。

「這繡布對我來說很重要，我不太想給別人看。」

隔了一段顯得尷尬的時間後，納傑夫才繼續說：

「至少現在還不想給別人看。」

「什麼時候就會願意？」

「等和平到來的時候。」

納傑夫答道，那口吻聽起來像是壓根兒就不相信未來會有和平的一天。

話題沒有繼續下去。

納傑夫從座位上站起身子，拿起立在角落的槍往肩上扛。看著納傑夫的身影，夏希忽然覺得那身影比上次遇見時顯得稀薄。就像時而會瀰漫在這個國家的海鹽沙漠上、令人難以捉摸的朝霧一般。納傑夫就這麼踏出步伐往包廂門口走去，但走到一半時，忽然停下腳步。

納傑夫保持背對著夏希的姿勢，自言自語似的低喃：

「我知道妳們的感情很要好。不過，我勸妳還是要小心一點。不然哪天會像我一樣……」

夏希暗自說：「不要這樣！別像在交代遺言一樣！」

夏希急忙想要重新披上披巾，但偏偏在這種時刻就是怎麼也綁不好。夏希追著納傑夫的背影而去。當夏希走出包廂時，納傑夫的身影已經消失不見，也已經結了帳。

那感覺簡直就像從未安排過會面。

一切就如一場夢。

夏希在感受不到真實感之下，爬上階梯走出地面時，晚秋的寒風毫不留情地迎面吹來。原本停在稍遠處的國軍吉普車駛到夏希的面前。士兵走出駕駛座，為夏希打開後座車門。夏希內心閃過一股莫名的後悔情緒。

夏希一臉嚴肅的表情坐進吉普車裡。

很快地，吉普車駛了出去。士兵手握著方向盤，視線保持看向前方的道路輕聲詢問：

「部長沒有讓對方請客吧？那樣在事後會構成問題……」

「放心，根本沒那回事。」

雖然這場問答顯得詭異，但士兵也沒有繼續追究下去。

「我看見那傢伙走出來，看起來是準備前往南方。我在他的摩托車裝上GPS了。」

拜託，誰叫你這麼做了！

夏希就快這麼脫口而出的那一刻，硬是把話吞了回去。

「辛苦了。是伊斯梅爾上將命令你這麼做的？」

「是的。上將命令我如果部長和納傑夫有所接觸的話，就要這麼做。」

如同這名士兵在外面待命，納傑夫的同伴肯定也在四周。他們想必目擊了士兵安裝ＧＰＳ的舉動，ＧＰＳ也很快就會被拆除。

這樣豈不是在白費工夫嗎？

拜士兵的舉動所賜，存在夏希與納傑夫之間的薄弱信賴關係這下子要歸零重來了。

「部長等一下要回後宮嗎？」士兵隔著後照鏡投來視線。

「……抱歉，先繞到警察署一下。我有點小事要處理。」

「遵命。」

前往警察署的路上，夏希拿出行動裝置聯絡了伊斯梅爾上將。

「我方才和ＡＩＭ的納傑夫接觸過了。」

夏希雖然不太想和伊斯梅爾說話，但總不能不做任何報告。

「對方的目的是提出並肩作戰的請求。我已經拒絕對方的要求，同時也針對他們的計畫，試著說服對方改變念頭。」

這是夏希為了保身的騙人說法。夏希知道納傑夫一旦做出決定，就不會改變想法。

「不過，我猜想他們應該會展開油田的襲擊行動。」

「這沒什麼好擔心的。」

夾雜著噪音的回應聲透過電話線路傳來。

「如果烏茲別克軍和ＡＩＭ可以互相消滅對方，對我們來說，也是值得高喊萬歲的事情。」

「是的。」

對於伊斯梅爾的惡態，夏希告訴自己當作什麼也沒聽見。

可能是這陣子老是在一堆文件上簽名，夏希覺得眼睛深處發疼。夏希心想未來想必會有更多艱辛的任務等著迎接她。哪怕短暫片刻也好，夏希不想再思考任何事情。夏希告訴駕駛座上的士兵讓她睡一會兒，便閉上了眼睛。很快地，周公就來找她了。

4

隨著廢工廠的鐵門往上拉，屋外的凍人冷空氣吹了進來。

一輛卡車緩緩倒退駛進工廠。奇特的語言隨著嗶嗶聲傳來。那語言應該是日語，對方似乎是在說：「在包包裡面。」

卡車完全駛進工廠內之後，其中一名屬下動作俐落地拉下鐵門。

卡車熄了火。為了迎接客人，納傑夫迅速站起身子。反彈力量使得被留在工廠裡、生了褐鏽的鐵板凳失去平衡，翻倒在地。

沒多久，駕駛座的車門打了開來。這次的交易對象——伊果．費爾茲曼露出臉來。或許是卡車上載的貨物並非一般貨物，伊果不是穿著小丑服，而是一身工作服的打扮。

納傑夫伸出右手與伊果握手，空著的左手則是互相搭起肩。

「迫擊砲、反戰車砲、機關槍其他等等。原則上，都照你的訂單內容把東西湊齊了，只是……」

伊果用著興致缺缺的語調說道，同時遞出貨斗的鑰匙。

納傑夫把鑰匙丟給其中一名屬下。大家立刻著手驗貨。

在那之後，納傑夫和伊果一起離開現場，移動到位在廢工廠的一角、想必過去曾被當成接待室的房間。納傑夫拿起放在煤油暖爐上的熱水壺，泡了兩人份的咖啡。用來泡咖啡的杯子是塑膠杯，咖啡則是雀巢即溶咖啡。

不過，即便是即溶咖啡，價格還是比紅茶貴上三倍。

納傑夫沒有喝過真正的咖啡。他知道除非去到市區的賭場酒店，否則喝不到真正的咖啡。

在圍著暖爐的鐵板凳坐下來後，伊果立刻開口說：

「您真的要去嗎？」

明明往來已久，伊果說話還是那麼彬彬有禮。

「哎呀，我說這次真的是太有勇無謀了！對我來說，每位都是重要的老主顧——」

「你去服務臨時政府就好。聽說你很順利地拉到了生意，不是嗎？」

「這……是的，確實做到了一些小生意。」

納傑夫也在椅子上坐下來，兩人一起喝起雀巢咖啡。

「可以允許我分享一下我的個人哲學嗎？」

伊果徐徐做出這般發言。

納傑夫沉默地點頭回應。他心想：「反正就算拒絕，這男人還是會自顧自地說起來。」

「問題就是，人們在什麼時候會是真正的主角？」

伊果保持著讓人無法識破其想法的表情，豎起指頭繼續說：

「依我的想法，我認為是在出生的時候。一個人在受到渴望之下誕生在世上後，才可能成為主角。在那之後，人們將花費時間慢慢學習到自己並非主角……要再重新回到主角，將會是面臨死亡的時候。所以，人們都會主動想死。」

「你是在愚弄我嗎？」

「我是在留你。」

「就這點來說，我看你是打算一輩子堅持都當主角。」

「那怎麼可能！」

咖啡灑了出來。

「跟您或是後宮的小姐們比起來，我這種人根本就是連一根草都不如。再說，我也不是在受到渴望之下誕生在世上。我只是一個平凡庸俗、微不足道的武器商人。喔，同時也是吟遊詩人就是了。對了，差點給忘了！最近呢，我還開始學當編劇——」

「我聽說了。」

塑膠杯的杯底特別窄，納傑夫在地面上輕輕放下塑膠杯，以免不小心翻倒。

「聽說你在幫忙修改歌劇的劇本。你到底有什麼企圖？」

「是、是！沒想到您已經有所耳聞，真是太令人意外了！不過，我怎麼會有企圖呢？還請您務必收回『企圖』兩個字啊！我之所以會敢這麼說，是因為小姐們的劇本呢，那劇本的內容有不妥之處……小的伊果在這裡對天地神明發誓，我完全是出自一顆純真的心……」

「好了，是我失言。」

納傑夫面帶苦笑，把掌心朝向伊果以示阻止。

伊果不以為意地繼續說：

「而且，而且喔！我個人是抱著下一生賭注的想法，讓小丑朝向皇后獻上一張表達思慕之情的紅心牌！不過，我這樣的舉動疑似遭到誤解——」

納傑夫雖然聽不懂伊果在說什麼，但覺得有個東西卡在內心某處。

「你該不會是喜歡那個丫頭吧？」

「我不知道您指的是哪位，但我一向都是只有艾莎小姐一個選擇！」

納傑夫隔著頭巾輕輕搔了搔頭。

他忍不住心想：「跟這個男人說話，總會說到一半就失去緊張感。」

「是怎樣一場戲？」

納傑夫動動身體改變姿勢後，開口問道。

納傑夫之所以如此發問，是因為他打從心底覺得自己不可能有機會前去欣賞歌劇。

「很普通幼稚的一場戲。標題是『三個米迦勒』——」

「對抗米哈伊爾・切爾尼亞耶夫將軍的故事啊？」

「不愧是納傑夫先生，洞察力十足！」

伊果動作誇張地拍打一下額頭後，繼續說：

「是、是！就是在不會諷刺到任何國家之下，把對抗那位俄羅斯將軍的故事，改編成像美國電影般的風格……我這麼說或許顯得失禮，但說實話，就跟園遊會的表演差不多水準。如果是我呢，讓我想一想喔，我會把標題設為『二個德米特里』……」

納傑夫一邊敷衍地附和著，一邊在暖爐前方烘著雙手。

或許是烘手的動作讓伊果誤以為納傑夫積極在表示感到興趣，伊果越說越起勁。

「這齣名為『二個德米特里』的戲呢，是以同樣名為德米特里的兩個人物為主軸來展開故事。首先，第一個德米特里是德米特里・羅曼諾夫斯基總司令。如您所知，德米特里・羅曼諾夫斯基就是以切爾尼亞耶夫將軍之繼任者的身分，奉沙皇之命令突破布哈拉汗國之聯合軍的那位人物。再來是另一個德米特里，他就是那個人人熟知的德米特里・卡拉科佐夫[註40]！」

「你說誰？」

註40：一八六〇年代初，俄羅斯沙皇亞歷山大二世展開農奴制改革，此改革引發社會騷動和學生風潮。到了一八六〇年代後期，社會騷動和學生風潮告一段落時，一名輟學大學生德米特里・卡拉科佐夫於一八六六年四月六日行刺沙皇亞歷山大二世失敗。此一事件成了一八六〇年代後期沙俄走向正式反動的轉折。

「哎呀？原來您不知道有這號人物啊！這位卡拉科佐夫呢，他是第一個企圖暗殺俄羅斯沙皇的人物……當時他不知道正在喀山[註41]還是莫斯科就讀大學。所以，就暫且假設他利用放假前往中亞好了。到了中亞後，他到訪了布哈拉汗國。」

伊果的說明雖然簡單扼要，但他自稱吟遊詩人並非無中生有。可能是說明時還不忘加上手勢和動作，納傑夫的眼前不可思議地浮現從未見過的十九世紀中亞光景。

「嗯……」

「對卡拉科佐夫來說，在布哈拉汗國見識到的一切都是全新事物。卡拉科佐夫認識了價值基準與俄羅斯截然不同的汗國，也接觸到了異國風情。對了！就幫他安排一場戀愛好了。然而，就在這個時候，德米特里．羅曼諾夫斯基總司令率領軍隊攻進汗國！我們的卡拉科佐夫少年憑著純真的正義感，與汗國一起抗戰。最後，嚐到了敗仗的痛苦滋味。」

「他死了嗎？」

「他存活了下來。然而，這將導致他日後有了暗殺沙皇的動機！」

伊果又說得口沫四濺。

「說到當時的沙皇亞歷山大二世，他是個非常熱情的人。亞歷山大二世在戀愛結婚後，甚至實施了貴庶通婚法，也生下不少私生子女。我看索性也把德米特里．卡拉科佐夫假設為沙皇的私生子好了！沒錯，就是仿照悲劇『伊底帕斯王』[註42]的劇情！」

伊果的瞳孔漸漸放大。

該形容是純正的嗜虐成性嗎？很明顯地，可看出伊果陶醉在自己創作的悲劇之中。

「暗殺沙皇啊……」

納傑夫回過神時，才發現自己已經這麼低喃道。

「對了，有一點我不明白。」

「哪一點呢？」

「……之前阿里總統遭到暗殺後，那群當議員的男人們全都逃跑，沒有一個人展現氣魄站出來。因為這樣，最後才演變成由艾莎成立臨時政府……這麼一想，就會覺得為什麼阿里非得被殺死不可？」

「太教人驚訝了！您是在問『Why done it?』啊！」

伊果說出陌生句子的同時，發出拍掌聲。

「如果說幕後黑手是艾莎小姐，那可真是了不得……但事實上，應該是烏茲別克斯坦的計謀才是吧。事實已擺在眼前，各國勢力開始失去平衡，烏國也拿下了油田。正因為如此，納傑夫先生也等於是準備前去赴死。然而——」

註41：喀山是俄羅斯韃靼斯坦共和國的首都及最大城市，位於俄羅斯的歐洲部分、伏爾加河與卡贊卡河的交匯處。

註42：「伊底帕斯王」為古希臘悲劇作家索福克勒斯於西元前四二七年，根據希臘神話中的伊底帕斯故事所創作的一齣希臘悲劇，為希臘悲劇中的代表之作。

伊果聳了聳肩繼續說：

「不管怎樣，按規定，沙皇都是要被暗殺的。」

伊果的發言像是刻意放煙霧彈來掩飾真心話，也像是某種黑暗預言。

納傑夫甩一下頭，從懷裡取出一張文件。

「武器的款項已經匯入你指定的WebMoney註43。這是匯款單。阿拉爾斯坦這個『自由主義島嶼』簡直就是為了你而存在的國家。」

「感謝您……」

伊果接下匯款單說道，臉上卻流露出了無興致的神情。納傑夫忍不住心想：「這男人明明是個唯利是圖的人，現在卻一副對錢財毫不感興趣的模樣。」

伊果又開始滔滔不絕說了起來：

「確實收到您的款項了。不過，納傑夫先生，您可千千萬萬不要忘記喔！小的伊果是透過提供給客戶至上的承諾，讓人們與社會之間保有富足的互動——」

伊果一副還說得不夠過癮的模樣，但納傑夫硬是把他趕了回去。

納傑夫獨自留在房間裡，坐在火爐前烘手烘了好一會兒。在那之後，他反芻起伊果版本的歌劇內容。伊果是試圖透過歌劇內容傳達什麼訊息嗎？伊果是希望納傑夫當起德米特里嗎？如果真是如此，是要當哪一個德米特里？

伊果說的話總是那麼迂迴。

想到這裡，納傑夫不由得從喉嚨深處發出一聲輕笑，並心想：「那小子那副德性，我看也無法順利把什麼思慕之情傳達出去吧。」

腳下傳來冰塊碎裂的聲音。

隨著日落，因下雪而變得濕滑的沙漠像在拒絕納傑夫等人似的結起一層硬冰。摩托車隊的頭燈照亮結凍的沙漠，以及承受著寒冷的梭梭矮樹群。

納傑夫踩了幾下結冰的地面，確認腳下的狀況。

他知道自己遮在頭巾底下的嘴角變得微微扭曲。對摩托車隊而言，這會是最嚴峻的狀況。然而，這是上頭的指令。

納傑夫發凍僵硬的手拿起擴音器。

「諸位勇敢的戰士們——」

原本鬧哄哄的一行人立刻安靜下來。

「以及儘管曾經和我們在戰場上交手過，仍願意為了鹹海而聚集過來的遊牧民族們！我在此由衷感謝你們今晚聚集到此地來。」

先是距離納傑夫較近的摩托車隊，跟著是率領駱駝的戰鬥遊牧民族發出呼聲。

註43：WebMoney是俄羅斯的一種線上電子商務支付系統，使用者可使用多種貨幣與其他使用者或商店進行交易。

「烏茲別克斯坦是個難纏的對手。撒馬爾罕就不用多說了，還有布哈拉、希瓦[註44]——他們的土地蓄積滿滿我們中亞的傳統及歷史。然而，這些都是不講道義的國家。這些國家在獨裁政策之下日漸腐敗，如蝙蝠般在維持和平部隊（ＰＫＦ）和美軍之間飛來飛去，最終竟針對虔誠伊斯蘭教徒的非暴力抗議行動，使出虐殺手段。」

納傑夫以平靜的口吻，對著所有人說道。

一路來，納傑夫不知道被命令過多少次，要更加誇大地煽動人們。納傑夫被要求要利用煽動的方式，時而讓人們感到恐懼、時而讓人們心生慾念。對納傑夫而言，這沒什麼困難，重點就是只要多做幾次就會熟練。

難就難在納傑夫無法違背自己的心。

所以，納傑夫加入了ＡＩＭ。哪怕他做不到上頭期望他做到的言行舉止。

「如今，這些不講道義的國家企圖霸占我們的土地。」

納傑夫忽然挪開嘴邊的擴音器，抬頭仰望天空。

天空一片晴朗，月亮高掛在天上。納傑夫望著眼前這群人的信仰象徵——宇宙天體。

「今晚我們將誓死奪回。要奪回什麼呢？我們要奪回的既不是油田，也不是領土。」

因為掌握不到納傑夫的真意，有幾人開始騷動起來。

納傑夫斜眼看著那些人，加強語調說：

「我們要奪回的是信仰。我們要擊垮被稱為世俗派的假信仰、被歐美馴養得服從柔順、稱不上伊

斯蘭的伊斯蘭，奪回我們真正的信仰——就在今天、在這一刻，我們將為此舉揭開序幕。」

雖然顯得平靜，但納傑夫感受得到大家的士氣漸漸上漲。

納傑夫並不打算讓眼前的這群人白白送死。

烏茲別克斯坦的軍隊想必不會從油田更往北上。既然如此，就能夠藉由游擊戰的「打了就跑」鐵律，來削減敵軍的戰力。

不過，上層人士期望見到的是一場神聖的殉教。既然如此，納傑夫一人送命就好了。只要有幹部犧牲，想必做出宣戰公告的AIM也能夠保住顏面。

納傑夫這次悄悄在心裡定下一個任務，也就是「最小的犧牲」。

這時，二胡的旋律響起。

看來伊果還沒有離開。不知不覺中伊果已經站到大家的面前，彈奏起自古保有至今的古老樂器。歌聲滲透在夜色裡。

此刻，在冰冷黑暗中準備出軍的人們啊！

駕著鐵馬的人們啊！月亮指引下的人民啊！

註44：希瓦汗國為十六世紀至一九二〇年存在於中亞地區的封建國家。

在靈鳥的守護下，放下長劍改持ＡＫ的現代聖戰執行者啊！
請你們擊破大地，
在失去道義的油田縱火吧！
唯有這麼做，才能得到解脫並看見黎明的到來。

前進吧！鹹海人民啊！
為了迎接燦爛的旭日——駕著鐵馬的人們啊！月亮指引下的人民啊！

伊果帶著從他平常的調調難以想像的優雅感，平靜地歌唱。

很快地，引擎聲響起。

納傑夫也背起擴音器，跨上自己的摩托車。他催動油門，衝向最前頭。明亮的月光下，冷空氣化為透明的暴雪。隨著摩托車隊出動，駱駝們也跑了起來。

可能是為了鼓舞士氣，納傑夫聽到不知某人在後方讓摩托車發出特別響亮的引擎聲。

騎著摩托車奔馳中，納傑夫思考了起來。

他思考著如果以伊果版本的歌劇來比喻，不知道自己會是什麼立場？會是反抗德米特里·羅曼諾夫斯基而戰死的布哈拉士兵之一嗎？如果是這樣，也無所謂。

打從一開始，納傑夫就沒有想要當主角的意思。

*

在那之後大約過了十小時後，後宮接到了納傑夫戰死的消息。

淑女腳踏車環遊世界一周～阿拉爾斯坦篇 5

再這樣下去很不妙。我再怎麼少根筋，也看得出來狀況。

首先，以結婚對象介紹給我的放牧場第一美女名為「達娜」。
最初我們雙方都以為只是在開玩笑。哪知道我們兩人一起醃製食物，或是一起到街上買東西，就這樣相處一陣子後，我也學會了當地的語言，與達娜漸漸變得知心……誰來告訴我到底為什麼會變成這樣？
「要堅強地活下去──by淑女腳踏車浪人」
我想要留下寫了如上述內容的字條時被達娜撞個正著，達娜還當場哭得傷心欲絕。

我幫忙放牧的機會變多了。
也曾經在放牧途中，遇到游擊隊的摩托車群從旁呼嘯而過，差點沒嚇破了膽。
對了，在那之後，還看到非常奇特的東西。我看到一輛吉普車在車頂上安裝了超大擴音器。
進一步了解後，才知道原來是後宮的女性們要舉辦歌劇表演。歌劇表演耶，好樣很有趣呢！

另一方面，男人們的表情一天比一天嚴肅。有一天，一個在小型卡車裝了大量長槍的男人出現，並且把長槍分發給每個人。我問了後，才知道原來是游擊隊向遊牧民族請求支援，想要設法奪回油田還是什麼的。

聽說把我帶到這裡來的男子也會出戰。
我終於明白了所謂的晴天霹靂是什麼感覺。這麼做不是等於去送死嗎？還有，被留下的達娜要怎麼辦？可是，大家的決心相當堅定。好啦，給你們猜我決定怎麼做？
你們想取笑我就笑吧！
我主動要求要一起去戰鬥。我想在我心中，已經不當自己是客人，而覺得自己是他們的同伴。然而，我提出要求時，有個老爺爺問了我一個問題：
「你覺得人們最悲慘的命運是什麼？」
我還眨著眼睛時，老爺爺告訴了我答案。他說：「那就是搞錯自己的使命。」

我滿臉通紅，覺得自己丟臉到了家。老爺爺是在告訴我說：「你是個旅人，別搞錯了這點。」我懂的，我當然懂。可是，這樣簡直像在告訴我：「你被逐出世界了……」
「達娜就拜託你照顧了。」大家只留下這麼一句後，沒有拖泥帶水，真的就乾脆爽快地出戰去了。只有我和女人、孩童被留了下來。我獨自躲進帳篷裡哭了起來。
我是真的哭了。我都忘了自己上一次落淚已經過了多久。

（待續）

6

船之墓地

1

蘇聯時代統一規格的矮房並列成排。

所有矮房一律被漆成白色，簡直就像小孩子畫出來的房子，有著三角形屋頂以及大門，還有左右邊各一扇窗。不過，矮房的屋頂鋪著深紅色的鐵皮，每扇窗戶的玻璃都碎裂了。

這裡是一座廢村。

廢村位在首都馬格里斯拉德的南方。過去曾是島嶼的南端，漁業興盛。這樣的地區隨著鹹海消失，淪為廢村。這些統一規格的住宅遭人拋棄的光景，顯得無比殘酷無情，讓人感到落寞。不過，別看這廢村不起眼，它其實是阿拉爾斯坦的觀光資源。

夏希讓視線移向過去曾經是海的地方。

長長一條生鏽的階梯朝向曾經是海底的沙地延伸，在沙地的另一端，可看見分散各處、已化為黑褐色鐵塊的漁船群。那裡是「船之墓地」。

到了旺季時，這個地方也會擠滿來自歐美的觀光客。那些觀光客表現出高度關心的態度，為逝去的海洋哀悼，彼此針對環境破壞交換意見，最後在廢船前方比出「Ya!」的手勢拍照離開。

不過，此刻是冬季。

四下無人。

夏希朝向白日裡的無人墓地，一階一階地走下階梯。海風吹來，掀起夏希圍在脖子上的披巾。這披巾是賈米拉買給夏希的西班牙品牌貨。賈米拉或許是看見夏希之前開心買了披巾卻發現是受騙買到假貨而覺得可憐，有一次突然就送了這條披巾給夏希。

夏希壓住就快被吹走的帽子。

只要閉上眼睛，就會覺得眼前彷彿至今仍是一片海洋。對了，那天也是一片海洋……夏希和艾莎變得要好的隔一年，和賈米拉三人租了吉普車，出門去到西鹹海。西鹹海是在阿拉爾斯坦西側僅存下來的一小部分鹹海，其鹽分濃度是海水的五倍、約為死海的五分之一。那是一片如死水一般不見魚兒棲息，但呈現深藍色的靜謐海洋。西鹹海也是一些癖好異於常人的觀光客會前來露營的景點，每到夏天，就會變得熱鬧。

那天是夏希第一個衝下吉普車。

先確認過四周沒有觀光客的身影後，夏希讓長得像一隻白熊的俄羅斯人司機罩住眼睛，換了泳裝。夏希不是換上為伊斯蘭教徒所設計、裹住全身的泳裝，而是為了那天特地事前買好的比基尼。只有容易害羞的賈米拉，在泳裝外面套上一件不知道從哪裡買來、大大印出「DUBAI（杜拜）」字眼的觀光客T恤。

雖然覺得這樣反而會讓人更加難為情，但夏希也不好意思吐嘈賈米拉。

夏希一邊在沙灘上奔跑，一邊往後瞥了一眼後，發現司機早已把座椅的椅背往後倒，睡起午覺。沙灘上帶著濕氣，光是停下腳步不動，兩隻腳就會像踩在沼澤裡慢慢往下陷。夏希試圖撿貝殼時摔了

一跤，都還沒開始玩水就已經弄得滿身是沙。

「不可以停下來的！」

賈米拉一副自己很懂的樣子跑出去，結果和夏希一樣被絆住腳摔了跤，好好一件杜拜T恤就這樣毀了。夏希不禁指著賈米拉大笑，賈米拉則露出苦澀表情站起身子，朝向夏希追來。

唯獨艾莎以優雅的態度，保持著緩慢但不會讓腳陷入沙裡的速度，面帶微笑地跟在後頭走來。艾莎那模樣簡直就像浮在半空中。

三人來到了岸邊。

四周沒有傳來任何鳥獸的啼叫聲。隨著海洋消失，除了狼隻等部分動物之外，動物們都離開了此地。在這一片靜謐之中，唯獨死水一般的海浪靜靜打上岸再退回去。海水清澈透明，夏希看見水面的另一端不是沙石，而是灰色泥層。

夏希戰戰兢兢地踏進水面後，雙腳立刻往下沉，四周的海水變成朦朧的灰色。賈米拉從夏希的身旁跑過，在波浪間留下一道灰色軌跡後，發出噗通一聲仰躺在水面上。

夏希猶豫著不知道該怎麼做時，艾莎輕輕拍打一下她的肩膀。

當夏希察覺時，身體已經下沉到蓋住膝蓋的位置。夏希抓住艾莎的手，拔出雙腳。夏希很快地便追上了賈米拉。

再來，就像世上所有人都會做的那樣玩起水來。

三人互相潑水，或是合起雙手像噴水池一樣把水噴高……夏希心想：「不知道在那段日子裡，我

們都在想著什麼？」艾莎從一開始就打算從事與外交有關的工作，所以一直勤於讀書。賈米拉比較懶惰一些，老是只會在考試前才用功讀書。那麼，夏希呢？夏希覺得自己比兩人更不用功，而且有些過於正直。夏希忍不住自問：「那時候的我都在想什麼呢？」

對了！

夏希讓身體浮在西鹹海這一小片終有一天將會消失不見的海面上，想起了一件事。她想起自己對於遊牧生活有所嚮往。不過，比起這份嚮往，夏希更加希望像父親一樣成為技術人員。她想要改良植物，把海鹽城市改造成綠色城市，未來還想更進一步地改造成水都。

夏希在腦海裡浮現她所想像的整體構思。

她要利用親自開發的樹木和培育方式，將南方的沙漠國家「土庫曼」加以綠化後，再更往南走，讓綠化範圍延伸到伊朗、沙烏地阿拉伯去。

還有，世界的氣候息息相關。也就是被稱為「遙相關[註45]」的現象。

在遙遠南方阿拉伯海的濕氣，會受到撒哈拉或阿拉伯的沙塵遮擋而轉向東方移動，為南亞帶來季風。既然如此，不是就有可能藉由改變移動路線，讓這塊土地化為森林嗎？就算做不到，是否至少也有可能喚回海洋呢？這麼一來，降雨量極少的哈薩克斯坦的草原也能夠化為穀物產區……

沒錯。

註45：遙相關（Teleconnection），又稱大氣遙相關、遙聯，可簡要定義為相隔一定距離的氣候異常之間的聯繫。

如果要說艾莎是透過外交來支撐國家，夏希打算讓自己化身為呼喚古代雨的女巫。

不過，夏希知道如果以現在的觀點來看，事情並沒有那麼單純。

即便在技術面能夠順利進行，南亞或東南亞的降雨量也會因此減少。在政治、經濟方面，必須進行所有一切相關調整，而且必須跨國進行。

不僅如此，也根本決定不了怎麼做才是正確做法，怎麼做又會是錯誤做法。

拿現成的例子來說好了，因灌溉而導致鹹海消失，也就是眾所皆知的「二十世紀最大規模環境破壞」為南方的烏茲別克斯坦帶來棉花恩惠。卡拉卡爾帕克斯坦的經濟也極度依賴於這棉花恩惠。

更深入一些來說，在阿拉伯半島的沙漠上，可看見貝都因遊牧民族過著傳統的生活。

所以，夏希的綠化案等於是要破壞貝都因遊牧民族的生活。

相反地，也有因為環境破壞而產生的湖泊。那就是美國加州的索爾頓湖[註46]。索爾頓湖的湖水為四周帶來恩惠，甚至被譽為鳥類多樣化的至寶。另一方面，美國於上一世紀初所發生的大氣汙染在空中生成氣膠[註47]，發揮了可迴避季風的防牆功用。

另外，二氧化碳增加被指出是導致地球暖化的原因，但對於像阿拉爾斯坦這般的乾燥土地在進行植物光合作用上則會帶來恩惠，促使植被增加了將近一成。

夏希覺得自己不了解地球。

她不了解自己所居住的這顆名為地球的星球。

不僅如此，夏希甚至也不了解眼前所發生的事。那時夏希就這麼把納傑夫送上了戰場。夏希以為

這麼做多少能夠對納傑夫表達敬意。但是，這樣的判斷正確嗎？當初真的完全沒有可以阻止納傑夫的方法嗎？納傑夫提出的並肩作戰請求，真的是不值得評估的提案嗎？

夏希有股想要索性蹲下不動的衝動。

只要一想到納傑夫，夏希甚至想要好好站穩雙腳都有困難。因為看見好好站穩雙腳的自己，會讓夏希感到羞愧。她無法理直氣壯地表示自己該做的都做了。夏希因為以半吊子的態度參與政治，而就快失去不知何物——一個近似實際存在的不知何物。

夏希忍受著恨不得自己消失在世上的情緒，把羞愧心拋到腦後，讓身體力量集中到下腹部。接下來，夏希將會再次有所失。

夏希走完最後一階階梯。

她看見化為黑褐色鐵塊的船身上，被輕率魯莽之人畫上相合傘[註48]或胡亂塗鴉。除此之外，還看到不知是誰畫上去的美國卡通人物等圖案。當中以相合傘最多。以觀光資源為目的而保留住的漁船群，不知為何變成了當地居民的約會景點。

夏希和艾莎、賈米拉三人也來到這裡玩耍過。

註46：索爾頓湖（Salton Sea）是位於美國加州的鹹水湖。

註47：氣膠是指固體或液體微粒穩定懸浮於氣體介質中形成的分散體系，其中顆粒物質則被稱作懸浮粒子，其粒徑大小多在〇・〇一～十微米之間，根據其生成原因可分為自然源及人為源兩種。

註48：相合傘在日語是指兩人共撐一把傘的意思，但多指一對男女共撐一把傘。

三人帶著在市集買來的素描本和中國製色鉛筆，來到這裡寫生過。艾莎很認真地畫了眼前的沙漠和分散在沙漠各處的漁船群。至於賈米拉，夏希記得她好像對廢船的構造很感興趣，所以畫了漁船內部的模樣。

「嗨！」

上方傳來搭腔聲。

夏希約好在這裡碰面的對象——賈米拉已經率先爬到一艘廢船上，並坐在靠近船首的位置，不停擺動著兩腳。其實夏希在走下階梯前，就已經發現賈米拉的身影。不過，夏希就是一直沒有勇氣和賈米拉對上視線。

賈米拉指向身邊的空間，要夏希也爬上廢船。

「夏希，我還記得那時候妳畫了什麼喔。」

「那次是什麼時候來的……」

夏希抓住賈米拉伸出的手，一邊在船身上攀爬，一邊問道。

「我不記得了。」

賈米拉這麼應道，聲音帶著一股哀愁感。

「搞不好是五年前，或是去年……不過，那時的回憶就像昨天才發生過，所以管它是五年前或是去年還不都一樣。」

夏希微微點頭，在賈米拉的身旁坐了下來。

2

兩人都保持著沉默。

夏希百無聊賴地打算翹起二郎腿，結果身體失去平衡，眼見就快掉了下去。賈米拉迅速伸出手支撐住夏希的重量。

夏希的手用力抵在生了褐鏽的船身上，弄疼了右手的掌心。

賈米拉露出苦笑說道。

「妳每次都這樣。」

「老是冒冒失失的，讓人看得心驚膽跳。很多事情到現在我還覺得難以相信。在我心中，一直把妳當成可愛妹妹一般。」

同樣地，夏希也是把賈米拉當成姊姊一般。

夏希心想：「兩情相悅呢！」

「妳知道嗎？」

賈米拉朝向在遠處高高聳立的首都馬格里斯拉德的大樓群，頂出下巴繼續說：

「在托爾斯泰街上的那家『貓街雜貨店』，前陣子重新裝潢得很漂亮呢！」

「咦？怎麼這樣！」

托爾斯泰街是在市中心附近的一條大街。

托爾斯泰街是從蘇聯時代保留至今的街名，現在另外被取了一個冗長的街名。不過，因為過於冗長，所以大家還是繼續以托爾斯泰街來稱呼，就連計程車司機也不知道新街名。這是阿拉爾斯坦在黎明期的失策之一。

「貓街雜貨店」就位在托爾斯泰街的一角，夏希以前經常和艾莎三人一起去買小東西。貓街雜貨店的店內裝潢俗氣，總是播放著過時的流行樂。夏希很喜歡那樣的氛圍。

「不僅如此，妳聽聽看氣不氣人！」

賈米拉用左手拳頭打了船身兩拳。

「他們店裡新設了活動空間，舉辦第一個活動時竟然是邀請審判日那四個人！」

「他們改變經營方針了啊？」

「現在換小老闆接手經營，一股幹勁十足的感覺。」

「哎呀……」

夏希無力地垂下頭，但不知道為什麼，明明一點也不好笑，她的心頭卻湧上一股笑意。夏希感覺得出來淚水慢慢在眼角累積。

說到審判日，他們是被視為有足夠實力對抗長年身為第一天團的馬格里斯拉德壞男孩、由年輕四人組成的歌德金屬樂團。所以，身為支持壞男孩派的夏希等人，便擅自敵視起審判日。

「不過——」

夏希揉著發疼的右手。

「沒看到半個觀光客真好。是說，也對啦，現在都已經十一月了。」

賈米拉臉上慢慢化為略帶挖苦意味的表情。

「真不知道觀光客來這裡到底是想看什麼？」

「呃……看現場？」

賈米拉打了一下夏希的頭。夏希忍不住暗自埋怨說：「幹嘛打人家的頭啦！」

夏希從眼角餘光看見賈米拉扭曲著雙唇。

「二十世紀最大規模的環境破壞，以及因此而犧牲的人們——如果要照旅遊指南書所寫，大概是類似這樣的內容吧。或許觀光客會有一點點覺得可憐的想法吧。不過，這些心地善良的觀光客當中，究竟有多少人會察覺到呢？」

賈米拉的話語隨著發問停頓下來。

夏希不明白賈米拉的意思。她皺起眉頭，裝出在思考的模樣。

「妳是說他們不會察覺什麼？」

「不會察覺當人類真的不再破壞環境時，這個國家將會再次沉入海底從地圖上消失的事實。」

夏希想起三人在這裡寫生時，自己畫了什麼。

夏希抱著尷尬的心情，讓兩隻手抵在船身上。

「那時候真是嚇了一大跳。」

賈米拉看向遠方，回想起夏希的素描。

「景色也好，船隻也好，我和艾莎都只是畫下眼前的風景。畢竟是寫生嘛！不過，妳的構想完全不同——」

夏希以前究竟在這裡畫了什麼樣的畫呢？

她畫了面向大海的漁村景色。

「我和艾莎都有一個想法。我們在想這丫頭是危險人物。」

沒禮貌！

夏希就快這麼提出抗議時，賈米拉把掌心朝向夏希。

「後來，為了日後得以支撐國家，我們在後宮接受了教育。不過，妳的內心深處存在著更高境界的正義，視狀況所需，這份正義甚至有可能導致國家滅亡。」

「嗯。」

夏希的聲音不禁變得不自然。

「那也是妳擁有的強項。不過，從上一輩的觀點來看，想必會覺得那是危險的事情。所以，我和艾莎有了一個想法。也就是一定要成為妳的支撐力量才行。」

海風輕柔地裹住夏希和賈米拉兩人。

夏希輕輕調整帽子的位置。可以的話，她希望時間可以就此停住。

「……妳有沒有聽過冷屋頂效果？」

像是為了填補沉默時間似的，夏希的嘴巴不受控制地開口問道。

「就是為了挽回失去的冰河，塗上白漆覆蓋住安地斯山脈。這麼一來，就可以讓陽光反射回去，也可以讓溫度下降將近十五度。」

「中國也做過類似的事情喔。我記得好像是把禿山塗成綠色。」

賈米拉笑著說道。

「阿拉爾斯坦的海鹽沙漠也具有相同的效果。如果拿衛星照片來看，不是會看到一條像白色冰河的地區，讓中亞地區像破了一個洞嗎？對我們來說，那條白色冰河不過是導致農作物也生長不了的鹽害。不過，這個鹽害有可能意外地減緩地球暖化的現象。」

賈米拉頓時半開著嘴巴，露出傻眼的表情。

「可以的話，我想要讓這塊土地重新喚回水源，讓阿拉爾斯坦變成一個小島國。還有，在國政上我也已經著手在動作。不過，有太多我們還不知道的事情。還必須學習更多才行。」

針對甚至能夠改變星球氣候的技術，人類早已著手研究。

只要有哪個億萬富翁有意願，或是由像阿拉爾斯坦．伊斯蘭運動（ＡＩＭ）那樣的組織出面募集資金，就能夠實現這項技術。

實現技術的目的可能是出自善意，也可能是為了恐怖攻擊。

不論是前者還是後者，如同夏希以前沒有想到沙漠上住著貝都因遊牧民族一樣，這類事情難以判定其善惡。事實上，為了做出跨群體或跨國的決定必須有一定程序，但也還沒有確實建立出程序來。

還有，地球會有遙相關的現象。

如果要以混沌理論來比喻，可能因為南半球的蝴蝶振了一下翅膀，北半球就會引發一場水災。什麼事情會對星球帶來什麼樣的結果，這所有一切都是未知數。

「我提出的沙漠綠化案並沒有滿足地理工程學的重要條件。也就是說，缺乏復原性。人們只要得到過一次綠化，就不會放手。就如同原本應該流入鹹海的水源，因為周邊國家的灌溉而失去一樣。」

「我很驚訝。」

賈米拉的口氣已經不再像個監護人。

「直到昨天我還一直覺得妳是需要有人保護的孩子——」

「也可以是五年前，或是去年。」

夏希學起賈米拉的拿手態度這麼說道。

「重要的是，現在還活著的人們。更重要的是，一千年後過生活的人們。妳不這麼認為嗎？」

夏希一邊說話，一邊回想起納傑夫。她想起納傑夫在死者之城指著棺材，斷言自己和同伴將代替死者出聲。夏希思考著自己和納傑夫不知道誰才是對的？依事情而定，可能雙方都是對的吧。

夏希感覺到胸口深處一股悶痛感。

而身旁這位比夏希年長兩歲的學姊依舊是那麼懂得解讀人心。

「納傑夫的死不是妳害的。」

賈米拉稍作停頓後，繼續說：

「夏希，妳有沒有巡城過？」

夏希像鸚鵡跟著反覆說一遍後，才想起上課時學過巡城的知識。

有一條會動的河川橫越過南方的烏茲別克斯坦，名為阿姆河[註49]。自古以來，人們便沿著阿姆河建蓋城市和城堡，只要阿姆河移動位置，人們就會放棄舊城市，再建蓋新城市。

烏茲別克斯坦的沙漠各地留有這些舊城市的遺跡。對烏國而言，舊城市遺跡是觀光資源之一，時間充裕的旅行者會一一造訪遺跡，並稱之為「巡城」。

「從以前，中亞的人民就一路被河川玩弄於股掌之間。河川一移動，整座城市的人就跟著移居。雖然很多人把鹹海消失一事說成是『二十世紀最大規模的環境破壞』，但他們未免太小看人了。不過是一座海洋消失罷了，居住在這塊大地的人們皺也不會皺一下眉頭。」

夏希知道自己的視線飄移了一下。

從賈米拉的發言當中，夏希確實感受到賈米拉對中亞的情愫，就算沒有情愫，至少也有著歸屬感。不過，她們兩人都已經無法再回頭了。

如同那時候的納傑夫一樣。

「西鹹海真的很美喔。」

夏希這麼丟出話題後，賈米拉瞇起眼睛回想著。

註49：阿姆河是中亞最長的河流。在古代，這條河被認為是大伊朗和圖蘭之間的邊界。

今天是夏希主動邀約賈米拉到這裡來。夏希知道賈米拉想必已察覺到她的用意。

「西鹹海很安靜，一片深藍色……妳故鄉的波羅的海是什麼樣的顏色啊？」

聽到夏希這麼發問後，賈米拉緊緊抿住雙唇。

波羅的海位於北歐，是被一座斯堪地那維亞半島圍繞的「沉默之海」。賈米拉自稱來自位於赤道上的肯亞，而波羅的海與肯亞的距離相差十萬八千里。

不過，夏希早已調查清楚。

「顏色很相近啊。所以，嗯，我看了很懷念。」

賈米拉也沒有要隱瞞的意思。

「和西鹹海同樣呈現深藍色……海洋經常會發生因為深海域的氧氣不足而導致藍潮現象[註50]。所以，我也提議過把表面的海水送到海底去的水團替換案。」

水團替換也是地理工程學的一種運用。

「工程之浩大，不能簡單做個模擬就實際執行。深海會釋放出大量二氧化碳的可能性、海洋會酸性化的可能性……雖然這裡是因為沒有海洋而面臨一大堆問題，但海洋也有海洋的問題。」

賈米拉的臉上浮現苦笑。

聖彼得堡出生，車諾比核事故受害者第二代，同時也是烏茲別克斯坦派來的身手矯捷的間諜。

「傳聞是真的啊。」

夏希沒有得到回應，於是繼續說：

「我一直不願意相信。」

夏希瞥了賈米拉一眼。眼前的賈米拉還是跟平常沒什麼不同。

此刻的風似乎特別地強。

「射殺佩爾韋茲・阿里的人也是妳，對吧？」

3

夏希身旁的賈米拉只屏住呼吸一秒鐘。在那之後，賈米拉視線掃過四周的船隻和廢村。廢村裡不見人煙。

枯萎的梭梭樹枝隨風舞動，劃過夏希的腳邊。

「這裡沒有其他人，我也沒有叫其他人來。」

夏希以嚴厲的口吻搶先一步說道。

「也沒有人知道我在這裡。」

「我撤回前言。」

註50：藍潮為海水中所包含的硫磺膠體化，使海水白濁化的現象。發生此現象的海面會呈現淡藍色，好發於夏、秋季的東京灣、三河灣等封閉性海域。

賈米拉一副難以置信的模樣，揚起一邊的眉尾繼續說：

「妳果然是個危險人物。」

「我是跟朋友見面，有什麼理由必須請護衛保護？」

賈米拉眼見就快發出嘆息聲，但在最後一刻忍了下來，換成一次深呼吸。

「還好有這個習慣。」

賈米拉臉上浮現淡淡的笑意。

這是在後宮的大房間裡建立政權時，大家一起訂下的規則之一。牢記自己是公僕，不得在網路上肆意發言。實在無法壓抑情緒時，就拿手邊的筆記本寫下來。想要嘆氣時就改變念頭，換成做深呼吸。

「意思是說已經查出我的出身，也查到我隸屬哪個單位啊。文化部長的繼任人選是吉拉嗎？」

夏希沒有回答。

賈米拉感到不耐煩地繼續說：

「話說回來，妳最後問的那個問題會不會太扯了？阿里在國民廣場被射殺時，我明明跟妳們在一起的……」

「妳沒有跟我們在一起。」

夏希迅速答道。

她不禁覺得自己的聲音顯得極度冷漠。

「當時妳暫時離開去買紅茶。」

「是這樣說沒錯，但我兩手空空的啊！妳有看到我拿著狙擊步槍還是什麼了嗎？」

「當時伊果也在場。大家都知道那個吟遊詩人藏在背後的身分。他是武器商人，不是嗎？」

賈米拉又做了一次深呼吸。

「我說要去買紅茶而暫時跟妳們分開，然後從伊果手中接下狙擊步槍，去到圍繞廣場的建築物裡射殺阿里。妳是不是想這麼說呢？」

「還有利用混雜的人群來掩飾。」

狙擊手所在的地點是賭場酒店的某間房間。

這部分警方已經查明清楚。警方查出一名不存在的旅行者利用假護照訂了一間面向廣場的酒店房間。還有，也已確定房間位置和射擊方向一致。

不過，並沒有能夠從監視攝影機的影像特定出是哪個人物。

「就算是這樣，也沒有必要把我設定成狙擊犯吧？」

「……這個還給妳。」

夏希從懷裡拿出兩只向賈米拉借來的手環。雖然只有短短一秒鐘，但賈米拉露出帶有哀愁感的表情，像是接受了事實。

這已說明了一切。

「我請警方做過確認，已經驗出有硝煙反應。」

「上次我們去獵狼過。和文化部的職員們一起去的。」

雖然賈米拉嘴裡這麼說，但語調幾乎像在念稿子。

夏希甚至感受不到賈米拉有想要隱瞞到底的意圖。

「……這手環是在阿里被射殺，大家陷入一片混亂時，我準備去演講那時向妳借來的。那時根本沒有多餘的心思去打獵。」

賈米拉沒有收下夏希遞出的手環。

取而代之地，賈米拉把短槍的槍口指向夏希。不過，賈米拉沒有扣下板機。可能過了三十秒鐘，也可能過了一分鐘吧，賈米拉架著槍架好一會兒的時間。

「妳果然是個危險人物。」

賈米拉三度說出相同一句台詞後，甩一下頭收起短槍。

「妳早就識破我對妳下不了手？」

「不是那樣子的。」

情急之下，夏希迅速否定說道。

夏希不知道自己為什麼會幾近下意識地做出否定。是因為被誤解而感到悲傷嗎？還是正因為確實料到賈米拉不會對自己下手，才會覺得被賈米拉識破人情澆薄的真心而感到動搖？

夏希想不透。

雖然想不透，但有一件事夏希敢大聲說是自己的真心話。

「如果能夠死在妳的手裡，也算是了了我的心願。」

賈米拉抬頭仰望天空，這次真的深深嘆了口氣。

「所以——」

賈米拉的聲音微弱到就快聽不見。可能是賈米拉自己也察覺到這點，她輕咳一聲後，繼續說：

「妳究竟想知道什麼？」

「全部。」

「妳真的是讓人看了覺得危險，不想理妳都難——」

賈米拉笑了出來。

這次的笑容不帶有殺氣。夏希為此感到開心，也感到悲傷。

「還有，妳總是那麼任性。」

在那之後，賈米拉只用了極短的時間說明自己的身世。她說自己其實並非來自肯亞，而是來自遙遠北方、面向波羅的海的聖彼得堡。

賈米拉的母親是非洲裔，父親則是來自白俄羅斯[註51]。

過去，在車諾比核事故發生後，導致上空形成輻射雲。蘇聯當局甚為擔憂輻射雲有可能甚至飄移到莫斯科降下黑雨。

註51：白俄羅斯是白俄羅斯共和國的通稱，是一個位於東歐的內陸國家，首都為明斯克。

事實上，這樣的事態並未發生。

輻射雲在飄移到莫斯科之前，就在白俄羅斯降下豪雨，並使得白俄羅斯堆積高濃度的輻射物質。白俄羅斯降下豪雨時，居民們親眼目睹了一切。目睹飛機一邊從高空飛過，一邊射出帶有顏色的煙霧，沒多久後，便開始降下黑雨。

那是蘇聯當局為了製造人工雨，而散布碘化銀。蘇聯當局想出的對策即是讓黑雨降在白俄羅斯，以解救莫斯科。據說當時蘇聯當局也未分發碘化鉀片，孩童的甲狀腺癌罹患率甚至爆增至五十倍。

對於利用碘化銀來製造人工雨的效果，至今仍被畫上問號。

不過，很明確地，蘇聯是企圖製造人工雨，而在白俄羅斯散布碘化銀。對於這點，事發後已取得證言證實。

賈米拉的父親在當時受到了輻射傷害。

移居聖彼得堡後，賈米拉的父親在生下她不久，即因白血病離開人世。對於病因是否為那場黑雨，並沒有明確的答案。不過，賈米拉痛恨俄羅斯。當時企圖擺脫俄羅斯化而從事活動的烏茲別克斯坦間諜，找了機會接觸賈米拉。

目的是預想到未來的石油權利，而想讓賈米拉負責相關任務。

那時之所以會下達暗殺阿里的命令，是因為油田開發已經有了眉目。對方做出了判斷，認為只要沒了阿里的向心力，阿拉爾斯坦就會從內部開始瓦解，他們即可成功奪取油田。賈米拉說她其實不想射殺阿里，也說當時腦海裡浮現了像孩子般仰慕阿里的艾莎面容。

不過，賈米拉下了賭注，賭上被留下的人們會奮而起身的可能性。

「不過，大家表現得比我期待中的更好就是了。」

賈米拉露出做作的笑容。

「即便如此，我還是痛恨不已。我痛恨那群輕率就決定製造人工雨的學者、詐騙犯和當政者。我痛恨希臘故事裡自以為能夠控制太陽的力量，最後被宙斯以雷電擊死的法厄同[註52]。」

賈米拉把視線移向夏希。

「對了，妳真的沒有想再推動妳的綠化案嗎？」

夏希沒料到賈米拉會在此刻提這個問題。

「喔，完全沒有。」

夏希先這麼回答後，輕聲補充一句：

「抱歉，是有一點點想。」

「無所謂啊。」

賈米拉壓低聲音應道。

那模樣簡直就像在說：「對朋友的態度當然會不一樣。」

註52：法厄同（Phaeton）在希臘神話中一般認為是太陽神之子。傳說中，法厄同要求駕駛父親的太陽車一天。太陽神百般勸解，但法厄同不聽。結果，法厄同慌亂中失去對拉車白馬的控制。最後，宙斯不得不親自動手，用閃電把法厄同擊死。

「雖說真正可怕的是地球寒化，但眼前的暖化也忽視不得。聽說氣溫光是上升二點五度，就會導致植物的吸碳能力降低。植樹造林有時間限制而妳擁有權力。如果妳真有那念頭……」

「我不知道。」

除了這麼回答，夏希找不到其他答案。

「我是真的不知道。」

夏希不知道自己的行動會演變成怎樣的蝴蝶振翅效應。現在做得到的，就是徹底思考。然後，可以像納傑夫那樣夠資格說一句：「該做的都做了。」像納傑夫一樣，不讓自己日後才感到後悔。

夏希如此下了決心。

「是喔～」

賈米拉揚起眉尾，一副感到有些佩服的模樣。

「妳們真的很像，手段也很相似，但果然還是不同。」

夏希不明白自己跟什麼相似，又跟什麼不同？

然而，賈米拉沒有給夏希答案。

「妳知道嗎？」

賈米拉突然拉高音調說道。

「鹹海之所以會乾枯，是因為史達林的引水灌溉。不過，這不只帶來可以讓卡拉卡爾帕克斯坦的人們賴以維生的棉花。還有，也不只救了我們的國家不被海水淹沒。」

我們的國家。

賈米拉確實說了這五個字。

「有一份報告是這麼說的。在沙漠進行灌溉確實會帶來鹽害以及地下水的汙染。不過，在那同時，灌溉水會移動至地下含水層，開始蓄積碳。也就是說，光是看地面，判斷不出碳蓄積在地下。所以，『二十世紀最大規模的環境破壞』對減少二氧化碳也有所貢獻。」

賈米拉脫下披巾，重新綁過頭髮。

「試圖改造大自然的行為確實傲慢，但不好好看一眼人們的生活，就到處說什麼『二十世紀最大規模的環境破壞』，又何嘗不是一種傲慢的行為？對此，我們——」

夏希知道賈米拉想說的是「我們都有深刻的體會」。

不過，即便如此，夏希她們還是需要雨水。綠洲塔可收集到的水有其極限。阿拉爾斯坦雖然不缺乏淡水化所需的能源，但西鹹海早晚有一天也將乾枯。從周邊各國進口淡水是不可或缺的動作，而這點也是國家的最大致命傷。

今後將會更加缺乏淡水，其價格也會高漲。

如果要以《禮記》裡所提到的「無三年之蓄約非其國也」為標準，阿拉爾斯坦甚至可說是處於「國家無法成立」的狀態。

「如果真的能夠製造人工雨——」

夏希用著像在確認的口吻，緩緩開口說道。

「我還是想要當一個喚雨女巫來支撐艾莎。」

賈米拉點點頭說：

「妳的意思是打算讓這塊土地降下白雨，對吧？這麼做是對是錯，我也不知道。不過，我就是覺得很像。」

夏希納悶不已，她不知道賈米拉從剛才就一直拿她跟誰做比較。

「還是還給我好了。」

賈米拉過了這麼久才接過兩只手環，並套在右手上。

夏希按捺不住地開口詢問：

「妳是在說我跟誰很像？」

「企圖讓黑雨下在這塊土地上的男人。他也是妳很熟悉的人物。」

4

聽到賈米拉表示是一個男的，夏希的腦海裡很自然地浮現某人物。對於該人物究竟有何企圖，夏希也無法完全掌握，但想必就是那個人沒錯。

當夏希有這種直覺時，往往都很準確。

「那男人來自舊蘇聯，以現在來說，就是哈薩克的塞米伊[註53]……」

聽到地名的那一剎那，夏希內心某處有種好像哪裡怪怪的感覺。

不過，夏希還來不及思考是哪裡不對勁，賈米拉已經搶先一步繼續說：

「他的專業領域是基因工程學，據說他的祖父是植物學家，也是遺傳學家的尼古拉・伊萬諾維奇・瓦維洛夫[註54]。就是那位遭到李森科學派[註55]的陰謀陷害，最後死在獄中的學家。」

賈米拉的眼珠往右上方飄移，像是在翻找著記憶。

「所以，他也算是蘇聯的犧牲者。是說……」

賈米拉稍作停頓後，加了一句玩笑話：

「有九成以上的中亞人都是蘇聯的犧牲者就是了。」

「我笑不出來。」

夏希稍作思考後才做出反應，賈米拉似乎也有所同感，表情嚴肅地回了一句：「確實笑不出來。」賈米拉會這麼說，反言之就等於訴說她渴望能夠無憂無慮地開懷大笑。

夏希忍不住心想：「眼前這位好友究竟從什麼時候開始不曾打從心裡笑過？」

「把話題拉回來吧。他在蘇聯時代的工作地點是在沃茲羅日傑尼耶島的凱圖巴克[註56]。」

註53：塞米伊是哈薩克斯坦東哈薩克斯坦州的一座城市，位於額爾齊斯河畔。

註54：尼古拉・伊萬諾維奇・瓦維洛夫是蘇聯時期的俄羅斯植物學家及遺傳學家，其最主要成就在於確認栽培植物的起源中心。

註55：李森科的全名為特羅菲姆・鄧尼索維奇・李森科，烏克蘭人，是蘇聯的生物學家及農學家。

夏希感到一陣心悸。

「這地點應該不用多做說明妳也知道吧。」

不論哪一塊土地，都會有忌諱說出口的固有名詞。在阿拉爾斯坦，沃茲羅日傑尼耶島就是個例子。

沃茲羅日傑尼耶島雖說是一座島嶼，但現在反而成了沙漠的一部份。

從首都馬格里斯拉德開車往北幾個小時，即可抵達沃茲羅日傑尼耶島的凱圖巴克村。如果去到凱圖巴克村，乍看下會覺得和阿拉爾斯坦國內到處可見的其他廢棄漁村沒什麼兩樣。不過，在過去，凱圖巴克村裡曾住過超過一千五百名以上的科學家。

目的就是為了開發生物武器。

蘇聯選上了沃茲羅日傑尼耶島作為生物武器的試驗場。

試驗場被命名為阿拉爾斯克７（Aralsk-7），採用了炭疽桿菌、天花、鼠疫、布魯氏桿菌、兔熱病菌等等。蘇聯瓦解後，凱圖巴克村不到幾個星期的時間即化為無人空城。問題是被人們留下來的武器以及汙染源。隨著海水乾枯，汙染源在空中四處飛舞，就連鄰近國家的居民也受到了威脅。

消除汙染即是「創始七人」的最重要任務之一。

「這樣啊。」

夏希脫口說道。

「所以馬格里斯拉德才會在凱圖巴克的附近，創始七人也才會必須是七個人——」

「應該吧。」

賈米拉瞇起眼睛看向遠方。

「其中一個目的是為了把負面的歷史覆蓋過去。然後，為了對抗阿拉爾斯克7這個大家印象深刻的固有名詞，才會出現『創始七人』這個說法。我不知道真相如何，但至少我是這麼解讀。」

「還有一個目的。為了把凱圖巴克的汙染納入管轄範圍內，因此在附近建造了馬格里斯拉德。」

在各國強權壓制下的少數群體之所以會聚集到阿拉爾斯坦來，也是因為有了汙染問題。正因為是一塊強者不願居住之地，少數群體才得以覓得居所。說穿了，阿拉爾斯坦整體就是個縫隙國家。

「如果真是如此……」

夏希說出過去就一直存在心中的疑問：

「當初收起來的生物武器在哪裡？國軍的倉庫？他們真有能力管理那麼危險的東西嗎？」

夏希的腦海裡浮現伊斯梅爾上將的面孔。

在凱圖巴克，光是炭疽桿菌就有一百到二百噸的儲備量。

那根本不是應付得來的數量，而且是違反日內瓦議定書[註57]的物品。到了現在，光是持有那樣的物

註56：沃茲羅日傑尼耶島（Ostrov Vozrozhdeniya）亦稱作復活島（Rebirth Island）或復興島（Renaissance Island），是位於中亞鹹海的一座前蘇聯屬原島嶼。凱圖巴克（Kantubek）是前蘇聯鹹海中沃茲羅日傑尼耶島上的唯一城鎮，今屬烏茲別克斯坦境內。

註57：日內瓦議定書是「禁止在戰爭中使用窒息性、毒性或其他氣體和細菌作戰方法的議定書」的簡稱。

品，就不知道國際社會會施加多大的壓力。

真不知「創始七人」究竟如何處置了那些生物武器？

「當然是埋起來了。就為了裝出沒發生過那些事。」

賈米拉用腳踝踹了一下船身。

如銅鑼般的聲響響了好一會兒。聽見聲響出乎預料地響亮，賈米拉搔了搔脖子說：

「這也是我會被派來這裡的原因之一。為了查出是真的埋起來了，還是有可能被拿來再利用。畢竟對烏茲別克斯坦來說，這可是會讓人心緒不寧的事情。」

「說是說埋起來了，但誰知道……」

「結果是真的埋起來了。」

賈米拉聳了聳雙肩繼續說：

「而且埋在離我們近在咫尺的地方。」

「咦？」

「後宮建蓋在蓄水池的上面，對吧？那蓄水池的水是利用豐富的太陽能，藉由泵浦從西鹹海打上來的。而如果想要一直這麼做，就必須有水壩。」

「不會是真的吧？」

「就是真的。蘇聯製造的生物武器被封印在水壩的水泥之中。反過來說，如果想要拿出生物武器，就必須破壞水壩。」

如果破壞了水壩，也等於摧毀了馬格里斯拉德的治水。

「所以，那是讓哈薩克和烏茲別克也都願意默認的做法。為了出示證據，各國都收到了水壩的設計圖和施工時的影像。只能說『創始七人』也不是浪得虛名。」

「真的可以認定已經埋起來了嗎？要是我——」

「妳就會挖個隧道讓人可以進到裡面？這個可能性目前看起來是沒有的。畢竟……」

賈米拉顯得有些吞吐。

「我也調查過了。也正因為無法進到裡面，才會有個男人刻意要炸開水壩。而且是選在預言家誕生祭當天。」

「嗯～」

夏希下意識地脫口說道，跟著揉起眉間。

夏希大概猜得出來那男人是誰。以那男人的立場想要下手腳並不難，而且那男人的個性就像是會做出那種事情的人。

夏希曾經問過那男人的目的為何，結果得到這樣的答案。

——硬要說的話，我想想啊……

——可能是為了超越卡拉什尼科夫吧……

在全世界被廣泛使用，也被大量複製的突擊步槍ＡＫ-47，其設計者即是卡拉什尼科夫。說穿了，卡拉什尼科夫就是人類史上殺過最多人的人物。

甚至勝過曾參與原子彈製造的諾伊曼[註58]和歐本海默[註59]。

「妳說的是伊果・費爾茲曼吧。」

夏希想起伊果也參與了誕生祭的歌劇劇本編寫。那也是和計畫有關的舉動嗎？

夏希心想：「回去之後，必須重新看過劇本才行。」

「可是，他為什麼會有這般企圖？」

「因為他是開發者。」

賈米拉一副若無其事的表情答道。

「據說伊果還是基因工程學家的時候，在炭疽桿菌的改良上投入異樣的熱情。他當時的口頭禪就是『我即是死』。他完全被基因那東西迷住了。或許是為了被李森科學派陷害的祖父也說不定。」

因炭疽桿菌的改良，成功開發出了一種武器。

首先，對於該武器，抗生素和疫苗發揮不了太大的作用。其潛伏期長，因此要在全世界靜悄悄地擴散開來並不成問題。而且，一旦病症發作，就沒有康復的機會。另外，也會在土壤裡形成內生孢子，半永久性地持續汙染土壤。

也就是說，那是一種足以毀滅現世的武器。

「伊果把那武器取名為尼古拉菌株，並且渴望著尼古拉菌株被實際利用的那一天到來。當然了，那時當局並沒有採用他開發的武器。如同妳想要讓這塊土地降下白雨，伊果那傢伙則是想要讓世界降下黑雨。不過——」

一九九一年，蘇聯瓦解了。

伊果的重要玩具被沒收了。

「於是，伊果趁亂混入。在阿拉爾斯坦這個國家的黎明期，他扮演一個專攻武器的搗蛋鬼（Trickster）角色[註60]趁亂混了進來。不過，他因為過於執著於尼古拉菌株，最後被政治中樞驅逐。」

夏希覺得這件事聽來耳熟。

她想起之前艾哈馬多夫上校曾經透露過的機密內容。

「『創始七人』當中的一人『巴克貝亞德』……」

「我身為朋友能夠提供給妳的情報就這麼多了。」

賈米拉閉上雙眼。

「好啦，在阿拉爾斯坦，叛國罪是要判死刑的……」

夏希沒有回答賈米拉，而是從懷裡拿出一份發皺的文件。那是建立政權那一天，艾莎為大家準備

註58：諾伊曼是指約翰．馮．諾伊曼，出生於匈牙利的美國籍猶太人數學家，是現代電子計算機與博弈論的重要創始人，在眾多數學領域及計算機學、量子力學和經濟學中皆有重大貢獻。

註59：歐本海默是指朱利葉斯．羅伯特．歐本海默，美國猶太人物理學家，曼哈頓計畫的主要領導者之一，被稱為人類的「原子彈之父」。

註60：搗蛋鬼（Trickster）是一個存在於神話、宗教、民間故事中的角色，具有極大的智力或秘密智慧，並運用於惡作劇或違反世俗的規則與傳統。

的難民申請書以及護照。

只有短短一秒鐘，賈米拉臉上浮現像小孩子想哭時的表情。

在那之後，賈米拉露出犀利的眼神瞪著夏希說：

「妳太天真了。」

「要妳管。」

賈米拉接過文件後，動作輕盈地跳下船。

不過，賈米拉沒有踏出步伐，像個稻草人一樣佇在原地不動。太陽開始西斜，影子隨之拉長。在遙遠的地平線上，可看見首都的大樓群。實際以時間來說，想必只經過短暫片刻，但這短暫片刻卻讓夏希覺得像是過了一分鐘，也像是過了一個小時。

同時，夏希也覺得時間太短了。

「萬一下次還有機會見到面——」

賈米拉保持背對著夏希的姿勢，自言自語似的說道。

「妳到時可不要手下留情喔。可以答應我嗎？」

「辦不到。」

聽到夏希毫不遲疑地答道，賈米拉的肩膀顫抖著。

「妳真的是……」

賈米拉還沒說完話，夏希就已經知道她接下來會說什麼。

「讓人看了覺得危險，不想理妳都難……」

「這部分是妳自己不好。」

「說的也是。」

賈米拉停頓了一秒鐘後，才笑著這麼說了一句。她繼續說：

「不過，妳知不知道自己的立場？妳還記得艾莎上次的樣子吧？當她變成發狂的沙皇時，妳的職責就是要殺了她。那比起我這個因為無意義的計謀而暗殺明君好太多了。」

「我不會殺她的。」

「妳真的是……」

賈米拉沒有繼續說下去。

夏希看見還在淡季到來的觀光客為了參觀船之墓地，慢慢走下階梯。

那是一對西歐人情侶。

賈米拉回頭看了夏希一眼。很遺憾地，夏希不擅長揣摩人心。夏希沒能夠從眼神看出賈米拉在想什麼。在那之後，賈米拉踩著輕快腳步，往階梯的方向走去。賈米拉和情侶點頭打個招呼後，爬上階梯不知往哪裡去了。

夏希緊緊抓住圍在脖子上的披巾。

賈米拉送的披巾暖呼呼的，質地相當輕柔。披巾圍在脖子上感覺特別輕。夏希把臉埋進披巾裡，聞到了沾在披巾上的海潮氣味。

夏希有種事不關己的感覺。

她心想：「如果是那個小丑遇到這種場面，不知道會用什麼話語來表達？」

5

此刻，烏茲瑪·哈里法在後宮三樓的遊廊上，俯視著釣橋。

烏茲瑪看見一輛吉普車停在釣橋的對岸，讓日本人丫頭走下車。日本人丫頭的表情僵硬。不過，烏茲瑪知道她的內心肯定正掀起一場大風暴。

艾莎在底下出來迎接日本人丫頭。

艾莎拍了拍夏希的肩膀，什麼話也沒說。這時，夏希終於表情扭曲。她淌下豆大的淚珠緊緊抱住艾莎，遲遲不願意挪開身子。

對烏茲瑪而言，那是她一直很想看見的哭臉。

從國家起步那時開始，烏茲瑪便以樞密院的成員身分採取行動，也不知獨自關在房間裡哭了多少回。只不過，那時候沒有人可以讓烏茲瑪抱著痛哭就是了。

樞密院之前早已掌握到賈米拉的間諜行動，但一直刻意放任賈米拉自由行動。這次會把事情透露給夏希等人知道，一則是因為國際狀況改變，二則是為了在最佳時機點看見那張哭臉。

然而，烏茲瑪不明白自己為何感到納悶？

明明眼中釘已經那副可憐兮兮的傷心模樣，烏茲瑪卻還是覺得心情像蒙上一層灰。烏茲瑪滿懷恨意。尤其是對那個表現得天真爛漫的日本人。然而，事實上，烏茲瑪完全搞不懂自己在恨什麼人，或是對什麼懷抱恨意。

這時，走廊的右側深處傳來踏上螺旋樓梯的腳步聲。

正門的左右兩側都設有螺旋樓梯，原本是採用順時鐘方向的設計，但後來前任總統阿里特地改造成逆時鐘方向。

堡壘的樓梯採用順時鐘方向的設計，是為了在發生戰爭時，防衛一方揮起劍來會比較容易。阿里想藉由將樓梯改造成逆時鐘方向的設計，把後宮和樞密院的定位設為守護和平的設施。

「什麼事？」

腳步聲的主人用著略帶敵意的語調問道。

「有什麼事會需要找我……」

眼鏡顯得有些不自在地環視四周一遍。後宮的學生們鮮少會上來樞密院所在的三樓。

「關於這個東西。」

說著，烏茲瑪拍打一下拿在手上的「三個米迦勒」劇本。

劇本的封面以紅字寫上「新版」兩字。那是在採用伊果的提案下，後宮內部再進行討論過後，由艾莎等人更新的版本。

「首先，不應該有什麼『新版』吧？我現在就可以預見不久後，會出現『最新版』、『最終版

本』、『真正最終版』，讓狀況變得更加混亂。」

「妳是為了挖苦我們才叫我來的啊？」

烏茲瑪保持著沉默，視線移向底下的夏希等人。

「咦？」

夏希的大叫聲越過窗戶傳了進來。

烏茲瑪瞥了眼鏡一眼後，看出她一副難以鎮靜的模樣，也沒有表現出對烏茲瑪的話題感興趣。烏茲瑪猜想眼鏡想必也很想下去迎接夏希。

烏茲瑪刻意折磨眼鏡的耐心，緩緩做了一次深呼吸說：

「『馬兒也會挖土，但要看是什麼人來駕馭馬匹』。」

「什麼意思？」

「妳們那麼努力地生出劇本，結果卻是如此零零碎碎的內容。對妳們來說，艾莎稱得上是一個好的駕馭者嗎？」

「那也是沒辦法的事情。」

眼鏡抱著說服自己的心情，立刻應道。

「如果這樣可以讓歌劇變好，當然無話可說。」

「我記得妳好像是在幕後負責照明喔。」

烏茲瑪再次拍打一下劇本說道。

清脆的聲音在走廊上引起回聲。

「我說這劇本的內容，應該是伊果那小子提議艾莎獨唱，對吧？似乎還針對那部分做了一些修改……」

眼鏡頓時往後縮起身子。烏茲瑪猜想她應該是嚇了一跳。她沒想到烏茲瑪不僅看過劇本內容，就連更新紀錄也有所掌握。

烏茲瑪不自覺地從鼻子發出笑聲。

「很棒的點子吧？」

眼鏡雖然撂下這麼一句話，但語尾有些顫抖。

雖然替眼鏡感到可憐，但烏茲瑪知道眼鏡沒有像艾莎或夏希那樣的魄力。從眼鏡進來後宮沒多久，烏茲瑪就已經識破了這點。

「如何啊？」

烏茲瑪讓說話口氣稍稍變得柔和一些。

「要不要惡作劇一下呢？」

「我在趕時間……」

「『愛薔薇就不要怕被刺傷』……聽好啊，勸妳別期待會再有下一次。」

「什麼下一次？」

「我這雙眼睛看過無數人們。我敢保證艾莎絕對擁有獨裁者的資質。妳最好先做好心理準備。今

後也好，未來的日子也好，妳們的心將會被一路踐踏下去。」

烏茲瑪沒有給眼鏡思考的時間，滔滔不絕地繼續說：

「我說，艾莎的一匹良馬啊，妳不會想瞧一瞧嗎？瞧一瞧可恨的駕馭者內心動搖那一刻的表情嗎？沒什麼困難的，只是讓她稍微丟臉而已。很正常的，時而教訓一下駕馭者也是良馬的職責……」

＊

「咦？」

夏希大喊一聲後，先確認艾莎的表情。艾莎的表情十分正經。接著，夏希視線移向高個兒，高個兒一副過意不去的模樣佇立在釣橋另一端的側門前。

「抱歉！」

高個兒舉高右手，擺出像手刀的手勢說道。這手刀手勢是夏希傳染給了後宮其他人。夏希還目睹過樞密院的某成員擺了手刀手勢，結果被烏茲瑪臭罵一頓的場面。

「妳在跟我開玩笑的吧？」

「妳看我這樣子像嗎？」

高個兒指向下方說道，夏希看見高個兒的右腳被石膏固定住，左腋下還夾著拐杖。

「三個月才能完全康復。」

艾莎一臉苦澀的表情，介入夏希和高個兒之間說道。

「因為路面濕滑，吉普車陷下去，我就跟它奮力搏鬥。哪知它來真的，骨頭就這樣應聲斷了。」

「應聲斷了？」

「我這樣當然來不及在歌劇表演前康復……妳之前不是在後宮唱過嗎？」

「有嗎？」

夏希暗自說：「好像有，又好像沒有。」

「所以，全數通過。大家都一致認為替代人選除了妳沒有第二人選。」

艾莎露出正經的表情說道。為了謹慎起見，夏希再次看向高個兒以做確認。高個兒果然也是一臉正經。

夏希還來不及思考，先脫口大叫：

「我不要！」

淑女腳踏車環遊世界一周～阿拉爾斯坦篇 6

看見大家回來的時候，我真的是大聲歡呼起來。
「耶！」我和達娜兩人一起大聲歡呼，還牽著彼此的手。放牧場的人全都從戰地歸來，一個也沒少。而且，連個擦傷都沒有！

不用說也知道，那天晚上當然是開心舉辦慶功宴。我這個沒出戰的人也被要求一杯接著一杯喝下伏特加。喝到一半時，我舉白旗投降表示真的受不了了。
「你知道嗎？在阿拉爾斯坦有個晚來的人要連罰三杯的規定……」
我當然知道！可是，晚來的人不是我，是你們吧！

大家的臉上都掛著笑容。不過，只有一個人神情黯淡。那個人就是達娜。達娜和我之間沒什麼交談。我們兩人心裡都明白。
我是旅行者，但達娜不是。我們心裡都明白別離的時刻漸漸逼近。

在那之後的幾天時間，我表現得如往常一般，就像什麼事也沒發生過一樣。
我幫忙大家放牧，還幫忙把乳酪推銷給誤闖入放牧場的游擊隊。唉～只能怪我自己鼓不起勇氣。我還痛罵了自己一頓。

我就老實招了！是達娜主動讓事態有所進展。
「這裡和哈薩克斯坦的國境好像開放了。」
我們正在照顧駱駝時，達娜一副像聊起天氣或其他小事的態度，別開了臉低喃說道。
「不過，目前好像還只有進出口的卡車可以過境就是了。」

於是，達娜傳授了秘招給我。達娜告訴我可以請人家讓我躲進載在卡車上的冰箱裡面，偷渡到北方的哈薩克。原來我的甜心還真是個積極的人。
甜心還告訴我入境哈薩克後，就直接前往免簽證的吉爾吉斯。她說要出境哈薩克時可能會遇到一些狀況，但對於要離開國境的人，基本上都不會有想要追回來的念頭。
被這麼一說，我想起以前也聽說過類似的事情。我曾聽說背包客想要從印度入境不丹，簽證卻申請不下來時，就會躲在冰箱裡偷渡入境。還聽說過卡車在國境停下車時，衝擊力道使得冰箱門打開來的笑談。
我是個窮光蛋的旅行者，不可能選擇走空路。唉～那時候中的九個７……

從頭到尾，達娜一直別開視線。

（待續）

7

為了廣大生存者

1

冬天的後宮冷得不得了。由於建蓋在水上，更是寒冷。說到大夥兒，不是人人搓著雙手，就是在原地踏步，試圖讓身體暖和起來。

夏希抬頭仰望。

呼氣化為白煙飄向正上方。

廣場的天花板採用挑高到三樓的設計。二樓和三樓的遊廊上可見成排的小窗戶，再往更上方看去，可見塗上灰泥的圓弧建材複雜交錯，並點綴上裝飾，形成一個大型圓頂。因為是挑高結構，暖爐的熱氣都會被往上吸去。人們和人們所散發的熱氣，以及喧嘩聲化為沉澱物落在矩形空間的谷底。

雖然寒冷，但也能夠拉高約束力及緊張感。

有學妹明明已經背好劇本的台詞，卻還擔心地反覆讀著劇本，也有學姊把額頭貼在胡桃木的柱子上，像在念咒文似的背出台詞。

夏希的身體微微抖了一下。

表演服裝都已經各自裝在包包裡，做好了準備。大家的包包都散發出淡淡的汗臭味，讓人想起大家在這裡一直排練到最後一刻。

出發之前，艾莎丟下一句要去向阿拉禱告，便獨自關進清真寺。夏希猜想艾莎應該是想要讓自己

集中精神。艾莎帶著銳利的目光回到廣場上。艾莎原本就是率領年輕族群的勇猛領袖，此刻的模樣看起來甚至讓人感到畏懼。

艾莎一現身，喧嘩聲瞬間停止。

「出發吧！」

艾莎只說了這麼一句，所有人便挺直身子，做起出發的準備。作為移動交通工具的巴士已經在正門前方待命。目的地是國民廣場。大家將在國民廣場上表演「三個米迦勒」。

這次不是走側門，而是打開了正門。

隨著正門打開來，從身後的蓄水池吹來的海風吹拂而過。所有人踏出了步伐。

不過，夏希沒能夠踏出第一步。她難以平息內心的不安情緒，並感受到宛如在繁華街上與軍人擦身而過時會有的一陣微微寒意，以及不知道該做什麼的感覺。

夏希心想：「是因為就快正式表演歌劇，才會這樣嗎？」

在那之後，伊果成了全國追緝的通緝犯，至今仍行蹤不明。夏希打過電話給伊果，但打不通。本以為伊果那種調調的人，搞不好會若無其事地接起電話，但伊果似乎沒有誇張到那般程度。

據說伊果企圖炸開的蓄水池水壩目前已經被封鎖起來，並且派了威嚴十足的士兵們進行二十四小時的全天戒備。伊果再怎麼神出鬼沒，想必也動不了手腳。

再加上前幾天阿拉爾斯坦・伊斯蘭運動（AIM）的最高領袖，因為維持和平部隊（PKF）針對定點展開炸彈攻擊而身亡的消息已獲得證實。這件事如果早一點發生，搞不好納傑夫就不需要犧牲

了。夏希一想到這點，不禁感到胸口深處再次緊緊揪起。

沒事的。夏希這麼說服自己後，忽然有所察覺。她察覺到每次要說服自己時，必定都是面臨意料外的事態或危機的時候。

夏希捫心自問是否已經做到該做的事？

「等一下。」

夏希這麼脫口而出。

所有人停下腳步，轉過身來。不知為何，夏希心中閃過一股罪惡感，她搔了搔後腦杓說：

「妳們先去好嗎？我想去看一下水壩。」

在那一刻，所有人的眼神像看著不聽話的小狗。

艾莎停下腳步，摀住嘴巴說：

「趕得及上場時間嗎？」

「我只是去看一下就回來，而且壞男孩會幫我們暖場，時間應該綽綽有餘。」

「了解。」

艾莎立刻點點頭答道。

擁有這般迅速的決斷力，正是艾莎能夠當領袖的原因。

「妳去吧。不要有後顧之憂才好。」

夏希輕輕點頭後，超越大家從正門跑了出去。夏希直接繞到後宮後方，來到蓄水池的前方。

太陽西斜，就快到了黃昏時刻。

隨著微風吹過，水面發出潺潺聲。將鐵材塗上白漆製成的無人長椅顯得冷冷清清。蓄水池旁立著「嚴禁游泳」的牌子，四周也沒看見夏天經常會出現的情侶身影。

夏希任憑披巾隨風飄動，往不見人影的蓄水池側邊奔跑而去。

雖說是蓄水池，但以直徑來說，只有兩公里多。

水壩位在蓄水池的另一端，想要跑到那裡並非難事。夏希知道自己比起其他優秀學生不知少了什麼。不過，如果是要比體力，夏希可是相當有自信。

跑沒多久，道路就被貼上「嚴禁進入」的水泥塊擋住了。在一旁看守的士兵正打著呵欠。夏希動作輕盈地越過警告帶時，士兵投來質疑的目光，但後來察覺到是夏希，立刻鞠躬行禮。夏希最怕這種形式化的舉動，不小心也姿勢彆扭地向士兵鞠躬。夏希反省著自己就是這麼沒用，才會老是被伊斯梅爾上將和軍官們瞧不起。

路況開始變差了。

被封鎖的道路野草恣意生長。前進之中，夏希時而險些被絆倒。駱駝草的刺刺傷了夏希的小腿，但夏希心想：「那又怎樣？反正表演服裝可以遮住傷口。」於是，她不以為意地持續奔跑。跑著跑著，四周的綠意漸漸加深。水壩出現在視野裡。

水泥圍牆呈一直線區隔開天空和蓄水池。太陽西斜的角度更大了。夏希暫時停下腳步，調整著呼吸。這時——

夏希明明沒有做壞事，但忽然聽到有人呼喊自己的名字，還是嚇得差點沒了心跳。

「夏希。」

「妳們今天不是要表演歌劇嗎？」

「上校——」

夏希看見一張熟悉的面孔，佇立在樹蔭下。

他是艾哈馬多夫上校。

一個鍾愛混水摸魚和水煙、肚子裡長了膽結石，並且和夏希一樣最怕形式化事物的男人。

夏希感覺到緊繃的情緒稍微得到緩和。

「上校你才是……」

夏希有些喘不過氣來。

「怎麼會出現在這裡？」

「沒什麼啊，就跟妳一樣。」

艾哈馬多夫依舊是用著顯得悠哉的口吻答道。

「總覺得有點在意。這樣說或許太直白，但我們國家的保安根本就像篩子一樣漏洞百出……不過，到目前為止，我沒看到可疑的人物。」

「水壩有沒有被動過手腳的跡象？」

「這部分也沒有。妳如果在意，就去看看吧。」

「知道了。」

夏希決定把現場交給艾哈馬多夫，自己前去水壩看看。水泥區隔線就近在眼前。其左右也各站著一名把帽緣壓得低低的、身穿厚重外套的看守士兵。

泵浦的抽水聲以及水流聲越來越近。

夏希忽略「危險」的立牌，繼續往前進。

來到了水壩的邊緣，一陣強風忽然吹來，夏希抓緊胸口的披巾。

「辛苦了。」

夏希向士兵搭腔後，士兵露出慌張不已的表情。跟方才那位士兵一樣，遲了一秒鐘後，士兵才向夏希鞠躬行禮。

「為了以防萬一。」

士兵用著像在嘀咕的含糊聲音說道，並跟在夏希的後頭走來。水壩頂端比夏希想像中的來得細窄，寬度不到一公尺，也沒有圍起柵欄。雖然這種不做多餘設置的作風讓人產生好感，但夏希再怎麼大膽，還是會覺得不可靠。不過，夏希告訴自己有什麼差別呢？反正從前任總統遭到射殺以來，還不都是在細窄山脊上一路走過來。

夏希膽顫心驚地前進到水壩的正中央。

士兵如影子般緊跟在夏希的後頭。

夏希低頭俯視，看見為了從西鹹海引水過來的溝渠隔開好幾層的小水壩，呈梯田狀慢慢延伸到地

平線。在另一端，歐亞的太陽逐漸往下沉。雲彩散發出七彩光輝，頭頂上方開始點綴起星辰。

夏希一副戰戰兢兢的模樣，讓雙膝在原地著地。

她不理會士兵的阻止，探出頭看向崖邊。

說是要炸開水壩，但若實際執行，並沒有那麼簡單。必須有相當大量的火藥，才能夠破壞厚實堅固的水泥，不過，乍看下，目前沒有被動過手腳的跡象。

果然是杞人憂天虛驚一場啊～

只好現在折返跑到國民廣場去。好麻煩啊！話說回來，都要怪高個兒好端端地突然受傷——

夏希思考到這裡的那一刻，忽然感覺不對勁。

她再次探出頭俯視崖邊。一開始，那畫面看起來像是影片因為通訊速度緩慢而出現影像扭曲，但定睛細看後，看出是怎麼回事了。理應呈現平坦表面的水泥壁面，有著密密麻麻、會讓人聯想到藤壺的小小凹凸物。

「那是什麼？」

士兵也朝向夏希所指的方向定睛細看。

「會不會是什麼貝類生物？」

「我也覺得看起來很像。」

「是否有何異樣？」

「你聽仔細。」

或許是緊張吧，夏希的口氣不由得變得煩躁而且粗魯。

夏希做了一次深呼吸後，面向蓄水池說：

「這裡的鹽分濃度是海水的五倍，一條魚也抓不到。就算加以淡水化，也還殘留著以前的汙染物質，所以不宜飲用。明明如此，卻出現像貝類的生物，你說怎麼可能呢？」

隔了一會兒後，士兵以有別於方才的音調回答：

「所言甚是。」

夏希帶著一股不好的預感抬起頭。

不出所料地，應是士兵的男子在夏希的面前脫去外套。藏在外套底下的小丑服裝露了出來。對方把帽子往崖下一丟，原本用帽子遮住的嘲諷笑容隨之顯露出來。

夏希不禁感到一陣無力。

夏希緩緩站起身子，與現出真面目的伊果．費爾茲曼對峙著。伊果似乎比之前更加清瘦，感覺上身高勝過了夏希。

在水壩對面的衛兵察覺到事態有異，打算朝向這方奔來。夏希掌心朝外，制止了衛兵。

「如上校所說，這個國家的保安制度可能要重新建立會比較好。」

＊

高個兒站在舞臺側面抱著焦躁不安的心情，目光掃過眼前的觀眾席。

觀眾人數比想像中的還要少。

究竟是因為宣傳做得太遲？還是大家果然會害怕恐怖攻擊？這次甚至特地請了壞男孩擔任暖場嘉賓，壞男孩都已經開始表演了，狀況卻還是這般冷清。

烏茲別克斯坦和哈薩克斯坦的高官們坐在舞臺正前方的ＶＩＰ席上打著呵欠。難得舉辦預言家誕生祭，為何要為了這種像園遊會的表演浪費時間呢？高官們的表情說出這般心態。高個兒心想：「你們這些高官還真是瞧不起人呢！」

沒有捎來消息的夏希也讓高個兒懸著一顆心。

她差不多該回來換好衣服，才好教人放心。高個兒恨透被石膏固定住的右腳，忍不住用另一隻腳踹了石膏一下。因為是自己不小心造成這般局面，所以高個兒感到不耐煩極了。

「傷腦筋啊。」

艾莎在高個兒身後壓抑著聲音說道。

「看這觀眾的人數……」

「夏希的角色怎麼辦？」

高個兒轉過身問道。

自從受傷後，高個兒為了在發生緊急事態時能夠有備案，也讓其他學生以各角色的候補演員身分進行排練。話雖如此，但看著那些候補演員的學生們在排練時的光景，時而可以感受到她們抱著自己

不需要上場的安心感。高個兒不得不老實說如果照這樣下去，將無法做出完美的演出。

「事到緊要關頭時，我就一人分飾兩角。」

「咦？」

高個兒無法掌握艾莎的意圖，不禁發出少根筋的聲音。

「妳說什麼？」

「我重新看過一遍劇本。」

艾莎一副若無其事的模樣答道。

「夏希和我的角色幾乎沒有重疊之處，所以就做出我可以飾演兩角的結論。」

高個兒忍不住直盯著艾莎的臉看，簡直像看到了什麼怪物出現在眼前一樣。艾莎竟然在這麼短的時間內，連這樣的替代案都想好了。

沒多久，高個兒終於回過神來，她抓住艾莎的肩膀前後搖晃著說：

「冷靜下來啊，艾莎！再怎麼拚，妳還是不可能一人分飾兩角的！」

「妳說的對耶！」

艾莎也回過神來，臉上漸漸浮現不安的神情。

「怎麼辦？」

「這個嘛……」

高個兒指向上天說：

「採用替代案也是可以，但還是先看上天的旨意吧。我們來祈求夏希盡快回來吧！」

「阿拉～」艾莎點點頭祈求道。

「阿拉～」高個兒也深深點頭後，跟著艾莎祈求。

*

右側腹部還是一樣疼痛不堪。

艾哈馬多夫趴在草叢堆裡固定住身體和狙擊步槍，全身上下被駱駝草的刺刺個不停。近來膽結石也越發疼痛，讓艾哈馬多夫很難不去理會它。

不過，別看艾哈馬多夫受到疼痛折磨，他依舊是個專業軍人。

艾哈馬多夫隔著瞄準鏡看的眼睛沒有一絲遲疑，也靠著意識把疼痛感拋到腦後。艾哈馬多夫已做好打算，只要小丑一做出可疑舉動，他就會毫不遲疑地扣下板機。

距離大約有二百公尺遠。

憑艾哈馬多夫的技巧，這樣的距離不難射中對方的頭部。艾哈馬多夫告訴自己不需要猶豫。

對方是恐怖份子。

不僅如此，甚至還是一個不如阿拉爾斯坦．伊斯蘭運動（ＡＩＭ）般重視道義的恐怖份子。從某個角度來說，甚至可形容對方是個宛如遭到惡靈附身，心中沒有夾雜一絲雜念，只想貫徹自我意念的

現世破壞者。

四周一片靜謐，彷彿色彩也變得黯淡起來。隔著瞄準鏡看見的兩人身影變成像是慢動作的影像。這證明了艾哈馬多夫的專注力提升。

對艾哈馬多夫而言，夏希已經變得就像自己的女兒一般親。

萬一對方企圖傷害可愛的女兒，艾哈馬多夫將當場憑自己的判斷送對方走上黃泉路。

＊

潺潺水聲之中，伊果的服裝隨著側邊吹來的風飄動。

夏希抓住披巾，上下打量著眼前的小丑。這位小丑的臉色比過往來得差，也感覺得到其疲憊感。

小丑那站姿看起來簡直就像傳說故事裡的吸血鬼。想必是受到全國通緝的關係吧，有別於一路來死命獻殷勤到令人厭煩的過往態度，小丑全身散發出不安穩的氛圍，

「……那藤壺也是你做的玩具？」

「那當然是啊！」

伊果用著有些沙啞的聲音說道。

「小的伊果的專長就是提供客戶最佳的解決方案！不過，以這次的狀況來說，客戶是我本人就是了！哎呀！還真是諷刺呢……」

「呃……」

伊果的態度依舊令人厭煩。夏希這麼心想，並繼續說：

「那是某種生物類的機器吧？也就是說，預先在蓄水池裡流放藏了火藥的機器而後……」

「真是太教人驚訝了！」

伊果緩緩拍打一下額頭。

「是、是！沒想到一瞬間全被妳識破了。真不愧是我的才女好友，小的伊果打從心底感到欽佩！咳……抱歉，我身體有些不適。」

伊果從懷裡拿出一條手巾。

伊果吐出一口痰，夏希瞧見鮮血夾雜其中。

「雖然這座水壩主要是用來引水，但依水位高低，有時也會排水。小的就是趁著這排水的時間點，把那些可愛的機器推到水壩的另一邊。這麼一來，就會慢慢爬上壁面。」

「然後，它們會藉由水泥還是什麼其他東西自己固定住？」

「畢竟某人加強了警備……不過，小的早料到這個可能性，所以預先做了開發……」

伊果又咳了起來。

他的聲音也依舊沙啞。

「你是去唱卡拉ＯＫ唱太多了啊？你是吟詩遊人耶，怎麼可以不好好愛護喉嚨呢？」

卡拉ＯＫ是從遙遠東方島國傳進中亞地區的文化之一，夏希借來當話題說道。

「讓妳為我操心，我真是深感惶恐。不過，這只是我自己不注重身體健康造成的。別看我這樣，一路來我也是有些過於逞強之處……不管怎樣，請不用擔心！」

夏希暗自說：「誰擔心你了！」

「為什麼要選在今天？」

夏希以略顯強勢的口吻質問道。

「我們為了今天、為了這一天的歌劇一路辛苦排練。至少可以等到明天也不為過吧？」

雖然只有短暫片刻，但伊果暫停饒舌，陷入思考。

他的視線往右上方飄移。

「嗯……聽到妳提及歌劇的話題，我確實也感到痛苦萬分。話雖這麼說，但我也有自身的考量……而且，我這自身的考量也是一齣戲呢！」

「什麼意思？」

「是、是！這是為了超越第四個米迦勒，也就是米哈伊爾．卡拉什尼科夫，是小的一生一世的大戲！對於這點，即便是我最重視的朋友——國防部長大人提出請求，也不能讓步！」

我怎麼不記得向你提出請求了？

夏希這麼心想，並輕輕抬高頭轉動一下脖子。

「我記得是叫作『尼古拉菌株』吧？你非得執著於那種東西啊？」

「唉呦？原來妳知道啊！」

知道是知道，但嚴格說起來，夏希一點也不想知道這件事。

「其實我並不討厭你的歌聲。如果趁現在，還有機會回頭。不管你過去有過什麼樣的遭遇，但舉個例子來說，難道你不能當一個正常的吟遊詩人活下去嗎？」

「唉呦！」

伊果慢慢堆起滿臉笑容。

夏希莫名地感到煩躁。

「老實說——不對，我是說以我真正的心情來說，我一直覺得國防部長大人和我有相似之處……沒有，雖然立場不同，但若是要形容我們是盟友，那可是一點也不為過呢！」

「不為過才怪！」

「真不敢相信國防部長大人會這麼說！吟遊詩人是嗎？妳真的相信我可以當一個吟遊詩人活下去嗎？都已經走到了這一步，再來只要按個開關就好。唯獨這一次，我們天資聰穎的國防部長大人也沒能夠阻止我的計畫。」

夏希雖然氣得一肚子氣，但不得不承認確實有可能如伊果所說。

事實上，真的沒辦法阻止了嗎？夏希一邊心想，一邊瞥了手錶一眼。都怪令人生氣的長舌公伊果，害得自己已經沒什麼時間了。就算現在立刻跑回去，也不知道能不能趕得及歌劇的時間。

2

烏茲別克斯坦的外交官——姆斯蒂斯拉夫．阿達莫夫轉動僵硬的肩膀，打起今日不知已打了多少次的呵欠。從方才開始，逐漸步入中年的帥哥團體便一直在姆斯蒂斯拉夫的面前，表演著像在愚弄人的歌曲和舞蹈。

舞蹈本身跳得還不賴。

不過，團體當中也有成員都已經頂著鮪魚肚。想到這就是在「自由主義島嶼」最受歡迎的團體，姆斯蒂斯拉夫忍不住暗自竊笑。

姆斯蒂斯拉夫往身後瞥了一眼。

觀眾席的空位很多。這個事實證明艾莎等人的政權並非得到民主性的支持，未來應可加以利用。

思考到這裡時，姆斯蒂斯拉夫知道自己的表情變得扭曲。

即便我國烏茲別克斯坦也不是什麼民主國家——

可以的話，姆斯蒂斯拉夫其實很想搭飛機回國和家人共度預言家誕生祭。姆斯蒂斯拉夫嘆了口氣，主動向坐在隔壁座位的哈薩克斯坦官員搭腔說：

「這真是讓人傷腦筋喔……」

「這也難說。」

雖然對方也一臉覺得無聊透頂的表情，但還是回答得謹慎。

「為了謹慎起見，還是要看到歌劇表演才妥當……」

對方說出了姆斯蒂斯拉夫的心聲。

歌劇裡勢必會傳達出阿拉爾斯坦的外交訊息。以姆斯蒂斯拉夫等人的立場來說，沒看完歌劇就難以離席。

如果阿拉爾斯坦安排透過網路進行現場轉播，那就方便多了。阿拉爾斯坦之所以沒有這麼做，想必是為了請來更多的觀眾。

姆斯蒂斯拉夫身旁的哈薩克斯坦人在臉上浮現一抹冷笑。

「不知道阿拉爾斯坦是什麼打算喔？萬一歌劇裡傳達出來的是愚蠢至極的訊息……」

「這有什麼好擔心的。」

姆斯蒂斯拉夫若無其事地答道。

「這一帶地區的土地和油田本來就都在我們的領土內。還不是因為蘇聯瓦解時的一片混亂，才讓他們逮到機會獨立。」

姆斯蒂斯拉夫知道自己的嘴角也和對方一樣浮現冷笑。

姆斯蒂斯拉夫朝向半空中張開掌心後，握緊拳頭捏碎眼前的虛無說：

「事情不過是如此罷了。」

這時，後方傳來抓飯攤販的叫賣聲。淡淡的羊肉油香飄了過來。姆斯蒂斯拉夫的眼前放著阿拉爾斯坦方所準備的俄羅斯口味的便當，但姆斯蒂斯拉夫就是吃得不合胃口。

姆斯蒂斯拉夫舉高右手，彈一下手指召喚抓飯攤販過來。

舞臺上穿插了一次傍晚的祈福後，自稱是馬格里斯拉德・壞男孩的團體表演起第四首曲目。

*

高個兒再次從舞臺側面觀察狀況。觀眾人數確實比最初多了些，但還是少之又少。高個兒確認起時間，前前後後她已經確認過四、五十次時間了。到現在還是沒有接到夏希的任何聯絡。

高個兒甩甩頭，撐著拐杖走回舞臺後方。

半路上，高個兒輕輕拍了一下負責照明的眼鏡肩膀。

來到舞臺後方，高個兒看見舞臺搭建人員和警衛人員慌慌張張地來回穿梭，艾莎和中年男子混在其中佇立不動。兩人的臉上都掛著僵硬的表情。高個兒見過該名男子。男子是國民廣場的管理人慕達發。

「我已經請他們盡量拉長時間。」

發現高個兒出現後，艾莎在高個兒耳邊低聲說道。

艾莎的意思是要拉長壞男孩的表演來爭取時間。

「妳可不可以去一趟後臺，告訴大家這件事？」

高個兒點點頭，走下舞臺後方的階梯往後臺走去。

說是說後臺，但其實只是蓋在舞臺後方的小型組合屋。高個兒握住門把準備開門時，屋內傳來短

短一聲慘叫聲。

聲音的主人是歌劇的主角吉拉。

「怎麼了？」

高個兒一走進小屋，隨即看見吉拉沉默不語地望著打開來的包包，其四周圍繞著其他學生。狹窄的組合屋裡充斥著汗臭味以及化妝品的香味。高個兒強忍著令人發嗆的氣味。

「表演服裝……變得皺巴巴的……」

高個兒心想：「難怪吉拉會沉默不語。」

準備期間實在太短是個痛處。這次的表演服裝使用了廉價布料，硬是拜託中國的企業火速加工縫製。縫製出來的表演服裝絕對稱不上品質良好。高個兒猜想著想必是因為急忙把服裝塞進包包裡，才會變得皺巴巴。

高個兒隔著披巾搔了搔頭後，走近吉拉身邊。

她一邊暗自說：「真是的，怎麼會這樣狀況連連？」

「沒事的，而且妳扮演的主角是旅人。」

高個兒盡量壓低聲音，以平穩的語調搭腔說道。

「反正都這樣了，乾脆穿妳現在身上穿的民族衣裳就好了吧？」

「不行的。」

吉拉用著都快聽不見的微弱聲音答道。

「如果沒有這套服裝，我……」

意思就是，若缺了表演服裝，吉拉就無法順利發揮演技。

高個兒當然知道如果不是在「角色扮演」的氛圍下，吉拉就無法發揮演技。高個兒刻意假裝自己忘了這點，但計謀失敗。其實穿民族衣裳也算是一種角色扮演，但因為平常就被要求穿著民族衣裳，所以對吉拉來說，想必無法用來取代表演服裝。

「有沒有什麼東西可以取代熨斗的？」

沒有人回答高個兒。

「誰快跑一趟市集，去買熨斗回來！」

「店家都關著。」吉拉顫抖著聲音應道。

「要求店家開門啊！這又沒什麼。」

「這裡有插座嗎……」不知道哪個人又說這種話。

「如果沒有插座，就去管理小屋借！還有一件事，關於時間——」

高個兒這才終於向大家傳達了拉長壞男孩表演時間的消息。她感覺得出來大家稍稍安心了一些。

後臺算是暫時穩住了。

高個兒為了回去向艾莎稟報，暫時離開了組合屋。高個兒一邊走著，一邊思考吉拉的事情。對於吉拉為何一定需要表演服裝，高個兒聽聞過原因。

後宮的學生們都有各自的狀況。

高個兒和眼鏡是從長期化的塔吉克斯坦內戰逃亡到這裡來的難民。也有從阿富汗逃到這裡來的哈扎拉人[註61]。至於吉拉，她是在哈薩克斯坦的貨幣還很值錢時，被親人從烏茲別克斯坦賣到那裡去。

當時吉拉是被告知要去工廠上班。

沒想到等待她到來的是妓院。這不是什麼稀奇的事情，也有其他學生有過相同經驗。吉拉比較幸運，因為妓院附近有一個專門對抗這種侵害人權行為的非政府組織（ＮＧＯ）。吉拉逃進那所非政府組織，但沒能夠回到賣掉她的親人身邊。沒多久，透過非政府組織之間的合作，吉拉順利取得阿拉爾斯坦的公民權。

吉拉會害怕被別人看。

或許是遭受過殘酷的對待，吉拉對自我的評價也很低。

所以，她才會穿上表演服裝，讓自己變成另一個人。可以的話，高個兒希望吉拉可以藉由這次扮演主角，獲得重生。這也是後宮所有人的心願。

「傷腦筋啊……」

高個兒一邊喃喃說道，一邊踏上通往舞臺後方的階梯。就在這時——

「我也想要表演！」

不知何時，慢慢學會阿拉爾斯坦語的六歲卡莉爾跑出後臺。卡莉爾追過高個兒，眼見就快衝出舞台。高個兒急忙抓住卡莉爾的手，把她拉了回來。

高個兒怎麼也沒料到已經這麼忙了，還要當起保姆。

高個兒忍不住就快發出嘆息聲，但在緊急的最後一刻，改為做了一次深呼吸。

*

伊果動作緩慢地把手伸進懷裡，根本就是想要捉弄夏希。伊果從懷裡掏出一個體積像手掌心那麼大、電路板直接裸露在外的裝置。

夏希記得那產品的名稱叫作「樹莓派[註62]」。

樹莓派是指單晶片的低價電腦，主要目的用於教學。夏希曾經志在成為技術人員，所以也玩票性地買過兩台左右。

「畢竟是為了因應緊急事態而倉促準備的簡易品，所以如妳所見，外型實在不太美觀。」

小丑臉上浮現淡淡的笑意，指向安裝在電路板上的輕觸開關繼續說：

「如妳所想像，這是引爆器。其實也可以利用智慧型手機的應用程式來引爆，但我想起之前曾經阻斷過基地台。再來也無須我多加說明了吧。只要按下這個開關，就會發出『碰！』的一聲巨響。」

註61：哈扎拉人是以波斯語族哈扎拉吉語為母語的民族，擁有突厥、蒙古人血統。他們的主要居住地是阿富汗中部、伊朗東北部和巴基斯坦西北部。

註62：樹莓派（Raspberry Pi）是一款基於Linux的單晶片電腦，由英國的樹莓派基金會所開發。

「『碰！』的一聲巨響。」

「好了，就讓我為妳這位我最重視的朋友進言。我勸妳即刻離開水壩。若是妳堅持不離開，我想想啊……這裡有妳這位身為國防部長大人的最佳人質。就算我遭到狙擊，也只需要擠出最後一道力量按下開關而已。我想妳這位才女再怎麼機靈，也束手無策吧……」

夏希也已察覺到艾哈馬多夫上校瞄準著這方。夏希朝向上校所在的方向，在頭頂上方交叉雙手，做出大大的打叉手勢。

小丑明白夏希沒打算離去後，輕輕聳了聳肩說：

「話雖這麼說，但我個人也不想與水壩同歸於盡。妳暫且聽聽看我這個建議如何。要不趁這個機會，一起到湖畔優雅地散個步呢？這密會的對象可是堂堂國防部長大人，我是何等的榮幸啊！」

伊果轉身背對夏希。夏希看出伊果有一瞬間站不穩腳步。

夏希心想：「沒轍了，只能賭一把看看。」

夏希朝向伊果的背影，用著若無其事的口吻搭腔說：

「聲音沙啞又會暈眩。」

伊果倏地停下腳步。

「你應該差不多快筋疲力盡，身體也水腫得嚴重吧？」

「怎麼可能呢？」

伊果轉身看向夏希。

夏希這才第一次感受到伊果的臉部有了表情。

「我也預想到會有這樣的可能性。」

夏希學起伊果愛挖苦人的語調做出回應。

「要不要來做筆交易呢？」

「哎呀！國防部長大人也真是愛玩弄人呢！」

伊果這回是真的開心地笑了出來。

「啊～我該怎麼形容此刻的感受呢？小的伊果真是感到歡喜無比啊！我們果然是個性相似的同類——不！不對！都到了這種地步，就是互稱是靈魂伴侶也不為過呢！」

夏希心想：「連靈魂伴侶這樣的字眼都搬出來了啊。」

夏希輕咳一聲，提醒自己不要被對方牽著走。

「我總算調查清楚了。身為『創始七人』當中的一人、來路不明的武器狂人『巴克貝亞德』，我已經查出其本名為伊萬諾維奇·別列佐夫斯基。」

伊果的臉上依舊掛著奸詐的小丑笑臉。

夏希不服輸地繼續說：

「伊萬諾維奇·別列佐夫斯基出生於哈薩克斯坦的塞米伊。最初聽到這個地名時，我還一時想不透是怎麼回事。塞米伊就是蘇聯時期的塞米巴拉金斯克核試驗場[註63]，對吧？你的父母親因為核爆受害身亡，也就是蘇聯進行的核試爆。」

「是、是！」

伊果以如往常般的小丑態度應道。

他的臉上迅速收起所有表情。

「真是了不起。」

伊果壓低聲音只說了這麼一句。

硬要說的話，那是毫無特色的聲音。那是隨處可見、沒臉沒名的聲音，就宛如網路上的匿名留言者。或者也可以形容像是無風日子裡的蓄水池水面。

夏希心想：「原來這就是伊果真正的聲音啊！」

「嗯，真是了不起。不過，也不算是毫無挑剔之處。那種被說成簡直像是蘇聯的犧牲者的說法讓人聽不入耳。」

「我沒有那樣的意思喔。」

夏希搖搖頭說道，同時想起賈米拉帶著開玩笑的意味說過的話。

「反正我們大部分的人都是蘇聯的犧牲者。」

「說的也是。」

伊果看似心情不甚爽快地點頭說道。

難以理解的沉默時間持續了好一會兒。

「既然妳知道塞米巴拉金斯克，應該理所當然也知道恰剛核試驗[註64]吧？蘇聯期待藉由核試驗炸出

撞擊坑來止住河川的水流，進而形成湖泊。目的是為了讓他們在事後堅稱打造出蓄水池。」

伊果轉過身來。

他朝向夏希張開雙手。

「事實上，確實造出了一座湖，也就是恰剛湖。一座就如西鹹海一般，蓄著死水、至今仍受到嚴重汙染的『原子湖』。當然了，這座湖並沒有發揮作為蓄水池的功用。開發原子彈的負責人謊稱塞米伊是個無人之地。也有人說那是一場利用居民的人體實驗。」

「那場核試驗殺死了你的父母親。」

「我的父母不具學識。」

伊果微微瞇起眼睛。

「我的母親情緒不穩定，總會抱怨任何事情，父親則以暴力壓制母親的所為。老實說，我從未度過心靈安穩的一刻。所以，其實他們兩人死了，我還覺得心情暢快呢。我只差沒有寫感謝狀寄給蘇聯政府罷了。」

「就算心裡這麼想，也不該把這種話掛在嘴上。」

註63：塞米巴拉金斯克是位於哈薩克斯坦東北部的城市，塞米巴拉金斯克州的首府。哈薩克斯坦獨立後，該市改名為塞米伊，其附近曾是前蘇聯的核試驗場。

註64：恰剛位在塞米巴拉金斯克核試驗場附近，是舊蘇聯在一九六五年利用恰剛核試驗在哈薩克斯坦炸出的人造湖。恰剛湖至今仍受到輻射能汙染，所以也經常被稱為「原子湖」。

夏希很自然這麼脫口而出，小丑聽了後，再次堆起滿面的笑容。

「哎呀！妳真是清純可愛呢！就是這樣，我才會需要妳的存在！」

夏希下意識地往後退了一步。做一次深呼吸後，夏希拉回話題說：

「……後來，你也得了甲狀腺癌，並且接受了甲狀腺全切手術。我好不容易才經由對方的外交機關拿到資料。哈薩克斯坦的醫院還保留著紀錄。」

「有些與事實不符。」

「與事實不符？」

伊果又停頓了下來。

他讓視線移向蓄水池，搔了搔頭說：

「核試驗那天，我為了拜訪親戚而離開塞米伊。所以，我逃過一劫，沒有受到核爆傷害。」

「那為什麼會——」

「我小時候還算幸運，有機會接受教育，所以對核能也多少具備一些知識。因此，對於核試驗的執行以及父母因為核試驗而送命的事實，都有所理解。至於我採取了什麼行動嘛……人心啊，真的是無法理解的東西。」

伊果故弄玄虛地展露微笑。

「我去恰剛湖游泳。」

「咦？」

「我不是因為想死。該怎麼說呢……我是想要試試看。我想以己身去承受一切世界之惡，獨自去對抗看看。我會罹患甲狀腺癌，應該是因為游泳時受到核輻射的汙染。我游泳游過整座湖，發現自己還活著時，便下定了決心。我告訴自己成為世界的敵人正是我的使命。」

「為什麼？」

「人類根本一開始就不要存在比較好。妳應該也有過這樣的想法不只一次吧？」

小丑輕輕笑了笑，又在手巾上吐出痰。

夏希知道甲狀腺所分泌的荷爾蒙作用在於促進新陳代謝。

那是在維持生命上不可或缺的荷爾蒙。因此，一個人若已切除甲狀腺，就必須定期補充荷爾蒙。如果疏於補充荷爾蒙，全身的代謝功能就會低落，以症狀來說，會出現記憶障礙、憂鬱、乾燥、掉髮等症狀。另外，聲音沙啞、暈眩、疲憊感以及水腫也是其症狀。

在阿拉爾斯坦，只要到藥局，就買得到藥。

然而，伊果突然遭到全國通緝，所以沒能夠取得藥物。因此，開始出現了症狀。

夏希知道自己要這樣的手段很過分，但已無法走回頭路。

「藥我已經準備好了。如果你願意放棄在水壩引爆，我可以提供你藥。」

3

烏茲瑪眺望下方，看見點綴上原色燈泡的國民廣場畫出光之矩形。

此刻烏茲瑪正在酒店的五樓，隔著敞開的窗戶觀察舞臺的狀況。和最初那令人擔心的狀況比起來，似乎聚集了不少觀眾。不過，觀眾席也還只是坐滿了七成左右。

冬天的冷空氣毫不留情地從窗戶灌進來。

冷空氣固然難受，但烏茲瑪有不得不打開窗戶的理由。烏茲瑪的同行者，也就是她為了這天請來的狙擊手正瞄準廣場的舞臺方向。

「真的射得中嗎？」

「請放心交給我吧。」

以距離來說，差不多有八百公尺遠。這算是長距離的狙擊。不過，這次的槍彈多了技術部新開發出來的追蹤功能，可信度絕不算低。

不過，烏茲瑪從不信任不會具體說出「我做得到」的人。

烏茲瑪在另一家酒店安排了另一名狙擊手，也安排了手下混入舞臺搭建人員之中。

在發生緊急事態時，必須有多重備案才行。這是烏茲瑪的一向作風，從阿拉爾斯坦的黎明期一路參與政事至今，皆是如此。

「表演節目的時間是不是拖長了？照預定時間，應該差不多……」

「你不需要在意這些。」

烏茲瑪心想：「反正肯定是在準備歌劇上拖到了時間。」

廣場上，壞男孩正好表演完第五首曲目。壞男孩透過麥克風的說話聲乘著風從遠處傳來。

——那麼，看見如此熱烈的迴響，我們在這裡為大家再表演一次！

——請欣賞馬格里斯拉德·壞男孩帶來的「上沙漠出征」！

不能近距離欣賞壞男孩的表演讓烏茲瑪感到遺憾，但這也是沒辦法的事。

不論是讓伊果修改劇本或是派任務給負責照明的眼鏡，自己所做的一切都是為了今天的這一刻。

前任總統佩爾韋茲·阿里是一位明君。不，應該說他會成為一位明君。烏茲瑪正是為了阿里的治世，才甘願忍耐承受諸多辛勞，並從建立國家那時開始，便一路參與政治。沒想到這一路來的努力就因為一顆子彈，全都雲消霧散。

還有，竟趁著阿里遭暗殺身亡的混亂場面，奪走政權的那個黃毛丫頭艾莎·發夏爾——

那黃毛丫頭是個危險人物。

打從蘇聯時期，烏茲瑪便看過無數人們。就這點，烏茲瑪可說相當有自信。無庸置疑地，艾莎擁有獨裁者的資質。如果換個觀點來看，那也是英雄的資質。然而，阿拉爾斯坦必須是一個「自由主義島嶼」。既然要防患未然，當然要趁早摘除嫩芽。

「怎麼覺得有點可憐……」

今天請來的槍手似乎特別多話。

「我聽人家說她還很年輕吧？」

烏茲瑪用鼻子哼笑一聲。

「『需要英雄的國家會落入不幸』。我們這個國家還有很多地方需要改變。」

*

姆斯蒂斯拉夫．阿達莫夫戴上老花眼鏡，重新看一遍今天的節目表。

照預定行程來說，壞男孩的暖場表演差不多該結束，應該開始進行歌劇表演才對。然而，姆斯蒂斯拉夫的眼前簡直就像他住家附近的針灸館一樣，一直反覆唱著同一首歌曲。

「還真是難堪啊。」

姆斯蒂斯拉夫輕拍一下節目表低喃道。

對於姆斯蒂斯拉夫的感想，其身旁的哈薩克斯坦官員似乎也有同感。

「就要看歌劇本身精不精采了……」

哈薩克斯坦官員保持托著腮的姿勢輕輕點頭，再次做出打安全牌的發言。在那之後，哈薩克斯坦官員忽然一臉正經地說：

「對了，您方才的發言像是有著想擊垮這個國家的意味。」

哈薩克斯坦官員針對姆斯蒂斯拉夫方才的發言，試探性地提出質疑。

「沒什麼，那只是隨口說說而已……」

姆斯蒂斯拉夫搭起對方的肩膀，露出做作的笑容。

「不過，如果真要做，倒是有一堆方法就是了……」

姆斯蒂斯拉夫拿起一張文件影本在哈薩克斯坦官員的面前甩來甩去。

那是艾莎．發夏爾建立政權時所使用的前任總統委任書影本。說什麼委任書，姆斯蒂斯拉夫知道那肯定是偽造的。只要送去鑑定，想必立刻就能夠查明。當然了，哈薩克斯坦肯定也已取得影本。他們之所以沒有刻意拿出來做文章，想必是在斟酌衡量艾莎有沒有利用價值。

寫上「火箭亭」的紙盒裡裝著抓飯，姆斯蒂斯拉夫抓起抓飯送進嘴裡後，舔了舔弄髒的食指。

姆斯蒂斯拉夫想著這個國家還有太多可以讓人乘隙而入之處。

不只是南部的油田。只要還有其他美味骨髓可吸，連骨頭也啃個精光不就得了。

*

艾哈馬多夫的身體一動也不動，隔著瞄準鏡注視在水壩上的兩人。

水壩上的兩人最初只是不知在交談什麼，但狀況漸漸變得詭譎。伊果原本散發出悠哉的氛圍，但不知道為了什麼，逐漸失去從容感。

艾哈馬多夫心想：「要動手就要趁現在。」

夏希方才做出打叉的手勢。艾哈馬多夫知道伊果恐怕已經動好手腳，隨時都能夠引爆。

這狀態讓艾哈馬多夫不敢輕率扣下板機。

萬一沒射中要害，不敢保證伊果那男人不會選擇與水壩同歸於盡。這麼一來，水壩上的夏希也會賠上性命。說得直白一點，夏希現在跟人質沒什麼差別。

不過，只要伊果一有疏忽……

或是遇到可以一槍擊穿腦袋的瞬間到來，還是有機會狙擊。然而，伊果的每一個動作都如此誇張，而且身體左右搖晃，遲遲等不到狙擊的機會。

艾哈馬多夫焦躁不已。

「至少——」

艾哈馬多夫控制住就快自言自語起來的自己。

眼見太陽就快下山，艾哈馬多夫暗自說：「夏希，拜託想辦法阻止那小子的行動！」

*

昏暗天色從左右兩旁逐漸逼近。

水壩橋兩旁的燈光隨之依序亮起。沒多久，一道光橋在夾雜著藍色色彩的黃昏底層形成。即使在這短短時間裡，也明顯看得出來伊果……不，伊萬諾維奇（其實夏希根本不在意要怎麼稱呼這個小丑）的模樣變得越來越老。

小丑張開雙手，還拋了一個媚眼。

「我們是精神上的雙胞胎。」

小丑緩緩說出夏希難以接受的話語。

「我耳聞過妳的沙漠綠化案。那可是相當激進的點子呢！說來說去，我們就是如此地相似。意思就是，我們都擁有想要藉由技術讓世界改變樣貌的灰色慾望。」

夏希雖然猜不出小丑是向誰打聽到消息，但想到這男人的平時所為，也就不覺得意外。

「……我只是想要製造人造雨而已。」

「一樣的事情啊。妳捫心自問一下就知道了。我們兩人的內心深處都藏著灰色慾望。結果妳看看現在怎樣？我可以完全自由地追求恐怖攻擊，至於妳嘛，妳現在被政治的枷鎖緊緊綑綁住。妳不覺得這是讓人難以順從的事態嗎？」

或許是吧。

不過，比起這件事情，此刻的夏希更希望小丑可以早早投降，好讓她趕去國民廣場。是說，現在趕過去也來不及了。

夏希心想：「又給大家添麻煩了。」

「不過，如果要說我們兩人有個地方不同……」

小丑根本不在乎夏希這方的顧慮，繼續說個不停。

即使伊果的語調已改變，這點還是跟以前一樣。

「那就是妳有過於信任他人的傾向。舉例來說，像上次的那場馬格里斯拉德攻防戰。妳相信只要

費盡唇舌地做出合理的說明，大家就會願意關掉家裡的電燈。不過，事實上並沒有如妳所願。」

夏希感到胸口一陣刺痛。沒錯，上次是賈米拉救了夏希。

「重點就是，妳相信人們有能力靈活運用技術。」

「對這種早在一千年前大家就議論過的事情，我沒打算現在還翻出來議論。」

「技術是無罪的，有沒有罪是要看運用技術的那個人。這種論調根本就是在騙人。人類不過也只是照著程式在動作的機器罷了。硬要說的話，在這個現世裡，就只有人類開發出來的技術，以及神明創造的技術。既然如此，若是要說人類有原罪，技術自然也有原罪。」

小丑又做出會讓人聯想到蘇聯的發言。

「如果要我以一個伊斯蘭國家的公僕身分來發言，我會說我們不認同原罪的存在。」

「誰管妳們認不認同啊！」

小丑毫不修飾的話語駁回夏希的發言。

在那之後，小丑看向地平線，陷入默思好一會兒。

「……在恰剛湖游完泳後，我下定決心要把人類視為敵人。另一方，妳因為紛亂而痛失住家和家人，卻想要讓這塊土地降下甘霖。妳不覺得很不可思議嗎？究竟是何物導致人類的精神會有這樣的分歧？智力？還是某種遺傳性要因？一路來，我一直在思考這個問題。」

夏希張開嘴巴試圖插嘴。

小丑豎起手指，制止夏希發言。

「答案很單純，單純到讓人忍不住狠狠詛咒一番。重點就是，那個人是不是在得到疼愛關懷之下長大。若是一個在得到關懷疼愛之下長大的人以追求技術為目標，就會過於相信人類，最後招來毀滅。如同恐怖攻擊是邪靈，愛也是邪靈。說到底，妳也是危險人物，就跟我一樣。」

我是在得到疼愛關懷之下長大的嗎？

夏希這麼心想的那一剎那，腦中浮現與家人共度最後時光的客廳光景，頓時感到胸口彷彿受到重石壓迫。夏希知道自己又被伊果牽著鼻子走了。

伊果不以為意地繼續說：

「對了。實際擬好計畫後，能不能成為執行計畫的人，這又是另一個分歧點。」

「你是會去執行的那一方吧？」

「說到這點，又是一件諷刺的事！會去執行的人終究都會陷入孤獨之中，被疼愛的人不會去執行。妳說是不是很愚蠢啊？整個始末就是，名為愛的邪靈在世界撒下毀滅的種子，卻同時也阻止毀滅。重點就是一個『道地的現充[註65]』。」

夏希忽視伊果所說的謎樣用語，摸著下巴說：

「呃……意思是說，如果我先提供藥並打從心底去愛你的話，就可以解決一切事態？」

伊果眨了兩、三次眼睛。

註65：現充一詞是源自日文「リア充」的網路語言，意指不靠ACG和網路世界就能夠活得充實滋潤的人生贏家。

「妳也真不是個普通的怪咖呢。」

說罷，伊果一副打從心底感到意外的模樣，揚起左右眉尾。

「不過，也要看我心裡有沒有意中人，所以這提議不成。畢竟這種事情要兩情相悅才行。」

被甩了。

夏希這麼心想，心中也莫名地升起一股怒氣。

「我說你啊。」

夏希雙手扠腰讓左右手肘往外頂，半抱著自暴自棄的心態。

「我可沒那麼多閒時間，你可不可以快點做出決定，表現得乾脆一點？看你是要愛惜自己的性命，還是想優先在你心中扎下深根的執著意念？」

*

「好啦！謝謝大家！」

「果然是這首歌最能夠代表我們。」

「對啊！對啊！」

「那麼，大家反應如此熱烈，我們就再唱第四遍吧！」

「馬格里斯拉德．壞男孩的『上沙漠出征』！」

雖然已經沒什麼必要做確認，但高個兒還是站在舞臺側面望著觀眾席。觀眾開始慢慢增加是件好事。不過，再怎麼受歡迎的歌曲若是唱到了第四遍，觀眾席上難免也會開始傳出噓聲。

壞男孩的一名成員急忙改口說：

「不行！不行！這樣有點太牽強了！」

高個兒暗自附和說：「一點也沒錯。」

高個兒轉身後，看見學生們已經換好表演服裝準備就緒，就等著聽從指令。現場只缺了夏希以及還在等待表演服裝的吉拉。艾莎站在大家的正中央，事到緊要關頭時將代替夏希上場的候補學妹站在艾莎的身旁。候補學妹全身發抖，目光無神地呆立著。

高個兒從舞臺側面向馬格里斯拉德．壞男孩的成員使了眼色。

對方立刻點頭回應。

「各位！對不起喔！」

「是啊，但我想大家應該多少都猜到是怎麼回事。」

「我想也是。」

「不瞞各位，其實是下一個表演節目沒能夠及時做好準備！」

「不過，重頭戲即將上場！好了，大家引頸期盼的——」

就在這時——

「對不起！」

舞臺後方傳來學妹的低喃聲音。

學妹的臉色鐵青，手上拿著吉拉的表演服裝貼在自己身體的正面。

艾莎如睡蓮般笑容的嘴角抽動了一下。表演服裝的中央部位被印上一道狀似火箭的焦痕。

意外還不止這一樁。

原本在一旁觀察狀況的管理人慕達發一副豁出去的模樣爬上舞臺，從壞男孩當中的一人搶下了麥克風。面對陷入一片騷動的觀眾，慕達發穿著一身皺巴巴的衣服，若無其事地向觀眾打起招呼：

「大家好！」

噓聲頓時全停了下來。

高個兒一時失措地看向艾莎，觀察其反應。艾莎臉上浮現鮮少有機會見到的情緒化表情。從艾莎表現出來的氛圍看來，似乎決定讓慕達發繼續發言。

「相信大家都知道我是管理小屋的慕達發！歌劇等一下立刻就會上演！只是，看了壞男孩的表演後，我整個人心癢癢的，也很想小試身手一下。」

面對毫無反應的觀眾，慕達發滔滔不絕地說著。

可說是神經相當大條。

「謝謝！謝謝大家！那麼，我就在這裡為大家送上一段我最擅長的俄羅斯奇聞軼事。時光要回溯到蘇聯瓦解的那時候！說到這個哈薩克斯坦的現任總統納扎爾巴耶夫……咳！沒有，還是改說東德的何內克議長[註66]好了。何內克議長曾經詢問在他旁邊睡覺的妻子——」

ＶＩＰ席上某位坐在較偏遠座位上的俄羅斯官員竊笑一聲。在那之後，俄羅斯官員環視四周一遍，立刻恢復正經的表情。

艾莎等人不約而同地垂頭嘆氣。

4

夏希兩人的身影漸漸融入夜色之中。

艾哈馬多夫的專注力已經瀕臨極限。如果要動手，就只能趁現在了。

照理說，此刻的場面應該更加慎重才行。畢竟這一發子彈有可能左右國家的未來。然而，到了這般局面，艾哈馬多夫內心的焦躁感已經漸漸覆蓋過顧全大局的觀點。隔著瞄準鏡，艾哈馬多夫看見夏希一副豁出去的模樣不知向伊果說了什麼後，伊果瞬間停下動作。

快趁現在！

艾哈馬多夫已經無法再做任何思考了。

艾哈馬多夫扣下板機。如果伊果就這麼保持不動，就可以一槍擊中他的腦袋。到時伊果將會當場

註66：何內克是指埃里希．何內克，德國政治家，也是最後一位正式的東德領導人，曾經擔任德國統一社會黨總書記和德意志民主共和國國務委員會主席。

斃命，來不及做出要不要引爆的判斷——理應如此的。

難以捉摸的一陣強風吹過，吹得夏希的身體失去了平衡。

夏希沒站穩腳步倒向了伊果的方向。

「快逃！」

艾哈馬多夫的空虛叫聲響遍蓄水池畔。

*

夏希一時掌握不到發生了什麼事。

一陣如拳頭揮來般的強風突然吹來。夏希心想至少要避免掉落崖下，所以讓身體往蓄水池的方向傾倒。幾乎同時，傳來一道叫聲。有人抱住了夏希。就在夏希快掉進蓄水池時，伊果抱住了她。

那一刻，夏希看見伊果的臉上閃過猶豫的神情。

在那之後事態劇變。

強風中，伊果為了不讓夏希掉進蓄水池，把夏希猛力推向光橋的中央。疑似子彈的物體擦過伊果的頭部飛去。接下來的狀況就是夏希上課時學過的牛頓第三定律[註67]。伊果保持手上拿著引爆器的姿勢失去平衡，身體倒向蓄水池的方向。伊果不應該使力踩地的。他的上半身因此大幅度倒向崖邊。

情急之下，夏希也伸出了手。

「沒什麼。」

伊果沒有抓住夏希的手，那模樣彷彿在說：「我如果那麼做就等於認了輸。」

伊果的臉上掛著原本的小丑表情。

「我只是有點暈眩而已……不過，我會暈眩也是拜某人所賜就是了。不過，請容我先表明一下，我和國防部長大人之間的友情，不會因為這麼點小事就出現裂縫！是！是！畢竟不管怎麼說，小的伊果一向都是秉持一方面為客戶提供最佳方案，一方面對人們與社會——」

伊果的話語在這裡止住了。

他的聲音消失在谷底。

*

這是怎麼回事呢？

頭部朝下一路往崖下墜落，伊果邊心想這感覺也挺舒服的，邊冷靜無比地看向手上的引爆器。他思考著究竟該按下開關，還是不該按下？

註67：牛頓第三定律（Newton's third law）在古典力學裡闡明，當兩個物體交互作用時，彼此施加於對方的力，其大小相等、方向相反。力必會成雙結對地出現，其中一道力稱為「作用力」，另一道力則稱為「反作用力」，又稱「抗力」。

伊果果決地做出結論。

一路來，伊果要求自己必須貫徹一個原則——當感到猶豫時，就選擇諷刺的那一方。

伊果本打算利用自己親手開發的尼古拉菌株來威脅全世界，結果卻為了救一個丫頭，讓自己落得現在這般下場。恐怕沒有比這樣的結局更諷刺的結局了。不對喔，搞不好我一開始就打算迎接這樣的結局……算了，無所謂。

伊果這麼思考中，朝向從水壩探出身子俯視伊果的夏希使了眼色。

伊果把開關拋向半空中。

引爆器理應就這麼落入水中，跟著引發短路而無法發揮功能。沒料到有隻鳥可能是把引爆器當成了食物，飛來叼著引爆器往上空飛去。

「啊！」

伊果不由得發出少根筋的聲音。

他從眼角餘光看見夏希也做出一樣的嘴形。

＊

那隻鳥就這麼順著上升氣流，飛到夏希所在位置的附近。鳥兒在水壩橋的四周盤旋，那模樣彷彿在說：「我以為是什麼好吃的，但好像不是耶！」沒錯，很遺憾地，那樹莓派不是食物。

快鬆開嘴巴！

夏希發揮起念力，但可惜沒有作用。

取而代之地，鳥兒飛近到夏希的附近後終於開口鬆開了引爆器並落在崖邊。夏希不確定能不能碰觸到引爆器，抱著不大的期望探出身子，並伸長手。就在這時，又吹來一陣強風，夏希沒能夠穩住身體。當她察覺時，身體已經掉落崖邊，只靠著十指抓住地面。

不妙。

夏希抱著事不關己的態度這麼心想時——

隨著引擎聲傳來，夏希看見一輛摩托車穿過光橋而來。摩托車騎士動作俐落地抱住夏希的側腰後，迅速切換方向騎到橋的另一側。負責看守的士兵因事發突然而朝向騎士敬禮，但敬了禮之後才露出感到疑惑的表情。引爆器無聲無息地往崖下墜落，最後落入水中。

「妳這個笨蛋——」

騎士的嘀咕聲傳來。

夏希還是沒有搞清楚是怎麼回事。不僅如此，那騎士的面容更是教夏希納悶不已。

「這什麼狀況……我是在作夢嗎？」

「晚點再說明。」

摩托車騎士——納傑夫・本・拉希德簡潔有力地回答後，為了讓夏希坐上後座，暫時在岸邊停下摩托車。

「地點是在國民廣場，對吧？我要飆車了喔！」

*

不耐煩的情緒使得姆斯蒂斯拉夫．阿達莫夫忍不住粗魯地搔著頭。姆斯蒂斯拉夫的手上仍緊緊握住節目表，節目表都變得皺巴巴的了。

「這是什麼狀況……」

「實在是誇張到只會讓人覺得在瞧不起我們……」

姆斯蒂斯拉夫身旁的哈薩克斯坦官員也開始動起肝火。

從方才到現在，舞臺上那個叫什麼慕達發的男人就一直說著一些莫名其妙的奇聞軼事。更讓姆斯蒂斯拉夫感到不爽的是，觀眾席上還時而會傳來笑聲。

「你們知道戈巴契夫在那當下說了什麼嗎？那可真是金言良語啊——」

「其實也不會啦。」

吉爾吉斯的外交官員插嘴說道。

「我還滿享受這個餘興節目呢！」

這個發言讓哈薩克斯坦官員皺起眉頭，帶來一陣微妙的緊張感。

吉爾吉斯位於哈薩克斯坦的南方，是一個坐擁天山山脈的山岳國家。吉爾吉斯的國土面積小，部

分哈薩克斯坦人頂多只把吉爾吉斯視為避暑勝地。不過，因為哈薩克斯坦這陣子的貨幣價值下跌，所以出現雙方立場漸漸逆轉的趨勢。

姆斯蒂斯拉夫決定保持不干己事的態度，於是把目光移向舞臺上。

這時，舞臺上正好出現一名身穿民族衣裳的女子，遞了紙條給慕達發。

「那麼，接下來的表演似乎已經準備好了……」

慕達發往後退一步，畢恭畢敬地行了一個禮。

在那同時，震耳欲聾的吉他獨奏忽然響起。姆斯蒂斯拉夫三人同時舉起食指塞住耳朵。

「有人為了這一天特地趕來了現場！」

狂烈音樂轟炸之中，慕達發高舉右手說道。

「讓我們歡迎阿拉爾斯坦年輕俊秀的美男團體『審判日』！」

觀眾席上的部分觀眾發出熱烈的歡呼聲。

姆斯蒂斯拉夫回過頭看，現場雖不到座無虛席，但觀眾席已經坐滿將近九成。當中還看見把頭髮染成粉紅色或橘色的年輕女子。這是在烏茲別克斯坦難以目睹的光景。戴上白色彩色隱形眼鏡的主唱從慕達發手中接過麥克風後，指向正前方。

「嘿！你們這些小羊們！」

官員三人互看彼此一眼。

「是該定出勝負的時候了！你們將會知道已經不再是壞男孩的時代了！那麼，就來一首大家熟悉

的歌曲吧！請聽審判日的『犧牲祭』！」

*

膽子不小嘛！

高個兒全身重量壓在拐杖上，摀住眼睛心想：「什麼話不說，竟然說是小羊們！」不過，不知道為什麼，高個兒覺得有些鬆了口氣。

艾莎抱著會被拒絕的心理準備，在一個小時前臨時拜託審判日四人前來表演。審判日四人雖口無遮攔但也是社會人。對於突來的要求，審判日四人沒有不開心，而是爽快地答應了。他們同時立刻在網路上發出通知，觀眾也因此增加了。

雖然震耳欲聾的演奏讓人受不了，但觀眾席上也隨之炒熱了氣氛。

「這首歌滿好聽的。」

「我快變成他們的粉絲了。」

學生們當中也傳來這樣的聲音。

這時，慕達發步伐蹣跚地走回來。

「小姐們，抱歉喔，我剛剛——」

艾莎輕輕一吻慕達發的臉頰，沒有讓他把話說完。

至於另一方的壞男孩成員們已經精疲力盡，面帶沮喪的表情坐在鐵板凳上，沉默地啜飲咖啡。

「呃……」

壞男孩們明明是拚命幫忙撐場的有功者，高個兒卻找不到話語搭腔。

審判日進入了第二首歌的表演。第二首歌是抒情慢歌。暫時無事可做的鼓手一邊轉著打鼓棒，一邊來到舞臺後方，在艾莎耳邊不知說了些什麼。

艾莎點點頭後，跑到壞男孩的團長身旁傳達訊息。團長面帶苦笑地站起身子，跟著拿起麥克風和鼓手一起走回舞臺。

一陣猛烈的歡呼聲掀起。

主場回頭瞥了一眼後，掌握到了狀況。在唱完一段歌曲後，主唱往後退一步閉上了嘴巴。這時，壞男孩的團長以絕佳的默契順著旋律開口接唱下去。這是一場合唱。

對阿拉爾斯坦的年輕人來說，這也是一場夢想成真的同臺演出。

「什麼嘛！你聽過我們的歌啊？」

「我很常唱啊。」

「真假？那我們可要好好道謝才行。」

審判日四人互相點了點頭。

「雖然會變成死亡金屬音樂的版本，但就來試試看吧！請聽審判日的『上沙漠出征』！」

觀眾席上再次掀起猛烈的歡呼聲。

高個兒看見各國的官員們都快翻白眼暈了過去，但心想：「都到了這般局面，也無所謂了吧。」壞男孩的團長以從容不迫的姿態緩緩走回舞臺後方，跟著耗盡力氣地整個人往後倒下。壞男孩的一名成員衝向團長，作勢要幫忙團長按壓心臟。也不知道什麼時候預先做了準備，團長把含在嘴裡的水如泉水湧出般往上噴出。

高個兒一邊斜眼看著搞笑畫面，一邊確認起行動裝置。

行動裝置接收到夏希向所有人發出的聯絡內容。內容除了對遲到一事表達歉意之外，也提及已成功阻止恐怖攻擊。高個兒和後宮的學生們互看彼此點點頭後，忽然想到好像還有什麼事情還沒解決。她心想：「對了！還有吉拉的表演服裝。那到底是怎麼回事……」

高個兒為此事感到焦慮不安，但屬於壞男孩派的艾莎卻是在思考完全不相干的事情。

「我不會生氣，剛剛有提到審判日的歌好聽的人，老實舉手給我看。」

*

夏希看著摩托車空出來的後座，遲疑了好一會兒。

說是遲疑，但其實應該形容是還沒能夠消化眼前的現實。方才還在交談的對象墜落谷底，另一個以為已經死去的對象卻還活著，而且正在等著夏希坐上摩托車的後座。

「你怎麼會來這裡？」

「妳朋友拜託我的。」

納傑夫簡短地答道，拍了拍摩托車側邊示意夏希趕緊坐上摩托車。

「我記得是叫賈米拉吧。她說她可愛的學妹今天應該會來這裡，要我來救那個學妹。其實我是打算更早來的，但我這邊也有很多狀況……」

原來是賈米拉又救了我一次。

夏希這麼心想後，赫然察覺到目前這畫面不太妙。

看在周遭的人的眼中，恐怕只會覺得夏希就快被阿拉爾斯坦・伊斯蘭運動（AIM）的游擊隊綁架走。夏希猛地看向艾哈馬多夫所在的方向。

果然不出所料。

艾哈馬多夫保持趴著的姿勢，正瞄準夏希這方。夏希朝向艾哈馬多夫，舉高雙手做出一個大圓圈的手勢。

艾哈馬多夫一副彷彿在說「真是累死我了」的模樣扶住右側腰站起身子後，把槍繞到背後去。

納傑夫只瞥了艾哈馬多夫一眼。

「怎麼了？」

納傑夫輕輕壓低下巴指向自己的背後繼續說：

「妳不是在趕時間嗎？」

「可是……」

藍色夜幕已慢慢垂下。

化為陰影的後宮坐落在遙遠的蓄水池另一端。一時的強風已經散去，水面恢復了原本的平靜。

「不，沒事。」

順其自然吧！

夏希這麼下定決心後，跨上了摩托車。

「抓緊一點啊！」

納傑夫回頭瞥了一眼叮嚀道。

摩托車騎了出去。下方樹幹被塗上白漆的樹木從夏希的視野側邊流過。

「你不是說不能觸摸到未婚的異性嗎？」

夏希其實只是想開個小玩笑而已。

速度忽然慢了下來。納傑夫一副不知所措的模樣調整著頭巾位置。在那之後，納傑夫保持單手騎車的姿勢，拉高外套底下的繡布。

「妳一直很在意的這條繡布……」

納傑夫一副尷尬的模樣這麼切入話題。

「我還是個學生的時候，我住的公寓因為紛亂遭到破壞而倒塌。當時跟我一起住的父母都遭到活埋。現場沒有挖土機，我只能拚命靠雙手想要把父母挖出來。」

納傑夫最後沒能夠救出父母親。

取而代之地，勉強成功救出一個小女孩。

小女孩先離開了現場，但隔了沒多久又折返回來。小女孩把很珍惜地緊握在手中的繡布送給了納傑夫，說是謝禮。納傑夫看得出那是一條很重要的繡布，於是想要還給小女孩。然而，很快地，第二波空襲到來。納傑夫身受重傷，也失去了小女孩的下落。

「當時我下定了決心。我要讓這個國家變得更好。然後，我要找出那小女孩，娶她為妻。」

「原來如此。」

夏希用著沒有抑揚頓挫的語調附和道。

對女性而言，繡布是重要嫁妝。不僅如此，還必須是整族的女性全員出動，抱著祈禱之心刺繡出來的繡布才夠正式。

夏希知道納傑夫是個重視傳統的人，所以她能理解儘管對方是個年幼女孩，納傑夫仍下定決心要娶女孩為妻。

「……希望你能夠找到那個小女孩。」

氣氛不太對勁的一小段沉默時間經過。

納傑夫回過頭似乎想說些什麼，但很快地又轉頭看向前方，像是不願讓人看見他的表情。

「唔。」

夏希的喉嚨深處發出一聲怪聲。

因為事態轉變得太快，夏希一直沒能夠加以消化理解。不過，她忽然察覺到似乎在哪裡聽說過納

傑夫剛剛說的那件事，但又好像沒有。

「什麼！」

停頓一會兒時間後，夏希不由得大叫一聲。

「抱歉，我現在有點……那個……」

難得做了一場求婚，卻被夏希搞砸的納傑夫輕輕嘆了口氣說：

「算了。」

納傑夫打圓場地放大嗓門說：

「我要加快速度了喔！」

「那個……」

「沒關係，妳真的什麼都不用說！應該說，不准說！」

摩托車穿過封鎖道路的水泥塊。

隨著接近鬧區，不知藏在何處的摩托車開始一台接著一台加入。車上的每個人都身穿迷彩外套、綁著白色頭巾遮住頭髮，也就是常見的游擊隊服裝。沒多久，摩托車增加到足以組成小隊的數量。

「上次有個朋友跟我分享了一個叫作『二個德米特里』的奇妙戲劇故事。」

風切聲不斷之中，納傑夫放大聲量說話。

「不需要知道內容也無所謂。不過，我把它當成是一個訊息。一個在告訴我『讓自己成為德米特里吧』的訊息。雖然我不知道那訊息是要我當打敗布哈拉汗國的德米特里，還是企圖暗殺沙皇的德米

特里……」

聽到驚悚的發言，夏希不禁有些擔心起艾莎。夏希下意識地朝向納傑夫的握把想要煞車，但被撥開了手。

「妳不要貿然下定論。到最後，我兩個德米特里都沒當成。」

「發生什麼事了？」

「那天我受了傷，等到我清醒時，才發現自己被藏身在一戶遊牧民族的家裡。不過，我聽到自己在外頭被說成是已經戰死的時候，心情十分複雜就是了……」

納傑夫「榮譽戰死」後，立即被捧為英雄。AIM到處張貼納傑夫的肖像，並在讚揚納傑夫的同時，也強調阿拉爾斯坦將回歸保守。

在那之後，AIM的最高領袖因維持和平部隊（PKF）的定點炸彈攻擊而身亡，AIM為了決定繼任者而召開會議。

在那場會議上，納傑夫以身亡沙皇的代理人身分現身。因為沒有其他有力的候選人，沒多久便得到全數通過的決議。

「如今，我變成了AIM的領袖。」

納傑夫轉過頭，朝向夏希露出複雜的笑容。

路面忽然變得平坦，已經來到了鬧區。摩托車自然而然地加快了速度。太陽已經下山，市中心的大樓群燈火通明。廣場就近在眼前。

納傑夫環視周圍的摩托車一遍。

「兄弟們，我們上！」

納傑夫喊出不符合其作風的粗魯呼聲。

「再來就等著欣賞我們期待的歌劇吧！」

5

摩托車穿過蓄水池，鑽進大樓間的狹窄小巷。很快地，明亮的夜晚氣氛籠罩四周。夏希保持把手貼在納傑夫背上的姿勢，抬頭仰望天空，彷彿要把行政機關和酒店交織出來的光海從中劃開。

風切聲讓人聽得舒服極了。

廣場已近在眼前。配合著祭典的舉辦，簡易店家和攤販甚至擴散到廣場外的大馬路上，呈現出限定一晚的夜市光景。

「像一個村落耶……」

夏希坦率地脫口說出感嘆話語後，納傑夫輕笑一聲。

大家都放慢了速度。

兜售散裝香菸的大嬸一副彷彿在說「我的媽呀！」的模樣看向夏希這方。大嬸旁邊是一個男人在擺攤子，排出一列供小朋友玩耍的中國製打地鼠機，打地鼠機發出的紅光、綠光閃個不停。燉煮料理

和糕點的香味飄了過來。排隊等著買烘培點心的人龍、不知哪家店播放出來的四四拍流行音樂、手拿霜淇淋的孩童——看見游擊隊的摩托車隊突然闖入，人們都驚訝地盯著摩托車隊看，也有人刻意別開視線，或親子牢牢抓住彼此的手。

一名男性路人拿出行動裝置。

糟糕！有人要打電話通報了！

夏希這麼心想時，跟在後頭的一名游擊隊員舉高旗子。那是把「艾莎&後宮姊妹」的海報加工製成的旗子，真不知道游擊隊員什麼時候做了準備？製作旗子的用意想必是為了表達不是前來進行恐怖攻擊，而是來參加祭典，但不得不說這實在是令人難以理解的超現實畫面。不過，旗子發揮了效果。手拿行動裝置的男子眨了一下眼睛後，一臉難以理解的表情就這麼停止操作動作。

廣場就在正前方。

廣場另一端的舞臺傳來審判日的轟炸演奏。夏希這才知道原來臨時邀請審判日來表演。可能是這個緣故，觀眾比想像中的多。這是好事。只不過，通往後臺的道路被人群擠得水洩不通。

「這是什麼狀況啊？」

納傑夫放慢速度低喃道。

「無所謂，抓緊啊！」

納傑夫找到的出路是距離舞臺較遠、排列著兒童遊樂設施的兒童公園。公園化為臨時吸菸區，變成一群抽菸男子們的聚集地。

看起來像小混混的一群男子紛紛露出看見可疑人物的眼神。

「你們幾個！先暫時解散！好好欣賞歌劇吧！」

納傑夫向屬下發出指示後，猛力催動油門到底。夏希還來不及制止，摩托車的前輪已經高高抬起，躍上溜滑梯。這回夏希是真的急忙抓緊了納傑夫。夏希彷彿看見走馬燈在眼前轉動。

摩托車一鼓作氣地騎上溜滑梯，在月亮作為背景襯托下，以慢動作從觀眾們的上空飛過。

底下的觀眾們視線在空中畫出拋物線投來。

下一秒鐘，摩托車已經降落。降落在用來遮擋住各國高官齊聚一堂的VIP席、臨時搭起的帳篷上。隔了一秒鐘後，正下方傳來慘叫聲。支撐帳篷的鐵管大幅度傾斜，形成一條新的上坡道。納傑夫做出甩尾動作轉了九十度的方向後，再次朝向舞臺騰空飛起。

嗯。

我已經到了極限，在各方面都是。

夏希的心態已經昇華到放棄的境界。摩托車降落在主唱和吉他手之間，而且車身呈現半倒的狀態。夏希知道所有觀眾同時倒抽了一口氣。因為夏希就快被夾在摩托車和地板之間。不過，在那前一刻，納傑夫保持抓住握把的姿勢，讓夏希往後方彈飛出去。當夏希察覺時，發現自己飛高到半空中轉了一圈，最後奇蹟似的雙腳著地。

觀眾席一片沸沸揚揚。

審判日確實是專業表演者。吉他手一副什麼事情也沒發生的模樣衝向倒下的摩托車，對著摩托車

演奏。吉他手讓吉他的拾音器接收引擎聲，演奏出完美的破音效果。納傑夫也催動油門做出呼應。

不知為何，大家開始打起拍子。

吉他和摩托車配合著拍子，繼續互相搭配演奏。

夏希學起英國管家那樣，先朝向觀眾深深鞠躬行禮後，一本正經地往舞臺後方走去。夏希一邊走路，一邊思考該如何向大家道歉。她心想：「即便要道歉，我也不知道該從何道歉起？」

最後，夏希只是杞人憂天一場。同伴們都發出歡呼聲迎接夏希的歸來。

*

這絕對是在挑釁。

烏茲別克斯坦的外交官姆斯蒂斯拉夫·阿達莫夫的表情已經超越困惑或憤怒的情緒，昇華到像是有所領悟的「古老的微笑[註68]」。

姆斯蒂斯拉夫看向身旁的哈薩克斯坦官員。

哈薩克斯坦官員的肩膀受到方才因摩托車降落而傾斜的鐵棒壓迫，所以保持著身體歪一邊的姿勢，臉上同樣浮現古老的微笑。

註68：古老的微笑（Archaic smile）最初是古希臘雕塑家所使用的特殊表情。

後方傳來吵吵鬧鬧的粗魯聲音。

「搞什麼東西，根本幾乎沒有空位嘛！」

「啊！那邊有空位！」

姆斯蒂斯拉夫回過頭看，但已經太遲了。在長衫外面套上迷彩外套的男子們一窩蜂地坐上後方的VIP席空位。男人的汗臭味傳來。

「讚喔！這根本是貴賓席嘛！」

「是啊，總算可以喘口氣了。」

一群男子一邊大聲喧嘩，一邊拿出卡拉卡爾帕克斯坦產的瓶裝伏特加和塑膠杯，準備即刻進入把酒盡歡的狀態。

哈薩克斯坦官員皺起了眉頭。

「你們是什麼人啊？」

「如您所見，我們是阿拉爾斯坦·伊斯蘭運動（AIM）啊！」

「來！來！來！你們也來喝一杯吧！」

男子們迅速把倒滿酒的杯子傳了過來。

「不！不！」

姆斯蒂斯拉夫原本一路耐住性子，此刻終於忍不住開口說：

「為什麼反政府組織會坐在我們後面！」

「哎呀？你不知道嗎？」

「我們已經不是那種組織了喔！」

「你們幾位看起來像是大官，怎麼消息這麼不靈通啊！」

姆斯蒂斯拉夫的腦海裡閃過在母國首都「塔什干」等著他回家的妻子和女兒面容。

他忍不住心想：「好想回家啊！」

「我們怎麼可能跟游擊隊把酒……」

姆斯蒂斯拉夫準備這麼拒絕時——

從眼角餘光看見俄羅斯官員一鼓作氣地喝光第一杯伏特加後，立刻又被倒滿第二杯酒。那第二杯酒也即刻被灌進肚子裡。

「好酒啊！」

高大如熊的俄羅斯人紅著臉頰大聲喊道。

「對吧！對吧！」

「卡拉卡爾帕克的伏特加是中亞的驕傲！」

姆斯蒂斯拉夫也認同這點。

卡拉卡爾帕克斯坦雖是位在烏茲別克斯坦領土內的自治共和國，但其交通自由。姆斯蒂斯拉夫也經常訂購相同品牌的伏特加。姆斯蒂斯拉夫閉上眼睛，一鼓作氣地喝下杯裡的伏特加。姆斯蒂斯拉夫感到胃部一陣灼熱。他暗自說：「可惡！這個國家到底是怎樣！」

當姆斯蒂斯拉夫察覺時，發現會場內早已座無虛席。

*

在大家圍成一圈之下，夏希當場換上表演服裝的軍服。

夏希用雙手拍打臉頰，好讓自己切換情緒。她告訴自己：「我是切爾尼亞耶夫將軍。我是奉沙皇之命，前來征伐中亞的侵略者！」

接下來，切爾尼亞耶夫將軍將與布哈拉汗國的勇敢戰士米迦勒展開交戰。

絕不心懷慈悲！

擴大我國版圖！把異教徒和革命份子殺個片甲不留！這一切都是為了效忠於沙皇，目的在於讓即將到來的新世紀，成為屬於俄羅斯帝國的世紀！

「上得了場吧？」

艾莎一副不用問也知道答案的態度問道。

雖然不用回答也知道答案，但夏希還是做了回答：

「該做的都做了，再來只能向前衝了！」

「就是要有這股幹勁。」

艾莎點點頭說道，並輕拍一下夏希的肩膀。

夏希看見全身顫抖的兩人面容。

一個是吉拉，另一個是緊要關頭時將代替吉拉上場的學妹。夏希立刻明白了原因。她看見被熨斗印上焦痕的表演服裝摺得好好的，放在吉拉的腳邊。

吉拉扮演被藏匿在汗國的軍人。真的不得已時，即便以吉拉現在穿在身上的民族衣裳上場也不成問題。不過，吉拉需要一個變身的動作。如果不變身成其他人，吉拉便無法發揮精湛的演技。

另一方的替補演員則是因為作夢也沒料到自己有可能上場表演，所以和吉拉並肩站著發抖。這兩人到底哪一人比較適合上場？

所有人陷入沉默好一會兒。

選擇的時刻到來。就在艾莎準備開口發出指示時，吉拉舉高手。

「我想上場表演……」

吉拉用著微弱的沙啞聲音說道。不過，那是可以感受到堅定意志的聲音。

艾莎走到吉拉的面前。

「妳確定沒問題吧？」

吉拉沒有回答。

不過，艾莎似乎做了吉拉自認沒問題的解讀。

「那好，妳就穿平常的服裝上場。現在正是讓妳揮別過去的時機。」

吉拉嚇一跳地抖了一下身子，陷入了沉默。夏希看得出來吉拉慢慢冒出芽來的自信心又萎縮了。

艾莎的發言當然是出自對於吉拉的好意，而且也是正確的。不過，那是屬於強者的正確論調。

艾莎眨起一邊的眼睛說：

「我們都知道的。妳只要做妳自己就沒問題——」

夏希在思考之前，先採取了行動。

夏希大步走到艾莎的面前，呼了艾莎一巴掌。

現場的氣氛頓時凝結。

艾莎佇在原地不動，一副搞不清楚發生什麼事的表情瞪大著眼睛。夏希也佇在原地不動，發愣地低頭看著自己發麻的手。夏希心想：「我到底做了什麼？」

這時，吉拉目光忽然移向舞臺側邊。

「納傑夫先生！」

與審判日上演完一場同臺演出後，納傑夫牽著摩托車來到舞臺後方。

「真是傷腦筋啊～」

納傑夫在情緒緊繃的一群人面前，用著悠哉的口吻低喃道。

雖然納傑夫屬於暖男類型，但不愧是現役的聖戰執行者。

「我剛剛聽到了妳們的對話……這位小姐，都這個時候了，妳要不要就穿我的長衫和外套呢？如果穿我的衣服，應該也算是表演服裝吧。但有點男人的汗臭味就是了……」

大家再次互看彼此。

在這之間，納傑夫已經迅速脫下衣服，拿出收在摩托車椅墊下的ＡＩＭ旗幟裹住身體。吉拉動作僵硬地接下納傑夫的衣服。

「……可不可以讓我思考一下下？」

吉拉只丟下這句話，便快步離去，消失在組合屋後臺裡。審判日已經進入最後一首歌曲的表演。審判日的演唱會最後固定會唱歌頌死後樂園的抒情歌。

現場還留著問題。

眼前的艾莎鐵青著臉。夏希試圖解釋，但艾莎迅速打斷說：

「現在先專注在歌劇上。」

艾莎說的沒錯。

沒錯是沒錯，但是……艾莎沒有理會夏希內心的困惑。她與大家拉開距離，讓自己集中精神。夏希聽見艾莎說出聖經裡的一小節內容。

＊

在空無一人的後臺裡，吉拉站在鏡子前面。鏡子裡的一雙眼睛像在發問似的看著吉拉。鏡子裡的雙眸朝向吉拉發問。

妳是什麼人？

妳想做什麼？

——吉拉忘也忘不了二〇〇五年發生的那件事。當時因為烏茲別克斯坦的軍隊朝向行進中的抗議隊伍開火，吉拉親眼目睹父親在她的面前喪命。那就是事後被稱為「安集延屠殺事件」的一場災禍。在那之後，吉拉被親戚當成皮球踢來踢去，最後甚至被賣到哈薩克斯坦去。

吉拉不像艾莎那般胸懷理念。

吉拉只希望可以不受到威脅，一天一天地安穩過日子，但對於這樣的自己，吉拉也感到羞恥。吉拉厭惡自己沒能夠表現得和其他留在後宮的學生們一樣地積極。

吉拉感受得到大家都期望她可以藉由這場歌劇獲得重生，而且感受痛切。之所以感受痛切，是因為吉拉沒有自信能夠回應大家的期待。

吉拉在鏡子前方往後退一步，鏡子裡的身影隨之變小。大家的化妝品香味輕柔地籠罩著吉拉。吉拉緊緊抱住納傑夫的老舊衣服。

妳是什麼人？

妳想做什麼？

不知從何時開始，吉拉的喜怒哀樂已經消耗殆盡。一路來，她扼殺自己的情感過日子。硬要說的話，她是靠演技表現出喜怒哀樂罷了。吉拉思考著這樣的她現在是否擁有明確的情感？

有。吉拉想要站上舞臺。她希望自己也能夠幫上大家的忙。對於這點，吉拉已經表態過，也順利表態成功。那麼，接下來是什麼情感呢？

不想輸人。

別的不敢說，就這份情感是很明確的。只是，一站到艾莎的面前，吉拉的內心就會即刻萎縮。正因為吉拉沒有強韌的意志，才會不敢站在擁有強韌意志的艾莎面前。可是——

「夏希，謝謝妳。」

方才在場的所有人當中，想必有一大半的人不明白夏希做出那般舉動的用意。後宮的所有人都很堅強。反而應該說，對於艾莎的發言有所共鳴的人還比較多。

在那樣的狀況下，夏希採取了行動，而且毫無算計之心。不僅如此，夏希甚至讓吉拉有機會見到了納傑夫！

於是，咒語被解開了。

一路來，吉拉一直看著艾莎為了大家竭盡心力。而且是在近距離之下。吉拉自問：「艾莎為了大家竭盡心力，我為什麼要那麼在意她？」其實打從一開始，吉拉就知道原因。

吉拉感覺得到在這個海水乾枯的國家，自己內心深處的水位在慢慢上升。

不想輸人。

吉拉告訴自己：「在這廣場上，現在不是正有一個我打從心底不想輸給對方的明確對象嗎？」

＊

第二名刺客摩西．艾特瑪托夫身穿黑衣人的服裝，躲藏在舞臺下方的陰暗處。摩西的對外身分是舞臺搭建人員，但真實身分是脫離游擊隊的流浪漢。他是烏茲瑪請來的另一名刺客。

摩西的懷裡藏著一根注射器。

注射器裝著毒性猛烈的蓖麻毒蛋白。摩西被賦予的任務是，當未能成功狙擊艾莎時，必須混入安全特警之中，執行暗殺動作。意思就是，摩西是重要的支援人員之一。

若能成功完成任務，就會有大把現金等著摩西。

這麼一來，摩西就能夠告別現在的落魄生活。他盤算著到時候可以在大街上經營賭場酒店，想包養幾個情婦就幾個情婦。

*

審判日的四人退場了。掌聲不斷響起之中，燈光逐漸轉暗。

高個兒對著正在進行燈光操作的眼鏡，沒多想地搭腔說：

「妳覺得吉拉會怎麼做？」

「誰知道……」

眼鏡一副心不在焉的模樣含糊答道。

「反正不管怎樣，那都是她本人要決定的事情。」

「話是這麼說沒錯啦。總之，再撐一下喔。接下來的表演比較長一段，好好加油！」

高個兒舉高手，準備輕拍眼鏡的肩膀。

這時，出乎預料的事情發生了。眼鏡撥開了高個兒的手。對眼鏡而言，自己的這個舉動似乎也是出乎預料之事。眼鏡的瞳孔縮小，怯生生地凝視著高個兒。

「抱歉。」

眼鏡保持著僵硬的表情簡短致歉。

「我正在專心操作……」

「哎呀，那是我不好。」

高個兒沒有多餘的時間確認眼鏡的真心想法。

因為高個兒看見吉拉從後方的組合屋現身了。沒有任何人開口，大家自然而然地為主角讓出一條路來。吉拉在大家讓出來的路上戰戰兢兢地前進。

艾莎擋在吉拉的正前方。

「沒問題吧？」

不用回答也知道答案。

吉拉微微揚起嘴角，在臉上漾起如百合花苞般的微笑。

6

「時光回溯到一八六〇年代。」

舞臺上一片黑暗。

黑暗之中，讓人覺得有些踩不穩腳步。吉拉小心翼翼地緩緩踩著步伐。

「我是俄羅斯的下士，名叫米哈伊爾．沃爾科戈諾夫。在過去，我奉沙皇之命，在波蘭一路殘酷地殺害無數游擊隊員。而現在，我為了討伐中亞的布哈拉汗國，來到這塊邊境之地。然而——」

沒問題，說話聲音沒有顫抖。

吉拉這麼心想後，瞥了觀眾席一眼。觀眾席傳來淡淡的羊肉油香。方才還一直飲酒唱歌在助興的VIP席也變得一片鴉雀無聲。

無數雙眼睛正看向這方。

吉拉這麼一想後，不禁感到害怕。不過，吉拉告訴自己現在只能繼續往前走。

「面對勇猛的布哈拉人民，我過於大意而吃了敗仗。」

吉拉所扮演的米哈伊爾繼續描述著。

米哈伊爾說自己成了布哈拉的俘虜，也在米迦勒．本．慕扎法的藏匿下，邂逅人生的知己。後來因為交換俘虜，米哈伊爾回到第三個米哈伊爾，也就是切爾尼亞耶夫將軍的身邊。

燈光倏地亮起。

感到一陣刺眼之中，吉拉看見正前方的將軍桌子。扮演切爾尼亞耶夫將軍的夏希一副毫不在意的

模樣，背對著吉拉叼著菸斗抽菸。

吉拉朝向夏希架起手槍。

吉拉的手顫抖著。不過，無所謂。米哈伊爾．沃爾科戈諾夫本來就是個性膽小的人，就如同此刻的吉拉。個性膽小的人正朝向長官架起手槍，雙手會顫抖也是合理的。

「歡迎回來，米哈伊爾．沃爾科戈諾夫……我是很想這麼對你說，只不過……」

將軍一副慵懶的態度開口說道。吉拉不禁對夏希感到佩服。直到前一刻，夏希才剛剛上演完一場精采的武打場面，此刻已經完全化身為將軍。

如果照著劇本走，將軍的下一句台詞會是這麼一句。

——你可不可以說明一下是怎麼回事啊？

然而，夏希卻突然即興演出。

「你是怎麼搞的？瞧你那一身裝扮。」

觀眾席上傳來竊笑聲。

吉拉知道自己的臉頰泛紅。她感覺到自己越來越有自信，拚命壓抑著不讓自信滿溢出來。對吉拉而言，這場表演會是個分水嶺，到時候就會知道到了明天，吉拉的臉上是否還能掛起笑容。

「沒有，這是汗國的戰士分給我穿的。」

吉拉擠出聲音回應道。

「這服裝其實挺方便的。為了適應當地的氣候，果然還是要穿當地的服裝比較適合。」

吉拉此刻的表演服裝是在民族衣裳外面套上迷彩外套。她最後決定把自己喜歡的兩種服裝都穿上。民族衣裳有著和大家的回憶，外套則是散發滿滿納傑夫的氣味。

吉拉知道夏希忍住笑意差點沒笑出來。

「那為什麼還要穿那外套？」

「因為有點冷。如將軍所見，畢竟現在天色已經暗了……」

吉拉這句話是在挖苦夏希遲來。

觀眾席上再次傳來笑聲。吉拉心想：「很好，反應不錯。這要感謝審判日和納傑夫幫忙炒熱觀眾的氣氛。」

不過，到底該怎麼辦？

一開場就完全沒有照著劇本走。

「……算了，就不跟你計較這些。」

夏希露出苦笑說道，吉拉猜想著那應該是出自真心的苦笑。

「你可不可以說明一下是怎麼回事啊？」

夏希總算回到劇本上了。

「切爾尼亞耶夫將軍。可以的話，我也不想做出這樣的舉動。」

吉拉把手指壓在擊鎚上。在體溫的傳達下，鐵製擊鎚變得溫熱。

「將軍是否願意改變心意呢？我想表達的意思是，對於還要更往西方的撒馬爾罕，甚至更進一步

進攻到布哈拉去這件事……」

菸斗冒出白煙，夏希在白煙的另一端皺起眉頭。

「你是在成為俘虜的那段時間，被未開化的那群原住民感化了嗎？」

「我——」

吉拉嚥下一口口水後，繼續說：

「我奉沙皇之命令，在波蘭一路殺害無辜人民。不只有游擊隊而已，連神職人員、貧民、婦孺幼小也……」

吉拉的語尾變得含糊。

吉拉告訴自己既然已經加入艾莎們的團隊，未來想必也難逃死亡的糾纏。她輕輕甩頭後，繼續說出接下來的台詞：

「一月的那場起義，還有看不見盡頭的游擊戰……在我經歷過這些後，這回又要我去殺害撒馬爾罕和布哈拉的人民嗎？」

「一點也沒錯，米哈伊爾．沃爾科戈諾夫。就是因為這樣，才會把你這種人帶到塔什干來，不是嗎？而且正是以一個專門殺害婦孺幼小的行家身分。」

夏希用著略顯誇張的動作轉過身來。

「沙皇的命令並沒有改變。還不快把那種危險物品收起來，你這個自以為是的士官！」

「我既不是『你這種人』，也不是『自以為是的士兵』！我是米哈伊爾．沃爾科戈諾夫！一個有

名有姓的男人！現在我就要用你的鮮血，來補償波蘭的無辜人民以及布哈拉汗國戰士們的遺憾！」

吉拉用著依舊顫抖的手按下擊鎚。

咦？

這不是舞臺道具的假槍，而是放在納傑夫夾克裡的手槍！當吉拉這麼察覺時，已經太遲了。巨大槍聲響起，夏希身後的佈景被射穿一個洞。

吉拉和夏希兩人都陷入沉默好一會兒。

「不是吧！」

夏希大步走近吉拉。

「怎麼會是真槍實彈！今天雖然遭遇很多事情，但剛剛的算是今天最嚇人的一次！」

場內再次哄堂大笑。

*

摩西・艾特瑪托夫完全掌握不到發生了什麼事。穿上黑衣人的服裝，再站到佈景後方都是計畫中的動作。再來只需要配合事態演變，拿出懷裡的注射器替艾莎打一針就好。在那之後，如果一切順利，就等著度過品嚐美酒以及被佳麗包圍的日子。本應如此的。

槍聲響起。

下一秒鐘，摩西感覺到左大腿根部傳來一陣帶有灼熱感的疼痛。摩西保持著沉默滾落到舞臺下。小石子劃破衣裳，割傷了摩西的手臂。

「來人啊！」

摩西的呼叫聲被音響蓋過，就這麼空虛地消失散去。

*

舞臺上的燈光暫時暗了下來。

吉拉踩著緩慢的腳步，移動到事先安排好的舞臺中央位置。聚光燈打在吉拉的身上。趁著這時，黑衣人們開始收拾大道具和佈景。

歌曲的前奏響起。

歌劇的第一首獨唱歌曲即將開始。吉拉深深吸入一大口氣。

我們射擊了畫有白鷺、騎士以及米迦勒的旗幟，

射擊了貴族、祭司、遺孀，

射擊了在那年一月，為了捍衛自我而勇敢站起來的人民——

吉拉為自己能夠順利發聲感到慶幸。

隨著吉拉開始唱歌，觀眾們漸漸安靜下來。因為觀眾們知道吉拉唱的歌曲在表達哪件事。

那是發生在一八六三年的事件。

在當時實質上屬於俄羅斯領土的波蘭，發生了武裝起義事件。就連神職人員和貴族也包含在內，有好幾萬人民為了追求獨立而奮起。人們高舉著點綴上白鷺、騎士，以及大天使米迦勒的旗幟。

然而，沒有一個國家支援這場民族戰爭，最後超過萬人以上的人民被送往敘利亞。

我們射擊了音樂家的黑色鋼琴，
射擊了農夫、孤兒以及所有無辜人民，
射擊了在那年一月，不甘受奴役的所有人民！

不知不覺中，吉拉不再害怕被人盯著看，腳步也踩得穩穩的。吉拉自問一路來究竟在害怕什麼？她是在害怕失去自尊心。不過，波蘭的人民也好，在二〇〇五年被殺害的吉拉父親也好，他們根本連害怕失去自尊心的念頭都沒有。他們純粹是為了捍衛尊嚴而不顧前後地奮起。

不僅如此，吉拉的父親甚至不是加入起義行動。

吉拉的父親只是參加非暴力的抗議行動，就當場淋了一場槍林彈雨。

那時射殺吉拉父親的軍人不知道是抱著什麼樣的心情？那名軍人會不會只是像機器人一樣遵從命

令行事？或者是他也像沃爾科戈諾夫一樣，內心糾葛不已。

吉拉的嗓門放得更開了。

啊～沙皇啊！我所敬愛的沙皇啊！

宛如殺戮之神的您，以及提倡解放農奴政策的您，

整體來說，何者才是真正的您？

我的雙眼恐怕已經蒙上一層煙霧，怎麼也看不清您的身影——

烏茲別克斯坦官員姆斯蒂斯拉夫．阿達莫夫就坐在貴賓席上。吉拉瞪著對方看，但一邊揚起嘴角在臉上浮現微笑，哪怕這樣的舉動與歌詞內容有些不搭。

吉拉和姆斯蒂斯拉夫對上了視線。

姆斯蒂斯拉夫翹著二郎腿，在臉上保持著冷笑。

吉拉猜想姆斯蒂斯拉夫應該早就做過調查。調查過吉拉本是烏茲別克斯坦人，並且正因為故鄉烏茲別克斯坦殺死了她的父親而被賣身到其他國家去，最後輾轉到了阿拉爾斯坦來的事實。

你會覺得我很可憐嗎？

不過，很遺憾地，我現在可是雙腳穩穩地站在這裡。而且是以主角的身分！

我們射擊了拋開公職與人們牽起手的祭司，
射擊了銀行員、教師，以及自己的心，
射擊了在那年一月，所有在波蘭奮起的無名人民！

吉拉不知道自己是否順利把歌唱好。

觀眾告訴了她答案。最初，就像水面掀起微微的波浪。稀稀疏疏的掌聲之中，加入了AIM的歡呼聲。在AIM的歡呼聲之下，口哨聲和鼓掌聲逐漸擴散開來。沒多久，微微的波浪開始翻滾化為巨浪，久久無法平息。

吉拉從眼角餘光看見姆斯蒂斯拉夫依舊保持著冷笑，但已經解開二郎腿。

巨浪撼動之中，燈光暗了下來。

吉拉在一片黑暗中思考著自己究竟改變了沒有？恐怕是沒有改變吧。吉拉知道自己依舊是那個沒有懷抱堅定理念，個性膽小又怕生的她。不過，吉拉並不在意。她暗自說：「對了！等這次的表演結束後，就去參加法國的角色扮演活動看看吧！」

*

烏茲瑪・哈里法使用飯店房間裡準備的熱水壺煮了熱水後，丟進茶包泡了綠茶。屋外依舊吹來冷

風。畢竟歌劇延後了那麼久才開始表演，加深的寒意教烏茲瑪的身子更是難受。

烏茲瑪在一直架著槍不動的狙擊手身旁，放下茶杯。

「暖和一下身子吧。」

狙擊手保持盯著瞄準鏡的姿勢，向烏茲瑪表達謝意。

「人家說『惡魔就藏在準備倉促的工作裡』。還要一段時間才需要你正式上場，要不要來這邊先喝杯茶？」

「不用。」

狙擊手用著沒有抑揚頓挫的語調答道。

「別看我這樣，我好歹也是個專業狙擊手。而且，我也已經吞了興奮劑。」

還真是不懂情趣的人。

烏茲瑪暗自埋怨著，但也沒有繼續多說什麼。烏茲瑪坐下來讓身體陷入椅子中，伸手拿起茶杯心想：「反正我也安排了其他刺客。」狙擊手有技巧地用一隻手摸索到茶杯，喝了口綠茶。

雖然那綠茶毫無香氣，只有苦澀的味道，但總比什麼都沒得喝來得好。

「有把握嗎？」

「沒什麼好擔心的。對手再怎樣，也不過是個側室……」

狙擊手完全忘記烏茲瑪也是後宮成員的事實。看來烏茲瑪今晚的同伴是個少根筋的人。不過，這或許也算是一項符合刺客的特質。

烏茲瑪告訴自己就好好期待看狙擊手如何大展身手吧。

喝光茶之後，烏茲瑪拿起水壺倒了第二杯時，聽見屋外傳來吉拉的歌聲。

——我們射擊了拋開公職與人們牽起手的祭司。

——射擊了銀行員、教師，以及自己的心。

吉拉的個性軟弱，烏茲瑪一直以為她會是個派不上用場的女孩。不過，現在看來，吉拉似乎也成功蛻變了。

焦躁的情緒再次湧上心頭，烏茲瑪忍不住用鼻子哼了一聲。

烏茲瑪的腦海裡浮現這個國家乾燥龜裂的黏土沙漠。缺乏潤澤、延伸到地平線的一大片黏土沙漠。她心想：「好像啊！像極了我自身的心靈。」

烏茲瑪思考著心中延續不斷的一切焦躁情緒究竟為何而有？

*

另一名狙擊手在寒風陣陣呼嘯而過的屋頂上，一動也不動地架著槍。哪怕海風打在臉頰上，使得臉頰變得黏答答的，狙擊手也毫不在乎。

狙擊手的一隻手上拿著望遠鏡。

為了避免到了緊要關頭時，雙手會凍得發僵，狙擊手的雙手套上皮革手套。狙擊手沒有服用會扭

曲認知能力的興奮劑類藥物。雖然覺得對方可憐，但時候到來時，狙擊手還是會開槍射擊。

就算附近有手榴彈爆炸，狙擊手也不會動搖。

有別於在酒店窗戶邊的狙擊手，這位狙擊手十分忠實於自我的使命。

7

燈光轉暗的舞臺看起來像一個黑洞。夏希向眼鏡使了眼色後，眼鏡點了點頭做出回應。夏希也點頭回應後，朝向眼前的黑暗踏出一步。

另一首歌的前奏響起。

夏希觸摸領口，確認麥克風的位置。

接下來夏希將唱出侵略者切爾尼亞耶夫的內心感受。切爾尼亞耶夫出生於貴族，在克里米亞戰爭[註69]和高加索立下戰績後，於波蘭成為師團長。

在那之後，為了征伐中亞，切爾尼亞耶夫被派遣到屬於俄羅斯南方邊境的這塊土地。夏希並不知道實際存在過的切爾尼亞耶夫如何看待此事。不過，在歌劇裡是將切爾尼亞耶夫的心情設定為既詛咒

註69：克里米亞戰爭，在俄羅斯又稱為東方戰爭，是一八五三年至一八五六年間在歐洲爆發的一場戰爭。當時是俄國與英、法為爭奪小亞細亞地區權利而開戰，戰場在黑海沿岸的克里米亞半島。

也怨嘆自身的命運。

我們神聖的聖彼得堡啊～

經過時光洗滌而閃閃發光的波羅的海啊～

在這個邊境的沙漠中央、在遙遠的草原上，不知多少次對汝心生思慕之情？

夏希感到一陣心慌不安。

波羅的海、聖彼得堡——對啊，這不是賈米拉的故鄉嗎？不知她也曾經懷念過波羅的海？如果能夠得到允許，好想回到那溫暖的客廳。但是，這雙手已經沾滿了鮮血。

災難降臨了。

我們將對敵人帶來更大的災難，

然而，您是如此地慈悲為懷、如此慈悲為懷的存在——

＊

姆斯蒂斯拉夫重新翹起二郎腿，並且在膝蓋上托著腮。卡拉卡爾帕克斯坦產的伏特加開始發揮酒

精作用，身體也漸漸暖和起來。

「我說姆斯蒂斯拉夫啊！」

哈薩克斯坦官員已經喝得醉醺醺，裝熟地直呼姆斯蒂斯拉夫的名字。

「這什麼歌啊？怎麼越聽越像藍調音樂？」

這位哈薩克斯坦人說了這句話之後，便開始打起盹來。

姆斯蒂斯拉夫知道此刻在舞台上唱著歌的女生是阿拉爾斯坦的新任國防部長。根據屬下的報告，這女生個人並不構成任何威脅力。簡單來說，她不過是個運氣較好的丫頭。不過，不能凡事都以「偶然」兩字就定下結論，就如同不能凡事都以陰謀論來定下結論。

——災難降臨了。

——我們將對敵人帶來更大的災難。

此刻，阿拉爾斯坦正陷在艱苦的立場。造成這般局面的人不是別人，正是姆斯蒂斯拉夫他們自己。不過，事實上，烏茲別克斯坦也相當艱苦。

烏茲別克斯坦面臨災難。

９１１襲擊事件及事件發生後老美大聲嚷嚷個不停的反恐戰爭。在那之後，烏茲別克斯坦就一直處在複雜的立場。烏茲別克斯坦退出中亞的集團安全[註70]，改以接納美軍，後來因安集延屠殺事件飽受

註70：集體安全是一種保障所有國家生存與國際和平的制度。

國際社會痛批，再次投靠俄羅斯。最慘的就是烏茲別克斯坦退出集團安全後又加入集團安全。

在周邊各國眼裡，烏茲別克斯坦被看成是一隻蝙蝠。

就算事實並非如此，至少姆斯蒂斯拉夫自身也是這麼解讀。

烏茲別克斯坦的經濟至今仍無法徹底脫離社會主義體制。儘管擁有眾多的人口，卻找不出善用此優勢的方法。等到察覺時，才發現市集裡到處都是中國製品。

姆斯蒂斯拉夫輕輕撫過日漸稀疏的頭髮後，雙手握住座椅手把。

對姆斯蒂斯拉夫他們而言，往後退一步便是落入地獄。正因為如此，他們才想要擁有鹹海的油田，而且是迫切渴望。

——然而，您是如此地慈悲為懷、如此慈悲為懷的存在——

姆斯蒂斯拉夫不自覺地配合著夏希的歌聲哼了起來。

他的身體像浮在水上的空瓶一樣搖來晃去。

方才哈薩克斯坦的官員說這是藍調音樂。藍調音樂是什麼音樂啊？回家後，再上網查一查吧。

姆斯蒂斯拉夫思考到這裡時，在後方把酒盡歡的ＡＩＭ成員們發出熱情的歡呼聲。

「你們幾個。」

姆斯蒂斯拉夫緩緩轉過頭叮嚀對方說：

「安靜一點吧……」

*

夏希確認自己的麥克風已關上電源後，做了一次深呼吸調整呼吸。

隨著歌曲結束，再次進入吉拉的獨角戲。

「時間回溯到三個月前。我隨著將軍到布哈拉，與布哈拉的人民展開戰鬥——」

等到燈光暗下來後，夏希靜靜地走回舞臺側邊。

夏希一走回舞臺側邊，隨即迎上一組小隊。她們是接下來準備上場表演打仗場面的小隊，其中包括扮演布哈拉汗國一方的艾莎等人，以及扮演俄羅斯軍人的學生們。不知道是不是吉拉的覺醒也形成了助力，大家顯得熱血沸騰。

夏希和艾莎視線交會。

剎那間，艾莎露出尷尬的表情，跟著微微低下頭。當艾莎再抬起頭時，眼底已燃起熊熊烈火。

*

姆斯蒂斯拉夫身旁的哈薩克斯坦官員鼾聲如雷到被自己的鼾聲吵醒過來。濃濃的酒臭味傳來，姆斯蒂斯拉夫身體挪開五公分左右。

姆斯蒂斯拉夫很想再聽夏希多唱一會兒。

不過，他心想：「反正後面應該還有機會聽到她獨唱。」

夾雜一段旁白後，舞臺上開始上演打殺場面。以艾莎為首的布哈拉汗國戰士和俄羅斯軍人們正在交戰。打殺場面不是上演逼真的塹壕戰，而是拿起金屬假刀的白刃戰，這樣的安排或許是為了服務觀眾，也可能是為了避免場面過於血腥。

隨著氣勢十足的呼聲傳來，士兵們持刀互打，發生清脆的鏗鏘聲響。

艾莎站在所有人的正中央，飛舞般地做出一連串的打殺動作。艾莎的動作乾淨俐落，讓人陷入彷彿真的回到了十九世紀的錯覺。

然而，就在艾莎往後退一步時，不知道是不是誤以為場面已經結束，扮演屍體的某人猛地站起身子。姆斯蒂斯拉夫暗自說：「糟糕，要撞上了。」

這時，艾莎像是後腦杓也長了一雙眼睛似的，輕盈地飛了起來。

在那之後，艾莎把猛然站起的該人肩膀當成地板一蹬，做出前空翻的動作，跟著迅速頂出利劍抵著逼近的敵軍喉嚨。下一秒鐘，觀眾席上掀起熱烈的歡呼聲。

打殺場面再次展開。

沒多久，交戰的兩人手上的金屬假刀應聲折斷，刀尖朝向姆斯蒂斯拉夫這方飛來。雖說是金屬假刀，但刀尖銳利。姆斯蒂斯拉夫為了閃躲，而撞上身旁的哈薩克斯坦官員。姆斯蒂斯拉夫心想：「糟糕！躲不過了！」這時，一隻白皙的手從旁伸出，用雙指夾住刀尖。

姆斯蒂斯拉夫一看，發現是以為早已酩酊大醉的俄羅斯外交官。

「當心一點啊，烏茲別克人。」

俄羅斯官員說了這麼一句後，便轉頭面向艾莎的方向。

「不過，那表情……」

俄羅斯官員徒手把刀尖折成兩半後，繼續說：

「還真讓我回想起KGB時期[註71]時我們家的老大。」

姆斯蒂斯拉夫不知道該怎麼接話，只能微微點點頭。

*

說到戰場，舞臺後方比前方更像戰場。

汗臭味和化妝品香味混雜之中，不知為何，竟然是壞男孩的成員們忙碌地來來回回舞臺下方，為扮演戰士和士兵而筋疲力盡的演員們遞水。

夏希也在佈景後方坐下來，接過壞男孩遞上的水。沁心涼的冰水入口後，感覺舒服極了。

歌劇已經進行了約七成的進度。

吉拉所扮演的米哈伊爾．沃爾科戈諾夫以俘虜身分在布哈拉汗國生活一段時間後，漸漸學習到清

註71：KGB是國家安全委員會的通稱，蘇聯期間的情報機構，在當時被認為是全球效率最高的情報機構。

高及庇護的伊斯蘭流武士精神。最後，米哈伊爾・沃爾科戈諾夫決定違背長官的命令，跟隨艾莎所扮演的米迦勒・本・慕扎法。

這樣的決定如同選擇自殺。

不過，這是沃爾科戈諾夫個人所選擇之路。夏希從佈景的縫隙裡看見扮演沃爾科戈諾夫的吉拉唱著歌的身影。

我定下決心跟隨他們，
我將捨棄父母，也將捨棄令人懷念的波羅的海日出。
我心意已決，將跟隨他們一同前進！

七代後的未來考古學家啊！為政者啊！
你們可要看仔細，
看仔細刻在我們肩胛骨上的渺小尊嚴——

吉拉的歌聲聽起來像在歌唱，也像在祈禱。

隨著去除多餘演奏技巧的樸實旋律，吉拉時而平靜、時而激昂地唱著歌。

此刻，原本喝得醉醺醺的各國高官們也聚精會神地豎耳聆聽。蘊藏在歌詞背後的政治訊息一如往

常。也就是強調阿拉爾斯坦是重視個人自由和人權的「自由主義島嶼」。還有，阿拉爾斯坦早已做好心理準備，當發生狀況時將與大家共同守護歐亞地區。

艾莎拿著杯子在夏希身旁坐了下來。

「呼～」

艾莎喘口氣後，和夏希一起支撐著佈景。因為如果不這麼做，佈景就會禁不起風吹，立刻倒向舞臺的方向。膠合板的粗糙表面刺刺的，扎得教人發疼。

夏希和艾莎兩人保持著沉默好一會兒時間。

未來將居住在這塊土地的所有人民啊！

你們可要看仔細，看仔細刻在我們肩胛骨上的渺小尊嚴——

吉拉的歌聲比方才更加具有延展性。夏希開始期待起看見明日過後的吉拉。

夏希的思緒轉移到艾莎身上。

她瞥了艾莎一眼觀察她的表情。最後，夏希下定決心舉高雙手在頭頂上方擺出愛心的手勢說：

「可以嗎？」

艾莎用右手勾著杯子，噗哧笑了出來。

「但願自由長存。」

「咦？」

佈景險些倒下。

「在車臣，這句話就像打招呼的話語。我們非常重視自由。不過，重視自由並不代表凡事都可以隨心所欲去做。必須是在不傷害他人之下，遵守規定生活，並且從事善行而有的自由。」

艾莎摸了一下地板的木材後，放下杯子。

「在那裡，瓦斯管線一天到晚都在冒火。」

夏希記得曾經看過國營廣播電臺播放過那樣的畫面。化為廢墟的多間住家以及瓦斯管線冒出火焰的畫面，也深深烙印在夏希的眼裡。

那畫面是艾莎的祖國。

「……這次歌劇裡的『伊斯蘭風格武士精神』是引用了我出生長大的車臣人民的想法。」

夏希不知如何回話。艾莎在後宮接受教育時痛失父母。他們是真的賭上性命讓女兒逃出車臣。

「所以啊。」

艾莎慢慢揚起嘴角，臉上恢復如睡蓮般的笑容。

「如果要遵從伊斯蘭風格武士精神的話，對我來說，俄羅斯將會是敵人。」

夏希的腦海裡浮現直到方才還一直和游擊隊有說有笑，一鼓作氣喝光伏特加的老爹面容。

不過，那老爹看起來沒什麼威脅性就是了。

「……如果親人遭人殺害，車臣人會被要求七代子孫都必須負起報復的義務。這麼一來，身為車

臣人的我，就必須報復俄羅斯。」

夏希眨了眨眼睛後，摸著下巴說：

「這不太妙耶。」

話說出口後，夏希才覺得自己的發言像年幼的孩子。

艾莎笑了出來。

「自然地，俄羅斯對我也會有所警戒。正因為如此，歌劇的角色們才會被夾在國家和個人之間，內心掙扎又苦惱。是說，最初是因為眼鏡她們喜歡美國電影，才會把個人主義放進劇本裡。」

「嗯。」

夏希之所以只這麼應了一聲，是因為她也累壞了。

艾莎調整一下表演服裝附帶的帽子說：

「意思就是，這裡不管怎樣都會是一個『自由主義島嶼』。所以，我即便痛恨殺人犯，也不會痛恨俄羅斯。」

艾莎再次拿起水湊近嘴邊，但立刻又把杯子放回地板上。

「還有一點。既然冤魂會跟隨著七代的子孫，如果反過來思考，就表示必須考慮到七個世代後的狀況來治理國家。」

「妳是說像美國的易洛魁聯盟[註72]？」

「沒錯，就是像易洛魁聯盟那樣。所以，我要揚棄車臣的尊嚴以及『自由主義島嶼』。還有，我

沒打算讓這塊土地變成第二個車臣。沒錯，我要和大家一起……」

艾莎還來不及把話說完，吉拉的歌唱已經結束。

巨大的歡呼聲如一陣突來的暴風襲來。在這之中，傳來就快被掩蓋過去的艾莎聲音：

「謝謝妳剛剛那樣。」

「咦？」

「多虧了妳，吉拉也改變了。還有，妳聽觀眾的聲音，還有貴賓的態度改變。不僅如此，還聽見了ＡＩＭ的歡呼聲也混雜其中，不是嗎？這每一件事，都是妳做到的。」

艾莎在這時稍微別開視線。

「幸好有妳在。」

「那個……」

夏希做出回應之前，艾莎先站起了身子。

夏希想起接下來是這場歌劇的高潮。接下來艾莎將針對迎擊侵略者切爾尼亞耶夫將軍一事，進行獨唱表演。

夏希對著準備離去的艾莎，擠出聲音說：

「依阿拉的旨意！」

「依阿拉的旨意！」

艾莎回應後，往燈光暗下來的舞臺走去。

夏希不禁感到為難。

對扮演切爾尼亞耶夫的夏希來說，接下來也是重頭戲。

「傷腦筋啊……」

接下來夏希必須扮演面對意料外的防戰狀況，最後吃敗仗落荒而逃的將軍。明明如此，夏希卻不知怎地無法控制情緒。夏希的眼淚不停奪眶而出，怎麼也停不住。

8

眼鏡的雙手在顫抖。

烏茲瑪指示眼鏡在這個時間點採取行動。接下來是安排艾莎在逆光下獨唱。其目的是為了讓阿拉爾斯坦的新當政者顯得神聖。烏茲瑪的指示是要眼鏡把燈光效果換成和吉拉等人一樣打聚光燈。

這只是個幼稚的惡作劇。

觀眾想必也只會認為那是演出效果。事後若有人問起，眼鏡也只需要回答是不小心搞錯燈光即可了事。但是，眼鏡忍不住心想：「真的要做嗎？真的要讓大家一路辛苦付出的心血付諸流水嗎？」

註72：易洛魁聯盟（Iroquois）是北美原住民聯盟。使用易洛魁語言的北美原住民部族在現今的紐約州中部和北部逐漸形成並共同生活，在十六世紀或更早前結成聯盟關係，稱為易洛魁聯盟，意譯為「和平與力量之聯盟」。

「不好意思。」

最初，眼鏡沒有察覺到有人搭腔。

「那個，不好意思……」

察覺到有人搭腔後，眼鏡轉頭一看，發現一個東方人觀光客牽著造型奇特的腳踏車抬頭看著她。

「我現在有點忙。」

「我聽說有歌劇表演，所以跑來欣賞，但好像不小心闖進幕後了。」

東方人觀光客用著流利的當地語言，也就是以烏茲別克語為主的混成語說道，眼鏡納悶地想著真不知道對方是在哪裡學會了當地語言。

「如果是這樣，要請你從外面繞過去。」

「我的腳踏車方便放在這裡嗎？」

「真是的！看要放腳踏車還是驢子都隨便你啦！」

「謝謝。」

東方人觀光客有禮貌地道謝後，把腳踏車綁在舞臺下方的鐵管上。在那之後，不知道想到了什麼，東方人觀光客頓時停下動作，一本正經地看著眼鏡的臉說：

「我從來沒見過像妳這麼漂亮的女生。」

「哎呀，你嘴巴很甜嘛！」

因為被人奉承，眼鏡一時興奮而不小心照著進度表自動按下開關。

舞臺上亮起背光，打在艾莎的身上。

*

前奏慢慢接近尾聲。

艾沙深深吸入一口氣，感覺肺部充滿夾帶著海潮氣味的夜晚空氣。

接下來的內容不是針對國外傳遞訊息，而是針對國內，為了阿拉爾斯坦人民而唱的歌曲、為了人民而有的理念。

多虧了逆光效果，艾莎可以清楚看見觀眾的模樣。

艾莎看見了各國的貴賓和ＡＩＭ。看見了俄羅斯裔市民，也看見了韓裔市民。也有亞美尼亞人、車臣人、哈扎拉人、庫德人的身影。艾莎將對著這所有人歌唱。

艾莎要把那時阿里因為中彈身亡而無法繼續說下去的訊息傳達出去。

我們知道阿姆河這條滋潤沙漠的細長河流恩惠，
也知道在東方鹹海停歇的鳥兒，
我們還知道無數的遊牧民族，
因為來自遙遠北方的強大民族，

而痛嚐敗仗的滋味。

然而，神啊！事到如今，還能怎麼做？

只要願意敞開城門——是的，只要願意敞開心房，

人民將可以在每日的早晨，品嚐到美味的椰棗。

艾莎一路唱到了這裡。

這時，發生了讓艾莎，也讓大家感到意外的事態。或許是趁著大家都已精疲力盡，六歲的卡莉爾忽然衝上舞臺。

「我也要唱歌！」

*

眼鏡屏住呼吸，甚至忘了直到不久前她還想著要對艾莎惡作劇。

她心想：「怎麼都沒有人好好看著卡莉爾那孩子！」

不過，舞臺上的艾莎沒有表現出一絲一毫的動搖。艾莎保持著溫和的笑容向卡莉爾招招手，趁著間奏的時間抱起卡莉爾，讓卡莉爾坐在她一邊的肩膀上。

短短一秒鐘，艾莎就讓意外場面化解為演出。

不過，我們還是知道清澈早晨凝結在小草上的露珠，
也知道忠誠信任我們的黑馬強悍嘶叫聲。

然而，神啊！事到如今，還能怎麼做？
賢者們的呢喃聲將化為惡魔之聲，
告訴我們刀槍相對並非讓我們生存下去的手段。

有些走調的小孩歌聲和艾莎的歌聲重疊在一起。艾莎拆下固定在領口的麥克風，讓麥克風湊近卡莉爾的嘴邊。看見那光景後，有些觀眾的臉上浮現會心一笑。

「真是個大笨蛋。」

當眼鏡察覺時，發現自己已經自言自語了起來。

「我到底在執著什麼……」

眼鏡早該料想到艾莎根本不可能因為燈光這種小事而受影響。

在那之後，眼鏡朝向眼前的設備伸出手。她想要讓阿拉爾斯坦的人們可以更清楚看見此刻的光景。眼鏡抱著百分之百的善意，將背光換成了聚光燈。

*

比起方才，烏茲瑪的焦躁情緒更加高漲。

吉拉方才的歌聲一直在烏茲瑪的耳邊縈繞。那歌聲傳遞出要思考到七代子孫的訊息。這除了是在強調不會獨裁，不可能有第二種解讀。艾莎是車臣人的事實理應是她的弱勢才對，但她現在等於是反過來利用這個弱勢。

一股恨意湧上烏茲瑪的心頭。

回想起來，烏茲瑪的內心一直在累積恨意。然而，究竟是針對什麼的恨意？是針對篡奪政權的艾莎？還是針對在抱著蘇聯的負面遺產之下，一有事情就想介入的其他國家？或是針對烏茲瑪自己絕不會出面公開的事實？烏茲瑪不知道答案。不，應該說是烏茲瑪一直告訴自己：「妳不知道答案。」

——不過，我們還是知道清澈早晨凝結在小草上的露珠。

——也知道忠誠信任我們的黑馬強悍嘶叫聲。

是的，烏茲瑪是知道的。

烏茲瑪知道心中的恨意其實不是針對其他人事物，而是針對她自身。她的恨意是針對關在後宮裡作繭自縛，不願聽從內心聲音的自己。烏茲瑪不由得暗自說：「真是的，『習慣比瘋狂更加邪惡』這句話真是說得對極了！」

烏茲瑪側傾茶杯一口喝光綠茶後，在桌上發出「咚！」的一聲放下茶杯。

「取消。」

「咦？」

窗邊傳來狙擊手的少根筋聲音，但烏茲瑪沒有理會，她拿出行動裝置向另外兩名刺客發出中止行動的指令。不過，其中一名刺客正躺在救護車上等著被送去醫院就是了。

烏茲瑪拿起望遠鏡看向窗外。

廣場上座無虛席，這表示許多人都帶著行動裝置。烏茲瑪擔心指令能否即時傳遞出去。

「可是，現在是大好機會耶！而且也已經換了燈光。」

「你沒聽清楚嗎？中止行動。」

「不過是一個側室而已，沒什麼大不了的啊。不過，有可能射到小孩就是了……」

這個狙擊手不僅不懂情趣，還不聽指令。

狙擊手面帶邪惡的微笑瞄準目標後，扣下了板機。然而，狙擊步槍沒有發出槍聲，也沒有產生反衝力。隔了好一會兒後，狙擊手眨了眨眼睛說：

「怪了？」

「哼。」

烏茲瑪用鼻子哼了一聲後，站起身子。

她張開原本握著拳頭的左手，子彈一顆接著一顆從手中掉落。

「人家說『千萬不要反過來看望遠鏡』。少在那邊瞧不起側室！」

*

姆斯蒂斯拉夫・阿達莫夫一直抬頭望著艾莎唱歌。他原本是抱著要看清艾沙真面目的心態，但在不知不覺中，卻變成是看得入迷。即便是個一吹就倒的小國臨時總統，艾沙還是抬頭挺胸地站在大家的面前，大聲唱出理念。不過，坐在艾沙肩上的小女孩倒是出現的有些莫名其妙就是了。

就在姆斯蒂斯拉夫這麼心想的時候——

隨著微弱的風切聲傳來，艾沙腳下的舞臺木材輕輕彈飛。

「不妙。」

姆斯蒂斯拉夫身旁的哈薩克斯坦官員動作靈敏地站起來，迅速躲到椅子背後。

有狙擊手！

不過，會是哪方勢力派來的狙擊手？目的為何？現在不是思考這些的時候。姆斯蒂斯拉夫趕緊也躲到椅子背後，以免第二發子彈射來時遭受波及。然而，狙擊手沒有射出第二發子彈。

姆斯蒂斯拉夫在椅子背後觀察著舞臺上的狀況，並且目睹了那畫面。

艾沙輕輕放下肩上的小女孩，讓小女孩躲在她的背後繼續唱著歌。不用說也知道，舞臺上的艾莎當然察覺到受到狙擊。明明如此，艾沙卻沒有表現出一絲動搖。

不過，我們還是知道該守護的人們、花朵以及動物，
也知道該守護的一切景色。
我們的一顆心知道自己此刻應該做什麼！

我們知道阿姆河這條滋潤沙漠的細長河流恩惠，
也知道在東方鹹海停歇的鳥兒。

艾莎一路唱完自己的獨唱，除了在正面觀看的姆斯蒂斯拉夫等人之外，就連周圍的貼身保鑣也沒讓他們察覺到遭受槍擊的事實。

寒冷的夜裡，整座廣場充斥著熱氣以及歡呼聲。

*

另一名狙擊手——賈米拉・坤迪・沙德薩總算可以從瞄準鏡上挪開眼睛。她在一片黑暗中站起後，伸了一個大懶腰。

第三名刺客在對面飯店的某房間裡。刺客朝向艾莎射擊後，賈米拉才總算得以確定其所在位置。

賈米拉一槍射穿刺客的頭部，刺客的上半身像極了一條牛舌垂掛在窗戶上。刺客們使用的子彈帶有技術部所開發的追蹤功能。即便如此，還是必須具備最低限度的射擊技巧。若是認為還會有人補上第二顆子彈，專注力更是會下降。

只能怪那刺客不好好靠自己的技巧，才會淪為此刻的下場。

「真是的，愛給人添麻煩的傢伙。」

賈米拉不會因為這樣就自認已經還了人情。不過，她知道自己做了該做的事。

另一名狙擊手是個忠實於自我使命的狙擊手。

*

夏希看向舞臺的方向。

艾莎所扮演的米迦勒·本·慕扎法已擊退敵軍，此刻正上演著艾莎和扮演米哈伊爾的吉拉兩人合唱的場面。兩人高唱著秉持堅定的決心，準備和大家共赴聖戰的歌曲。

觀眾的情緒漸漸從激昂轉為瘋狂。

根據史實的記載內容，切爾尼亞耶夫率領了十四支步兵大隊、四支哥薩克騎兵大隊，並帶著十六門大砲進軍撒馬爾罕。然而，當地居民的反抗勢力出乎預料地強大，切爾尼亞耶夫一方因陷入補給困難而痛嚐必須撤退的苦頭。制止俄羅斯進軍的存在不是別人，正是人們的力量。

夏希她們當初也是因為這點，才會挑選中亞人民贏得勝利的這場戰役作為歌劇的題材。

歌曲結束，燈光暗了下來。夏希靜靜走上舞臺，等到大家都開始安靜下來時，展開了獨角戲。

「……就這樣，中亞的勇猛人們讓我不得不放棄進軍，最後被放逐到這塊沙漠之地。雖然是以一個敗軍之將的身分，但我得以回到日思夜想的聖彼得堡——」

聚光燈亮起。夏希站在燈光下，緩緩環視所有人一圈。

「出乎預料地，當我回到聖彼得堡時，得到的不是咒罵聲，而是熱情瘋狂的迎接。沙皇賜給我榮譽寶劍，並讓我退下軍職身分。雖然這是一件諷刺的事實，但已足以安慰我的心靈。」

在廣場上黑壓壓一片的群眾面前，在歷史的見證下，夏希繼續說：

「羅曼諾夫斯基總司令接下我當初的任務。總司令突破了伊斯蘭王族的聯合軍，讓撒馬爾罕也納入俄羅斯的版圖，沒多久布哈拉汗國也降伏了。至於被留下來的兩位米迦勒，在那之後再也沒有人知道兩人的行蹤——」

隔了一秒鐘後，地鳴聲響起。夏希後來才發現原來是觀眾們的掌聲及歡呼聲。夏希行了一個禮之後，回到舞臺後方。艾莎等人露出笑臉迎接她。

所有人都沉默不語。大家之所以沉默不語，是因為順利達成了任務。

觀眾的瘋狂歡呼聲久久不能平息，讓市中心的廣場持續發出地鳴。

所有人互看彼此一眼後，在沒有人主動提議之下，從艾莎到扮演屍體的學生全部回到舞臺上。更加劇烈的地鳴聲響起。沒多久，前奏響起。

這首歌曲是為了這時刻而準備的。
謝幕大合唱即將展開。
夏希和艾莎在眼神交會後，互相點了點頭。沒多久，展開了大合唱。

我們還牢牢地記得，
記得早晨在天地之間的海鹽沙漠上，
為我們道出祝福話語的白花，以及讓人懷念起幻想之海的那片霞光。
但願我們的梭梭能夠永遠覆蓋土地。

我們還牢牢地記得，
記得昨晚在約旦的死海邊緣、
在西奈半島的摩天大樓旁，被駱駝啃食的白花。
但願他們的梭梭能夠永遠覆蓋土地。

亦或是在昏暗的伊拉克油田四周、在維吾爾、在波斯、
在阿富汗、在阿拉伯半島南端的遙遠阿拉伯祖國，
獨自在沙漠生根，長出彎曲粗壯體幹的強悍存在啊！

但願他們的梭梭能夠永遠覆蓋土地。

我們還牢牢地記得，
記得早晨在天地之間的海鹽沙漠上，
為我們道出祝福話語的白花，以及讓人懷念起幻想之海的那片霞光。
但願我們的梭梭能夠永遠覆蓋土地。

夏希一邊唱歌，一邊回想艾莎的話語。
艾莎說的「幸好有妳在」那句話。
夏希總算察覺到了。
她也沒料到自己竟然這麼晚才有所察覺。跟大家一樣，夏希也是受了傷的一人，但夏希卻像個傻蛋一樣遲遲沒有察覺到這個事實。不過，無所謂了。就為了大家、為了擠滿這座廣場的所有市民、為了維吾爾、為了波斯、為了阿富汗，也為了不會不再有第二個像自己一樣的人出現、為了廣大生存者，盡情歌唱吧！

淑女腳踏車環遊世界一周～阿拉爾斯坦篇７

此刻，我沿著北鹹海的南岸旅行。當然了，同伴就是我那輛淑女腳踏車愛車。因為發現了一家不錯的咖啡小屋，所以我正在小屋裡的架高地板空間寫信給達娜。這家咖啡小屋居然有免費的Wi-Fi，真是太神奇了！

後來，我決定不要偷渡到哈薩克！
可是，到底該從哪裡說明起才好呢……

離開放牧場準備前往哈薩克斯坦的途中，我得知在首都馬格里斯拉德可以欣賞到歌劇的消息。於是，我騎著腳踏車前往國民廣場。首先，我搞錯了入口，不小心闖進舞臺後方。
歌劇盛況空前。聽說那是後宮的女性們一年才舉辦一次的活動。雖然聽到後宮這個字眼，會讓人有種落後的感覺，但根據傳言所說，那裡似乎是某種培訓機關還是其他什麼的。抱歉！這方面我不是很清楚，還請大家自己查查看！

回程時我繞到舞臺後方準備去牽我的腳踏車，結果正好遇到一群要走去後臺的表演人員，當中有個人發現我是個貧窮旅行者，主動來跟我搭腔。對方問我：「你該不會是因為出不了境，在傷腦筋吧？」
我跟對方說自己正是為了出不了境在傷腦筋後，對方從後臺拿了一張便條紙來，在便條紙上寫了這樣的內容：

特准此人出境，煩請哈薩克斯坦一方也給予方便。

艾莎・發夏爾

我記得好像在那裡看過「艾莎・發夏爾」這個名字，但就是想不出來。不過，我想她一定是個很了不起的人！
就這樣，重新調整好裝備後，我便往北方出發。到了北方後，你們猜什麼把我給嚇了一跳？首先，鳥類和動物變多了！沒錯！有別於南方，北鹹海恢復了原本的水位！駱駝也不再那麼骨瘦如柴，駝峰豎得直挺，身上還長滿柔軟蓬鬆的毛。這讓我有了一個感想。我心想原來這個國家的南北兩方分別懷抱著絕望與希望。

我也想好了回國後要做什麼。

我要復學回學校上課，然後認真學習應用化學！畢竟那集水塔也好，淨水技術也好，都有著太多太多可以改善的空間。

還有，達娜，總有一天我會再回來的！

（待續）

8

祈雨師

1

艾莎剛剛結束在官邸的工作，越過釣橋回到了後宮。

此時的時刻是二十一點鐘。艾莎一進到廣場，立刻被一群新生團團圍住。艾莎在面臨存亡危機的國家，扛起臨時總統的職責一路支撐國家，可說是後宮所有學生的憧憬對象。

今年的新生陣容也是來自四面八方。可能是屬於中東的基督教徒和亞茲迪教徒的學生比較多，有學生千里迢迢地從東突厥斯坦經由陸路而來，也有來自阿富汗的哈扎拉人。艾莎一個接著一個摸了摸新生的頭。

最後，艾莎看見高個兒的身影。

艾莎和高個兒兩人互貼左胸擁抱，做出阿拉爾斯坦的男子們經常會做的動作。在那之後，高個兒就像個經驗豐富的保姆，帶領低年級生前往二樓的大房間。艾莎詢問過高個兒的志向，高個兒表示想要再更多加努力學習，最終希望成為後宮的教師。艾莎也覺得高個兒確實很適合當教師。

短暫的春天已結束，酷熱夏日也漸漸接近尾聲。

多數當初成立臨時政權時選擇脫逃的學生，也都回來了後宮。

雖然挑選新生的基準不一，但艾莎大多是從以移民或難民身分前來的孩子們當中，找出具有某種突出才能的孩子，讓她們進來後宮。也有政情不穩地區的父母親把孩子送來這裡，請求務必讓孩子進

後宮學習。

不僅針對學生，在艾莎的要求下，離散各地的教師也都回來後宮。

原本年紀最小的卡莉爾也擔任起新生的引導員，明明才七歲而已，不知不覺中也表現得一副學姊模樣。新生當中，多數學生還是難掩不安的情緒。也有學生因為想家而在半夜裡哭泣。營造出可以讓這些學生靜心學習的空間，也是高年級學生的職責所在。

歷經那場預言家誕生祭之後，來自鄰國的壓力漸漸減少。

與因油田一事而起爭執的烏茲別克斯坦之間，也達成協議將設立聯合軍。至於阿拉爾斯坦・伊斯蘭運動（ＡＩＭ）當中的激進份子，納傑夫也幫忙順利壓制著那些人。自然而然地，艾莎的文件處理工作比例增加了，過著每日必須和眼睛疲勞搏鬥的日子。

隨著學生人數增加，原本在二樓大房間的臨時政府也終於轉移陣地到了官邸。不過，參與行政工作的學生們，還是會和大家一樣回到後宮起居。

艾莎沒有立刻爬上二樓，而是穿過休息室走出陽台。

艾莎想要吹一吹夜風。

過去，艾莎曾經和大家抱著忐忑不安的心情，在陽台上等待前任總統阿里受到槍擊的後續消息，但此刻的陽台不見任何人影。艾莎面向蓄水池的黑暗水面，在冰冷的鐵椅上坐下來，並且讓兩隻手肘倚在桌面上。沒多久，夜風吹拂而過。那是夾雜著海潮味、阿拉爾斯坦特有的沙漠之風。

沒錯，很多人都回來了。不過，艾莎最希望見到的兩人沒有回來。

陽台上沒有燈光。取而代之地，從二樓大房間流瀉出來的光線朦朧照亮陽台的桌椅。在一片昏暗之中，艾莎拿出懷裡的信件。打從預言家誕生祭的那晚過後，不定期會收到寄件者不詳的信件。信件有時是從烏茲別克斯坦，有時是從俄羅斯寄來。信件內容大多是天真幼稚的閒聊話題，或是旅行經過的報告，但也會看似不經意地寫上對艾莎等人而言，屬於極重要情報的各國動靜。

只要一想起寄件者的面容，艾莎的內心深處即會燃起一股焰火。

艾莎告訴自己既然還收得到信件，至少就表示賈米拉還好好活著。

另一個日本人……真不知道她身在何處？在做著什麼？

艾莎收起信件，視線移向水面。水面反射出後宮的燈光，忽明忽暗。艾莎眺望著眼前的蓄水池，陷入沉思好一會兒。

艾莎想著一路走到此刻都順利克服難關，但明天開始將被迫站上痛苦的立場。

這時，艾莎身後傳來食器碰撞的鏗鏘聲音。回頭一看，看見眼鏡雙手端著點綴上藍色圖樣的茶壺和兩只玻璃馬克杯，朝向她拋了一下媚眼。

「辛苦了。」

馬克杯裡倒進了綠茶。

被拿來取代茶杯的玻璃馬克杯是蘇聯時代就有的產品。這玻璃馬克杯雖然顯得庸俗，但艾莎還挺喜歡的。藍色圖樣的茶壺是位在郊外的陶瓷工廠所開發的新產品。聽說該茶壺因為符合「技術專家治國」的形象，而被飯店等店家採用，正悄悄地掀起一股風潮。

眼鏡在艾莎旁邊的椅子坐了下來。

雖然眼鏡的臉上掛著黑眼圈，但總是凶巴巴的表情變得柔和了些。艾莎知道是因為才剛剛通過了預算案。在那之前，眼鏡可說是付出相當大的心力。

「謝謝妳喔。」

艾莎說出慰勞的話語後，眼鏡輕輕點點頭，視線移向蓄水池的水面。

艾莎也點頭回應後，喝了口茶潤喉。直到最近，艾莎才漸漸體會到疲勞時喝綠茶最好。她不禁覺得自己有些像起了烏茲瑪。

「就是那句話啊。」

眼鏡露出淡淡的笑意繼續說：

「該做的都做了。」

艾莎抱著苦澀的心情揚起嘴角。

艾莎知道大家都只憑著使命感一路努力到現在。可以的話，她希望大家都能夠得到回報。可是，回來後宮的不是只有學生和教師。

男人們也回來了。

那些過去逃跑的議員們一發現阿拉爾斯坦的動盪局勢已經平息，便回到國內來，也進行了改選。議會發揮功能這件事情本身並不是壞事。多虧了議會發揮功能，也總算能夠按照正當的程序通過預算案。不過，那些議員們也頂多只會提供到這裡的協助。

明天，艾莎將以關係人的身分被傳喚到議會去。審判動作接下來才正要展開。

微風吹過，蓄水池在上午的藍色氣層底下漾起陣陣漣漪。雖然夏季已經接近尾聲，但氣溫仍舊超過四十度。接下來，在經過短暫的秋季後，阿拉爾斯坦將進入酷寒的季節。

這裡是「火箭亭」的第二家分店，又稱為湖畔店。

在湖畔店的露臺桌位上，坐在對面的高個兒放下叉子，放輕音量說：

「味道是不是有些變差了？」

「火箭亭」在預言家誕生祭大賺一筆之後，沒多久便在首都內接連開了第二家、第三家分店。現在甚至還提供只要一通電話，就會把現做的熱騰騰抓飯外送到府上的服務。艾莎等人不得不關在官邸裡工作時，這個外送服務可說是相當難能可貴。

不過，無奈擴展分店的速度太快，口味並沒有同時跟上水準。

嚴格說起來，這第二家分店乍看下也是呈現以觀光客為對象的風格。

「這也怪不了人家。」

艾莎拿起餐巾遮住嘴邊，掩飾苦笑繼續說：

「光是看見火箭亭可以擴展生意，也就夠了吧。」

桌上除了擺著冒出暖呼呼熱氣的抓飯之外，還有近似西歐地區的貝果、淋上熱水再加以烘烤而成的麵包。雖然是碳水化合物加上碳水化合物的搭配，但人家就是這樣的菜單設計，所以也是沒辦法的

事情。另外，還有紅茶以及少許不算好吃也不算難吃的乳酪切片。

這是湖畔店引以為傲的早餐套餐。

早餐套餐還附了一道特別的飲品。也就是在大大的醒酒瓶裡，倒得滿滿的草莓果汁。店家是使用從郊外的植物工廠直送過來的草莓，容器裡可看見新鮮的果肉浮在上頭。

天氣又熱又乾燥，連一滴汗也流不出來。正確來說，應該是只要一冒出汗珠，就會立刻化為鹽巴。所以，也有客人一點再點這草莓果汁。

艾莎環視四周一圈後，發現店裡除了觀光客之外，也擠滿了當地的商務人士和親子家庭。

高個兒壓低聲音說：

「狀況如何？妳有想到什麼對策了嗎？」

「沒有……」

艾莎讓身體倚在向著蓄水池的鐵欄杆上，把果汁倒進杯子裡。

陽光照射下，欄杆甚至有些發燙。

「我沒有特別去想什麼對策。」

坐在對面的高個兒聽了後，叉子上的肥羊肉都掉了下來。

「沒有？不是我愛說妳，總會有什麼對策吧？像是強調政權的正當性之類的。」

「不是啊。」

艾莎觀察一下四周的狀況後，才繼續說：

「事實上並不具有正當性，能有什麼辦法？」

就在附近的服務生瞬間僵住身子，但立刻恢復專業服務生的表情，提供起追加麵包的服務。

高個兒摸著下巴，臉上的表情彷彿在說：「說的也是。」

「可是，那這樣──」

那這樣豈不是只能任人宰割被拉下臺？艾莎也點頭認同。

「眼鏡也得不到回報。」

高個兒看向蓄水池這麼低喃一句。

艾莎先吞下麵包後，用另一隻空著的手抓住鐵欄杆。

「還不一定呢。」

「怎麼說？」

「問題是下一個是誰要站上臺？副總統只是花瓶，他沒有阿里那般的能耐。另一方面，還要看人民是如何看待我的存在？我擁有花了一年時間建立出來的內外管道。現在終於到了要驗收這一路來的成果的時候。」

意思就是，下一次的選舉將會定出勝負。高個兒輕輕點點頭，表示已明白艾莎的意思。

艾莎也有她還沒有完成的任務。之前艾莎說過想要建立新的三權分立就是其中之一。艾莎拿起餐巾，擦拭一下嘴角。

距離召開議會的時間，只剩下不到一個小時。艾莎舉高手，請服務生幫忙結帳。

艾莎從眼角餘光看見一道小小身影閃過。

原來是一隻候鳥從接近蓄水池水面的上方飛過。蓄水池的鹽度高，沒有可以讓候鳥飽餐一頓的生物，但在北鹹海，已經可看見魚兒和鳥類歸來。現在，這座蓄水池時而也會看見鳥類的身影出現。

艾莎忍不起又想起了兩人。

她一口氣喝光剩下的果汁，讓自己立刻切換心情。

2

「……基於上述理由，今日特傳喚艾莎．發夏爾臨時總統——更正，自封總統前來。我們將在此追查不義之事，以促使行政及議會達到正常運作……」

奈迪胡拜．布薩科夫議員朗讀出針對艾莎的彈劾聲明。這位議員是市中心的賭場王，其派系是議會的最大勢力之一。

通稱為賭場派。

由於阿拉爾斯坦是一個移民國家，因此是根據遊牧團體、民族或企業等對象的人口比例來分配議員席次。市中心的人口較多，所以奈迪胡拜擁有較強的權力基礎。

艾莎緩緩搧了搧領口，讓空氣進到衣服內。

議會才剛剛開始不久。

艾莎想起之前和夏希、賈米拉來到這裡時，這裡還是一片紊亂。沒錯，艾莎還記得那時這裡隨地都是散落的文件，呈扇形圍繞議長席的紅色呢絨布料的座椅東倒西歪，有幾張座椅還橫倒在地上。

每次來到議會堂，艾莎總會記起那時的回憶，心頭也會湧現一股淡淡的甘苦味。

艾莎推開雙門構造的大門進場時，男人們的目光一齊集中過來。艾莎明顯感受到男人們對篡奪政權的黃毛丫頭抱有敵意。甚至有議員一邊露出不懷好意的笑容，一邊啃著向日葵子。艾莎忍不住想要搖頭嘆氣，這群男人也不想想自己是最先陷入恐慌，而拋棄國家逃跑的一群人。

艾莎目前是坐在位於扇形座位中央的關係人席。

身為總統的艾莎在議會並未擁有席次。

隨著獨立，阿拉爾斯坦採用和拉丁美洲各國一樣的美式總統制。這麼一來，就不會發生議會不信任總統的事態，相反地總統也不具有解散議會的權限。

對議員們來說，無不信任制度這一點是個問題點。

因此，他們才會想要藉由讓彈劾案成立，來逼迫艾莎辭任。

除了質詢臺旁邊有一架國營廣播電臺的攝影機，另有一架攝影機從遠處拍攝議會的狀況。有人趁著奈迪胡拜的聲明空檔，以麥克風都快收不到音的音量低喃：「——賣春婦。」

另一道聲音傳來：「而且是個賣國賊。」

低沉的笑聲接連傳來。艾莎不知道是哪個議員口出惡言。事實上，任何一個議員都有可能說出這種話。不過，艾莎並不害怕。想起這一年來不知道發生過多少事情，艾莎反而覺得口出惡言的議員顯

得滑稽。艾莎朝向聲音傳來的方向，靜靜露出睡蓮般的笑容。

輕易就被閃過攻擊的議員們，臉上浮現相同的憤慨表情。

艾莎環視議會一圈。

小小的議會簡直就像在訴說著這個國家的規模。不過，相對地，旁聽席上擠滿了人。艾莎聽說市民們為了這場議會，從早上就在議會廳的前面排隊等候。

「艾莎！」

據說從昨晚就來排隊的後宮學妹在旁聽席上大聲喊道。學妹們採取團體行動，展現支持艾莎的堅決態度。萬一艾莎在這場議會失去地位，有可能會影響那些學妹的未來出路，但她們堅持這麼做。

艾莎向學妹們回以笑容。不過，這次的笑容是發自真心的微笑。

只不過，這微笑或許帶著一抹落寞的情緒。因為艾莎最希望在現場陪伴她的兩人並不在這裡。

「安靜！」

擔任議長的蓋達爾．歐格．阿卜杜勒出聲警告。

「請大家不要忘記這裡是神聖的議會場合——」

議會開會前，這位議長向神明做了禱告。

雖說阿拉爾斯坦已墮落於世俗間，但在這方面還是傳統的伊斯蘭國家。

艾莎看向議長後，議長回以威嚴十足的嚴肅表情。當初到底是誰從這個神聖的議會逃跑？思考這個問題後，艾莎不禁覺得這位議長的厚臉皮也不輸給其他議員。

讓艾莎感到在意的是，對面證人席上出現烏茲瑪．哈里法的身影。艾莎不知道烏茲瑪今天帶了什麼證據來。不過，艾莎猜想得出烏茲瑪想必是為了偽造委任書一事，才會出現在這裡。

奈迪胡拜在質詢臺前一副好戲正要上場的模樣，做出一連串的控訴。他針對艾莎趁著遭遇國難時奪取政權，以及並未依照正當程序取得政權一事，以迂迴的說法滔滔不絕地說個沒完。雖然奈迪胡拜的每一句話都讓艾莎聽得不耐煩，但無奈的是，奈迪胡拜的發言都是事實。

最後，奈迪胡拜這麼補充一句：

「艾莎．發夏爾本來就是深受前總統阿里寵愛的女生。然而，對我們而言，這個女生卻是個了不起的大騙子。」

奈迪胡拜加上手勢、動作的演講精采生動，真不愧是在商場上打滾的人，鍛鍊出一身好功夫。艾莎心想：「不知道國民看見現場轉播後會怎麼想？」

艾莎稍作思考後，輕輕舉高手要求發言。

「艾莎．發夏爾關係人——」

取得議長的同意後，艾莎站上質詢臺，再次環視所有人一圈。

「議員所說的內容還真是與事實相差甚遠。」

艾莎一開口說道，立刻引來議員們的吹噓聲。

這狀況就算想好好說話也說不成。艾莎保持嚴肅的表情，決定等待一群大叔們喊累了再開口。幸好經過二、三分鐘後，大家便安靜了下來。

艾莎告訴自己先採取正面攻擊法。

「我難以理解自己被傳喚到這裡來有何意義？假設是想要罷免我，那就必須請各位透過司法來進行。只要司法判我有罪，不需要特地上演這場鬧劇，也能夠自動讓我失去總統一職。」

艾莎知道這部分理應是議會的弱點。

「請恕我直言，奈迪胡拜議員是不是不明白何謂三權分立？」

「那就太慢了！」

奈迪胡拜說出真心話的同時，用力拍打座椅的扶手，跟著輕咳一聲說：「抱歉。」

「艾莎小姐的發言確實沒有錯。想要罷免現任總統時，必須在現任總統被司法認定有罪之下才得以罷免。對於這點，我們也是抱著一樣的認知。」

然而，如果要針對現任總統進行訴訟，訴訟時間不管怎樣一定會拉長。

如果一個搞不定，甚至有可能就這麼拉長到任期結束。這對議員們來說，會是很頭痛的事情。所以，他們才會使出這場彈劾案。議員們的企圖是取得國民的支持，最後逼得艾莎請辭。

奈迪胡拜又咳了一聲後，動作誇大地張開雙手說：

「不過，請各位想想看！艾莎小姐身為總統這件事現正飽受批評！也就是說，我們就是為了釐清是否應該以符合憲法規定的總統來看待艾莎小姐這點，才會以關係人的身分傳喚艾莎小姐——」

「沒錯！」

「說得好！」

「我們正是為了所有國民著想，才會認為必須盡早做出結論。最棘手的是如果要等待司法判決，那就太遲了。畢竟這樣有可能讓不具資格的總統一直在位到任期結束！」

「嗯……」

奈迪胡拜的說法算是合理。

不愧是難纏的對手，不能用普通的方法應付。應該說，現在是對方正確，艾莎這方有錯，才會造成這般局面。再說，艾莎這方其實也不想走司法程序。萬一被提起公訴，最後被判有罪，到時候艾莎連想要當個候選人都當不了。所以，以艾莎的立場來說，她想要把事態引導向讓她可以安全自動請辭的方向。這是艾莎此次的勝利條件。不過，艾莎沒把握能夠順利引導事態發展。

別的不說，坐在對面的烏茲瑪的存在就讓人感到毛骨悚然。

艾莎思考到這裡時，出乎預料的聲音從奈迪胡拜身後的議會最深處傳來。

「抱歉……方便讓我發言一下嗎？」

「納傑夫先生！」

旁聽席各處一齊發出呼喊聲。

舉高手準備出聲掌控場面的蓋達爾議長，就這麼保持姿勢不動，眼睛眨個不停。就在蓋達爾議長準備開口說話時，旁聽席上又到處傳來聲音。不知不覺中，納傑夫的親衛隊已經擴大規模，在首都內建立起關係網。

「你們在做什麼！」

隔了一會兒的時間後，蓋達爾議長大聲喊道，現場終於安靜了下來。

「沒事……納傑夫・本・拉希德先生，請說。」

「嗯。」

納傑夫回應一聲後，在位置上站起身子。

分配給ＡＩＭ的議員席次有三個席次，納傑夫是其代表。

阿拉爾斯坦之所以能夠與烏茲別克斯坦、哈薩克斯坦，乃至於俄羅斯等周邊各國建立穩定的關係，完全是因為ＡＩＭ選擇了參加制度內的政治。因為這樣，阿拉爾斯坦被認同已成功封鎖住屬於宗教右派的恐怖份子組織，烏茲別克斯坦也失去可以繼續占據油田的正當理由。

納傑夫以一身依舊是長衫搭配迷彩外套的裝扮，換下艾莎站上質詢臺。艾莎忍不住心想：「真可惜，如果納傑夫願意換掉那身裝扮，就無可挑剔了。」

「納傑夫先生！」

支持聲音再次傳來。

納傑夫有些尷尬的模樣搔了搔頭。

「我不懂什麼議會戰術，有些事情或許還會做出奇怪的發言也說不定，不過……」

納傑夫用著一如往常的略顯沙啞、任性的聲音說道。

「我總覺得大家沒有談論到本質上的話題。喔，這東西——」

納傑夫輕輕指向攝影機後，繼續說：

「國民也都在看這場議會吧？大家真的覺得可以接受這樣的議會說法嗎？」

奈迪胡拜在臉上掛起從容不迫的笑容，低著頭抬高視線瞥了納傑夫一眼說：

「那麼，就讓我們來洗耳恭聽吧。來聽聽看激進派的本質論。」

「話說回來，當初要不是你們都逃跑了，也不會演變成現在這樣的局面。」

艾莎心想：「好敢說啊！」

隔了片刻後，議場所有人開始騷動起來。艾莎沒料到納傑夫會一開口就直搗核心，使得她預想好的話題方向突然偏移。

不過，艾莎必須承認內心確實感到有些暢快。

「不過，如果當初你們沒有逃跑，或許我們已經革命成功……說來還真是諷刺。罷了，題外話點到就好。我就直白地說：你們這群放棄義務也放棄國家的人，應該沒有立場在這裡說三道四吧？」

這時，一場小意外發生。

在大家都瞬間安靜下來的那一刻，奈迪胡拜的違規發言響遍整座議場。

「你這個自以為是的恐怖份子。」

奈迪胡拜先是一臉彷彿在說「糟糕」的表情，跟著一副神經質的模樣不停按壓懷裡的雙色原子筆，發出喀擦喀擦的聲音。那聲音讓艾莎實在覺得煩躁，忍不住暗自說：「你堂堂一個賭場王，好歹也該用個鋼筆吧！」

奈迪胡拜再次舉手後，換下納傑夫站上質詢臺。

「還希望ＡＩＭ的各位可以更深入了解一下何謂議會政治。現在的問題點是在於艾莎・發夏爾這位自封總統有非法篡奪政權的嫌疑。」

「沒錯！」

「我們不需要不懂規則的傢伙！」

場面再次鬧哄哄起來時，納傑夫再次舉高手。議長表示允許發言後，旁聽席像是在呼應似的，傳來高喊「納傑夫先生！」的聲音。結果，這回有議員意氣用事地大喊：「吵死了！」場面漸漸演變成雙方在較勁誰的聲音比較大。

艾莎暗自叫好說：「很好！再繼續吵下去！」

你來我往的場面持續約莫三分鐘後，納傑夫總算站上質詢臺。

「為了謹慎起見，我還是確認一下好了。既然你們這麼說，我可以離席沒關係，不過……假設我現在離席好了。這麼一來，烏茲別克斯坦想必又會開始針對南方的油田找碴。你們有足夠的實務能力妥善應付這點嗎？」

「少瞧不起人！」

「基本上，你們的存在才是問題所在！」

艾莎在心中附和一句：「說的有理。」

「此般批評不符事實。奈迪胡拜・布薩科夫先生是藉由經營賭場而取得財富……您知道此時的伊斯蘭是禁止賭博的嗎？」

「在阿拉爾斯坦，並不算違法……」

「我了解我國的法律。不過，既然身為ＡＩＭ的代表，我不得不明白說出來。」

納傑夫舉高雙手再慢慢放下來，彷彿在安撫情緒失控的動物。

「只要有你們這些凡夫俗人存在，如我們這般的精神必定會持續下去。假設ＡＩＭ解散了，也會立刻出現第二群、第三群我們的分身——」

納傑夫在這時稍作了停頓。

其中一架攝影機拉近鏡頭拍攝納傑夫的側臉。

「我們把話題拉回來吧。不管怎樣，就是因為我們願意坐在這裡，才解決了南方的問題，而這部分正是後宮小姐們的功勞。關於這點，應該不想認同也不行吧？」

艾莎雖然獲得意外的支援，但她咬住下嘴唇不讓人識破內心的想法。

艾莎心裡明白正確來說，應該是夏希的功勞。

ＡＩＭ雖然是受過訓練的游擊隊，但人數不見得多。當中也有甚至沒有戶籍的成員。他們被分配到的議員席次只有僅僅三個席次。即便如此，只要扯上南方的問題，ＡＩＭ就能夠握有關鍵性的一票。夏希為了促成此局面，死纏爛打地說服納傑夫，最後讓納傑夫願意坐在這裡。

「我們的論點不同。」

奈迪胡拜攤開雙手，咬住納傑夫不放。

「問題在於那丫頭是不是在完全民主之下被選上的為政者——」

「那大叔是誰？」

旁聽席上的納傑夫親衛隊成員問道。

「我不認識，但總之就是納傑夫大人的敵人吧。煩不煩啊你，祝你禿頭！」

「祝你不舉！」

「閉嘴！」

親衛隊的發言讓奈迪胡拜終於忍無可忍地破口大罵。

「話說回來，何謂完全？」

納傑夫以依舊冷靜的語調，聳了聳肩繼續說：

「我在這裡姑且不明講國家，但北方和南方的總統都是以超過九成的得票率當選。如果要說完全，這應該算是最高境界了吧。不過，即便是我這個才疏學淺的人，也能夠立刻看出當中的奇妙。」

說著，納傑夫掀開外套，讓大家看見他披在身上的繡布。

或許是多心，但不知道為什麼，艾莎看見納傑夫的臉頰有些泛紅。

「這塊名為Suzani的繡布原本是在烏茲別克斯坦的婚禮上會使用的東西……包括新娘子在內，所有女性親戚都會在繡布上面刺繡。不過，有一項規定。那就是不能完成刺繡，必須在繡布某處留下刺繡不完全的脫線。大家覺得這規定如何？大家不覺得很有啟發性嗎？不管怎麼說，完全就代表不穩定。我不覺得這位小姐非得是完全不可。」

奈迪胡拜因為無法如願讓議事進展下去，一張臉變得越來越紅。

「你這個……」

納傑夫沒有理會奈迪胡拜，朝向攝影機做出最後的強調發言：

「居住在這個國家的虔誠同胞們，很遺憾地，這塊土地上還有過於世俗的存在。未來還是會出現一大堆像奈迪胡拜這樣的拜金主義者。即便如此，我們還是決定從內部開始改變。如果大家遇到什麼困難，請來找我們商量。ＡＩＭ不會拒絕同志，也不會拋棄同志。我的發言到此結束。」

納傑夫迅速轉過身子回到自己的座位上，沒留給對手任何反駁的機會。

艾莎瞥了議長一眼。雖然議長面無表情，但想必已經是滿腔怒火。畢竟不但沒能夠阻止納傑夫發言，甚至送給了ＡＩＭ推銷自我的機會。

事後奈迪胡拜想必將會受到嚴厲的譴責。

艾莎雖然覺得可憐，但也覺得痛快。因為艾莎知道對方畢竟是經驗老道的老江湖，隨著議會接下來的進展，她終究難逃請辭一路。所以……

艾莎暗自說：「謝謝你，納傑夫。」

「算了。」

奈迪胡拜忿忿不平地坐在自己的座位上一會兒時間後，連舉手也沒有，便開口宣言：

「我想傳喚我方的證人。」

蓋達爾議長一句話也沒說，催促著奈迪胡拜繼續進行下去。艾莎告訴自己蓋達爾議長終究也是屬於敵方。不過，至少蓋達爾議長還願意照正常程序進行議會，光是這點，艾莎就算是賺到了。

叩！拐杖敲打地面的聲音傳來。

艾莎看見烏茲瑪皺著眉頭，從座位上站起身子。

「話語終究只是話語，有必要說那麼多？我這年邁的身軀豈受得了？快快讓這場鬧劇結束吧。」

烏茲瑪用著沒有抑揚頓挫的沙啞聲音說道。她的個子嬌小，在這議會上顯得不可靠。

烏茲瑪的聲音漸漸變得有力：

「我是樞密院議長，也是『創始七人』之一的烏茲瑪・哈里法。我將在此提供證言。」

3

秋後算帳的時刻到了。

即便如此，還是要抬頭挺胸到最後。艾莎這麼心想，並露出犀利目光看向烏茲瑪。烏茲瑪瞥了艾莎一眼後，立刻別開視線輕鬆閃過艾莎的攻擊目光，接著從手邊的ZARA塑膠袋裡拿出一疊資料。看來那個來自西班牙的品牌，在樞密院也相當流行。

烏茲瑪察覺到大家的目光集中過來。

「那邊那個小子讓骨瘦如柴的我國降下外幣雨。」

她抬高下巴指向奈迪胡拜，以帶有挖苦意味的口吻說道。

到了烏茲瑪那樣的輩分，連賭場王也會被叫成小子。

「多虧了他，在我國也買得到像這樣的服飾。我為此純粹抱著感謝之意。」

奈迪胡拜被臭罵是拜金主義者，但烏茲瑪似乎給了他面子。在那之後，烏茲瑪用著吊人胃口的舉動，在議員席上一排一排地分發資料。

艾莎猜得出資料內容。

那資料想必是艾莎為了成立臨時政府時，捏造事實製成的委任書影本。

「嗯……」

烏茲瑪扶著腰回到質詢臺前。

烏茲瑪一句話也沒說，抬頭望著天花板好一會兒的時間。

「我們的國王佩爾韋茲・阿里遭到射殺時──」

烏茲瑪用著平靜，但聽起來像在唱歌的聲音說道。

那聲音雖然沙啞，但感受得到烏茲瑪深奧內心。那聲音和在夜裡、清晨以及中午催促大家參加禮拜的宣禮呼聲也十分相似。那是一種會觸動艾莎心弦的聲音。

艾莎猜想著這是否也是長年參與政治的烏茲瑪所想出來的議會戰術？

「……我們的國政陷入混亂，政治呈現空白狀態。每個人都在想必須收拾這般事態。然而，這丫頭在當時做了什麼？」

針對這點，艾莎也有話想說。

不過，她知道還是不要在這時插嘴比較好。

儘管拄著拐杖，烏茲瑪還是保持著直挺的姿態。不知不覺中，所有人也都安靜無聲。艾莎想不透烏茲瑪那小小的身軀裡，究竟怎能藏住如此強大的壓制力量？

「這丫頭為了計謀四處奔走。我再說一遍，是為了計謀！這丫頭把我國的危機視為機會。就這樣，艾莎輕輕鬆鬆地篡奪了政權。」

「沒錯！」

「我們要求權謀主義者即刻退出！」

烏茲瑪在議員們的插話聲下，讓目光移向艾莎。

「艾莎啊，我先問妳一個問題。對於到目前為止的發言，妳有無異議？」

艾莎緩緩舉起手做出回應。

雖然不願意，但艾莎還是站上質詢臺說：

先是旁聽席，跟著是議員席開始議論紛紛。

「大致上與烏茲瑪女士的認知相同。」

艾莎告訴自己：「好了，接下來才是重頭戲。」

在有人從旁插嘴之前，艾莎在檯面上交叉十指做出像一座山的手勢。艾莎其實是想要在胸前交叉起雙手，不讓人看見她的雙手。不過，一個人在充滿自信時會撐起大拇指。在這種時刻，周遭的人就會願意豎耳傾聽。

此刻的對手是烏茲瑪。不論是再微小的細節，還是都要做到才最理想。

「……不過，我希望大家明白我不是為了自我權力而採取行動。當上一個面臨危機的國家首領，搞不好未來將走上斷頭台。假設成功地重建了國政，沒多久也會面臨此刻這樣的局面。」

艾莎的音調漸漸上揚。

艾莎知道自己的聲音沒有像烏茲瑪那般的凋零美感。說到艾莎的聲音有什麼可以當成武器，就只有張力和活力。

「如果照烏茲瑪女士所說，我等於純粹是採取了自殺行為。若是要追求權力，我的行動並不合理。即便如此，我——」

艾莎說到這裡時，腦海裡忽然浮現大家的面孔。

當中也包含想必沒機會再見到面的面孔。艾莎克制住就快顫抖起來的雙手，繼續說：

「我們還是只能選擇這條路。我們只求能夠銜接下去就好。銜接到在這個國家、在這個勢必得以安穩下來的國家誕生新的明君之前就好。」

這樣的說法合乎道理嗎？艾莎也不知道答案。

雖然不知道答案，但艾莎告訴自己要趁此時展開攻勢：

「『在勇氣面前，就連命運也不得不低頭』。我們決定放手一搏，賭我們可以扭轉命運。」

「這是狡辯！」

某議員投來奚落的話語，艾莎和烏茲瑪同時發出犀利的目光瞪向那名議員。對方被艾莎兩人的氣勢壓倒，一臉沮喪的表情沉默下來。

烏茲瑪坐在座位上，讓拐杖在手中繞圓圈。

「嗯……不過，這麼一來，也會有解不開的疑點。」

「什麼疑點？」

「妳未必只是抱著銜接政權的想法吧？我實際聽過讓人難以充耳不聞的傳言。而且那還是說妳想要改變憲法，試圖改變我國樣貌的傳言……」

烏茲瑪是在指新的三權分立那件事。艾莎知道自己的雙手掌心瞬間布滿冷汗。

艾莎沒料到烏茲瑪會使出這一招。

艾莎慶幸自己有著雙手比臉部更容易冒汗的體質。沉思一會兒後，艾莎開口回答烏茲瑪的問題：

「我當然也會懷抱理念。一個沒有理念的為政者，毫無價值可言！」

艾莎鏗鏘有力地大聲說道。

沒有人從旁插嘴。每個人都膽顫心驚地看著艾莎和烏茲瑪的對峙場面。

「……所以，針對我的想法，我打算日後詢問人民是否信任我。」

艾莎告訴自己必須以貫徹總統職務的態度繼續發言。

「不過，烏茲瑪女士，相信您也知道的，我們並不像人們所想的那般擁有權力。在受到各種外來和內在的壓力打壓中，為了不讓國家走向滅亡之路，我們應做的事情幾乎有九十九%都是事先就定好的。我們只能順著這九十九%去做。」

艾莎先看向四周，跟著看向烏茲瑪。大家都沒有什麼動靜。

目前的狀況看來，大家似乎是表現出願意傾聽的態度。

「反過來說，我們為政者正是因為有這九十九%的信賴，人民才會允許我們高唱原是困難至極的理想，並且期待有人高唱理想。我認為就是要這樣，民主主義方可發揮功能。」

「這部分我並非毫無異議。」

烏茲瑪在座位上雙手扶著拐杖，讓身體向前傾。

「不過，無妨，就繼續聽妳說吧。」

「……這麼一來，就可以引出一個說法。我們的工作是反映民意於剩餘的一%，並寄託理想。在現代化之前，為何祈雨師這樣的職業得以成立呢？那不過是因為只要持續祈雨，總有一天就會下雨。正因為如此──」

艾莎瞥了後宮的同伴們一眼。

大家一副心驚膽跳的模樣看著事態進展。不過，沒多久，其中一人擠出聲音呼喚一聲：

「艾莎！」

另一人也接著呼喚：「艾莎！」

她們的聲音雖然微弱，但艾莎覺得已經足夠。艾莎感覺自己得到了力量，並繼續說：

「正因為如此，我才希望做到那剩餘的一%。因為等到第七代的子孫傳承這一%的希望時，這片沙漠才得以下起理念之雨。」

烏茲瑪再次舉手。

然而，烏茲瑪一直抓著拐杖沒有要站起身子。大家再次開始議論紛紛，散發出焦躁的氣氛。

或許是不如烏茲瑪經驗老道，艾莎受不了烏茲瑪的沉默，忍不住大喊：

「為什麼妳就是無法理解我的想法！」

艾莎知道在這種情況下，應該要少說話比較好。她明明知道的。可是，話語一脫口而出，就怎麼也停不下來。

「我明明只是想要守護而已！我只是想要守護可以和朋友開心喝茶聊天、慕達發大叔可以下西洋棋的那座廣場！我想要守護除了這裡無處可去、一群弱勢者能夠集結力量的這個國家——」

烏茲瑪讓掌心朝向艾莎，示意艾莎不需要再說下去。在那之後，烏茲瑪總算抬起沉重的身軀，站上質詢臺。

「關於我剛剛分給大家的影本。」

烏茲瑪出招了。

「那是前任總統佩爾韋茲．阿里寫給艾莎的委任書。我方樞密院在取得這份委任書之後，做過詳查並鑑定真偽。」

「總算進入重點了！」

一直保持著沉默的奈迪胡拜，一副感到疲憊的模樣大聲喊道。

艾莎看見蓋達爾在議長席上輕輕嘆口氣。議員們也漸漸變得有活力。

「快把事情解決吧！」

「宣告罪刑吧！」

至於旁聽席，或許是察覺到已進入最後階段，旁聽席上一片鴉雀無聲。艾莎看見一名學妹雙手合十地閉上眼睛。質詢臺上的麥克風收音到烏茲瑪的呼氣聲。

「樞密院做出的結論是這份委任書是阿里親筆所寫，這是一份具有法律效力的文件。」

「唉～總算是結束了。」

蓋達爾議長發出嘆息聲說道，跟著發出「嗯？」的一聲。

「咦？」

議長和艾莎的聲音相疊在一起。

議會上的所有人一齊轉頭看向艾莎。艾莎輕咳一聲後，向附近的議員借來影本確認。

怪了？

這份影本和艾莎當時偽造的文件不同。

「那個……」

蓋達爾議長含糊低喃道，跟著像是要挽回失態似的加快說話速度說：

「烏茲瑪女士，若是在議會以證人的身分做出捏造事實的發言，是要負起罪責的。妳剛剛是在知道這點之下所做出的發言嗎？」

「讓我來說明事情的經過。」

烏茲瑪拄著拐杖發出「咚」的一聲。

「文件上面所寫的詳細內容，就如大家所看到的一樣。意思就是，萬一行政陷入空白狀態時，即把治理國家之責委託給年輕一代的艾莎・發夏爾。阿里判斷自己有可能遭到暗殺，行政也將因此面臨陷入空白的危機，所以私底下把這份文件託付給身為樞密院議長的我。」

「什麼？」

「誰快來讓這個老太婆閉嘴——」

某議員這麼脫口而出，烏茲瑪一個眼神便讓對方閉上嘴巴。

「照理說，在發生空白狀態的那個時間點，我就應該傳喚艾莎・發夏爾，正式委任她擔任總統一職。但是……」

直到這時，烏茲瑪的口吻才顯得有所動搖。

雖然不明顯，但艾莎看出烏茲瑪微微低下頭思考。

「我把這份文件揉成了一團。」

「妳再說一遍！」

「這到底是怎麼回事！」這是奈迪胡拜的聲音。

「原因之一是，我和那個丫頭一樣擔心這個國家的未來。我不確定把整個國政委任給一個不知道是智者還是騙子的人是否妥當……另外還有一個原因。」

艾莎還以為ZARA的袋子裡已空無一物，卻看見烏茲瑪從袋子裡拿出綠茶的寶特瓶。那是鄰國烏茲別克斯坦所生產、有著奇特圖案的水果口味綠茶。

烏茲瑪動作緩慢地打開瓶蓋，喝下一口綠茶潤喉。

「我身為『創始七人』之一，從這個國家成立以來，便一直在背後支撐國政。為了讓這塊被大國包圍的土地存活下去，我自認一路來或多或少有所貢獻。」

一路說到這裡，烏茲瑪一直都是保持平靜的態度，以讓人看不出情緒、像在唱歌似的語調說話。大家都以為她理應會繼續保持這樣的態度。

「為什麼那個人不是我！為什麼阿里大人不願意信任我！」

面對突如其來的態度轉變，所有人都不知道該說什麼。

為什麼呢？因為大家都能夠體會那種心情。

——為什麼不是我？

雖然這世上有多數文化和信仰，但只有這種心情是不分國界的。人們都渴望自己能夠參與世界，卻會持續遭到世界疏遠。尤其是被大國包圍、九十九%的政治也被限制住的小國，感受更是深刻。

「阿里大人甚至不允許我和他之間擁有子嗣！我能理解那想必是為了國政。但是，我因為這樣更是覺得無法接受。為什麼就只有我，阿里大人什麼也沒有留下！」

「等一下——」

議長從旁插嘴說到一半，立刻閉上了嘴巴。烏茲瑪的眼睛淌下一行眼淚。打算站起來的奈迪胡拜就這麼保持半起身的姿勢僵住不動。四處開始傳來議論紛紛的聲音，議長大喊一聲：「安靜！」

一名看似媒體記者的男子拿著手機，從旁聽席上站起身子。

一片混亂之中，艾莎忽然想起一件事。正確來說，應該是被迫想起一件事。

她想起過去那個像小狗黏人般仰慕阿里的自己。

沒多久，議場開始瀰漫起感傷的氛圍。烏茲瑪抓住這一瞬間開口說：

「好了，對於取得我國明君佩爾韋茲．阿里的信任、身為正式繼任者的艾莎．發夏爾，現場如有對其為政心存異議者，煩請起立！」

所有人都嚇一跳地抖了一下身子。

沒有人站起來，唯有寂靜的氣氛籠罩議場。察覺到事態改變後，議長急忙準備重新做過表決。

納傑夫察覺到議長的企圖，搶先一步做出宣言：

「全員意見一致，決議通過。」

「艾莎．發夏爾，我們後宮的祈雨師啊……」

烏茲瑪朝向依舊感到困惑的艾莎伸出了手。

「抬頭挺胸面對吧！歷史選擇了妳，也認同了妳！」

議長慢了一步試圖開口說話。在那同時，旁聽席上的部分人們發出歡呼聲，蓋過了議長的聲音。

「艾莎！」不知道哪個人喊起艾莎的名字。出乎預料地，那不是來自後宮加油團的聲音。

又有人接著呼喊艾莎的名字。

「艾莎！」

這次是來自後宮的學妹。大家像在互相較勁似的，持續不停地呼喊艾莎的名字。

對艾莎而言，這完全是意料外的狀況。她要求自己行事符合身為年輕一輩的領袖，並保持威嚴，但因此得不到想得到的東西，或是放棄想得到的東西而讓給其他同伴。沒想到在此刻，那東西出乎預料地到了手。也就是人們發自內心的信任。

不知不覺中，一場彈劾審判變成取得信任的決議。

艾莎把目光移向議場，議場一片讓人看了厭煩的光景。奈迪胡拜一副彷彿在說「都是你害的」的模樣揪住議長不放，議長情緒激動地頭撞奈迪胡拜加以還擊。

烏茲瑪把寶特瓶放回袋子裡，捆起袋子輕輕嘆了口氣。在那之後，她沒有回到自己的座位上，而是走近艾莎的身旁。艾莎不由得以像在質問的口氣說：

「妳不是很討厭我……」

「我現在還是很討厭妳。不只妳，還有妳的那個日本人同伴。」

聽到烏茲瑪的冷漠回答，艾莎咬住嘴唇。

「如果妳剛才在答辯時搞砸了，我當然是打算把妳拉下臺。」

烏茲瑪一邊說話，一邊眨了一下一隻眼睛。那模樣看起來簡直像是愛惡作劇的小女孩。

艾莎拿著一份影本說：

「話說回來，真沒想到竟然有這樣的文件……」

「傻瓜。」烏茲瑪用著只有艾莎聽得見的音量低喃道，並補充一句：「這也是假的。」

艾莎不由得眨了眨眼睛。

艾莎試圖再發問，但被打斷了。

「『在有限的土地上，人們必須互相容忍。』」

「這又是土耳其還是哪裡的諺語嗎？」

烏茲瑪哼笑一聲說：

「所以我才說小鬼頭就是讓人頭痛。偶爾也讀讀書吧！這句話是出自康德的《論永久和平》。」

4

殘夏的空氣輕飄飄地裹住艾莎的身體。

明明還不到正午時刻，氣溫卻已經接近四十度。不過，因為空氣乾燥，所以不覺得熱，艾莎最愛的小鳥圖案披巾也幫忙遮擋住直射而來的陽光。

艾莎一手抓住披巾的一角，另一隻手舉高望遠鏡。

短短半世紀之前，這塊土地還是一片海洋。

搞不好再過半世紀，又會變回一片海洋也說不定。艾莎不確定此處應有的樣貌究竟該是土地，還是海洋？

隔著望遠鏡，只看得見延伸到地平線的海鹽沙漠，以及左右劃開海鹽沙漠的柏油路。不對，柏油路上，還可看見從遠方朝向這方行進的身影。

那是與駱駝為伍的遊牧民族。

每年到了獨立紀念日這個人們都會聚集的時期，他們就會造訪首都馬格里斯拉德，前來兜售肉類、皮草和乳酪製品，也會採買根菜類和穀物回去。他們只有在一年一度的祭典這一天，會從沙漠各地來到這裡齊聚一堂。

沙漠各處可看見用於收集水蒸氣的「綠洲塔」。

那些是在兩個月前更換為新一代的綠洲塔，其收集水蒸氣的效率變得更好了。聽說是一個日本人研究生所設計，再透過群眾募資實現了新一代綠洲塔的製作。

「也讓我看一下嘛！」

隨著聲音傳來，艾莎的視野反轉過來。

站在一旁的高個兒從艾莎手中拿走了望遠鏡。不用說也知道，艾莎和高個兒兩人當然是站在國民廣場的管理小屋的屋頂上。雖然爬上被陽光曬得發燙的鐵皮屋頂稍嫌熱了些，但艾莎過去的友人告訴過她這裡是這一帶地區的私藏場地，不論是觀賞行進隊伍或聆聽演講，都會是絕佳地點。只不過，今年是艾莎本人負責演講就是了。

彈劾審判到現在才過了兩個星期，艾莎卻覺得那已像是遙遠的一場夢。

事到如今，艾莎才明白了一件事。那時議員們會那麼急著彈劾而陷入準備不周的窘境，原來是想要讓艾莎在這場演講前請辭總統一職。艾莎覺得真是受不了那群議員，只知道想這些沒用的事。

「什麼嘛！根本還看不到半個影子。」

隨著帶有找碴意味的抱怨話語傳來，望遠鏡回到了艾莎的手中。聽著高個兒那說話的口氣，讓艾莎回想起每年都會滿心期待這場祭典到來的過往同伴。

艾莎站到屋頂邊緣，試著俯視下方。

管理人慕達發和納傑夫正夾著放在長椅中央的西洋棋盤而坐，一臉認真的表情互相較勁。聽人家說，慕達發到目前為止的戰績是二勝三十二敗。

男人總能夠透過這種遊戲讓友情急速升溫，而艾莎到現在還是搞不太懂名為男人的生物。

慕達發身旁已經疊著三只克瓦斯的空杯，至於另一方的納傑夫，則是小口小口地舔著蘋果汁。納傑夫之所以不喝克瓦斯，聽說是因為儘管只是微量，但畢竟克瓦斯還是含有酒精成分。

依目前的局勢看來，今天恐怕也是納傑夫比較有勝算。

這時，一道小小的身影小跑步地衝向廣場來。

「艾莎小姐，原來您跑到這裡來了啊？」

小小身影是卡莉爾。她想必是來呼叫艾莎回去準備演講。

「這樣會讓我們很頭痛的，請您差不多該到休息室做準備了！」

「有什麼辦法呢？」

面對說話變得像個大人的卡莉爾，高個兒用著悠哉的語調應道。

「今天是很重要的日子。妳就等艾莎到最後一刻吧。」

「可是……」

說到演講，此刻吉拉正在設置於廣場中央的舞臺上進行開幕致詞。吉拉的職位是文化部部長。至於服裝，當然是穿著民族衣裳。艾莎心想：「吉拉還真是變得熟於應付這種場面了。」

酷熱的陽光照來。

雖然天氣炎熱，但只要想到接下來的冬季，艾莎就也覺得曬得舒服。

「無所謂啊。」納傑夫這麼回應慕達發後，迅速以眼角餘光讓棋子退回兩步。

「等一下！」慕達發在底下大喊一聲。

「……好慢喔。」

高個兒輕壓一下皮草縫製而成的塔基亞帽，低頭看向廣場上的時鐘。

「妳也知道那孩子就是這樣。」

艾莎一邊做出回應，一邊揚起嘴角展露微笑。

「她八成又忘記拿什麼東西了吧。」

艾莎往上伸直兩隻手臂，深深吸入一口氣。整個肺部吸飽了上午時分的清澈空氣。

「你可以在這裡悠哉下西洋棋嗎？」一旁的高個兒朝向底下的納傑夫搭腔道。

「有何不可？這是最好的消愁解悶方法。」

「看我這招！」慕達發沒有理會交談，深感滿意地讓棋子前進一步。

「你把城堡移到Ｅ７。」納傑夫連看棋盤一眼也沒有，便這麼說道。

「等一下！」慕達發光明正大地撤回自己深感滿意的一步。

艾莎聳了聳肩後，眺望起廣場。

隨著行進隊伍慢慢接近，觀眾也越來越多。廣場上到處都是想要一睹遊牧民族行進的市民和觀光客，以及臨時攤販。成熟水果的香氣，以及烤串的烤肉香遠遠飄到了屋頂上方來。

附近一帶好不熱鬧。

不過，艾莎卻感覺到內心一片平靜。怎麼會這樣呢？艾莎自己也不知道原因。

「來了！」艾莎頂出下巴指向道路。

大家引頸期盼的駱駝遊牧民族隊伍就快前進到廣場來。

艾莎和高個兒兩人接連跳下屋頂。

「喂！妳們從屋頂下來的時候可不可以溫柔一點！那屋頂很脆弱的！」

兩人沒有理會慕達發的叫聲，鑽進人群之中。

半路上，艾莎撞到了一名牽著造型奇特自行車的東方觀光客。

「不好意思。」對方畢恭畢敬地以當地語言致歉後，又開口說：

「我從來沒見過像妳這麼漂亮的——」

艾莎沒有理會對方，繼續往前進。

很快地，走在最前頭的遊牧團體進到了廣場來。

儘管遊牧民族必須帶著移動式帳篷行動，也必須接受嚴酷海鹽沙漠生活的考驗，他們依舊是國民嚮往的對象。

像是要回應國民似的，遊牧民族們也都照著各自的設計，把人和駱駝都打扮得光鮮亮麗。

女子們的身上披著驅邪的服裝，服裝上依各部落的圖騰刺上色澤艷麗的刺繡。垂掛在身上的寶螺隨著駱駝前進，緩緩前後擺動著。

行進隊伍裡一律都是雙峰駱駝。

駱駝的營養狀況看起來不差，堆滿脂肪的駝峰直挺挺地向上豎起。隨著隊伍的行進，垂掛在駱駝脖子上的鈴鐺發出「噹啷、噹啷」的清脆聲響。

看到了！夏希在最前頭的團體裡，一副有模有樣的表情握住韁繩。

夏希的脖子上掛著帶有護身符的項鍊，額頭上跟往常一樣綁著額飾帶。發現艾莎的身影後，夏希立刻露出天真無邪的笑容，舉高單手朝向艾莎揮手。

夏希來到艾莎的面前時——

「我說，夏希啊！」

在夏希身旁騎著駱駝、看似長老的男子開口說道。

「妳真的要回後宮去嗎？妳跟我孫子會是很合適的一對……」

「是的。」

儘管神情顯得有些落寞，夏希還是這麼回答。

「畢竟我也讓艾哈馬多夫上校硬撐了很久。」

夏希在這時停下駱駝，動作輕盈地從駱駝背上跳下來。納傑夫不知何時已經來到一旁，準備伸出

手攙扶。夏希沒有察覺到納傑夫的舉動，飛奔到艾莎的懷裡。

艾莎和夏希互貼左胸，做出每次會做的擁抱動作。

不過，不知道為什麼，兩人就是無法挪開身子，就這麼保持擁抱的姿勢不動。跟在後頭的團體搖起鈴聲取代喇叭聲。長老一副已經親自送走夏希的模樣點點頭後，讓隊伍重新向前行進。

一旁的納傑夫在胸前交叉起雙手佇立不動，顯得有些羨慕的模樣。

「我真是嚇了一大跳。誰叫妳突然說要到外面去……」

艾莎知道自己說話的聲音在哽咽。

夏希是在半年前突然說想要看看外面的世界。

與烏茲別克斯坦談妥設立聯合軍的事宜後，夏希讓非隸屬於行政機關的艾哈馬多夫上校繼任國防部長，便從後宮消失了蹤影。過去夏希在擬定操作氣象的計畫之際，沒有思考到阿拉伯半島的遊牧民族——貝都因人的存在。當初夏希說要離開一方面是為了反省這點，另一方面也是因為想體驗看看身為阿拉爾斯坦象徵的遊牧民族生活。

「對不起喔。」

夏希說道。她還是那個老樣子，讓人看不出到底有沒有搞懂狀況。

「不過，我們以後就會在一起了。」

「嗯……嗯。」艾莎只能這麼回答。

「對了。」夏希挪開身子，繼續說：

「我在網路上看到了國會的現場轉播！」

「妳覺得怎樣？」

「看得我心驚膽跳的。」

這是什麼平凡意見啊！

艾莎這麼心想後，忍不住笑了出來。

「就這樣？」

「啊！還有，我在影片裡加了支持話語喔！」

艾莎暗自說：「這孩子不知道又在說什麼東西？」

沒多久，男子的歌聲隨著鈴鐺聲傳來。

我們目睹了古地中海被截斷水脈，
目睹了鐮刀和榔頭朝向搖籃揮下的那一刻。

我們目睹了鮮血和海鹽沾染井水，
目睹了哪怕如此，人群依然為了井水而你爭我奪，
目睹了生鏽的船隻殘骸及船錨，橫躺在純白大地上。

不過，感謝上天！
如今已安然度過黑暗的日子，
朵朵花兒將再次綻放，
覆蓋住虛幻的大海、覆蓋住這塊被海鹽玷汙的大地——

男歌手身穿會讓人聯想到西歐小丑的服裝，在行進隊伍一旁手拿小型的都塔爾吟唱詩歌。男歌手雖然一邊的腋下夾著拐杖，但優美的歌聲依舊不變。

察覺到艾莎的視線後，伊果拋了一下媚眼。

艾莎心想：「這男人還是老樣子，總是神出鬼沒。」伊果明明到現在還是個通緝犯，卻一直沒有遭人逮捕，還會不知羞恥地到官邸推銷武器。

「對伊果還真是沒轍……」艾莎這麼脫口而出。

「我已經給他藥了。妳要視為交易成立喔！」

艾莎不明白夏希的意思，所以決定跳過這話題。

艾莎忍不住暗自說：「這孩子果然欠缺了什麼東西。」不過，取而代之地，夏希懂得不知什麼偉大的東西。應該說，夏希有能力促使那偉大的東西存在，而且只需要活得好好的，雙腳穩穩站在這裡就做得到。

「接下來妳有什麼打算？」

「我也不知道……未來有一天會想要當技術人員。我見識過了遊牧生活，發覺還有太多太多不足之處。而且，我自己的願望是想讓這塊土地降雨。哪怕那會是在一千年以後才能實現。所以——」

夏希的圓滾滾雙眸看向艾莎。

艾莎發現夏希曬得一身黝黑。不知道是不是因為體驗過遊牧生活，夏希的目光顯得比以前更加強而有力。

「讓我們一起累積那一%吧！」

艾莎輕輕點頭回應時，看見卡莉爾一臉泫然欲泣的表情朝這方跑來。

「啊！糟糕，我該走了。」

「嗯，回頭見！」

艾莎轉過身子，舉高手取代回答。在那之後，艾莎抬頭仰望起天空。陽光無比刺眼。

很快地，風兒吹拂而來。

明明是沙漠，卻有一股海潮氣味輕飄飄地裹住大家的身體，再慢慢散去。那感覺簡直就像過去存在此地的海中鬼魂隨著明月湧現，跟著漸漸再次散去。

這個國家名為「阿拉爾斯坦」，也是過去人們稱之為鹹海的地方。

主要參考文獻・謝詞

・政治・經濟

《中亞國際關係（暫譯，中央アジアの国際関係）》Timur Dadabaev、東京大學出版會（2014）／《歐亞大陸地政學——蘇聯瓦解後之俄羅斯・中亞（暫譯，ユーラシアの地政学—ソ連崩壊後のロシア・中央アジア）》石鄉岡建、岩波書店（2004）／《60個章節認識中亞　第二版（暫譯，中央アジアを知るための60章【第2版】）》宇山智彥編著、明石書店（2010）／《中亞經濟圖說（暫譯，中央アジア経済図説）》下社學、東洋書店（2008）／《裏海能源之爭奪攻防戰（暫譯，カスピ海エネルギー資源を巡る攻防）》輪島實樹、東洋書店（2008）／《現代中亞・俄羅斯移民論（暫譯，現代中央アジア・ロシア移民論）》堀江典生編著、ミネルヴァ書房（2010）／《現代中亞之國際政治——俄羅斯・美歐、中國之介入與新獨立國之自立（暫譯，現代中央アジアの国際政治——ロシア・米欧・中国の介入と新独立国の自立）》湯淺剛、明石書店（2015）／《車臣的無止休戰爭（暫譯，チェチェン やめられない戦争）》Anna Politkovskaya著、三浦みどり譯、NHK出版（2004）

・歷史・證言

《世界歷史 12——中亞遊牧民族（暫譯，世界の歴史 12 中央アジアの遊牧民族）》岩村忍、講談社（1977）／《中亞灌溉史緒論——拉烏札（Lawzan）運河與希瓦汗國之興亡（暫譯，中央アジア灌漑史序説—ラウザーン

運河とヒヴァ・ハン国の興亡）》塩谷哲史、風響社（2014）／Russia at War: From the Mongol Conquest to Afghanistan, Chechnya, and Beyond, Timothy C. Dowling, ABC-CLIO（2014）／《記憶中的蘇聯——中亞人們走過的社會主義時代（暫譯，記憶の中のソ連—中央アジアの人々の生きた社会主義時代）》Timur Dadabaev、筑波大學出版會（2010）／《走進中亞的日本人（暫譯，中央アジアに入った日本人）》金子民雄、中央公論社（1992）

・遊牧

《遊牧文化——移動生活策略（暫譯，遊牧という文化—移動の生活戦略）》松井健、吉川弘文館（2001）／《遊牧民族之智慧——土耳其諺語（暫譯，遊牧民族の知恵—トルコの諺）》大島直政、講談社（1979）／《狩獵與遊牧世界——自然社會之進化（暫譯，狩猟と遊牧の世界—自然社会の進化）》梅棹忠夫、講談社（1976）／《倫迪爾族——北肯亞之駱駝遊牧民族（暫譯，レンディーレ—北ケニアのラクダ遊牧民）》佐藤俊、弘文堂（1992）

・文化・美術

《國立莫斯科東洋美術館珍藏品 絲路的裝飾 中亞與高加索的美術（暫譯，国立モスクワ東洋美術館所蔵 シルクロードのかざり 中央アジアとコーカサスの美術）》千葉市美術館（1998）／《維吾爾民間圖案集》中國美術家協會新疆分會編著、新疆美術攝影出版發行（1992）／《文明十字路口・達吉斯坦的民族美術（暫譯，文明の十字路・ダゲスタン—コーカサスの民族美術）》國立民族學博物館（1992）／《絲路的紅寶石——土庫曼服裝配飾（暫譯，シルクロードの赤い宝石—トルクメンの装身具）》村田孝子、鴨川和子著、駒田牧子譯、

POLA文化研究所（2006）／《絲路裝扮——於巴黎時裝週綻放異彩的遊牧民族之美（暫譯，シルクロードの裝い—パリ・コレに花開いた遊牧の民の美）》NHK KINKI MEDIA PLAN、情報工房編、NHKKINKI MEDIA PLAN（2004）／《車臣民族學緒論——車臣民族之倫理、規範、文化、宗教＝維茲丹格爾（暫譯，チェチェン民族学序説—その倫理、規範、文化、宗教＝ウェズデンゲル）》姆薩・艾哈邁多夫著、今西昌幸譯、高文研（2009）／《中亞美食與歷史之旅（暫譯，美味しい中央アジア—食と歴史の旅）》先崎將弘、東洋書店（2012）／《中亞英雄敘事詩——流傳千年的歷史（暫譯，中央アジアの英雄叙事詩—語り伝わる歴史）》坂井弘紀、東洋書店（2002）／Travel guide Karakalpakstan, Crossroad of cultures and civilizations, Silk Road Media（2014）／A Song in Metal, Folk art of Uzbekistan, T.Abdullayev, D.Fakhretdinova, A.Khakimov, Gafur Gulyam Art and Literature Publishers（1986）

・詩歌

《策蘭詩文學全集（暫譯，ツラン詩文学全集）》今岡十一郎譯著、新紀元社（1958）／《維吾爾大地啊～（暫譯，ああ、ウイグルの大地）》Ahmatjan Osman著、Muqeddes、河合真譯、左右社（2015）／《魔戒「中土大陸」之歌（暫譯，指輪物語「中つ国」のうた）》J・R・R・托爾金著、瀨田貞二、田中明子譯、評論社（2004）／《Edelweiss, Oscar Hammerstein II》（1959）

・鹹海

The Aral Sea Encyclopedia, Igor S.Zonn, Michael H.Glantz, Andrey G.Kostianoy, Aleksey N.Kosarev, Springer（2009）／The Devil and the Disappearing Sea・A True Story about the Aral Sea Catastrophe,

Rob Ferguson, Raincoast Books（2005）／The Aral Sea Environment, Andrey G.Kostianoy, Aleksey N.Kosarev, Springer（2010）／Central Asia 2nd edition, Bradley Mayhew, Richard Plunkett, Simon Richmond, John King, John Noble, Andrew Humphreys, Lonely Planet（2000）／Central Asia 6th edition, Bradley Mayhew, Mark Elliott, Tom Masters, John Noble, Lonely Planet（2014）／〈鹹海的過去、現在、未來——2013年1月~2月、哈薩克斯坦巡檢、八人證詞（暫譯，アラル海の過去・現在・未来——2013年1月~2月、カザフスタン巡検、八人の証言）〉（《境界研究　特別號》內記事）地田徹朗（2013）／〈鹹海救濟對策之現代史——「20世紀最大環境破壞」之教訓（暫譯，アラル海救済の現代史—「20世紀最大の環境破壊」の教訓）〉（《長期化生態危機之社會措施與政府調查研究報告書》內記事）地田徹朗（2013）／〈鹹海危機與植生變遷之景觀生態學考察（暫譯，アラル海危機と植生変動の景観生態学的考察）〉（《日本綠化工學會誌　Vol.22 No.3》內記事）森本幸裕・守村敦郎（1996）／〈針對鹹海縮小及造林之措施（暫譯，アラル海の縮小と森林造成に対する取り組み）〉（《熱帶林業No.56》內記事）豐田貴樹（2003）／Haloxylon persicum（http://www.wildflowers.co.il/english/plant.asp?ID=1531）

・技術

《環境綠化事典（暫譯，環境緑化の事典）》日本綠化工學會編、朝倉書店（2005）／《拯救乾燥地之智慧與技術——沙漠化・土地劣化・乾旱問題之應對方法（暫譯，乾燥地を救う知恵と技術 砂漠化・土地劣化・干ばつ問題への対処法）》鳥取大學乾燥地研究中心監修、編輯代表恒川篤史、丸善出版（2014）／《環境綠化工學（暫譯，環境緑化工学）》小橋澄治、村井宏、龜山章編著、朝倉書店（1992）／《沙漠化與其因應對策——乾燥地帶之環境問題（暫譯，沙漠化とその対策—乾燥地帯の環境問題）》赤木祥彦、東京大學出版會（2005）

／《超圖解 植物工廠的基礎——從設備投資・生產成本到培養液栽培之技術、物流、銷售、經營一點就通（暫譯，図解でよくわかる植物工場のきほん——設備投資・生産コストから、養液栽培の技術、流通、販売、経営まで）》古在豐樹、誠文堂新光社（2014）／《植物工廠——第三次風潮之施工案例與新技術（暫譯，植物工場—第3次ブームにおける施工事例と新技術）》食品工業編輯部編著、光琳（2010）／《人工操作氣候——挑戰地球暖化的地理工程學（暫譯，気候を人工的に操作する——地球温暖化に挑むジオエンジニアリング）》水谷廣、化學同人（2016）／《渴望操作氣象的人們歷史（暫譯，気象を操作したいと願った人間の歴史）》James Rodger Fleming著、鬼澤忍譯、紀伊國屋書店（2012）

除參考文獻之外，也特別感謝地田徹朗先生、本田晃子女士、玉岸利庵女士、圓谷猪四郎先生、藤井太洋先生、小K先生、桑島吾功人先生，以及其他多位前輩給予寶貴的啟發以及指導。本書內容若有誤，一切責任皆在於我。另外，我還要感謝熱情接受採訪的中亞朋友們。諾根達，我遵守承諾讓你在故事裡登場了喔！關於本書的標題《大和撫子向前衝！管它以後會怎樣！（原文書名：あとは野となれ大和撫子）》，感謝忍澤勉先生在無意之間的碎念讓我得到了靈感。一切就是從這裡開始的。

國家圖書館出版品預行編目資料

大和撫子向前衝！管它以後會怎樣！/ 宮內悠介作
；林冠汾譯 . -- 初版 . -- 臺北市 ：臺灣角川，
2019.04
　面；　公分
譯自：あとは野となれ大和撫子
ISBN 978-957-564-836-7(平裝)

861.57　　108000935

大和撫子向前衝！管它以後會怎樣！

原著名＊あとは野となれ大和撫子

作　　者＊宮內悠介
插　　畫＊mieze
譯　　者＊林冠汾

2019年4月25日　初版第1刷發行

發 行 人＊岩崎剛人
總 經 理＊楊淑媄
資深總監＊許嘉鴻
總 編 輯＊呂慧君
美術設計＊邱靖婷
印　　務＊李明修（主任）、張加恩（主任）、黎宇凡、張凱棋

台灣角川

發 行 所＊台灣角川股份有限公司
地　　址＊105台北市光復北路11巷44號5樓
電　　話＊（02）2747-2433
傳　　真＊（02）2747-2558
網　　址＊http://www.kadokawa.com.tw
劃撥帳戶＊台灣角川股份有限公司
劃撥帳號＊19487412
法律顧問＊有澤法律事務所
製　　版＊尚騰印刷事業有限公司
I S B N＊978-957-564-836-7

插畫＊mieze

大和撫子向前衝・管它以後會怎樣・

宮內悠介
Miyauchi Yusuke